VERANEIO
79

Célio Marques

Veraneio 79

Lura

Gerente editorial
Roger Conovalov

Projeto Gráfico
Lura Editorial

Diagramação
Lura Editorial

Revisão
Gabriela Peres

Design de Capa
Lura Editorial

Todos os direitos desta edição
são reservados a Célio Marques

Lura Editorial – 2023
Alameda Terracota, 215 - Sala 905 - Cerâmica
São Caetano do Sul, SP – CEP 09531-190
Tel: (11) 4318-4605
Site: www.luraeditorial.com.br
E-mail: contato@luraeditorial.com.br

Todos os direitos reservados. Impresso no Brasil.

Nenhuma parte deste livro pode ser utilizada, reproduzida ou armazenada em qualquer forma ou meio, seja mecânico ou eletrônico, fotocópia, gravação etc., sem a permissão por escrito do autor.

Dados Internacionais de Catalogação na Publicação (CIP)
(Câmara Brasileira do Livro, SP, Brasil)

Marques, Célio.
   Veraneio 79 / Célio Marques. 1ª Edição, Lura Editorial - São Paulo - 2023.

ISBN: 978-65-5478-144-2

1. Ficção 2. Policial I. Título.

CDD - B869.3

Índice para catálogo sistemático:
I. Ficção .B869.3

www.luraeditorial.com.br

Dedicatória

Esse livro é todo dedicado a minha mãe, Senhora Maria Darcy, que acertou quando me deu a liberdade de escolher os caminhos, sem imposições e nem julgamentos. Podia ter dado tudo errado, mas afinal, deu tudo certo. Te amo, mãe.

Dedicatória especial

Essa segunda edição do romance Veraneio 79 só se tornou uma realidade possível graças ao empenho de minha companheira, minha mulher, minha namorada e minha mais ferrenha crítica, Railza Clara. Cada palavra reescrita, sequência aprimorada, exclusão necessária e demais polimentos tem a mão e o bom senso dessa incrível mulher que tive a sorte de encontrar.

Prólogo

Junho de 1979

Nas noites frias e com o vento favorável, era possível ouvir as ondas quebrando na costa rochosa que margeava a rodovia intermunicipal. Apesar de ser conhecido como um lugar perigoso, não se cogitou construírem nas imediações um posto policial ou de fiscalização, tampouco organizar rondas permanentes.

O lixão tinha se tornado uma zona neutra, usado para ofícios diversos. Os monturos alcançavam alturas enormes e quando por motivos inexplicáveis essas montanhas de porcaria desabavam, nas horas sombrias das madrugadas, o estrondo ecoava e bandos de aves revoavam assustados. Muita gente usava o aterro para sobreviver. Famílias inteiras catavam o que pudessem utilizar ou negociar com aqueles que reaproveitavam as sobras de outras vidas. Nas horas do dia, o movimento era frenético. Pessoas e veículos revirando o lixo atrás da própria sobrevivência, urubus e gaivotas-malhadas se banqueteando dos restos encontrados, assim como ratos de esgoto, cachorros selvagens e gatos vadios.

Quando a noite caía, a realidade mudava.

A maioria ia para suas casas e barracos. E os animais domésticos não se atreviam a caminhar desacompanhados dos donos em meio aos montes de entulho acumulado. Tão logo a escuridão surgia, começavam a ocupar todo o espaço os outros frequentadores do lixão, aves e bichos noturnos acompanhados de insetos de todo tipo e tamanho que vagavam em passeios tenebrosos pela noite.

Nestas horas, aconteciam histórias estranhas.

Nos vales construídos com o detrito da cidade, encontravam-se todas as manhãs corpos humanos crivados de balas ou indescritivelmente torturados, resultado de uma série interminável de violências. Criminosos determinavam vida e morte entre os seus e entre os que eles podiam alcançar tanto quanto o Estado, que se livrava dos indesejados em um sistema de execuções oficiais.

Gritos, tiros, gritos e depois o silêncio acabrunhante, com o vento que sibilava por entre os montes artificiais, traziam às pessoas que viviam perto do aterro os mistérios que cercavam esse lugar. Eles estavam acostumados com sobressaltos e não mais estranhavam a colheita de mortos. Viam veículos de todas as marcas e modelos com ou sem placas, alguns ostentando as cores e brasões dos órgãos de segurança do Estado.

A realidade cruel daqueles tempos de chumbo tornava permissível todas as formas de brutalidade.

Rotas feitas pelos tratores e caminhões ao despejarem suas cargas serviam de estradas para trafegar pelo chão tomado de esbulho. Na zona onde existiam os maiores paredões apodrecidos, aconteciam as torturas aos condenados longe dos olhares curiosos. Falavam que se operava uma filial do inferno, se bem que o próprio Diabo, talvez, tivesse recusado qualquer associação com o que se fazia naquele ermo amaldiçoado.

No dia em que aconteceu o fenômeno, chovia desde a manhã. Uma quantidade minguada de pessoas andara pelo lixão e, com a aproximação da noite, poucos ousaram pisar nas terras encharcadas cobertas de resíduos. Corujas tardias piavam de hora em hora, contando-as. O relógio já entrava na madrugada quando o ronco de motor de carro foi ouvido e logo surgiu a luz de seus faróis. Um grupo de catadores se escondeu, na verdade duas famílias.

Eles usavam um barril como fogareiro, alimentando o fogo com madeira. Naquela noite, tinham trazido suas crianças, mas elas não mereciam serem apresentadas a todo o horror que em breve ocorreria, e nesse caso os adultos rezavam para que os tiros fossem suficientes em aplacar o sadismo dos assassinos. O carro preto e branco com o enorme giroflex vermelho passou dos primeiros monturos seguindo para a zona proibida, e os adultos gemeram sabendo de antemão o enredo e seu trágico desfecho. Com frequência, o vento trazia o discurso dos desesperados na frente do carrasco, palavras que ecoavam por entre os morros. Palavras de morte travestidas de vida, que apertavam o coração de quem as ouvisse.

O carro do esquadrão rodava sem dificuldade, levando sua carga de condenados, com seus pneus largos e o motor ruidoso. Dentro da cabine, viajavam cinco homens, pessoas que a população vizinha conhecia bem. O motorista era um homem chamado Marcelo Torres, o único dos cinco que morava naquele município, Trocaris. Embora fosse o mais jovem do grupo, aparentava o dobro da idade. Dos outros, sabiam os apelidos. Zaca, por causa do cabelo cortado idêntico ao de um personagem da televisão. O delegado Hermes. Christian, em virtude de sua aparência lembrar um cantor da época, e Paulo Maluco, um sujeito que nascera desprovido de qualquer traço de humanidade. Paulo sempre era responsável em promover as orgias de sangue que o esquadrão da morte se propunha a realizar.

Marcelo ligou os faróis de milha, procurando o ponto ideal para iniciarem os trabalhos.

— É ali chefe — apontou Marcelo.

Hermes olhou para o ponto indicado por Marcelo.

— Vamo pra lá — disse Zaca.

Chegaram e da carceragem desceram três pessoas, uma mulher e dois homens, todos feridos por causa das torturas sofridas. O delegado Hermes não desceu do veículo, deu ordens enquanto procurava sua arma, que havia caído entre os bancos. Paulo Maluco posicionou-se atrás do trio, que agora estava iluminado pelos faróis da viatura. Carregava uma vasilha de plástico com o grafismo vermelho de uma caveira estampada. Marcelo Torres amarrava os prisioneiros com cordas resistentes, ria de deboche, sabedor do que se seguiria. O prisioneiro velho era pai dos outros dois. Pensou-se em um estupro coletivo, entretanto a noite estava fria e ficar nu naquela temperatura seria um convite a uma pneumonia. Quem sugeriu o ácido foi Christian. Bastou um curto parlamento para que concordassem, pois ácido, eles possuíam em grande quantidade.

O capuz do velho foi retirado. Ele observou os filhos amarrados, não restando dúvidas em seu coração de que padeceria muito naquele fim de mundo antes de morrer.

— Vocês não precisam deles — disse o velho.

— Sigo ordens, meu amigo — respondeu Christian.

— Eles são crianças, não sabem do meu envolvimento com o grupo de estudos avançados.

— Sigo ordens dos poderosos lá de cima. Querem um exemplo para que outros não se atrevam a sonegar informação.

O velho sabia o que iria acontecer. Os filhos choravam.

Hermes afinal desceu da viatura, que jogava o facho dos faróis brancos em todos. Aqueles faróis haviam presenciado um número incontável de mortes. Hermes frequentava grupos de estudo do oculto e do misterioso, curiosidade mórbida por ter visto e provocado tanta morte.

— Delegado Hermes, tenho dinheiro guardado em caixas na fazenda. Posso torná-lo rico. Todos vocês — disse o homem velho.

— Dinheiro não me interessa. Vivemos um tempo de liberdades, faço coisas que apenas imaginei. Hoje libertarei você de sua vida. E para purgar seus pecados, a dor é o curativo mais seguro — respondeu Hermes, fazendo um sinal para o grupo.

A garota chorava, gritando de dor enquanto o ácido caia bem na sua cabeça. Normalmente demoraria para que os tecidos se dissolvessem, mas aquele preparado era um presente dos amigos militares com um poder de destruição sem igual, e em segundos o líquido corrosivo chegou ao osso craniano. Cabelo e pele misturados escorreram por sua face, porém os olhos vidrados indicavam que a morte descera sua mortalha. Christian a arrastou para uma vala e despejou mais ácido, que foi desaparecendo com o corpo da mulher. Para surpresa do grupo, ela mexeu as pernas de forma involuntária e canhestra. Riram do susto.

— Malditos! — o grito do velho foi de tamanha intensidade que calou o quinteto sádico por alguns momentos.

Parecia que desconhecida e poderosa energia crescera no homem. O jovem amarrado deu um pulo assustado, correu e tropeçou. Caindo na vala onde a irmã desaparecia, começou a gritar e o próprio Hermes despejou sobre ele o ácido industrial, que corroeu instantaneamente sua carne, expondo os órgãos internos.

— Peguem o professor — ordenou Hermes.

O homem foi atirado sobre os restos dissolvidos dos filhos. A secreção espessa que se tornaram empapuçou-lhe o rosto, queimando a pele.

— Que o Mal desça sobre vocês e consuma seus corpos. Que nada sobre de carne e sangue, bílis e saliva. Eu sou força, ela eu doo para minha vingança. Vingança!

O prisioneiro balbuciava frases inteiras, falando baixo e concentrado, e embora o silêncio fosse total, não compreendiam o que ele dizia.

— Danou-se! O velho enlouqueceu — disse Zaca.

Hermes tinha ouvido palavras parecidas ditas por um militar em uma sessão, mas ouvi-las ali fez seu corpo estremecer. Ele olhou para trás, e os faróis pareciam deformados. Balançou a cabeça e os faróis voltaram à forma original.

— O que é aquilo ali? — apontou Zaca.

No céu escuro, uma configuração estranha de luzes começava a brilhar. Dessas, três possuíam a cor vermelha e desciam em direção ao grupo. Uma ventania levantou o entulho, criando uma nuvem de sujeira, e quando baixou o velho havia sumido.

— Cadê o professor? — indagou Marcelo Torres.

O que aconteceu foi ouvido pelo grupo de catadores se aquecendo em torno do fogareiro improvisado. Foi como se mil motores acelerassem em uníssono, e por baixo desse som metálico podia-se ouvir uma voz que eles não conseguiam distinguir.

A aceleração decaiu e, tão súbita quanto havia surgido, desapareceu. Os catadores se olhavam temerosos em sair dali ou ficar e serem testemunhas de eventos estranhos demais para suas vidas simples. Cochichavam tentando decidir qual a melhor opção quando ouviram os primeiros disparos vindos da direção de onde o carro branco e preto fora com os ocupantes, mas esses disparos não eram como os de costume, pareciam tiros aleatórios e não de execução. E o som dessa aceleração era de um carro potente que em nada sugeria o barulhento motor movido a diesel da caminhonete. Os minutos foram se arrastando e de repente ouviu-se um estrondo metálico saindo da escuridão, acompanhado de fachos de luzes brancas que rompiam a neblina formada na atmosfera.

O enorme carro surgiu por detrás de um monturo de lixo. Passou pelo grupo de catadores, que prudentemente rezavam uma Salve Rainha, sem olhar para o carro, que parou um instante como se observasse as atitudes do aglomerado de pessoas e seguiu viagem. Na manhã desse dia, restos humanos foram encontrados triturados ao lado de uma vala onde havia dois cadáveres dissolvidos em ácido e que foram descartados como indigentes. Não se pôde determinar a identidade de nenhum deles, apenas a suposição de que pertenciam à equipe desaparecida do delegado Hermes por causa dos retalhos de roupas e fragmentos de documentos e armas.

Quem a dirigia na saída do lixão?

Ninguém soube informar. A grande caminhonete usada por Hermes desapareceu por dias e foi encontrada abandonada, nas proximidades de um cemitério antigo, distante do lixão. Depois deste incidente, o motor daquela Veraneio policial não voltou a funcionar.

Tempos depois, acatando um pedido, enviaram-na para outra cidade e nunca mais se falou do carro.

Capítulo 1

Quinta-feira, 10 de junho de 2010

9h23

I

José Macário suspirou aliviado depois que saiu da área interna da penitenciária, longe dos muros e da mira das armas dos guardas. Foi como um renascer ao sentir a liberdade outra vez. Não o olharam com interesse, apesar de inúmeras pessoas estarem aglomeradas no portão de acesso ao raio de visitantes.

Ele foi esquecido por todos. Sabia que não era aguardado, por isso sua atenção fixava-se no horizonte sem paredes no mundo fora do presídio. A Direção Administrativa lhe deu alguns trocados, passados dentro de um envelope de papel amarelado com o timbre impresso da Secretaria de Justiça. Também veio junto uma bolsa para os pertences, que o guarda da portaria chamou de molambos. Riu daquilo, de fato eram molambos imundos e nada mais. Resolveu que iria caminhando até onde pudesse, depois usaria o transporte público. Era quase certo que as linhas tivessem mudado, precisaria descobrir qual delas serviria para lhe levar ao seu primeiro destino. Teria de se apresentar na casa destinada aos albergados, que eram os presos recém-saídos do sistema prisional, obrigados a ficar ali até ter onde morar. Os administradores não se importariam com seu atraso desde que ele não se metesse em confusão.

Queria logo era visitar sua segunda propriedade, que ficava em um bairro tranquilo, perto do centro da cidade de Manaus.

A localização da casa era um segredo, a esposa não conhecia aquele endereço. Apenas quando já estava preso falou a ela, uma vez que vendera a primeira onde moravam para pagar os honorários do advogado. A mulher, ele soube depois por amigos, tinha sido mais solícita em ajudar nas despesas com os honorários advocatícios do nobre causídico. Para saudar as dívidas, visitara vezes sem conta a cama do advogado. Ela se mostrara incansável, ou melhor, insaciável na causa da justiça, pouco interessada àquelas alturas em libertá-lo.

Ele esperava o pior da vida, talvez a sorte que sempre fora ingrata lhe desse um descanso desta vez, fazendo a mulher ganhar rumo longe dele. Em sua vida, não existia mais o amor, pelo menos o amor carnal de homem com mulher. Havia outra espécie de devoção e ele sonhara com o objeto de seu desejo. Na prisão, começou a entender as palavras obscuras dos textos religiosos. Ele coçava a cabeça, ignorante em saber o que significavam aquelas expressões, dentre as muitas que ouvia. Outras vezes, compreendia bem o alcance dos discursos.

O Verbo se faz carne. Palavras que possuem poder.

Ele aprendeu rápido o discurso falseado da maioria dos irmãos da igreja, muitos deles covardes se escondendo nos mantos do Senhor em vez de encarar a viçosa árvore da violência e da vingança que brotava depois de semeada. O germe da destruição era a única planta cultivada em todos os corações covardes. As palavras possuíam força, algumas delas de tal forma poderosas que vibravam fundo na alma.

O bairro para onde estava indo foi batizado de São Jorge, um dos santos mais prestigiados da Igreja Católica. No local, existia um terreiro de candomblé ioruba cujo Orixá, o poderoso Ogum, correspondia sincreticamente ao santo cristão São Jorge. A homenagem satisfazia a todos os interessados. No futuro, o terreiro daria lugar a um templo evangélico, destruindo para sempre o passado pagão, contudo o nome de batismo ficaria eterno nas ruas do bairro.

Apesar da pouca distância do centro da cidade de Manaus, as ruas conservavam um ar de agradável bucolismo na época em que comprara a casa. Um igarapé de águas cristalinas cortava a região. Aquelas águas, mesmo nos tempos da prisão de José Macário, já apresentavam os primeiros sinais de poluição. Contudo, ainda era o ambiente próprio para ter um quintal repleto de árvores frutíferas. As plantas e os animais eram as únicas coisas com as quais o homem de fato se importou durante algum tempo. Ele tinha uma esposa e filhos, que significavam apenas o resultado de escolhas feitas quase ao acaso em uma vida errante. José Macário ia para aquele lugar nos momentos de lucidez, quando a normalidade tomava conta de sua existência sempre agitada, em idas e vindas misteriosas. Andava por entre os troncos, sentando-se sozinho na terra, amassando torrões entre os dedos e observando por horas o movimento dos galhos balançados pelo vento e as sombras que eles projetavam no chão.

A prisão onde ele passou tantos anos foi instalada longe do centro urbano. O crescimento desordenado da capital já começava a aproximá-la do complexo prisional. Com isso, bairros logo surgiriam, alcançando as paredes do presídio. José Macário caminhou quase duas horas até chegar à pista principal do Distrito Industrial II, que era o nome da área onde estava.

O clima ajudava o recém-liberto a adquirir forças, e o sol causticante não o incomodava. Queria senti-lo na pele. Passou pela estrada que ligava a antiga e agora desativada comunidade de pescadores. Nela existiam inúmeras propriedades, casas de campo, sítios, empreendimentos agrícolas, armazéns de fábricas e outras posses. Havia muita mataria de pé, já que ali era longe das áreas infestadas pelas invasões, até quando ninguém poderia afirmar com precisão.

Ele se lembrava da paisagem, já tinha passado por ela duas vezes, ambas na ambulância de emergência da penitenciária nos últimos dez anos. Ele estava nos limites da cidade, a leste, aproximadamente 10 quilômetros de distância, em linha reta, do centro da cidade de Manaus.

Resolveu caminhar até alcançar as fronteiras do São José, batizado em homenagem ao santo protetor dos trabalhadores. Pôs-se a refletir sobre a causa de tantos bairros terem nomes de santo. Chegou a uma conclusão estapafúrdia. Riu. Olhou para os lados com uma ponta de vergonha. Rir era coisa que fazia tempo não acontecia na vida amarga daquele homem. Chegou a uma pista movimentada, que logo reconheceu como uma das avenidas que davam acesso às áreas mais internas dos bairros e comunidades próximas do Puraquequara. Agora o lugar era bastante habitado e movimentado, não era mais aquele que ele visitara com os amigos para realizar, no passado, seu trabalho singular. Perguntou a um vendedor de abacaxis onde poderia apanhar um coletivo que o levasse aonde queria chegar. Por sorte, o vendedor conhecia o bairro de São Jorge e indicou para José Macário o que deveria fazer e para onde deveria ir. Os lugares não eram mais como ele lembrava. As pessoas multiplicaram-se, enchendo as ruas com um murmurinho interminável e o vaivém apressado das cidades grandes.

Os carros e motocicletas também eram fartos e de uma variedade que atordoava a cabeça de José Macário. Tempos depois ele chegou ao terminal de ônibus indicado pelo vendedor de abacaxis, que se chamava Fidélio.

Procurou nas placas indicativas o número que corresponderia ao seu destino. Não havia veículos na plataforma indicada. Sentou-se próximo de uma vendedora de massas salgadas e fritas e perguntou em qual daqueles deveria entrar. Ela abanou as mãos e lhe disse para ter paciência. Uma hora depois, o ônibus parou. A cobradora perguntou sobre o cartão de passes eletrônico. José Macário não entendeu nada daquilo e lhe entregou as notas sujas e amassadas dadas pela administração do presídio. Com medo de não reconhecer a paisagem, pediu para a cobradora lhe avisar quando estivesse próximo do local onde desceria. Ela garantiu que assim faria e voltou sua atenção para a catraca.

A cidade estava mudando. Só não saberia dizer se para melhor ou pior. As pistas de rolamento apresentavam-se mais largas, talvez na tentativa de acomodarem aquele mar de carros. Ainda assim, o trânsito continuava modorrento, lento, insondável. Grandes estruturas de concreto pontuavam a paisagem, como viadutos e passagens de nível em ruas e avenidas.

Uma cidade crescendo para acomodar carros, onde os pedestres nada representavam, foi essa a primeira impressão ao ver aquelas mudanças. Porém, aquela superfície polida do asfalto era apenas a maquiagem da podridão. Por trás das vias rápidas, onde os sedans de luxo trafegavam como se estivessem nas Autoban alemãs, começou a enxergar a pobreza eterna da cidade, passando a reconhecer os signos do local ao qual pertencia e onde morreria.

Havia ainda muita sujeira pelas ruas, e os canais d'água chamados igarapés estavam destruídos pela poluição, emanando catinga de fezes, urina, lixo decomposto e putrefação. Observar aquilo lhe fez bem, mostrando que aquelas pessoas continuavam tão ruins quanto tinham sido no passado. No caminho, estranhou a paisagem como se uma nova região tivesse surgido das entranhas da terra. Não existiam mais as antigas favelas de palafitas nas margens dos igarapés, como nas do Franco.

As favelas de palafitas eram um dos celeiros onde colhiam os frutos amargos da criminalidade que eram sumariamente depositados nos varadouros distantes. Nestas trilhas, deixavam os cadáveres dos indesejados. Corpos apareciam em condições terríveis, pois a tortura não era uma prática incomum para extrair uma confissão ou pelo simples prazer de laborar com arte macabra o ofício da morte. Soube que a favela de palafitas apenas mudara de endereço, tendo aumentado de tamanho. A cobradora das passagens o olhou e disse que a parada onde deveria descer estava próxima. O ônibus parou e o homem desceu, carregando a bolsa com molambos no ombro. Reconheceu a rua da casa secreta e alegrou-se por um momento.

A alegria se dissipou quando chegou ao que restara de seu último sonho desde que ganhara a certeza da almejada liberdade. A casa estava meio tombada para o lado, dando a impressão de que cairia a qualquer momento. Ficou lívido, olhando admirado para os lados, buscando nas memórias fracas e embotadas uma visão de como fora aquele lugar. Desceu por um beco estreito que divisava com o antigo quintal, para olhar os fundos da propriedade. Foi nesse momento que notou a falta das plantas frutíferas, lembrando-se da eterna preocupação contra as pragas e os moleques. Ele plantou todas aquelas árvores, cujas frutas jamais seriam provadas. Agora restavam apenas os tocos enegrecidos no antigo e odorífero pomar. O homem gostava desse termo tirado de um resumo literário que leu na biblioteca da prisão. Os troncos cortados rentes ao chão batido e poeirento pareciam lápides de mortos anônimos, os restos destruídos dos dentes de um gigantesco e terrível ser semienterrado. Observou melhor para certificar-se de estar no endereço correto, a ladeira era muito parecida com a de sua antiga rua, agora pavimentada. As outras residências não lhe eram familiares. Olhou o topo da rua e ela estava lá, a visão de um prédio como recordava. Era a mesma rua e aquela era a sua casa.

Perdera a caverna, agora era um bicho sem teto.

Vinte e cinco anos havia entre o dia no qual fora preso e o dia de hoje, tal como uma perspectiva distorcida sobre o mesmo fato, onde o início não consegue completar o fim. A razão do homem ao emergir daquele reino de sombras e dor acordou, o corpo dele deteve-se hirto e permaneceu calado, com as mãos na cabeça e os olhos cristalinos pelas lágrimas que lavavam a face enrugada de sofrimento.

Era o seu desejo de retorno à normalidade tentando reparar o irreparável, juntar os cacos nos quais sua vida se transformara usando o tempo como cola. Sabia que o esquecimento poderia ajudar. Afinal, quem se lembraria daquela história?

O dia de sua prisão parecia um sonho relembrado em todos os momentos nos quais o ódio comia suas carnes, como os vermes devoram a matéria escura das chagas para curar ou para matar. Na vida de José Macário, o ódio curaria sua alma. A polícia invadiu a casa onde morava com Mirian e os dois filhos, arrombando as portas e janelas com violência. Ele foi algemado na cama, pisoteado por muitos pés, depois foi arrastado para o camburão de uma viatura aos socos. Luzes espocavam no ar, ele pensou em raios, então se deu conta que eram os flashes das câmeras fotográficas dos repórteres. Foi levado até a Delegacia Geral de Polícia Civil, onde uma multidão aguardava sua chegada, passou por mais sessões de tortura. Soube então que os outros tinham sido mortos no momento de suas prisões, e que ele era o único apanhado vivo. Os repórteres diziam que era o fim do "Esquadrão da Morte" e o fim do "Carro da Morte". Os demais membros do grupo não foram os mortos das manchetes. Esses tinham sido escolhidos para serem sacrificados em nome dos segredos que jamais poderiam ser descobertos.

Carro da Morte. Não seria esse o nome mais adequado, ao menos para ele.

Sua vida tirada de súbito da normalidade, se é que tinha sido normal algum dia. Balançou a cabeça, como que para fazer cair os pensamentos e as lembranças que não desapareciam. As torturas, as humilhações e os sadismos da prisão. No final, soube que fora traído.

Ele tinha apenas uma preocupação. Não deixar que nada acontecesse a ela. Olhou para cima e assistiu nuvens carregadas de chuva prestes a cair. Não lembrava o dia no qual foi jogado naquele lugar terrível. Naquela data, o dia amanheceu quente, abafado de calor, com o céu coberto de nuvens baixas carregadas de tensão. Não gostava das nuvens, preferia sempre o sol escaldante ou a chuva forte. A luz branca, leitosa, parecia demais com os leitos sujos de excrementos do hospital da fronteira, onde nasceu e onde os primos mais velhos foram criados, as camas e todos os corpos somados ao terrível véu branco da morte por cima deles. Ao completar quatro anos, a família mudou-se para Manaus, indo morar no bairro dos Educandos, no largo sul da cidade.

Na prisão, conviveu com todos os tipos de criminosos, gente capaz das maiores injúrias, fazendo coisas que os homens são capazes de fazer encarcerados. A carceragem de uma penitenciária é uma filial do inferno, quem entra nela não merece compaixão, quem consegue sair tenta desesperado encontrar o perdão. No presídio, logo descobriram que ele se tratava de um monstro, dos piores, dos que não desaparecem ao se abrir os olhos na escuridão da cela. Os prisioneiros começaram a viver sob a sombra do terror que era José Macário, sempre impiedoso e letal. A unidade prisional fora planejada para comportar mil e duzentos prisioneiros, contava com quatro mil quando ele foi encarcerado. Convivia com uma perpétua possibilidade de rebeliões e motins em decorrência da superlotação. Os presos eram forçados a viver em um espaço exíguo, e a alimentação desses muitos vivendo essa subcondição e forçados a comer o rebotalho do lixo, só podia resultar em mortes.

Sobreviveu a sangrentas rebeliões, durante as quais teve de decapitar cabeças com as mãos nuas. Não o acusaram de nada e José Macário conseguiu abater alguns anos da própria pena em regime de detenção por horas de serviço pro bono no descarregamento de mercadorias dos caminhões no armazém. As mercadorias iam do armazém até o carro do diretor, de lá também para alguns agentes penitenciários privilegiados pela rede de corrupção. Algumas vezes, os guardas carcerários lhe davam enlatados vencidos e quinquilharias. Ele trocava por cigarros, cachaça, e jamais por drogas. As cabeças foram encomendadas por outras pessoas, José Macário fez o serviço com naturalidade assustadora. E fez tudo sem consumir uma única gota de álcool ou um único grama de pó. Não precisava disso para "operar" seu ofício.

Assistiu impassível aos drogadões despedaçados apodrecendo até a morte, os corpos alquebrados pelas porcarias que cheiravam, injetavam ou comiam. Aquilo não o mataria, ele não iria se deixar consumir pelas drogas antes de sua vingança. A bolsa com os molambos estava aos seus pés.

Ele, coçando a testa vermelha por causa do excesso de sol, parecia meio perdido em suas obliterações quando, de súbito, a tessitura do destino enrugou-se para dar início a um novo ciclo nesse amaldiçoado renascimento.

— Zé? Zé Biela?

Ouviu e virou o corpo encarando seu interlocutor com os olhos injetados de ressentimento. Zé Biela era o nome que tinham dado a ele quando os conheceu e só podia ser um milagre, aquele era um dos antigos conhecidos que ansiava por ver. O outro homem pareceu arrepender-se da estúpida cordialidade, percebeu tarde que não podia recuar.

— Sou o Túlio, rapaz! Tá lembrado? — falou, na vã esperança de o outro não lembrar. Não teve sorte.

— Túlio da Baixada, me lembro de ti e uma noite, lá para trás!

Túlio se arrependeu tarde demais. Quis correr como se tivesse visto o Diabo, ou melhor, como se tivesse visto o próprio Salvador. O Diabo com todos os chifres não lhe causava mais medo àquela altura da vida, mas aquele homem sim, um medo semelhante a um suor frio e viscoso que grudava em seu corpo como uma lepra incurável. Já ia dando meia-volta, mas a mão de José Macário lhe segurou firme a manga da camisa.

— Eu não podia fazer nada, Zé, nada mesmo — repetia Túlio, conhecido por Bocão nos perigosos becos que cortavam uma rua movimentada no centro antigo da cidade de Manaus.

Eram vielas entremeadas por esgotos, que orgulhosas do ar de metropolitanismo, não conseguiam esconder sua face de província esquecida com as fezes correndo a céu aberto, contaminando tudo.

— Bocão, como vai a tua mãe, seu cagão? Tua velha tinha mais colhões que vocês todos — foi a resposta nada cordial de Zé Biela.

— Mãe? A velha morreu Zé, faz uns dez anos. Tu não sabias?

Zé Biela apontou para a casa, não com as mãos. Apontou com a boca, numa espécie de engulho, interrogando seu interlocutor. Por fim, como o outro permaneceu estupidamente calado, falou palavras amargas.

— A casa foi abandonada, deixada para os cupins. Por quê?

— Eles não te visitaram? Tua família? Teus filhos? — a pergunta abriria mais uma ferida naquele homem, entretanto foi de efeito inócuo, pois ele não os amava.

— Eu morri para o mundo, me enterraram vivo naquele lugar. Agora voltei.

— Mirian não quis morar aqui, viajou sabe-se lá pra onde. A casa de vocês foi comprada pelo governo. Aquele lugar mudou, mas continua a mesma porcaria e respirando bem o cheiro da merda ainda está lá. O cheiro do bagulho também. Onde é que tu estás morando? — Túlio perguntou, na esperança moribunda de a resposta ser a mais conveniente possível e ele poder se livrar daquele homem indesejável e, o pior de tudo, perigoso.

— Saí do veneno hoje e estou livre na rua, só não tenho para onde ir. Pensei que alguém tinha cuidado daqui, vejo agora que não sobrou muita coisa.

Túlio olhou para a rua, pensou em correr, refletiu e avaliou que talvez levasse chumbo quente nas costas. Nada via na cintura de Zé Biela, porém não se arriscaria contra uma bala. Resolveu tentar uma abordagem mais diplomática.

— Conserto sapatos na Manaus Moderna, em uma banca que ganhei de um considerado. Ele foi baleado e ia perder o ponto, por isso fez a proposta de trabalho e aceitei. É no Centro histórico, moro de viver em uma invasão na Zona Leste. Vim visitar um chegado aqui perto e topei com tu. Que sorte né? — terminou de falar com tristeza na voz.

— Sorte? Nada disso, compadre. É o destino — disse José Macário, ríspido.

— Talvez, né? Hoje não trabalho mais, vai chover e aí nenhum cliente aparece. Lá onde moro não alaga quando cai água dos céus. Estou indo para casa mais por causa dos ventos. Não ia te convidar, só que acho que não iria adiantar.

— Não mesmo. Tu disseste Zona Leste? — Zé Biela estranhava o modo de Bocão falar. Não eram mais amigos, sequer considerados. O fato era que Bocão estava na história de Zé Biela de um jeito que não poderia se esquivar.

— Vamos, vai chover e estou com frio nas juntas — disse Bocão, sabedor de que não se livraria de Zé Biela desta vez.

— Pensei que quando saísse pudesse retornar para essa casa e viver algum tempo em paz. Sei agora que não existe paz e nem passado para onde voltar — Zé Biela olhou para Bocão com a boca tremendo e as mãos crispadas, falando em um tom baixo e rancoroso. — Tu vai me contar tudo, amaldiçoado fodido de merda, e em troca do que me disseres decido se te mato ou não.

— Não tive culpa, Zé! Os home chegou fácil em mim, tive de te entregar, tive de entregar o carro. O próprio delegado Tadros estava com eles, todos te traíram. Queria que fizesse o quê? Mentisse? Vi o resultado das mentiras nos ramais e lá nos varadouros. Lá deixavam quem falava as verdades também. Não podia fazer nada, queria viver.

— Culpado ou não, quero respostas. Apodreci naquele ninho de ratos e serpentes, muita gente me deve. Deus ou o Diabo me fizeram sobreviver, agora quero o que me foi tirado.

— Tua família nada quer contigo, esquece eles — Bocão pretendia continuar a ladainha aprendida em um culto evangélico, quando Zé Biela olhou firme e o empurrou para frente.

— Não estou falando deles, tu sabes bem disso!

Bocão sentiu o corpo levitar. Sua nuca aqueceu-se por causa do jorro súbito de adrenalina que fez também os pelos do corpo encresparem como se tivesse levado um choque. Aquele era um segredo que Bocão guardara a sete chaves na cratera mais profunda de seu coração gelado de bandido e ladrão. Não era inocente, já tinha sujado de sangue as próprias mãos, sempre na covardia, na traição. Bocão não era corajoso, na verdade sempre foi covarde. Temia uma coisa e o medo voltara com o gosto amargo do fel.

Os dois homens caminharam lado a lado, sem trocar amenidades, visto que não existiam tais floreios dentre os dessa raça. O bairro não era mais o local de antigamente. Andando por ele, Zé Biela observava o comércio que estava diferente, mesmo as tabernas antigas pareciam pouco acolhedoras, não era como se lembrava, e essas lembranças não traziam de volta os anos de chumbo de que tanto gostava, quando andavam pelas ruas nas madrugadas frias. Ele olhou o outro, um sujeito carcomido pelas doenças da rua, de aspecto fraco, parecendo um índio velho apesar de ter os mesmos cinquenta anos. Deu uma cusparada grossa de desprezo. Na prisão, Zé Biela cultivou o corpo e a alma como se lapidasse uma gema rara, esperando o dia da liberdade para começar sua tão esperada vingança. Poderia correr até as pernas estourarem, só não havia para onde correr. José Macário se transformara dentro da prisão. Antes tinha sido um covarde, dentro da prisão a dor e o ódio fizeram brotar em seu peito um poderoso coração.

E isso era algo que o tornava raro e perigoso.

II

Zé Biela sempre cuidou da saúde, comendo o melhor que podia, bebendo e comendo com comedimento e resguardando o corpo para uma necessidade de trabalho. Teve uma infância sofrida, como a de muitas outras crianças daqueles tempos. Enterrou primos e parentes em cemitérios clandestinos na margem dos igarapés e nos rios próximos de Manaus.

Quando a adolescência chegou, começou a notar diferenças entre ele e os outros. Tinha a pele mais clara do que o pai, mas não era branco como o padeiro Crispim que todos chamavam de "Português". Era mais alto que o mais alto da família, o tio Arnolfo, chegando aos dezesseis anos com quase um metro e oitenta. Seu corpo possuía uma robustez natural. Chegava a carregar três fardos de cinquenta quilos de borracha bruta ou essência de pau-rosa nas escadarias da Igreja dos Remédios só para ganhar alguns trocados e depois gastar tudo com uísque, tomando a bebida feito um cowboy de filme americano, ou com as putas, nos bordéis e bares da Itamaracá, a zona mais conhecida da cidade.

Soube que era filho bastardo de outro homem, que a mãe conheceu em um dos períodos de ausência do pai quando moravam no interior. Afastou-se da família, pois tinha vergonha de não pertencer àquele núcleo.

Passou a viver como um pária. Aos vinte anos, casou-se com Mirian, uma garota branquela, magra, filha de um pastor evangélico para quem trabalhara alguns meses. Ela tinha olhos verdes que contrastavam com a pele sardenta. Não tinha muita carne pelo corpo, sua extrema magreza lhe dava uma idade avançada que ela não possuía, pois era mais nova que Zé Biela, na época conhecido apenas por José Macário. Mirian não era alta. Quando tomava banho nua sob a luz do luar, José Macário pensava que sua mulher era na verdade uma boneca de porcelana alva e frágil.

Tiveram um casal de filhos, que mereciam uma chance melhor na vida. As coisas iam bem ou apenas seguiam o curso natural, porque prosperidade material aquela família não conheceria nesta existência. Foi então que José Macário soube fatos sobre o pai. Quem contou tudo na tarde em que ele enterrou a mãe foi uma tia, de nome Fernanda, uma mulher magra, sem filhos, que possuía olhos castanhos que penetravam o âmago das pessoas e por isso mesmo seguia sempre andando solitária na vida.

O cortejo de poucas pessoas avançava banhado pelo sol causticante. Apenas os ajudantes entraram no cemitério carregando a urna humilde e pesada e, tão logo a depositaram no solo pelado, debandaram, fugindo do calor tórrido do meio-dia. Ficaram o coveiro velho, responsável por aquele turno, o jovem José Macário e a tia Fernanda. A mulher aguardava sentada em um banco improvisado, observando o sobrinho ajudar o coveiro a cavar a sepultura para depositar o cadáver da irmã, que decerto ardia na urna funerária, envolta em panos brancos bem justos ao corpo.

O coveiro velho tossiu, cuspindo uma massa enegrecida na terra amarelada.

— Companheiro, tu estás mal — observou José Macário.

— É a tuberculose. Peguei de uns panos que roubei do hospital do exército. Não me curei dela e acho que desta vez eu vou, se não por causa dela, certamente de doença vizinha. Acho que é castigo de Deus, porque roubei dos mortos. Não vou durar muito e logo vou estar aí dentro, envolto nas bandagens.

— Minha mãe foi abandonada pelos parentes, só restou a mim para enterrar sua carcaça. Acho que eles não se importariam se os urubus comessem a velha até os ossos.

— Gente boa eles, meu chapa. Me chamo Gregório.

O coveiro riu e cuspiu outra grossa mistura de catarro espesso e sangue. Alguns pombos voaram.

— Não gosto de pombos — observou José Macário.

— Age certo, seu moço. Pombos comem qualquer porcaria mesmo que brancos, acho que são os ratos do céu, ainda que morcegos se pareçam mais com os ratos.

A tia aproximou-se, carregava um guarda-chuva preto com algumas varetas metálicas soltas. Ela se sentou em um toco de árvore recém-cortado e guardou os apetrechos de crochê que fazia. Olhou para os dois homens e falou devagar.

— O senhor Gregório diz que é castigo de Deus, essa doença que lhe aflige. Castigo porque roubou dos mortos. Permite perguntar qual o propósito desse procedimento medonho?

— A senhora pergunta por que roubei? — perguntou Gregório, coçando a carapinha suja de terra e fragmentos de barro.

— Exato.

— Na época, pareceu uma boa ideia. Os médicos mandavam queimar todos os objetos que os doentes tinham tocado, coisas pessoais, sapatos, roupas. Até as joias eram descartadas, algumas possuíam ouro e pedras brilhantes. O preço é esse que pago agora.

— E o senhor não tinha feito nada antes, roubado alguma coisa de outra pessoa que não os mortos?

— Pra dizer a verdade, sim! Acho que sempre fui ladrão, desde criança tenho esse costume. Como dizem os mais antigos, pegava coisas à toa, dos meus irmãos, de papai, da mãezinha, de todo mundo. Não contei isso pra ninguém, nem para o padre na confissão, conto agora sem remorso, nas portas da morte. Fiz por merecer o que me sucede, aceito que nunca fui bom filho, bom marido e bom ladrão — disse isso e riu alto. O riso acabou assustando alguns pombos que catavam vermes no chão.

— Vê? Pecadores têm o fim merecido, há justiça no mundo, afinal — disse tia Fernanda.

José Macário, que ouvia a conversa entre a tia e Gregório, pousou a pá no chão duro.

— Não lhe convidei para o enterro. Estava me perguntando o que trouxe a senhora até aqui. Sei que não gosta de mim e que gostava menos ainda dela, então por que veio? — a interpelação de José Macário foi direta. O silêncio entre aquelas três pessoas ecoou mais alto que o improvável grito de uma alma penada.

— Vim para lhe contar a verdade. A verdade sobre o teu pai, coisas que ela aí não te contou — apontou para o corpo ensacado dentro da urna, depositado ao lado do buraco que ia aos poucos sendo aberto. — Ela era minha irmã, carne de minha carne, mas ela errou. Tinha um marido trabalhador. Um homem honrado que foi traído sem piedade. Dessa traição nasceu você, semente daquele maldito. Muitas vezes, tentamos os chás de aborto, ervas poderosas conhecidas pela avó, tua mãe só faltou botar as tripas para fora. Não adiantou. Você ficou grudado no útero dela. Como um mato ruim.

— Ela jamais falou dele pra mim — disse José Macário.

— Ainda bem! Ela tentou te salvar. Descobri que para certas coisas não existe redenção.

— Salvar?

— Talvez o amigo conheça uma expressão dos antigos, um termo muito apropriado nesses casos.

— Qual, dona? — perguntou curioso o coveiro, sentado em uma tábua de madeira no chão.

— Farol da Maldade. Conhece essa língua, pecador? — tia Fernanda interpelou com a voz severa o coveiro velho, destituída de qualquer traço amistoso, usando o tom implacável próprio dos inquisidores mais cruéis.

— A tia é estranha, só me pergunto o que não parece loucura nos dias de hoje?

— O menino não faz ideia do significado.

— Posso explicar, se a tia permitir.

— Fique à vontade.

— Lugares malditos atraem os piores, gente ruim chama gente ruim.

— Do que vocês estão falando? — José Macário perguntou aos dois, mas foi a tia quem respondeu.

— Ele era Farol da Maldade. Atraía gente ruim para perto de si. Chamou minha irmã e ela foi guiada pela voz do coisa ruim dentro dele. Deitaram-se na cama e fizeram você, José Macário, entre sussurros e risos. Ele foi preso, encarcerado na cadeia para sempre, pois para seus crimes não existia perdão. Quando descobri que tu e a Mirian moravam atrás daquele lugar, vi que estavas sendo atraído para o Mal. Tenho pena do teu destino e quero estar morta quando tudo acontecer — disse a tia Fernanda.

— O que vai acontecer? — José Macário perguntou para a tia Fernanda, com um soluço contido na voz.

— O Mal.

A mulher levantou-se, olhou para o sobrinho, fez o sinal da cruz e foi embora, deixando os dois homens aos pés da morta.

— Acredita nisso tudo, Gregório? Nessas bobagens?

— Sei o que passei e sei o que vi. Roubei dos mortos e fiz coisas piores com os vivos, agora apodreço devagar, até morrer. Vivi cercado a vida toda por gente escrota, agora vou morrer solitário.

— O sofrimento não te melhorou?

— De certos destinos não podemos escapar? Que seja, vamos acabar com este funeral, pois tenho outros para enterrar — disse isso e começou a cavar a terra dura com a picareta.

Horas após o final dos trabalhos funerários, José Macário chegou a sua casa. Tinha tomado umas e outras e estava meio alto. Sua casa ficava perto dos muros da penitenciária central da cidade de Manaus. O pai morara ali, entretanto José Macário não o conhecia. A mãe sumia pelos portões de ferro, naquela época seu coração inocente não a condenaria. Soube aos remendos, ano após ano, quem de fato era seu pai. Quando entrou no quarto, reparou que Mirian dormia na cama do casal, as carapanãs voavam pelo quarto, nesse cômodo as janelas estavam abertas e se chocavam com o cetim do mosquiteiro atado ao dossel da cama. As águas do igarapé passavam por baixo das casas, trazendo todo tipo de lixo e detrito junto. O cheiro nauseabundo pairava na atmosfera, embora não afetasse José Macário.

Sua casa de palafitas era no meio daquele labirinto de pontes e becos suspensos, com os banheiros lançando in natura os dejetos do corpo nas águas. Ele olhou os muros da penitenciária, distante alguns metros. Lembrou-se das palavras da tia.

Resolveu deitar-se com a mulher, que apenas rolou para o outro lado. No outro dia, teria de encarar engrenagens, bronzinas, homocinéticas, eixos, virabrequins, borrachas e tudo o que dissesse respeito a motores e carros. José Macário era um mecânico de raro talento.

III

Começou a chover e os pingos eram esparsos e grossos. No ponto de embarque a chuva intensificou e ambos se molharam, até que o coletivo chegou e os apanhou. Pelas janelas, Zé Biela reconhecia certos lugares, outros não. Alguns lhe eram familiares como as imagens de um sonho ou as lembranças sombrias de um pesadelo.

Dentro, os assentos estavam vazios. Zé Biela pagou a passagem e sentou-se exatamente atrás de Bocão. Uma nuvem branca de espuma e vapor cobriu todo o exterior, fazendo tudo desaparecer no ar. Era como um mundo de fantasmas, onde nada adquiria forma. Outras pessoas entraram e, por um momento, chegou a pensar que Bocão pularia do veículo, de tão desesperado que estava na tentativa frustrada de escapar. Zé Biela buscava respostas e nada lhe impediria nem se interporia entre ele e seus inimigos.

Apesar de ter sido motorista profissional, aquela viagem começava a lhe incomodar. Estava há quase uma hora e meia andando, sabe-se lá por onde, quando Bocão se levantou e com a cabeça fez um sinal para Zé Biela acompanhá-lo. Ambos pararam na escada da porta.

— Cuidado com os buracos, Zé. Quando chove muito, as rachaduras na rua podem engolir um homem fácil — disse isso e pulou para um mar de lama e água que escorria caudaloso pelas encostas de um morro recortado de casas.

— Que lugar é este? — perguntou Zé Biela.

— Uma invasão.

— Invasão?

— É como apelidaram os bairros novos surgidos do nada, como este, por exemplo. Aqui eram as matas do Distrito II. Terras dos federais, agora é território sem lei. Querendo um buraco para se esconder dos home, o lugar certo é aqui — Bocão falava com orgulho.

— Quem manda aqui? Traficas? Ladrões? — interpelou Zé Biela.

— Aqui é terra de galerosos, bandos de garotos que têm parte com o Diabo. A maioria é tudo filho de cabocos. Feios feito a lepra. Pago uma taxa para eles, pouco dinheiro, mas me deixam em paz.

— E onde é tua casa?

— No alto, onde não tem ruas. Minha casa é no centro de outros terrenos, de gente que chegou aqui antes de mim. São bons vizinhos, pobres e decentes, falam às vezes dos meus hábitos, mas posso curtir uma erva de primeira sossegado, eles não se importam se eu me comportar.

— Tu és bem esquisito. Pra quem gostava tanto de carros, morar em uma casa sem rua não faz o menor sentido.

— Tenho meus motivos, tu sabes bem deles.

Bocão olhou para Zé Biela pela primeira vez sem medo, como se compartilhassem um segredo, então se calou e continuaram a penosa subida. Quando chegaram perto do topo do morro, em meio aos flashes de luz dos relâmpagos que dardejavam no céu enegrecido, começaram a atravessar uma miríade de cercas e portões de madeira em círculos, indo na direção do centro da elevação, chegando finalmente à casa de Bocão.

A casa, na verdade, era um casebre tosco e malcuidado. Equilibrava-se precariamente em pernas de pau meio tortas pelo uso e o tempo. Um emaranhado de fios ligava a casa à rede elétrica, muitos metros dali, no sopé do morro, que não era um morro de verdade, apenas uma colina. Um banco de madeira foi instalado na parte mais alta do terreno, dando a quem nele sentasse uma privilegiada visão das redondezas.

— Aqui é bonito de noitinha. Lá embaixo parece um céu ao contrário.

— Tu não imaginas como está certo — observou Zé Biela.

— Estou certo? — resmungou Bocão.

— Os irmãos me ensinaram a reconhecer os símbolos do capiroto, os inversos, o céu ao contrário é o inferno. Esse lugar não é outra coisa senão o inferno. Uma filial, no mínimo.

Bocão olhou para Zé Biela e destravou a porta do casebre.

Dentro, Zé Biela pôde constatar que não havia divisões. O casebre equivalia a um barracão. Sem móveis, apenas uma mesa com quatro bancos, em uma das paredes um pequeno armário para os mantimentos, obviamente para se livrar da presença incômoda dos ratos, catitas e insetos. Bocão começou a tirar as suas roupas, sentado em um dos bancos, se dando conta da pessoa de Zé Biela lhe olhando. Parou o movimento de despir-se, levantou-se e foi para o banheiro, a única das dependências que era separada por uma porta. Quando saiu de lá, jogou as roupas molhadas em um canto e se agachou, pegando algumas latas do armário. Do armário, também retirou um pequeno fogão de duas bocas e uma botija de gás de três quilos.

— Tu tens roupas aí? — Bocão perguntou para Zé Biela, apontando para o saco que o homem depositara no chão.

— Estão molhadas.

— Pega uma bermuda e veste, enquanto preparo o rango. Tu estás com fome?

— Estou mesmo. Coloca pouco sal na comida.

— Também não posso exagerar — respondeu Bocão.

Zé Biela apanhou uma bermuda colorida em meio às roupas de Bocão e vestiu-a. Estendeu as próprias roupas molhadas em um varal improvisado dentro do casebre. Bocão estava pacientemente mexendo com a colher de pau uma mistura que, por mais incrível que pudesse parecer, tinha um cheiro agradável. A preparação da comida demorou mais ou menos quinze minutos. Bocão colocou dois pratos e um par de colheres na mesa improvisada entre duas tábuas e tamboretes, ambos se serviram da panela e se sentaram nos bancos. Entre uma colherada e outra, conversaram.

Capítulo 2

Quinta-feira, 10 de junho de 2010

21h29

I

Esmeraldino olhou o céu enegrecido. O tempo não estava bonito, pensou e suspirou, mirando o telhado da guarita. Devia ter cuidado das goteiras, agora parecia ser tarde para essa preocupação. A chuva não dava sinais de arrefecimento e caía forte desde a manhã. Pelo rádio, soube que o volume de água já ultrapassara o estipulado para o mês inteiro de junho. O que significava sufoco nas cerrações das friagens juninas. Aquele trabalho, que fora arranjado por um conhecido de seu pai, era agradável de cumprir. Quase não fazia nada e sua única obrigação laboral foi ter de aprender a ler e a escrever, e embora fosse uma obrigação só lhe trouxe vantagens.

O salário não era imoral. Esmeraldino trabalhava como vigia em um depósito cedido para a Justiça. Com essa alfabetização forçada, adquiriu um hábito impensável em sua vida ingrata de analfabeto. A leitura, que ficava mais prazerosa dia após dia, e podia dedicar-se porque sobrava muito tempo. Durante a manhã, após as entregas normais serem encerradas ou a partir das quinze horas, quando os retardatários frequentavam o lugar em despachos emergenciais, nos intervalos das rondas entre as carcaças dos vários veículos guardados no depósito e nas noites e madrugadas que passava solitário trancado dentro de uma casinha.

O depósito ocupava uma área afastada da cidade, nas bordas de um bairro conhecido por Tarumã, na Zona Oeste de Manaus. Era uma enorme propriedade, com quinhentos metros de frente e mil e trezentos de fundo, quase margeando o Rio Negro. Na área, eram depositados todo tipo de veículo automotor envolvidos em processos judiciais ou disputas comerciais.

Os veículos ocupavam filas e mais filas, uns depositados sobre os outros, como se fossem passagens, que agora pareciam muralhas de aço de um labirinto. A guarita onde esperava encerrado, entre as quinze horas e as dezoito horas, era logo ao lado do portão de correr no único acesso ao depósito.

Depois que anoitecia, o local fechava as portas para o recebimento de bens. Nesta hora, ele se dirigia até a pequena casa localizada no centro das fileiras de automotores. Lá passava as noites, entre uma ronda e outra. Sua segurança estava na carabina calibre doze e na pistola .380 que com- portava quinze munições, mais o carregador extra que sempre trazia na cintura. Usara a carabina uma vez, ferindo um ladrão na perna. Poderia tê-lo matado, mas não o fez. Apenas chamou a polícia, que levou o homem agonizando na carroceria da viatura caminhonete. Foi ouvido no cartório da delegacia no bairro, por uma escrivã bonitinha cujo nome esqueceu e nada mais soube do caso.

Descontando este acontecimento incomum, a vida no depósito era bastante tranquila, satisfazendo as necessidades que tinha: casa, comida e privacidade.

Em uma de suas andanças pelas cercas de segurança, conheceu uma puta que havia sido atirada de um carro no asfalto. Parecia uma menina, muito magra, mas com o sutil toque do sexo maduro no corpo. Pelo gradil de arame, chamou a puta nova para conversar. Ela estava suja e parecia assustada. Ofereceu o banheiro da casinha para que ela limpasse o sangue dos joelhos e as mãos raladas pelo asfalto áspero. A puta nova aceitou, falando-lhe o próprio nome, que era Suzana. Ela tinha lindos dentes alinhados, raros até nas mocinhas da sociedade. Naquela noite, dormiram juntos. O vigia dividiu sua marmita dormida, assim como o café da manhã. Tornaram-se amigos, depois outras visitaram sua cama de molas.

O responsável por seu emprego era o Velho Trindade, que foi incumbido pelo pai de Esmeraldino no leito de morte a ajudar o filho em Manaus. Trindade apertou as mãos calejadas do lavrador que morria, olhando para o filho de cujo futuro fora incumbido, balançando a cabeça, pesaroso. Via uma enorme dificuldade em cumprir com êxito a tarefa dada pelo amigo moribundo. Para sorte do rapaz, Velho Trindade conhecia um juiz de direito em Manaus, responsável pela manutenção do contrato com o depósito. Foi uma questão de tempo Trindade propor empregar o rapaz para que pudesse dormir em paz com a certeza do dever cumprido para com o amigo morto.

O vigia estava parado e protegido lendo o capítulo interessante de certo livro estranho que falava sobre outros mundos, habitados por espíritos impuros e potências malignas, quando um relâmpago iluminou os carros no depósito. Foi como se visse dentro de cada carcaça o esqueleto dos antigos donos. Todos eles olhando os passos do homem. Guardou o livro no bolso interno da capa. Seu coração começou a bater no peito avantajado com força. Ele andava envolto numa capa de plástico verde, na cintura portava a arma e a lanterna. Fazer a caminhada sob a chuva era uma obrigação, outra vez avistou ladrões entrando em uma noite na qual chovia, portanto aprendeu que eles gostavam da solidão que a chuva trazia.

O vento assoprava temerário pelas pilhas de carros e carcaças de metal. Esmeraldino calculou quanto tempo levaria para dar a volta em toda a área, completando o circuito daquela hora antes de a chuva cair. Aquele tempo prometia muita água para aquela noite ou no mais tardar dia seguinte. Outro relâmpago iluminou o céu escuro. Desta vez não mirou as carcaças, caminhando de cabeça baixa, olhando apenas o chão. Vinte minutos demoraram a rota e o retorno de volta à casa. O corpo suava por cada poro, no entanto não suava de cansaço, aquele suor era medo e sequer sabia o porquê deste temor tão repentino.

Quando o relógio bateu vinte e duas horas, o vento assobiava com grande intensidade, como uma música de um timbre agudo que nascia do ar, forçando a passagem pelas frestas de metal nas carcaças enferrujadas. Por duas vezes, a energia foi interrompida, deixando tudo às escuras. Pensou em sair para procurar alguma casa próxima do depósito. Não saberia que desculpa daria, talvez usasse o subterfúgio do telefone, o fato era que agora tinha mesmo era medo de ficar ali. Ponderou o absurdo daquele pensamento, atribuindo tudo às leituras que fazia. Pensou que era por isso que quem estudava muito acabava louco, lunático. Sentou-se na cadeira de balanço, que rangeu. Assustou-se com o som no escuro, em seguida riu de tanta frouxura. Poderia andar até um bar que conhecia, ademais não chovia tão forte quanto previra, apesar do vento. No entanto, abandonar o depósito seria imperdoável. Aquele era seu trabalho e sua responsabilidade.

A falta de energia elétrica não afetara a iluminação ao redor, a luz vinda dos postes continuava regando o terreno com sua cor âmbar. E, olhando mais para longe, notou que nas propriedades ao largo e nos ramais próximos também as luzes não estavam apagadas.

O problema estava nas dependências do depósito.

Recordou, incitado pelo inusitado da situação, de um conto em que uma entidade maléfica, uma zoombewie vodu, apagava até a energia elétrica das lanternas dos protagonistas para atacá-los no escuro. A lanterna estava funcionando, deixando-o mais aliviado, já que enfrentar uma zoombewie vodu não lhe parecia coisa agradável. Vieram logo em seguida à lembrança os rostos esqueléticos daqueles anônimos motoristas fantasmas, todos encerrados nos carros, olhando suas costas durante os infindáveis e solitários circuitos de vigilância no labirinto de metal. O vento começou a soprar mais forte, os postes dançavam de um lado para outro, acossados pela violência bruta do elemento natural. Outra descarga deixou tudo com a aparência de uma chapa fotográfica, pôde ouvir com uma clareza desconfortável o estalo da faísca elétrica, ouvindo o trovão causado pelo raio, que caíra ali perto, talvez sobre os carros ou as estruturas metálicas nos fundos.

O vigia deu um grito com um timbre agudo e feminino, seria atávico se não fosse seu gênero. Jogou o corpo no chão, cobrindo a cabeça com as mãos como se este ato bastasse para protegê-lo. Em segundos, ergueu a cabeça, dando graças aos céus por ninguém o ter visto dar tamanho vexame, era macho acima de tudo e ter medo de chuva e raios nem quando criança, quanto mais agora, homem feito. Abriu a porta com dificuldade, o vento forçava contra a abertura como se fossem muitos a empurrarem-na. Teve de fechá-la. Decidiu esperar o vento parar. Alguns fios aéreos carregados de eletricidade percorriam sustentados por traves inseguras em toda a área externa do depósito, não seria difícil imaginar que um deles pudesse tombar interrompendo a iluminação. Não queria topar com uma destas armadilhas molhado.

Uma vez testemunhou um homem eletrocutado por uma armadilha caseira feita com arame e eletricidade. Lembrou-se da carne chamuscada e do ricto sinistro que foi a máscara da morte para o infeliz ladrão. Não queria terminar daquela maneira brutal. Esperaria até amanhecer, para sua segurança é claro, repetiu para si.

Olhou para o relógio com seus mostradores fluorescentes, e calculou que não demoraria mais de uma hora para aquela ventania cessar, puxou uma manta encardida e se sentou na cadeira de balanço que rangeu, mas desta vez estava preparado e não se assustou.

II

Longe dali, Zé Biela e Bocão estavam sentados olhando a escuridão onde de vez em quando surgia um clarão azulado, resultado de um curto-circuito nas inúmeras ligações clandestinas na rede de energia elétrica. O barraco de Bocão ficava no alto da elevação e da porta se podia ver o mar de negritude que ia se enchendo de pontinhos de luz. Cada luz uma casa, em cada casa uma história.

— Quer dizer que o Tadros morreu? — perguntou José Macário.

— A doença o comeu inteiro, no final sobrou pele e osso. Não fui ao velório, só sei onde foi enterrado — respondeu Bocão.

— Aquele homem não valia sequer uma lágrima, tínhamos contas para acertar, agora não mais. E os outros?

— Sou da banda de cá, parceiro, eles da banda de lá. Sempre fui bandido, a diferença é que eles usam carteira. Narciso anda feito mendigo perambulando pelas ruas esmolando, falei com ele algumas vezes, agora o cara deu uma sumida. No fim da vida, estão pior que eu quando comecei.

— E o Café Colômbia? Mário Camará? E aquele nosso amigo?

— Todos por aí, esperando — falou Bocão.

— Perdi tudo, casa, mulher, filhos. Resta uma coisa.

Bocão olhou para Zé Biela com olhos arregalados. Não era bom em aguentar pressão, ainda mais vinda daquele homem parado na sua frente. Seu corpo tremeu, uma vez que as palavras lhe remetiam lembranças amargas, imagens dolorosas que fazem sentido apenas para alguns desafortunados. São pessoas que já presenciaram o abominável, que viram o inacreditável acontecer ante os olhos. Um trovão ribombou e o eco rasgando o céu da noite sumiu devagar, pressagiando eventos estranhos.

— A chuva está indo embora — disse Bocão.
— Tu sabes ou não o que fizeram dela?
— Sei.

Zé Biela se levantou do chão, e uma sombra perpassou o rosto amargurado de um homem determinado e simultaneamente a faísca de um raio caiu longe, iluminando com um flash azul o ambiente. E ele viu Zé Biela de pé a sua frente, resumido a um esqueleto que lhe dirigia um olhar sinistro vindo de duas bolas de fogo ardendo dentro do crânio esbranquiçado, com pedaços de carne putrefata e com vermes rastejando pela superfície úmida de imundície.

A imagem da forma que veio à mente de Bocão foi-se, repentina. Zé Biela saiu para observar a escuridão. Bocão iria avisar que ainda chovia e que às vezes os respingos gelados causavam febre de durar muitos dias. Pensou melhor, calou-se. O homem ficou lá fora recebendo os pingos na face. O outro ponderava se fugia, aproveitando aquele momento, ou se esperava para saber mais sobre coisas macabras que decerto lhe seriam reveladas. Decidiu que fugir iria apenas adiar a entrevista, portanto, ficaria. Uma vez que resolveu parte do problema que lhe afligia, começou a procurar, agora mais relaxado, um charuto de maconha para fumar tranquilo. A maconha era da mais pura qualidade. Daria um barato anestesiante as ideias grotescas que vinham de imagens resgatadas das memórias guardadas no recôndito da razão, no limite entre a sanidade e o reino das loucuras, dos delírios e da expiação.

Zé Biela entrou molhado, sentou-se no banco observado por um Bocão visivelmente transformado pela erva do Diabo, ou pelo elixir das Santidades, dependendo do ponto de vista adotado. Esticou o braço para tragar um pouco da erva de Bocão, já que sem dúvida reconhecera pelo olfato a pureza do material. Aprendeu com um índio na cadeia que certas conversas devem ser travadas próximas às portas do inconsciente. Zé Biela tragou uma porção generosa da canabis.

Quando devolveu o charuto para Bocão, consumido até a metade, olhou diretamente para os olhos covardes daquele que conhecia alguns de seus segredos.

— Para onde ela foi levada?

III

Às três horas da madrugada, lembrou a hora porque o relógio soou o alarme eletrônico, acordou. Ainda estava escuro e o vento continuava com a mesma intensidade, se não mais forte. Levantou-se da cadeira para esticar o corpo, andou até a mesa, onde uma garrafa térmica tinha café com leite quente. Iluminou o pequeno espaço da casa com o display digital de seu telefone celular, porém a luz apagava sempre passados alguns segundos. Quando alcançou a garrafa, errou o primeiro jato de café disparado na caneca de alumínio que o patrão lhe dera por ocasião de seu aniversário. Achou que o presente fora brega e sem valor, mesmo assim agradeceu ao homem gordo e branco com um entusiasmo fervoroso. Encheu a caneca, em seguida pegou de uma vasilha plástica algumas bolachas salgadas. Começou a mastigar as bolachas, fazendo uma massa saborosa na boca, que fez descer pelo trato digestivo com goles do café misturado ao leite.

Ele gostava de fazer esse repasto semelhante ao que fazia quando acompanhava o pai nas pescarias.

Ao procurar sobre a toalha da mesinha uma vasilha de margarina que usaria para temperar as bolachas, encontrou um objeto do qual havia se esquecido. Era um pequeno rádio de pilhas, que tinha encontrado em um monte de entulhos trazidos por um dos carros que despejavam objetos no armazém do depósito. O motorista do carro não era seu amigo, mas como ostentava o viço da juventude, o velho motorista tinha receio de ultrapassar os limites com o vigia. Na manhã em que pegou o rádio, o motorista, que se chamava Getúlio, interpelou sobre o que faria.

— Ei? — chamou Getúlio.

Esmeraldino apenas olhou de soslaio, com o rádio nas mãos.

— Vigia! Tu não me ouviu?

— Ouvi — respondeu, virando sobre os calcanhares.

— O patrão disse que não se pode pegar nada daqui. Bota o rádio no lugar.

— Não.

— Como é?

— Não vou pôr o rádio em lugar algum, chefe. E quem bota é galinha — disse e se postou em frente ao motorista. — Se estiver achando ruim, venha aqui tirar.

O vigia ficou lançando o rádio para o ar com as mãos. O motorista apenas sorriu, fazendo uma linha na face, que mais parecia o sorriso da morte. E foi embora. Ele sempre esperou que o motorista um dia quisesse se vingar da humilhação. Essa noite seria o momento perfeito.

E foi quando pensava nas maquinações das quais poderia ser vítima que notou o primeiro som estranho, vindo dos amontoados formados pelos carros empilhados. Talvez estivessem caindo por causa do vento. Sabia que uma vez a grande estrutura do guindaste de aço soltara-se. A garra de dragão balançou duas vezes, destroçando uma torre de metal que servia a uma empresa de telefonia móvel. Talvez tivesse se soltado e agora atingisse os carros mais altos nas pilhas, jogando-os ao chão. Outra vez o barulho, agora mais potente, ferro e vidro se contorcendo, e entortando e estilhaçando. Sentia uma vibração nos pés e nas paredes da casa. Limpou a janela, para observar se o guindaste estava ainda preso nos cabos, instalados logo após o primeiro incidente. O que testemunhou ficou gravado nas retinas do vigia um bom tempo.

Envolto nas penumbras, a garra descia e subia, com alguns carros presos nos poderosos ganchos de metal. Alguém a operava, mas quem poderia ser? Como o caso agora descambava em vandalismo, os véus obscuros do inacreditável foram desvelados e Esmeraldino voltou a ser o vigia implacável, armado e perigoso.

Armou-se com a pistola e de lanterna em punho não ligou para o vento e a chuva. Daria uma lição no malandro, se fosse o motorista Getúlio iria chamá-lo para uma desforra ali mesmo, na chuva. Andou alguns metros em direção à estrutura, toda pintada de laranja e amarelo. O aparato impunha receio, pois se o operador jogasse a garra nele causaria um belo estrago. Foi por acaso que notou algo que lhe deixou confuso. Esperou que a torre ficasse de costas para ele, quando se aproximou notou que as luzes da cabine de comando estavam apagadas. Assim como as esteiras do motor que servia de base, tinham sido retiradas e largadas como tapetes de aço no piso gramado. As esteiras estavam no chão. O motor também não exalava os gases da queima de diesel ou gasolina, contudo pulsava impulsionado por alguma força desconhecida.

Possessão.

A palavra surgiu repentina. Ao olhar para cima, deu de frente com a garra erguida, como se olhasse o homem lá das alturas. O vigia não teve dúvidas. Correu. Trancou-se para esperar o dia amanhecer.

Dormiu de tensão, não ligando para os sons tenebrosos que vinham dos fundos do depósito. Perto das sete horas da manhã, o relógio soou o alarme. O vigia acordou e pensou que tudo fora um terrível pesadelo. Olhou as roupas penduradas, molhadas. Seria uma prova de que andara na chuva, mas ele tinha desde criança o hábito do sonambulismo. Abriu a janela, deixando os raios inundarem a casa, espantando os fantasmas da noite. O vigia balançou a cabeça, envergonhado da própria atitude. Saiu para inspecionar o depósito, rezando para que nenhum esperto tivesse se aproveitado para surrupiar peças e objetos que estavam sob sua guarda e responsabilidade. Os cabos de energia não tinham caído, como supunha, portanto, a causa da interrupção da energia elétrica era de outra natureza. Além do que as luzes agora estavam acesas. Por precaução, apagou essas luzes. Os contêineres com contrabando encontravam-se lacrados, o barracão das motos permanecia fechado.

Estava entrando no caminho formado pelas colunas de carros empilhados quando uma sombra lhe cobriu. O coração disparou no peito, fazendo o pesadelo da madrugada retornar. Quando ergueu os olhos, deparou-se com a garra monstruosa, solta, tendo o sol da manhã como uma bola de luz por trás da estrutura. Enxergou por segundos olhos, mas era apenas a luz filtrada. A garra deslizou no ar e parou alguns metros adiante. Notou que a distribuição das colunas de carros modificara-se, como se alguém operando os controles as tivesse reagrupado em uma nova configuração.

Decidiu matar a curiosidade subindo nos escombros da torre destruída de telefonia celular. Lá do alto teria uma visão panorâmica e poderia ver o que acontecera na estranha madrugada de vento e chuva. Subiu com cuidado na estrutura enferrujada. Foi criado subindo por galhos e cipós e não temia as alturas, acostumado desde pequeno a alcançar o topo das árvores mais altas da floresta. Uma vez, para colher um cacho de açaí, escalou com as forças das mãos uma palmeira com trinta ou mais metros. Quase despencou lá de cima duas vezes, assustado por pássaros que lhe acossaram por causa de um ninho.

Olhou a torre e deu um salto. Fixou bem a mão em uma barra de metal forçando-a para baixo. Iniciou a escalada fazendo das barras uma espécie de escada. A torre destruída ainda se lançava uns vinte metros para o alto, porém o vigia atingiu rápido o topo com o sol da manhã banhando seu corpo. O céu estava azul, sem nuvens, se bem que no horizonte uma enigmática formação de cirros escuros aguardava ansiosa para despencar raios e água. Longe podia ver o Rio Negro, brilhando pelo sol que incidia nas águas escuras. O vigia ficou um tempo, observando o movimento. Quando olhou para o guindaste parado, sentiu uma ponta de receio inexplicável. A garra de metal como que lhe mirava de longe, balançando imperceptível pela força do vento, uma fera esperando o momento propício. Ele não conseguia tirar os olhos da estrutura. Começou a descer da torre. Lembrou o que lhe levara a subir a estrutura destruída e olhou para baixo, para o exato local onde, em seus pesadelos ou por força do acaso algo lançara os carros antes empilhados.

Não entendeu com facilidade o que via, era certo que por uma obra fantástica de coincidências uma quantidade considerável de carcaças não mais estava onde ficaram por muitos meses desde que chegara ao depósito. E até anos, se o vigia acessasse os arquivos de alocação das peças.

Apenas via o chão nu, em uma área correspondente a duas ou três colunas de automóveis com uns trinta carros no total. Aquelas colunas de carros ficavam no final da área usada para estocagem de veículos. O próprio juiz, que parecia um porco de criação, lhe asseverara para que não remexesse naquele lugar. Disse que ali estavam carros que eram peças. Ele descobriu que "peça" significava o equivalente em papel ao objeto em questão e que compunha um documento chamado inquérito, ligados aos homicídios insolúveis, ao tráfico de drogas e aos roubos violentos acontecidos na cidade nos quais estes veículos teriam participado. Lembrou seu primeiro dia de trabalho. Treinara duas semanas em outro lugar, usado para guardar imbróglios de Justiça. Aprendeu a preencher a papelada, assinar igual nos canhotos dos oficiais de justiça, conferir os objetos um por um, separá-los por tipo e outras das muitas particularidades deste novo ofício.

O carro no qual vinha parou em frente ao depósito e ele desceu com sua mala de pertences. Iniciou o trabalho em uma segunda-feira que por coincidência era feriado nacional de Sete de Setembro. O lugar parecia deserto, não existindo casas nem comércio perto das instalações. O carro foi embora e ficou parado defronte ao portão de chapas de aço, pois lembrou que não lhe deram chave para entrar. Ao menos não escutara cachorros, os guardiões caninos não demonstravam simpatia por ele. Aproximou-se de uma abertura nas chapas e olhou, tentando ver se alguém aparecia. Foi quando um homem que vinha andando lhe acenou. Respondeu ao cumprimento, aguardando-o.

— O jovem deve ser o novo vigia daqui — disse o homem, estendendo a mão suada. — Meu nome é Duarte, rapaz.

— Disseram que tu estaria me aguardando.

— Como hoje é feriado nacional, ninguém vai aparecer para entregar nada. Aproveitei e fui comprar uma galinha caipira, olha só. — Duarte ergueu uma sacola que trazia com uma galinha despenada dentro.

— Bem gorda!

— Por ali existe uma granja pequena, coisa familiar, sabe, conheço os donos e compro ovos e galinhas às vezes para almoçar. Muito bem, como é teu nome?

— Esmeraldino.

— Vamos entrar, por aqui é deserto nas horas do dia. Quando cai a noite, o movimento melhora por causa dos flutuantes no Igarapé-Açu.

Duarte abriu o portão de chapas, destrancando-o com um comando de rádio acionado por um alarme manual. A trava estalou e abriu uma das portas, camuflada na estrutura maior do portão principal. Duarte era um velho magro, com cabelos brancos e revoltos, a pele era curtida de sol, os olhos castanhos ainda brilhavam de vivacidade. O corpo do velho não era elástico, já que perdera os músculos com o passar dos anos e como falava a criatura. Imaginou que trabalhar solitário criasse costumes nas pessoas, como o de falar longos monólogos tendo a si próprio como interlocutor. Duarte parecia ter adquirido este transtorno, falava sem parar, às vezes com seu interlocutor, outras para um espelho mágico que lhe refletia. Falava de suas esposas, dos filhos e de outras pessoas desconhecidas, de fatos corriqueiros e de muitos outros assuntos que preencheram a manhã inteira até o almoço.

— Falo pra caramba, né?

— Fala até pouco.

Duarte ficou comovido pela sinceridade do jovem.

— Depois que a gente almoçar, te levo para passear pelo depósito. O juiz mandou te orientar sobre certas particularidades, coisas que apenas os donos e os vigias ficam sabendo.

— Onde coloco as tralhas, Duarte?

— Se quiser, tu pode morar em uma casa cedida pelo juiz num bairro aqui próximo, eu mesmo pouco fui lá. Quando estiver de serviço, pode usar a casinha que fica mais no centro perto dos carros. A casa é pequena, mas como estou de saída servirá para te acomodar. Sempre preferi morar aqui no depósito. Toma a chave, agora a responsabilidade é tua.

Duarte atirou para Esmeraldino um molho de chaves que trazia preso no cós da calça, que apanhou o molho no ar e foi acomodar seus pertences primeiro na guarita, depois procuraria a casinha.

Almoçaram o cozido que Duarte preparou. Poucas vezes sentiu um gosto tão maravilhoso. E repetiu duas vezes a porção de comida. Quando terminaram o almoço, foram descansar em uma cobertura cercada de coqueiros anões. Descansou no chão forrado por papelões e Duarte armou uma cadeira de sol velha e rasgada.

— Fuma? — perguntou Duarte para o jovem sentado.

— Parei, estava tossindo igual tuberculoso.

Duarte apenas concordou com a cabeça e passou a produzir um cigarro de tabaco artesanal, enrolando o papel e depositando o fumo que trazia embrulhado. O rapaz ficou observando a agilidade plácida do velho. Quando terminou de fazer o cigarro, acendeu um palito de fósforo, que demorou a incendiar as folhas secas.

— Lá atrás têm um igarapé que uso para refrescar o quengo. A água dele é limpa. Antes, um conselho. Faça uso daquela água com o sol. Sem ele, é melhor evitar a lagoa.

— Pescava sozinho nos lagos, Duarte, água não me põe medo.

— Não falava da água.

— Não temo os bichos que moram nela.

— É apenas um aviso, tome cuidado com aquele lugar. A água é limpa e fresca e pode-se banhar sem medo, só tem que respeitar seus segredos.

— Se é para o meu bem, acolho o aviso com respeito.

Duarte o olhou e soltou uma espessa baforada. Fez um esforço insuspeito para demonstrar um cansaço que não parecia verdadeiro, pois o velho aparentava ser saudável e forte. Dobrou o corpo na direção do chão e apanhou um pedaço de madeira, um espeto qualquer, e começou a desenhar a configuração do depósito usando a terra úmida como lousa de ensinar e o espeto como giz. As instalações principais, os lotes onde estocavam os objetos maiores, as pilhas de carro, a casinha e todo o resto.

— O trabalho aqui é igual ao que fazias na cidade, preencher os papéis, verificar o que está sendo entregue, o que sai, contar as tralhas maiores e fazer a ronda da noite.

— Ronda da noite?

— É a parte mais perigosa do trabalho. Aqui não temos cachorros, por que o juiz não gosta de cães e os cães não gostam dele. O lugar, apesar de ser grande, não é todo ocupado, dá para fazer um circuito de vinte minutos andando devagar. O problema é que a gente fica só, de dezoito até sete da manhã no outro dia.

— E se alguém tentar entrar?

— Usa os ferros — disse convicto Duarte.

— Bastões? Varas?

— Pau de fogo, meu jovem. O juiz deixa com o vigia uma punheteira doze e uma pistola trezentos e oitenta cheia de chumbo. Quando o sol esfriar um pouco, te levo lá nos fundos e damos uns disparos.

E assim fizeram.

Duarte ficou impressionado com a destreza do jovem manuseando as armas, pensando que ao menos com elas, ele não teria problemas. Entregou um coldre de couro para que experimentasse. O jovem se comportou como em um faroeste, cheio de pompa e circunstância com o coldre e as armas do juiz. Treinou saques rápidos, deu tiros ao alvo em latas de cerveja que encontraram entre o lixo metálico. Antes de ir para sempre do depósito, Duarte teve de abordar assuntos delicados. O vigia velho chamou o jovem que iria lhe substituir para um passeio entre as sucatas de carros empilhados.

— Aqui existem coisas e lugares sobre os quais não se deve falar. Somos vigias de um depósito que guarda os pertences de pessoas que viveram uma existência, como dizer, atribulada.

— Atri... O quê?

— Complicada, difícil. Gente de posses, ladrões, assassinos, falsários, políticos, alguns policiais. Pessoas com grande força de vontade, jogados no rebojo da vida. Certos objetos acabam tomando destas pessoas sua força. Talvez porque amem demais coisas mortas, afinal coisas não têm alma cristã.

— Parece que o senhor fala de fantasmas.

— Ver? Não vi nada aqui em trinta anos de trabalho, não digo que não exista algum mistério por este mundo vasto e infinito, só não os vi e acho que não verei nada até a morte.

— E por que o aviso?

— Com os meus olhos não enxerguei visagens, agora com o coração senti a presença de coisas estranhas. No igarapé que disse existir atrás daquelas árvores, por exemplo, nade lá nas horas do dia, à noite não faça isso. Acho que nele mora alguma coisa poderosa, não sei dizer se má, não sei dizer se boa. Pode ser um bicho? Pode. Uma vez assisti um documentário na televisão, nesse documentário diziam os doutores que o homem já possuiu um sentido de perigo, dos tempos nos quais éramos caça e não caçador. Os doutores diziam que este alarme toca na nossa cabeça quando alguma coisa nos observa em secreto. Para comer a gente, para roubar, para qualquer atitude que coloque a gente em perigo. Quem sabe naquelas águas more uma cobra.

— Cobra? Daquelas encantadas, Duarte? Uma conversa destas ouvi pela última vez faz um tempão, antes de vir para a cidade. Meus tios contam estórias de cobras.

— É um aviso, menino. Não lhe quero mal.

— Não te preocupa, lá não tomo banho quando escurecer.

— Ótimo. É claro, existem outros lugares e assuntos que você precisa saber.

— Sobre o depósito?

— O juiz é colecionador de objetos raros. E caros. Ele guarda alguns deles aqui, se bem que são objetos bastante incomuns. Soube destas conversas faz muitos anos, desde então passei a me inteirar dos fatos.

— Coisa valiosa? Joias? Ouro?

— Um ônibus inteiro, que veio da Europa.

— Um que veio da Europa. E para que ele traria um trambolho destes?

— Tu já ouviste falar da Segunda Guerra Mundial?

— Apenas na televisão. Os alemães, os japoneses e outro país contra o mundo inteiro. Não é isso?

— Faltou a Itália. O ônibus pertencia aos alemães quando ele comprou em um leilão, fica guardado naquele galpão junto com outro carro, este vindo do Rio de Janeiro. Conhece o Rio de Janeiro?

— Conheço o lugar onde nasci e o rio que me trouxe até aqui a Manaus. E só.

— Tempos atrás, um político usou uma ambulância para descartar nos lixões alguns mendigos. Eles pegavam os mendigos pela rua e com a desculpa de irem tratar deles levavam para um lugar deserto e pum! Davam um tiro na cabeça do infeliz. Chamavam a ambulância de "Coletor de Almas", mas acho que eles é que produziam as almas.

— O juiz comprou a ambulância que usavam?

— Vale uma nota preta hoje. Ele não a venderia nem para salvar a própria pele. Acho que pegou amor pela coisa.

— E o ônibus? Qual a história dele?

— Ele rodava na Segunda Guerra, em um campo de extermínio. Os alemães colocavam as pessoas dentro dele, a maioria delas judeus, e enquanto dava um passeio uma mangueira ligada no escapamento jogava a fumaça dentro. O ônibus era todo lacrado e as pessoas morriam em minutos. Quiseram destruí-lo, os pais do juiz não deixaram e agora ele o comprou e o deixa guardado dentro do galpão.

— E este ônibus? Tem apelido, Duarte?

— Ônibus para o Inferno.

— E ele está lá, guardado com a tal ambulância?

— Todo bonitinho. O juiz manda dar uma lavagem todo ano e encerar a lataria. Com a ambulância é a mesma coisa. Chegamos.

Duarte parou ao lado de uma pilha de carros. Estavam empilhados ali perto de trinta carros, amassados pelo peso de toneladas, uns sobre os outros. Os modelos eram bastante antigos e diferentes das outras partes do depósito onde foram empilhados outros veículos sob a guarda da justiça. Ali onde Duarte mostrava não se via nenhuma organização.

— O que têm aqui?

— Aqui embaixo existe um carro enterrado em uma vala profunda. Vi quando fizeram, mas não me contaram nada sobre esse acontecimento. O juiz acompanhou todo o trabalho. Cavar o buraco para caber o carro, descer o carro até o fundo do buraco, fechar tudo e empilhar os carros aos cacarecos. Soube que o carro participou de chacinas e assassinatos. Não disseram quem era o dono, ou donos, sei lá. No dia que o enterraram, um delegado chefiava um pessoal, por isso acho que o carro é alguma prova contra aquele sujeito. O juiz mandou que eu não contasse aquilo para os curiosos. Assim como recomendou para não fazer circuito sobre o túmulo improvisado onde o carro está enterrado.

— E o juiz não contou mais nada?

— Nada, e eu não perguntei. É isso, parceiro. O depósito é todo teu. Pena eu ter de ir embora, tu me pareces boa gente. Quando o frio pega para valer, tomo sempre uma cachacinha para esquentar o estômago. Ali fica um armazém de livros e revistas, caso você goste de ler. Bem, agora é adeus. Fique na paz e boa sorte.

Duarte saiu pela porta camuflada e apanhou um ônibus que passava naquele instante. Aqueles anos ali fizeram do velho um mapa de itinerário ambulante. Ele sabia decoradas as horas e os rotas, Esmeraldino se despediu de Duarte trancou a porta do depósito e foi se instalar na casa que lhe serviria de morada por um longo tempo.

Agora o lugar antes tomado de carros empilhados apresentava-se limpo de carcaças, que estavam empilhadas ao lado, umas por cima das outras. O chão por baixo estava batido, com manchas de óleo aqui e ali. Não havia umidade, apenas terra seca. O exato local onde Duarte disse que havia um carro enterrado. Estremeceu, apesar de estar de macacão pesado. Olhou para os lados, com a impressão de estar sendo observado, mas percebeu que estava solitário. Andou de volta à guarita, ponderando sobre aqueles acontecimentos. Pensou em ligar para o juiz, informando o que se passara.

Ficou pensando e resolveu fazer como da última vez em que se metera em rolo. Quando deu dois tiros em um ladrão não aconteceu nada com ele, não haveria de ser por causa de um monte de carcaças apodrecidas mudadas de lugar e um carro enterrado que perderia o sono. Faria um boletim de ocorrência no 19º Distrito Integrado de Polícia DIP. Ponderou que nada fora roubado ou furtado, portanto, o que reportaria às autoridades? Que alguém trocara as carcaças de lugar? Por sarro ou brincadeira? Se o fato se repetisse, neste caso sim, iria falar com o responsável. Ele que interpelasse o juiz sobre o que poderia estar acontecendo no depósito.

Capítulo 3

Sexta-feira, 11 de junho de 2010

3h

I

Em Manaus, por conta de sua posição geográfica privilegiada, foi instalado um sofisticado sistema de antenas e radares chamado SIVAM/SINDACTA.

O Sistema de Vigilância da Amazônia — Sivam — foi criado em 1997 para que a Aeronáutica pudesse monitorar o espaço aéreo da Amazônia, até então uma rota livre de interceptações e fiscalização. O governo federal investiu 6,2 bilhões de reais para que o sistema fosse capaz de controlar as rotas de jatos comerciais, o percurso de aeronaves militares, detectar aviões de traficantes e contrabandistas que entram no país, mensurar a devastação ambiental e até mesmo levar comunicação para povoados isolados.

A confiabilidade do Sivam foi colocada em xeque várias vezes. As investigações mostraram que havia buracos negros no céu da Amazônia, ou seja, áreas que os radares do projeto Sivam não alcançavam, ou como ficou provado depois de algumas investigações administrativas, os dados e modelos matemáticos que o sistema repassava aos operadores é que não eram corretamente interpretados. Após mudanças no ordenamento administrativo, passou-se o cansativo e desgastante processo de monitoramento das rotas aéreas a pessoal especializado. Dessa forma, começaram a ser desenvolvidos nas instalações projetos científicos de alta complexidade compostos por técnicos e cientistas acostumados aos sofisticados modelos matemáticos gerados pelas varreduras dos radares.

Um dos trabalhos realizados pelo projeto de monitoramento foi o da análise climática. Sendo o clima uma das variáveis mais importantes para entender os princípios de regulação das estações, a coleta de dados massiva pode ser implementada com a implantação de radares e bases móveis para a coleta dos dados, o que já era previsto pelo cronograma do SIVAM/SINDACTA.

Os radares usados para o estudo meteorológico, EEC-Gamic, de grande capacidade de varredura e inúmeros sensores para relâmpagos, foram as peças mais importantes.

Toda esta parafernália de tecnologia servia como uma rede de pesca predatória, capturando sem critério qualquer coisa que aparecia nas telas e que podia ser mensurável pelos sensores. Uma infinidade de modelos aleatórios nascia dentro do programa que organizava os dados por escala de tempo, localização e tipo de fenômeno captado pelos sensores.

Dos fenômenos observados nos monitores da instalação, os que mais atraíam a atenção dos pesquisadores, tanto os brasileiros quanto os estrangeiros residentes, eram os que analisavam a formação das tempestades tropicais. Grandes massas de ar, umidade e estática que acumulavam uma enorme quantidade de energia elétrica. Dentro destes colossos de energia, alguns raios alcançavam a casa das dezenas de milhões de volts, sendo que em duas ocasiões os sensores tinham registrado a cifra inimaginável do bilhão de volts. Todos os envolvidos consideraram a leitura como sendo uma falha do sensor, mas a falha não foi encontrada, mesmo após varreduras criteriosas.

Foi no monitoramento das formações de chuva, em junho de 2010, que apareceu a grande mancha de energia elétrica se formando ao sul de Manaus. O tipo da tempestade foi classificado como supercelular. Essas tempestades são consideradas as maiores tempestades isoladas, possuindo dimensões equivalentes às maiores tempestades multicelulares e podendo atingir alturas de até 20 km, ultrapassando a tropopausa. Embora mais raras, elas são as mais violentas. Duram em geral de duas a seis horas e costumam ser eletricamente bastante ativas. Os monitores refaziam os cálculos permanentemente acusando a acumulação maciça de formações cúmulos na área monitorada, o que indicava a precipitação da chuva e dos raios para uma hora próxima às vinte horas, no horário de Manaus.

O alarme avisando o horário de saída ainda estava longe de tocar, mas a sala de monitoramento climático estava deserta, ou quase isso. Sentada em uma confortável cadeira com colchões de espuma espalhados em lugares ergonômicos e estratégicos, uma jovem estagiária do departamento de Meteorologia observava os gráficos automáticos irem mudando em um crescente preocupante. No crachá estava escrito F. Schoi, o F. significava Fernanda. O Schoi era a única contribuição do pai em sua vida. Claro, descontando os belos olhos orientais de pupilas castanhas. O cabelo negro liso dava um charme estrangeiro a Fernanda, porém suas qualidades mais pungentes não podiam ser medidas por padrões estéticos duvidosos. Desde pequena, Fernanda conseguia operar os números e as variáveis em problemas matemáticos complexos para os demais e simplórios para ela. A facilidade com números e sistemas a levou ao Departamento de Física Pura da Universidade Estadual do Amazonas (UEA). Com isso, ingressou no curso de Meteorologia, e por causa das suas notas extraordinárias foi escolhida para o estágio no Complexo de Vigilância e Monitoramento dos Céus, que funcionava nas dependências do Sivam.

Apesar de conhecer com bastante profundidade as disciplinas acadêmicas, faltava exercitar a prática em campo. No início, o trabalho mostrou-se monótono, sem grandes desafios técnicos ou científicos. Com o passar do tempo, começou a conhecer outras pessoas e equipes que trabalhavam ali. Também veio a saber de certos assuntos velados à comunidade acadêmica convencional, nos quais por acaso ela pôs as mãos. Tratava-se de eventos relacionados a grandes energias que, às vezes, circundavam áreas inteiras de florestas e rios. Os modelos matemáticos não conseguiam explicar os fenômenos elétricos que aconteciam, suas causas também permaneciam no inaceitável campo do mistério científico. Alguns pesquisadores comentavam sobre a estranheza destes fatos, relacionando-os com hiper-realidade. Fernanda descobriu que essa era uma forma disfarçada de aceitar o misticismo telúrico.

Por duas vezes, aqueles fenômenos elétricos tinham aparecido momentos antes da queda de aeronaves. E, por mais que se investigasse, nada de elucidativo era descoberto. Uma das lendas urbanas que alimentavam as fofocas nas instalações do complexo de radares dizia respeito às vozes sinistras que os controladores escutavam nos fones de áudio, nas horas da madrugada. Tais vozes, diziam os doutores que trafegavam nas salas de monitoramento, poderiam ser transmissões radiofônicas piratas, cujas bandas se entrelaçavam com a varredura dos canais pelos radares de busca. Traficantes usavam estas transmissões piratas para se comunicarem com compradores e atravessadores de entorpecentes. No entanto, esta não era a única tentativa de explicação para as vozes distorcidas que os operadores de radar ouviam.

Uma noite na qual Fernanda fora escalada para o turno da madrugada em frente aos monitores de alta resolução, ela teve uma conversa bastante didática com um veterano sargento de comunicações, que realizava vistorias nos procedimentos de comunicação militares. Às três horas da madrugada, quando dava uma pontada de fome, Fernanda caminhou até o refeitório, onde sempre tinha café com leite e chocolate com bolachas na mesa. Ela serviu, em um recipiente de papel, um bocado de biscoitos recheados com doce de goiaba e encheu um copo grande com chocolate quente. Satisfeita com a quantidade, foi caminhando de volta à sala de monitoramento quando ao passar em frente a uma porta, esta se abriu, assustando a jovem, que quase deixou cair o chocolate e o pacote de biscoitos.

— Menina! Desculpe, não pretendia assustá-la — desculpou-se o sargento Medeiros.

— Imagine, sargento — respondeu Fernanda, arfando de susto.

— Deixe ajudar com isso — o sargento pegou o pacote de biscoitos enquanto Fernanda se recompunha do susto. —Você vai voltar para o monitoramento?

— Preciso, as mudanças têm de ser anotadas nos blocos de nota na hora em que acontecem.

— Vinte minutos não farão diferença. Agora, se for mesmo importante, pode ir. Entro lá daqui uns minutos.

— Não. Em vinte minutos, o mundo não vai acabar — respondeu Fernanda.

Eles se sentaram em bancos que ficavam próximos à entrada da sala na qual trabalhavam. O sargento Medeiros trazia um volume envolto em papel madeira, que Fernanda logo intuiu ser alguma espécie de bebida alcoólica. Fernanda olhou o militar alguns instantes. Ele podia ter sido atraente na juventude, era alto e rígido, mas naquele momento aparentava velhice e tinha o ar distante. Seus olhos eram castanhos e o cabelo esbranquiçado combinava com o corpo seco. Parecia um tio de quem gostava muito. Quando retirou da boca o gargalo da garrafa, Fernanda o olhava.

— Não gosto de ficar solitário na madrugada — falou Medeiros.

— Bebida não é proibido aqui?

— Eu não conto se você não contar.

— Não vou contar.

— Boa menina — Medeiros tomou mais um gole. — Pode ficar despreocupada, Fernanda, nem todos os homens sofrem dos mesmos demônios.

— Como assim?

— Jamais iria faltar com o respeito. Já vi seu jeito no trabalho, admiro mulheres como você, mulheres de personalidade e inteligência. Minha filha parece contigo, sabia?

— Uma filha. E ela tem quantos anos?

— Vinte e um. Vai se formar quando completar vinte e quatro.

— Qual a área?

— Engenharia Elétrica — Medeiros tomou mais um gole demorado e profundo.

— Isso é bom, Medeiros?

— Não, só ajuda a entorpecer. Notei que gostas de histórias.

— Histórias? — Fernanda mexeu o corpo na cadeira, como se alguma coisa a incomodasse.

— Tolice sua se envergonhar, todo mundo gosta de histórias de fantasmas e lendas de terror. Aqui muito embora estejamos cercados de equipamentos elétricos e luzes, também há histórias de assombrações.

— Desculpe, Medeiros, sempre ouvia dos meus avós causos, relatos de visões, mistérios inexplicados, esse tipo de coisa, sabe? Na vida adulta, passei a colecionar notícias incomuns, fatos inexplicáveis. Parece maluquice, mas lendas urbanas compõem uma parte importante no tecido da realidade. O que lhe parece tudo isso que falei? Maluquice minha?

— Curiosidade. Um dos fertilizantes da imaginação e do conhecimento.

— E então, Medeiros? Conhece alguma lenda urbana daqui do complexo?

— Conheço algumas.

— Conta — Fernanda pediu com os olhos castanhos brilhando. Por um momento, Medeiros ponderou a hipótese de abrir-se com aquela jovem, contar sobre as coisas que sabia, sobre alguns fatos que intuía, principalmente, saber até onde ia sua loucura. Logo baixou a cabeça, envergonhado pela própria covardia. Contaria apenas uma das histórias que sabia.

— No céu que circula em cima das matas, existe uma energia. Muitas vezes, detectamos as emissões, catalogamos os parâmetros, marcamos os lugares. No início dos trabalhos aqui no complexo, não existiam pesquisadores, éramos nós e os civis contratados. Noites e noites com a cabeça enterrada nos radares e nas telas, procurando aviões e interceptando comunicações. Nosso pessoal sabia que o sistema falhava, estávamos começando a operá-lo, existiam mais dúvidas que certezas, não eram raras as vezes em que panes deixaram fora do ar o monitoramento das áreas de tráfego.

— O monitoramento fora do ar não pôs em perigo as rotas aéreas?

— O centro de radares em Brasília é quem faz o real monitoramento das linhas de tráfego aéreo civil. Algumas vezes, existem sombras ou ruído eletrônico, também ocorrem panes e nesses casos subsistemas sustentam os processos no geral.

— E o que tem estes procedimentos de tão misteriosos?

— Duas vezes acompanhei a queda de aeronaves pelo rádio, ouvi as vozes das pessoas condenadas, as ordens que a tripulação executava. O que eles falam são coisas terríveis, maldizem deuses e demônios, gritam desesperados por salvação. Então fica o silêncio da morte instantânea.

— Que coisas terríveis — disse Fernanda. — O senhor fez algum tratamento? Sabe como é, né? Um episódio destes pode gerar algum transtorno.

— Você tem razão, Fernanda, não precisa usar de meias palavras. A loucura vem aos poucos e tu sabes que tudo vai mal quando começam as vozes na tua cabeça. Aí é o fim. Os operadores escutam coisas nos fones, a maioria deles descarta, outros guardam as palavras ouvidas em meio à estática e ao ruído eletrônico, uns afirmam que os sons nada significam. Quem dá significado é a nossa mente.

— Gestalt — falou Fernanda.

— O psicólogo da base em Cachimbo explicou isso, ele não concordava com a solução proposta desta forma tão acadêmica. Formas pré-existentes nas quais moldamos o mundo, ele disse. Tudo se adapta às nossas experiências anteriores, damos sentido ao que é similar, ou parecido com o que conhecemos.

— No fim, tudo se resume a constantes físicas, ondas de rádio, emissões de radar, estática.

Medeiros olhou a jovem sentada a sua frente, bebeu mais um demorado gole de álcool e aproximou-se dela, que inconsciente recuou o corpo.

— Física? Dois anos atrás, monitorei um avião sem identificação que apareceu entre dois buracos negros nas telas. Estava sozinho na torre de monitoramento. Quando consegui abrir um canal de comunicação com aquela aeronave, o que escutei foram as mesmas palavras de socorro, as mesmas maldições, o desespero ante a morte. A tela mostrou o sinal de impacto com o solo. Demorou alguns segundos e ouvi uma voz. Ela dizia coisas terríveis, falava de mim e sabia coisas de minha vida. Não pude mais usar um fone, me puseram para avaliar equipamentos até que me aposente. Física, você diz? Só sei que por aí, pelos céus, corre alta energia, que busca um para-raios do Mal para descarregar suas maldições.

Fernanda ficou olhando o homem dizer aquelas palavras, enquanto se levantou devagar. Medeiros olhou-a e balançou a cabeça, dando adeus ou desculpando-se. A jovem andou de costas, deixando o solitário Medeiros preso nas suas loucuras mergulhadas no álcool. Quando entrou na sala de monitoramento climático, estava sozinha e ia pôr os fones, porém desistiu, preferindo assistir à televisão. Fernanda lembrou o episódio com Medeiros.

As palavras dele sobre a energia que vagueia por sobre rios e florestas. Esperando ser atraída por um receptáculo. Os monitores de raios e chuvas passaram a avisar sobre um deslocamento de massa, ao menos não eram espíritos, pensou Fernanda, em quantidade colossal vindo para Manaus, segundo ela confirmava na tela onde pelos números nas janelas dos monitores e dos sensores a sua disposição podia traçar uma rota presumível. O protocolo pedia o imediato aviso aos seus superiores no projeto. Fernanda pegou o celular e ligou. O toque da chamada bipou, e ela quase ia desligando quando foi atendida. Uma voz cansada atendeu falando algo para Fernanda, que quase não compreendeu o que lhe foi dito.

— Doutor Carlos? — Fernanda perguntou, em dúvida.

— Fernanda, aconteceu alguma coisa?

— Agora não, mas logo vai acontecer.

— É assim tão grande?

— O ápice será por volta das vinte e três horas. E acho melhor o senhor desligar os seus aparelhos eletrônicos.

Capítulo 4

Sexta-feira, 11 de junho de 2010

11h

I

Floresta Amazônica pode parecer uma planície quando vista do alto, no entanto, ao retirar a cobertura vegetal se revelam terrenos com aclives e declives em forma de pequenas colinas. Algumas ladeiras construídas alcançam sessenta metros de altura, e se isto nada representa na geografia física, para quem mora naquelas paragens são cotas de uma altura problemática. Quando as chuvas se intensificam, nos meses de dezembro até março, elas ficam intransitáveis. São trechos escorregadios, cheios de curvas perigosas e sovacos profundos com árvores de um porte majestoso esperando no final destes abismos os incautos e os negligentes.

Serpenteando por estas elevações, existem ramais. Alguns deles longuíssimos, onde se pode encontrar jogado ao sol, ressequido e putrefato, o corpo ou os corpos dos marginalizados, dos indesejáveis e dos azarados. Quando começa a se encontrar a fauna bandida depositada ao seu largo, a comunidade logo o rebatiza para varadouro, transformando o ramal deserto em cemitério ao ar livre para cadáveres insepultos.

Comunidades fora da área urbana de Manaus ficam instaladas às margens destes ramais. São lugares de poucas famílias, onde propriedades definham anos a fio alimentando o mercado da especulação imobiliária que não chega ao termo dos gananciosos, e poucos são os carros que se aventuram naquelas trilhas acidentadas.

Distante sessenta quilômetros de Manaus em linha reta, na rodovia federal BR-174, após uma pedreira desativada, está a entrada de um destes ramais. Foi batizado na época de sua fundação como "Ramal da Onça Pintada", por mais que os habitantes não vissem um felino por aquelas bandas há muitos anos. O clima naquela parte da floresta apresentava neblina, resultado das temperaturas mais baixas.

Não se sabe por que o tráfico de drogas se instalou na região, pois as batidas policiais sempre flagravam laboratórios de refino e armazéns de produtos destinados ao mercado dos entorpecentes. Após muitas apreensões, os traficantes foram abandonando o ramal, deixando os moradores mais tranquilos, a maioria deles trabalhadores do eito, não acostumados à violência dos bandidos profissionais.

Uma delegacia de polícia ficou incumbida de averiguar as denúncias tardias, apesar de esse serviço quase sempre se mostrar indisponível. Foi com surpresa que dois dias antes da data narrada uma notícia de crime chegou aos ouvidos da autoridade do 25º DIP, que anotou as informações em um bloco, destacou a folha e ficou algum tempo pensando no que fazer. Por fim, cansado de ponderar sobre os fatos que lhe foram narrados, chamou a sua sala dois investigadores e um motorista que lhe eram especialmente indiferentes e, desde que se sentara na cadeira de Delegado Titular do 25º DIP, tudo faziam para aborrecer sua pacata atividade profissional. O delegado atendia pelo adjetivo de "Doutor", muito embora "Doutor" fosse um pronome de tratamento usual em decorrência do cargo e não qualidade de caráter, pouco estava interessado em prender bandidos ou quebrar a cabeça nos intrincados labirintos da legislação penal, queria apenas ganhar seu salário e ir tentando a aprovação para outro cargo público. Consultando o mapa rodoviário, descobriu que o lugar para onde apontava a denúncia era longe o bastante para livrar-se da presença incômoda de Sérgio Fogaça, André Sandoval e do imprestável motorista João Martins.

Quando os investigadores entraram na sala, o "Doutor" mandou que se sentassem. Explicou que se tratava de uma campana a fim de confirmar as denúncias. Uma viatura deveria ficar no local o tempo que fosse necessário, até que se esgotassem as possibilidades. Eles ficariam com o número do celular privado do delegado, caso acontecesse alguma coisa, e poderiam sair da campana com suas ordens diretas. A equipe deveria ir para o ponto identificado no mapa.

Os investigadores chamaram o motorista para lhe dizer a natureza da missão que lhes fora dada. O motorista não demonstrou nenhuma satisfação em ouvir as ordens, mas não discutiu. Apenas tratou de preparar as suas coisas, uma campana pode durar horas, ou dias. O motorista estava velho, não lhe agradava pensar em dormir dentro de uma viatura uma única noite que fosse. Esboçou uma reclamação, no entanto se conteve, sabia por experiência que seria inútil argumentar.

II

O relógio de parede marcava onze e meia da manhã. Os três homens juntaram os equipamentos e subiram na viatura Nissan Frontier 4x4, pintada de preto, vermelho e dourado. Coladas à lataria, as insígnias do Estado feitas em adesivo reflexivo brilharam sob a luz do sol. O motor roncou forte, João Martins Cebalo partiu cantando no asfalto os pneus all terrain de dezoito polegadas armados em aros de aço especial. O motor de dois litros e meio, incrementado com um chip de potência instalado para otimizar a força, entregava um torque de quase cinquenta quilogramas/força, ajudado por um tanque customizado que alimentava o motor voraz injetando diesel refinado nas vinte válvulas do sistema. Eles estavam sentados em duzentos e oitenta cavalos de força, capazes de levar a viatura do zero aos cem quilômetros por hora em menos de seis segundos. Suspensões reforçadas e amortecedores blindados garantiam a integridade do habitáculo, junto com sistemas eletrônicos que controlavam a inclinação da carroceria durante as perseguições. Claro que por conta da inércia do "Doutor", aquele equipamento brutal não tinha entrado em ação contra a bandidagem e era certo pensar que não fosse posta em combate. A viatura trafegava silenciosa quando Sérgio Fogaça, que viajava no banco dianteiro ao lado de João Martins, olhou para trás rindo.

— O delegado pensa que vai poder se livrar desta forma da gente. Mandando para bem longe do pessoal dele — disse Sérgio Fogaça.

— O meu informe ainda não deu as caras, talvez alguém tenha chegado nele — respondeu André Sandoval.

— É possível, se ele estiver pegando grana dos traficas e se pensa que pode intimidar a gente, o coitado vai se arrepender. Fodo ele, de verde e amarelo!

João Martins olhava apenas para o caminho de asfalto. Os dois investigadores tinham sido deslocados para o 25º DIP em função de uma punição por desobediência. Os porquês da desobediência ainda não estavam claros para o motorista e eles não pareciam sujeitos entregues às extorsões e propinas criminosas. João Martins não os conhecia, e tirante comentários nada edificantes, tinha visto algumas atitudes bastante meritórias dos dois parceiros, portanto responderia se lhe perguntassem alguma coisa. E não demorou muito para começar a falar.

— E tu Martins? — perguntou André Sandoval.

— Eu o quê?

— O delegado parece que também não é teu chegado.

— Sou da velha-guarda, comissário. Não gostam da gente.

— O tratamento deveria ser bem outro, todavia ele te mandou com a gente sem pestanejar.

— Não me importo se ele gosta de mim. Depois de trinta anos, é indiferente ser amigo da chefia ou sequer lhe dirigir a palavra.

— Tudo certo. É melhor ter você de motorista aqui que um dedo-duro — disse Sérgio Fogaça.

— Tu já foste neste ramal? — indagou André Sandoval.

— Uma vez, apenas na entrada, não faço ideia de como é trafegar naquelas bandas.

— A viatura tem GPS. Quem sabe os mapas funcionem lá dentro — argumentou Sérgio Fogaça.

— Quando chegarmos, testamos o equipamento, se os mapas carregarem vai ser mole encontrar o local. Daí a gente esconde o carro e monta a campana — disse André Sandoval.

III

A viatura percorria os quilômetros com avidez, soltando uma fumaça esbranquiçada pelos canos do escapamento. João Martins pisava no acelerador, fazendo isto para ganhar intimidade com o trem de força.

Testava acelerações e reduzidas, apenas usando o artifício do freio motor e dos punta-tacos com o intento de não baixar o regime das rotações. Dez quilômetros antes da entrada provável do ramal da Onça, pararam em um restaurante para almoçar. Beberam algumas cervejas e ficaram leves, pois o álcool fez seu efeito, afastando a tensão para outro lugar.

João Martins Cebalo estava para se aposentar. A carranca tinha sulcos profundos e o cabelo branco formava uma massa compacta na cabeça redonda do velho. Os olhos eram castanhos e vivazes, por milagre possuía muitos dentes na boca, uma marca que era seu orgulho pessoal. O motorista era baixinho, mas o corpo era atarracado como um barrote. André Sandoval, ao contrário do motorista, era um sujeito magro, de estatura mediana. Os olhos eram verdes, com um tom cinza indefinível. Usava um coldre de couro marrom que comprara no Nordeste e portava uma enorme Beretta modelo 92, de nove milímetros. A arma era proibida para policiais civis, essa ele havia ganhado em uma batida na casa de um suspeito de tráfico. O bandido não foi preso, mesmo assim André escondeu a arma na calça. O escroto não reclamou. Dias depois, André mandou um torneiro amigo carimbar no chassi desta pistola a insígnia da Secretaria de Segurança com os tipos .40, que indicavam o calibre que era permitido usar em serviço. O documento da arma foi falsificado de um original fotografado, impresso em offset profissional. André Sandoval gastou muito dinheiro, mas ele adorava aquela arma.

Sérgio Fogaça ainda possuía o corpo atlético de jogador de voleibol. Tinha quase um metro e noventa, aliado a um soco potente capaz de derrubar um homem apenas com um golpe. Jogava com as pernas capoeira e André Sandoval já tinha visto o parceiro derrubar mais de um pilantra com aqueles chutes. Certa vez, botou em coma um que fugira por um beco, em um bairro afastado na periferia de Manaus. Ele tinha uma faca, Sérgio Fogaça apenas esperou o momento certo para desferir o golpe devastador. O pilantra caiu duro, com os olhos vidrados, segurando firme a faca na mão trêmula.

O tempo passou e souberam que ele morrera em um hospital. Para sorte de Sérgio, não se imaginava quem seriam os assassinos. O sujeito afinal não era pilantra e a faca lhe servia de ferramenta, já que trabalhava como peixeiro. Sérgio, com a desculpa de investigar o crime, se aproximou da família de Marcelo, que era o nome do morto. Conheceu Emília, a viúva de Marcelo, com quem teve um caso. Ela o recebeu com suas ancas largas e seu sorriso falso. Não demorou e o fogo da paixão esmoreceu e ele a largou, não falando mais no ocorrido.

— Vai chover — observou Martins, apontando as nuvens escuras do céu.
— Chovendo é possível andar na trilha do ramal? — perguntou André.
— Esse carro é uma coisa infernal. Acho que escalaria uma parede, se fosse preciso.
— A gente não vai testar essa tese — observou Sérgio Fogaça. — Ou vai?

João Martins apenas riu, balançando a cabeça negativamente. Tomaram outra cerveja e foram para a viatura mais relaxados. A chuva caiu, formando poças rasas, que brilhavam quando os raios de sol tocavam sua superfície. André Sandoval conversava com Sérgio Fogaça assuntos pueris e João limitava-se em participar da conversa com movimentos da cabeça, concordando com a suposição discutida, às vezes negando uma tese mal explicada. Os olhos de João Martins apertavam-se quando mirava a pista de rodagem, que se estendia com o manto negro de asfalto sumindo no horizonte.

O pé de João Martins começou a pressionar o acelerador com tal suavidade que o carro alcançou cento e vinte quilômetros por hora sem que os outros passageiros percebessem a velocidade na qual viajavam. Eles não sabiam, João Martins Cebalo tinha nascido com um dom raro, uma perícia inata que lhe permitia realizar manobras absurdas com carros, coisas impossíveis que apenas outro motorista ele vira realizar com igual perícia, senão maior que a sua. E tinha sido companheiro deste profissional, se bem que as proezas realizadas somente pareciam eficazes quando esse homem pilotava certo carro.

Um carro especial, singular de muitas maneiras, diferente de qualquer outro veículo que João Martins dirigiu na vida.

Sem demora, a viatura entrou no ramal da Onça Pintada. Quando o GPS do painel digital foi ligado, o ponto para onde deveriam se deslocar apareceu límpido, brilhando com uma tonalidade amarela contra um fundo esverdeado. Pelas coordenadas do GPS, o ponto exato da campana ainda estava a vinte e dois quilômetros da entrada do ramal. Eles o alcançariam perto das dezesseis horas. Para evitar colisões, acharam mais prudente ligar as luzes giroscópicas instaladas no teto do utilitário.

Não parecia um procedimento dos mais inteligentes em uma campana, porém o fato de estarem em um carro com o aspecto evidente de tratar-se de uma viatura eximia qualquer tentativa de disfarce.

A viatura começou a rodar mais firme quando as rodas all terrain sentiram a maciez enganosa do piso barrento e irregular que formava a rota sinuosa do ramal. Pequenos animais olhavam as luzes brilhantes e fugiam para o mato, nas laterais do caminho.

Quarenta minutos passaram até que o GPS indicou ser aquela a posição apontada pela Inteligência da Secretaria de Segurança Pública como a ideal para uma campana. Segundo o que tinha sido repassado pelo delegado, agentes já teriam visitado a região, plantando observadores entre os moradores dignos de confiança. Uma ou duas propriedades estavam sendo monitoradas, possivelmente as terras estariam sendo usadas para plantar maconha. Restava apenas esperar por uma movimentação estranha ao ramal. E eles esperariam. João Martins acionou o módulo de sussurro do motor, que desligou vários dos cilindros, diminuindo o gasto de combustível e suprimindo o ruído das explosões nas câmaras de mistura. O motor permanecia ligado, mais em um regime de coma mecânico. O ar-condicionado foi regulado para 22º Celsius e a umidade interna estava em 75%, o que evitaria o embaçamento dos vidros. Quando o relógio interno no painel do motorista indicou com uma luz intermitente dezesseis horas, André Sandoval voltou a conversar sobre assuntos díspares à campana com Sérgio Fogaça.

Os dois discutiam os reveses na caça às fêmeas novas. André insistia nas nuanças mais práticas de uma abordagem direta, enquanto Sérgio afirmava que o romantismo ainda poderia ser aplicável nos dias de hoje. João Martins sorria, imaginando se um módulo de sussurro que calasse aqueles dois idiotas não seria um acessório perfeito no carro. A discussão entre os dois continuava acalorada na cabine, e embora os subterfúgios eletromecânicos abafassem os sons do motor, o isolamento acústico também minimizava os sons do exterior que não entravam na cabine refrigerada do carro e um veículo poderia surgir sem que escutassem sua aproximação.

Foi por acaso que uma pequena variação na luz por trás de uma elevação atraiu a atenção de João Martins, que ficou observando o efeito luminoso e imaginando se seria um fenômeno natural no lusco-fusco da tarde ou alguma coisa produzida por meios artificiais. O motorista olhou para Sérgio Fogaça, mas nada disse. Consultando o GPS, João Martins determinou a área provável de onde poderia vir aquele facho de luz. O sol punha-se em outra direção, portanto a causa solar foi eliminada como possibilidade. A comunidade do ramal ficava em outro ponto, segundo o GPS, o que também a descartava como fonte do efeito que João presenciara. O certo era que algum veículo estava vindo de dentro do ramal. Carro de passeio ou com tração, João não saberia responder.

O GPS indicava que, do ponto onde estavam parados para o início da curva, havia uma linha, quase perfeitamente reta, em declive acentuado de aproximadamente trezentos metros. Uma fina neblina começava a descer da floresta, tomando conta da pista. Os dois homens continuavam a conversa, enquanto João Martins monitorava os mostradores do motor e dos sistemas elétricos do carro. Ele esperava poder ver o que vinha de dentro do ramal em segundos.

Um facho poderoso de luz branca, faróis corta nevoeiro instalados na grade frontal do veículo anunciaram a chegada do carro que João Martins tinha detectado. A quantidade de eletricidade necessária para criar tantas velas de luminescência indica um veículo de porte robusto. Dentro do habitáculo da viatura, todos os ocupantes ficaram mergulhados em uma atmosfera de cor branca, densa e espectral. Aquilo fez os dois homens que discutiam calarem, e ambos olharam para João Martins.

— O que é isso? — perguntou Sérgio.

— Acho que o giroflex traiu nossa chegada — respondeu João Martins.

— É um carro? — perguntou André.

Como que para responder às indagações de André, outro facho tão poderoso quanto o primeiro rasgou o espaço, inundando a cabine com o branco leitoso dos faróis modificados. Eles observavam a cena desenrolar, estáticos de apreensão. João Martins começava a manipular os elementos aos quais estava adaptado, na espera de um confronto iminente. Primeiro ele desligou o módulo de sussurro do motor, acionando em seguida todos os cilindros e válvulas disponíveis.

Com o dispositivo da viatura desligado, os sons dos carros que vinham em marcha reduzida criaram uma onda de reverberação que anunciava muitos cavalos de força à disposição de dois motores de doze cilindros, com escapamento duplo. Um deles acelerou, enchendo o ar com o urro de um monstro tecnológico feito de borracha, metal e combustível.

— Mês passado, a Polícia Rodoviária Federal distribuiu umas fotografias de alguns acidentes. Tinham acontecido entre o quilômetro cinquenta e cinco e o setenta. O estranho era que os carros acidentados foram destruídos e eram todos roubados. As vítimas ou estavam estraçalhadas no asfalto ou tinham desaparecido do local. Testemunhas citavam elementos comuns aos carros envolvidos nos acidentes, só que os potenciais causadores não estavam entre os destroços — falou João Martins.

— Quer dizer que esses carros são os que a Polícia Rodoviária procura? — conjecturou Sérgio Fogaça.

— Tenho pra mim que são eles — respondeu João Martins.

— E agora?

— Podemos abandonar a viatura e tentar nos esconder na mata, com sorte amanhã dão falta da gente e mandam nos procurar — contemporizou João Martins.

— Fugir! — exclamou André Sandoval.

— São dois carros, de longe parece um Buick o que vem na frente, o de trás aparenta ser uma F-350. O importante é que muita gente pode estar neles com bastantes armas.

— E a 174? Podemos chegar nela? — indagou Sérgio.

— Podemos tentar — respondeu João Martins.

— A viatura não consegue ganhar destes carros velhos? — observou André Sandoval.

— Carros velhos, você diz? — disse João Martins. — Nada disso, meu amigo, são metais de primeira linha, um pelo menos, o Buick, veio da Venezuela. Tinha ouvido falar dele nas ruas, sempre pensei que usavam em pegas de corrida. Usa sob o capô um motor de doze cilindros, sete litros, quarenta válvulas com mapeamento duplo e bi-turbo variável. Chega aos trezentos por hora ou até mais, vai de zero a cem em quatro segundos. A F-350 é rebaixada, devendo ter uma baita preparação de corrida. Instalaram ponteiras de metal reforçado na frente e atrás, para capotar os outros carros, com lâminas que estraçalham qualquer fuselagem.

— Estão se aproximando — observou Sérgio.

— Vamos ter de decidir — falou João Martins. — Ficamos e fugimos para o mato, ou vamos tentar a sorte na fuga.

Os dois investigadores se entreolharam, nada daquilo fora planejado por eles, o que deveria ser uma campana monótona tragicamente se desenhava com os contornos sólidos de uma catástrofe. Mas serem cuidadosos, não os tornava covardes. A decisão foi rápida.

— A estrada — disse Sérgio.

— A estrada — respondeu João Martins.

O motorista recuou o banco alguns centímetros, ajustando a altura e o alcance dos punhos no volante. Graduou a profundidade e a altura do volante e da coluna de direção e abriu as janelas do carro. Testou alguma espécie de manobra com os pés, pisando nos pedais simultaneamente. Nada disse sobre o que iria fazer ou qual plano de fuga seguiria. Os dois homens que o acompanhavam trataram de se amarrar nos cintos e esperar o final daquilo. O sol quase se punha por trás das árvores, a iluminação tornou-se uniforme por alguns segundos. Os dois carros estavam a cento e cinquenta metros aproximadamente. Para a esquerda, João Martins adentraria o ramal e, para a direita, sairia dele. Sérgio Fogaça não entendia o porquê da demora em pegar logo o caminho da direita, na direção do asfalto. Sérgio olhou para o parceiro, que lhe devolveu com os ombros em forma de mímica. Ele também não sabia a resposta.

— A gente não conseguiria chegar, eles iam jogar a viatura barranco abaixo. A chance que temos é tentar se livrar de um deles aqui dentro do ramal e enfrentar o que restar no asfalto.

— Ir lá para dentro? — choramingou André Sandoval, olhando para a pista de barro que escurecia.

— Segurem-se, vai começar.

Aquele final de tarde e a perseguição, assim como seu desfecho, ocuparia muitas vezes as conversas nas mesas dos bares, que ambos, Sérgio Fogaça e André Sandoval, passaram a frequentar com regularidade mórbida após os eventos que presenciariam junto com João Martins.

Um deles sempre mentia. O outro comentava as afirmações feitas sem desmenti-lo, muito embora não concordasse com tudo. Ambos se lembravam dos seriados de televisão e dos filmes de cinema em que perseguições acabavam com carros destruídos em manobras arriscadas, tudo temperado com tiradas sarcásticas seguidas de piadas obscenas. Nada daquilo sequer parecia com a dura realidade que, por breves dias, ele e o companheiro passaram ao lado de um motorista cujo passado obscuro eles vieram a conhecer. Não havia tempo para piadas, nem sarcasmo. O tempo da vida era o mesmo da morte, tudo acontecia em tal velocidade que analisar o que se tinha feito apelando para as faculdades da razão seria de uma tolice vã e sem sentido.

Sérgio Fogaça e André Sandoval não tinham participado de uma perseguição envolvendo carros, ou melhor, não sabiam se existia na polícia quem houvesse participado delas. Pelo menos não perseguições nos moldes daquelas que viam nos filmes. Acidentes aconteciam a toda hora, causas sempre eram mais atribuídas à negligência, à imprudência ou à imperícia dos motoristas que aos perigos da ação.

Eles olhavam para João Martins Cebalo, velho, alquebrado, duvidando se ele conseguiria safar-se daquela armadilha. A rendição por um momento pareceu uma escolha sensata, súbito o pensamento dos dois homens foi cortado pelo ronco grave do motor da viatura que explodiu em uma aceleração violenta.

A viatura pulou de seu esconderijo e guinou para a direita, na direção da saída do ramal. Os corpos dos homens foram jogados para trás. A velocidade da aceleração de repente cortou. Com um movimento rápido, João Martins engatou a ré, e pisou fundo no acelerador. Vindo em perseguição, os veículos eram duas bolas de luz esbranquiçada, seus motores cheios de energia e potência, despejando todo trem de força na tentativa de alcançar a viatura. A manobra de João Martins iria jogá-los de encontro aos dois carros. Em segundos, João Martins reverteu 180° a direção da viatura, apontando a dianteira e acelerando ainda mais potente com alguns metros separando os carros da colisão. Com uma guinada e jogando com pisadas sincronizadas nos pedais do freio e do acelerador, João Martins passou entre os dois carros perseguidores. A viatura ganhou distância, mas logo os carros fizeram manobras de esterçamento tão espetaculares quanto a de João Martins, indo à caça dos fugitivos.

O ramal, seguinte à curva de onde os carros tinham surgido, descia em outra aberta, com raio de cem metros, e disparava em uma subida com ângulo de aclive superior aos 30° graus. A viatura desacelerou, esperando o momento certo. Os cilindros urraram poderosos quando João Martins reduziu as marchas usando o tempo da sincronização da rotação do motor. A viatura foi diminuindo a velocidade e, quando estava na iminência de iniciar a descida da ladeira, a F-350 customizada surgiu com toda a força e velocidade que seu motor podia impor às rodas. O motorista daquele carro também reduziu com perícia a velocidade usando o mesmo expediente, a picape grudou na curva e, quando se preparava para abalroar a lateral da viatura, João Martins acelerou com violência. A subida foi feita com estupenda velocidade. A F-350 demorou alguns segundos para subir o giro do motor, quando alcançou o topo da subida deu com a viatura a sua frente. A F-350 mergulhou feroz na certeza do choque mortal que daria na viatura, lançando-a no abismo da floresta. A velocidade dos carros ultrapassava os duzentos quilômetros por hora. A viatura parecia não conseguir mais velocidade e não chegaria a salvo na próxima curva. O bólido escuro da F-350 se projetava fulgurante para o impacto devastador na traseira.

Cinquenta metros.

Vinte e cinco metros.

Dez metros.

As lâminas iriam atravessar a lataria, perfurando o tanque de combustível. Quando isso acontecesse, seria fácil por fogo no metal retorcido. Foi tão rápido que André e Sergio começaram a entender a escaramuça de João Martins quando já havia acabado. Ele havia levado o motorista da F-350 ao limite próximo da entrada da curva em declive. A viatura encobria a pista lisa e escorregadia e, quando estavam na iminência do choque, João Martins, usando um punta-tacos perfeito, saiu do trilho escorregadio indo para uma parte da pista cheia de farelos secos de piçarra, desacelerando, usando o expediente da redução. Os pneus all terrain grudaram naquele piso e a F-350 passou zunindo, tentando reduzir, mas era uma manobra inútil. A F-350 ficou de lado na curva, usando toda a força do motor em uma aceleração suicida. João Martins surgiu com toda a velocidade possível, e em uma linha reta e com uma manobra de absoluta precisão fez a viatura girar no próprio eixo, escorregando em uma derrapagem controlada na direção da lateral da F-350.

O choque foi tremendo, a força da batida somada à aceleração centrípeta jogou a F-350 longe no espaço. O carro desceu com sua massa multiplicada muitas vezes e se chocou com as árvores e pedras no fundo do abismo. Aço, vidro e carne gritaram ao mesmo tempo, em um coro infernal de dor e destruição. Quando os bombeiros foram retirar os restos do carro, foi difícil separar carne carbonizada da matéria inerte derretida. A viatura começou a rodar de volta ao topo da ladeira e logo se deparou com o Buick, que de caçador tinha se tornado caça.

João Martins acionou duas vezes o farol de milha da viatura, acelerando com toda a força do motor. O sedã de corrida partiu em desabalada fuga, mas desta vez João Martins não iria deixá-lo ileso. O carro acelerava, mas a viatura emparelhou em minutos. João Martins parecia querer que o carro ganhasse o asfalto. Quando já podia tentar jogar o carro para fora do ramal, ele refreava a aceleração. Logo o asfalto escuro apareceu e o Buick ganhou a pista com uma velocidade que teria destruído quem cruzasse seu caminho naquele momento. A viatura surgiu e a perseguição iniciou. O Buick desenvolvia bem nas retas, quando entrava nas curvas sua velocidade decaía, isso não deixava que a velocidade ultrapassasse demais a velocidade da viatura. Ademais, João Martins tocava de leve a traseira do Buick, fazendo com que o carro balançasse, perdendo atrito e tração. Parecia um jogo de gato e rato. João Martins esperava a hora certa para o golpe final. Longe um farol cortou a escuridão. Um enorme caminhão cegonha, cheio de carros, vinha na direção contraria à que estavam correndo.

A hora de morrer chegara para o Buick.

O Buick acelerou para escapar da viatura, João Martins acelerou também. A velocidade do carro perseguido estava próxima dos duzentos e vinte. A velocidade da viatura era em termos absolutos até superior, mas não iria durar, uma vez que o turbo precisava de resfriamento. João Martins já tinha sentido que o Buick devia possuir um sistema de sobrealimentação, que seria ligado em breve. O sistema daria uns trinta cavalos a mais ao motor, mais que necessários para escapar da viatura. Foi um toque leve, que a viatura deu na traseira do Buick, quando a descarga estourou a primeira fase da pós-combustão. Os pneus traseiros responsáveis pelo equilíbrio do carro perderam alguns centímetros de área de contato com o solo no exato momento em que uma força extra na aceleração deu ao carro alguns quilômetros de velocidade. O Buick disparou para frente, mas a traseira dançou na pista e o carro inteiro rodopiou. A viatura foi desacelerando e o espetáculo de sangue deu-se quando a cegonha colidiu com o Buick desgovernado. Como imaginava João Martins, o carro foi desintegrado pelo enorme caminhão, que possuía massa muito superior à do carro. A cegonha balançou o trem reboque e passou pela viatura, parando centenas de metros após o acidente. A viatura foi acudir o motorista aturdido.

O homem olhava para a frente da cegonha, imaginando no que teria colidido. A viatura chegou perto dele e os três homens desceram.

— Eu não vi nada, só reparei no carro preto quando ele surgiu rodopiando na pista. Não pude desviar — disse o motorista.

— Fica frio, chefe — falou Sérgio Fogaça.

— Será que salvou alguém? — indagou o motorista.

— Acho difícil — respondeu João Martins.

André Sandoval passava um chamado de rádio para o posto da Polícia Rodoviária Federal, avisando sobre o acidente. Logo a Perícia Criminal foi chamada, junto com os bombeiros. Neste caso, também ficou difícil separar metal, borracha e carne, ao menos não houve incêndio para piorar o trabalho. A viatura estava em perfeitas condições, sem uma batida mais séria que o amassado na traseira, todo ele absorvido pelas longarinas de aço reforçado. A pintura tinha arranhado, mas nada que pudesse ser comparado com a destruição causada por João Martins. Quando por fim se convenceram que não existia nenhuma testemunha para a perseguição na qual tinham se envolvido, resolveram firmar um acordo de cavalheiros.

— Por mais que pareça loucura, não vão acreditar no que aconteceu — falou Sérgio Fogaça.

— A viatura não sofreu nada, só umas poucas batidas, e os outros carros? Não sobrou um caco inteiro! — disse André Sandoval.

— Vamos esquecer tudo? — perguntou João Martins.

— Todo mundo vai pensar que matamos esse pessoal na crueldade. Além do mais, eu não saberia explicar o que aconteceu, foi tudo rápido — completou André Sandoval.

— Rápido e mortal, André — falou Sérgio Fogaça. — Nosso amigo é um homem cheio de segredos, este aqui vai ser mais um.

Sérgio tremia. André também. Eles tinham vislumbrado a verdadeira mágica bem diante dos seus olhos, e agora observavam de soslaio João Martins, misturando os sentimentos da admiração e do temor. Outras coisas tinham acontecido no intervalo da campana e da perseguição, pensamentos que João Martins compreendia.

E tudo aquilo se entrelaçava no destino daqueles três homens e de um quarto sujeito, anônimo e rancoroso, que encontrariam nas ruas da cidade.

CAPÍTULO 5

Sexta-feira, 11 de junho de 2010

17h

I

Quando o telefone tocou, a expressão do atendente que fazia o papel de caixa e também de garçom franziu, adquirindo uma forma tão medonha que Narciso Cárceres riu. O atendente não gostou daquilo, mas Narciso estava pouco ligando para a opinião daquele medíocre. O dono da birosca era um velho conhecido. Um raro a não lhe virar as costas. Narciso consumia ali todo o álcool que mantinha sua sanidade e o consumia em quantidades pródigas, portanto não era a graça do bom Deus que os fazia ainda amigos, e sim o lucro gerado por Narciso enchendo a cara de cachaça.

— É para você, meu chapa! — disse o atendente, apontando para Narciso.

O velho limitou os movimentos apenas a um estiramento do braço por cima do balcão. Apanhando o fone, perguntou com sinceridade doída.

— Quem é?

— Narciso?

— É ele, quem é aí?

— Demorei a te encontrar, rapaz, não reconhece minha voz? Passaram assim tantos anos?

— A máquina está pifando. Os olhos, o ouvido, até o nariz, meu prezado, mas a memória continua firme, Mário Camará — do outro lado, uma risada profunda foi acompanhada de uma tosse seca.

— Têm falado com os outros?

— Para quê? Não temos assuntos a tratar, nossos vínculos de amizade acabaram faz mais de vinte anos. Ou tu já esqueceste, Mário?

— Como esquecer aquelas coisas? E não consegui pregar os olhos tentando falar contigo, Narciso, desde ontem venho te procurando, só consegui este número agora.

— E qual notícia tem para mim, Mário?

— Preferia te dar a informação olhando para teus olhos, os olhos são o espelho da alma e quero ver a tua, se ainda tiveres uma.

— Nada disso, parceiro. Ando pelas ruas aventurando e nelas tu podes me achar fácil, mas minha morada é um segredo que prefiro manter. Aqui é bar de acertos. Secretas aposentados não são bem-vindos, o dono só me tolera porque somos conhecidos de infância.

— Também estou solitário, Narciso. Minha família mudou toda para outra cidade. Não restou parente aqui. Tenho a impressão de que não duro muito mais, ando sentindo umas dores, fui ao médico, mas era médico de posto, só me olhou uns segundos e receitou remédios, sequer me examinou.

Narciso escutava as palavras vazias de um solitário que estava tentando se agarrar a outra pessoa com um desespero próprio daqueles próximos do fim. Sempre soubera que Mário Camará tinha lá suas doçuras, seus romantismos. Deles todos, dos seus amigos especiais, Mário era o único que teimava em não perder os vínculos com a normalidade cotidiana, os hábitos provincianos de um homem comum. Lembrou que nas datas convencionais de comemorações ou feriados religiosos, Mário sempre ficava preocupado com o cumprimento das tradições mais comuns. Os presentes de Natal, o peru da ceia, o champanhe para o final do ano, os ovos de Páscoa, o chocolate das crianças e algumas lembranças especiais para os amores de sua vida, para o Dia das Mães, e por aí caminhava. Dias e dias, afligido a realizar coisas, acreditando que iriam um dia fazê-lo querido e popular entre as pessoas que queria desesperadamente agradar. Tudo para não ser esquecido e morrer solitário.

No entanto, relembrando as coisas feitas, Narciso acabou por aceitar a solidão imposta às suas vidas prófugas e amargas. Uma justa punição por todos os pecados cometidos.

— Qual é o segredo, Mário?

— Avisar para todos se cuidarem.

— Cuidar? Contra quem?

— Um amigo trabalha no Estado e me ligou. Tínhamos conversado e ele faria isto se eu estivesse vivo se uma coisa acontecesse. Estou vivo e aconteceu, por mais que tenha duvidado que fosse receber o telefonema.

— O que ele disse? — perguntou Narciso. Suas mãos trêmulas denunciavam o medo atingindo-o, como um dardo de gelo enfiado em seu coração.

— Zé Biela foi solto ontem de manhã. O amigo ligou avisando. Tentamos encontrar ele na casa dos albergados, mas o desgraçado não apareceu por lá.

— Tu foste atrás dele? Para quê, Mário?

— Temos uma dívida com aquele desgraçado, e eu não pretendo dar sopa para o azar, fui lá com a intenção de fazer ele, não deu.

— Outra morte. Quantas até chegar nossa hora?

— Quantas for preciso, Narciso! Não vou viver olhando por cima do ombro, cuidando de cada sombra.

— A morte vai chegar logo, matamos muita gente e vamos morrer também, mas acho que não estou preparado para encarar o fim. E o Café Colômbia? — perguntou Narciso.

— Não quis falar comigo, o boçal se acha intocável.

— Ninguém é intocável, tentarei uma última vez. Se ele não atender, fique registrado que tentei avisá-lo.

— Se o Zé Biela vier me procurar, o que digo para ele? Peço desculpa?

— Ele vai querer te matar.

— Quando me encontrar e se me encontrar.

— Tu ainda tens tua arma?

— É claro, jamais fiquei sem ela grudada na cintura.

— Boa sorte.

As palavras finais de Mário Camará foram a síntese ingrata de uma vida dedicada à frieza e ao desamor. O silêncio da linha telefônica ecoou pela mente doentia de Narciso, a voz daquele amigo das antigas trouxe duras recordações. Narciso pôs a mão no bolso e de lá retirou as notas amassadas, usadas para se encharcar de cana pura e comprar um baseado. Queria esquecer tudo e mergulhar na escuridão da inconsciência.

II

Mário Camará não estava longe do bar onde Narciso se embriagava. Apesar disso, não tinha vontade de ir conversar com Narciso. Falou em encontrá-lo, mas se arrependeu do que disse e ficou pensando na solidão.

Recostou a cabeça e dormiu.

Sonhou, mas não a descarga sináptica de memórias descartáveis, sonhou parecendo que assistia a um filme de enredo conhecido. Os personagens. A cena. Os diálogos. Ele lembrava que o dia era uma quarta-feira. O sol causticante ajudava a afastar das ruas transeuntes ocasionais e nesse dia parecia que existia para cada cabeça um sol. O grupo andava numa Veraneio que o delegado Tadros mandara buscar no Rio de Janeiro. Preta e branca com giroflex azul e vermelho em forma de barra estilo americano. Engraçado era que até as estranhas tias do Café haviam comparecido no desembarque do carro.

O motorista que servia o grupo chefiado pelo delegado Tadros, João Martins, recebeu as chaves e foi averiguar o estado no qual o carro estava sendo entregue. Essa avaliação ele fez sozinho, demorou alguns minutos e quando retornou sua fisionomia mudara. Mário perguntou o que tinha acontecido, João balançou a cabeça e nada respondeu. Beberam, se divertiram e na hora de sair com o novo veículo uma surpresa. A Veraneio tinha vindo com um defeito grave nas partes mecânicas ou o motorista esquecera como se dirigia uma caminhonete. Ele girava a chave de ignição no miolo. Em seguida, se ouviam cliques metálicos e estalos elétricos dos mecanismos. O motor chegava a girar, embora não acontecesse queima de combustível nas câmaras e nem injeção nos carburadores. Narciso desceu e abriu o capô para auxiliar o amigo.

— Deve ser algum cabo solto — resmungou Narciso, mexendo no motor.

As irmãs esfregavam as mãos, e, às vezes, falavam algum segredo para Tadros, que sorria. Mário jogava chacotas tentando aborrecer João Martins, e Narciso fez um sinal com as mãos, pedindo que encerrasse as gracinhas. Finalmente, o motor começou a funcionar, apesar de o barulho não ser regular. Parecia que uma engrenagem soltara dentro do motor. Explosões aconteciam e fumaça escura saía do escapamento.

— Esse carro não está bom — falou João Martins.

— Tadros parece gostar do carro. Não fale nada. Deixe que ele repare no defeito — disse Narciso.

— E essas bruxas?

— Não entendo nada que dizem, mas quando chego perto delas, sinto calafrios.

— Chama logo esses bastardos antes que o motor apague — completou João, socando de leve o volante.

O motor roncou e o carro tremeu como que protestando.

— Esse carro é sentimental? — perguntou Narciso.

— Meu amigo, sabe-se lá de onde veio essa máquina.

O esquadrão saiu no carro novo, aos trambolhões, já que o celebrado motor se recusava a funcionar com regularidade. João Martins fungava aborrecido por ter de guiar aquela lata velha travestida de viatura policial nova. O hodômetro apontava poucos milhares de quilômetros, mas era uma informação administrativa. Mecânicos hábeis podiam fraudar esses contadores de fadiga e uso instalados nos painéis. Uma ideia pairou na cabeça de João Martins.

Por onde terá andado essa Veraneio?

Nos dias seguintes, continuaram as dificuldades técnicas de João Martins em guiar a Veraneio 79, o apelido que deram para a caminhonete. O motor engasgava, dava solavancos medonhos, brecava o avanço quando queriam correr e acelerava ao tentar estacionar. Tadros mandou que Mário dirigisse, e o início não foi promissor, e logo os mesmos defeitos, se possível ainda mais pungentes, começaram a atormentar o novo comandante do volante. Rodrigo não experimentou e nem Tadros. Narciso sequer conseguiu dar a partida. Por um momento, pareceu que o delegado estava testando uma possibilidade, como se aguardasse a peça exata, mas foi uma ideia tão absurda que Narciso esqueceu-se dela.

III

Apesar destes contratempos, os serviços do esquadrão de Tadros continuavam a todo vapor. E numa sexta-feira ele avisou que fariam uma "limpeza", o termo usado nas chacinas. O grupo se preparou e foi executar o trabalho. Durou um dia inteiro. Políticos e empresários da cidade queriam certa área de terras às margens de um límpido igarapé. Poderiam ter comprado a terra por uma ninharia, mas por que comprar se podiam tomar?

O acesso mais curto seria pela água, outrossim isso os deixaria visíveis na marina, e testemunhas poderiam relacionar alguma notícia futura com a presença daqueles homens no porto de acesso. Usaram o caminho que era perpendicular à BR-174 para alcançar a comunidade, onde iriam realizar mais um trabalho. Quando chegaram perto da comunidade, desceram da Veraneio. Com as explosões do motor e o descontrole ou inabilidade de João Martins em guiá-la, ser furtivo não era uma opção. Eles não foram informados por Tadros sobre a situação que enfrentariam, mas não seria diferente de outras ocasiões, dois ou três mortos para a conta do Diabo e fim de papo.

Naquele dia, as coisas mudariam.

A terra que os empresários e políticos tanto cobiçavam era o lar de duas famílias. Onze pessoas que foram postas sob a mira das armas, e os olhos de Mário Camará, João Martins e Narciso Cárceres corriam de lá para cá, sem saber o que fazer. O delegado Raimundo Tadros, acompanhado de Rodrigo Sosa, observava a cena, sem o espanto dos outros. Após uma breve discussão, Tadros voltou para a turma e separou os homens. Dois adultos e três rapazes. Quando aconteceu isso, houve tumulto, pois dentre as mulheres estava a mãe desses rapazes e a irmã, casada com um dos homens. Os demais eram crianças, sendo três meninas e um menino.

— Amarrem essas quengas e a pirralhada dentro da casa — ordenou Tadros.

— Elas nos viram — falou Mário Camará.

— Daremos um jeito.

Mário Camará resmungou algo, mas calou-se e foi fazer como ordenado. Minutos depois, enquanto as mulheres amordaçadas e as crianças presas se contorciam de dor por causa das cordas ásperas e dos nós severos, os prisioneiros eram levados para os fundos do terreno.

— Doutor, não precisa fazer mal para as crianças, vamos embora e não voltamos mais aqui — disse o homem que parecia o líder.

— Podia pedir para vocês cavarem a própria cova, mas isso seria ensaiar com a morte, né? Afinal, quem vai morrer perde o medo de tudo.

Tadros se levantou e, apontando sua pistola 9 mm, disparou no crânio do homem, que se abriu como um coco, espalhando massa cerebral no ar. Partículas úmidas de cérebro e sangue atingiram os rapazes, que se puseram em uma atitude de confronto. A espingarda de dois canos que Rodrigo carregava eliminou os rapazes, se bem que para a morte completa foram necessários dois recarregamentos. O outro homem caiu de lado e não mais se levantou, espumando sangue pela boca.

— O coração deste aqui falhou — comentou sorrindo Rodrigo, batendo no rosto ensanguentado do homem.

— Vamos enterrar? — perguntou Narciso.

— Aqui ninguém virá por muito tempo, estas terras são para especular no futuro — respondeu Tadros.

— E as mulheres e as crianças? — lembrou João Martins.

— Já fizemos isso, não existe diferença — asseverou Tadros.

— Não vou atirar nos pequenos — falou Mário Camará.

— Vamos voltar na Veraneio e ver o que faremos, quem sabe existe uma alternativa para esses desgraçados.

O grupo voltou para a viatura, e ao passarem pela casa onde as mulheres e crianças aguardavam seu destino, nada ouviram. Tadros ficou parado, tentando apurar o ouvido, quando um clarão apareceu na janela. Um tiro. Para a sorte do delegado, a mulher não atirava bem e a palanqueta que teria arrancado a cabeça de Tadros estourou uma bica de água ao lado dele. Narciso sacou o .38 e atirou duas vezes. O primeiro tiro passou abaixo do queixo da mulher, o segundo entrou na têmpora direita.

Tadros se recuperou do susto e entrou na casa, segundos depois os tiros ecoaram anunciando a morte para todos lá dentro. O delegado saiu possesso e foi andando rápido para um trapiche onde guardavam ferramentas. Quando retornou, empunhava um terçado que brilhava. Ele entrou na casa e o grupo podia ouvir os golpes da lâmina contra a matéria carnal. Nenhum deles ousou interromper a sandice. Uma segunda vez Tadros surgiu na porta da casa, banhado em sangue, e se pôs a andar na direção do carro parado centenas de metros adiante, no ramal de acesso. Minutos depois, retornou com alguns sacos de aniagem vazios, entrou na casa e quando saiu os sacos estavam cheios e pingavam sangue.

— Vamos — disse Tadros, e o grupo apenas obedeceu.

As cabeças foram atiradas na carceragem da viatura, e Tadros não se importou em lavar-se do sangue. Sentou-se ao lado de João Martins aguardando o motorista ligar o carro e saírem dali. O motorista não temia o delegado, mas aquele nível de violência parecia um patamar novo na história do esquadrão. Os outros membros do grupo se impacientavam com a demora. Vizinhos poderiam aparecer, e a despeito de serem encobertos pelos poderosos do Estado, não eram inatingíveis. Ser preso nestas alturas significaria a morte para qualquer um deles.

— Como é, João, liga ou não liga? — ponderou Rodrigo.

João estava no limite da paciência. A porcaria do carro se recusava a funcionar e por mais que investigasse não havia descoberto a falha mecânica responsável pelo funcionamento instável.

— Tá achando ruim? Vem tentar aqui — João disse isso e abriu a porta da Veraneio.

Rodrigo não saiu do lugar, e Narciso deu a volta, indo parlamentar com o motorista.

— Pode ser bateria?

— É nova, tudo nesse carro é novo, só que não funciona.

— E agora?

O barulho de uma motocicleta de baixa cilindrada começou a ser ouvido. Alguém se aproximava. Podia ser qualquer enxerido querendo saber sobre os tiros. Bem que deviam ter jogado os medonhos na água com pedras amarradas e a barriga aberta, pensou Narciso. Seriam menos corpos para serem contados. Agora era tarde para lamentar. A motocicleta e seu piloto surgiram logo depois. As armas foram preparadas e Tadros balançou a cabeça, imaginando o que aconteceria.

A motocicleta avançou e emparelhou com a Veraneio.

— E aí, pessoal! — cumprimentou o piloto.

— O carro não quer ligar — falou João Martins.

— É mesmo? Um carrão desses? Como pode, né?

Enquanto falava, o piloto desceu da motocicleta para dar uma volta completa em torno da Veraneio. Passava as mãos na carroceria de maneira delicada, usando as mangas da camisa como se fosse um pano de limpeza quando sujava ou imaginava ter manchado o metal da carroceria. Demo- rou-se na traseira, observando as linhas e reentrâncias do metal.

Continuou sua inspeção até que se deparou com o delegado Tadros, coberto de sangue, olhando para ele, circunspecto.

— Gostou do carro?

O piloto olhava para Tadros ensanguentado, sem conseguir emitir uma única palavra. A aparente desenvoltura dera lugar a uma personalidade misantropa, que balbuciava de forma ininteligível.

— É bonita.

— Então gostou?

— Acho que não dá para não gostar.

— O que tu fazes aqui?

— Vim testar essa Motocross para um cliente.

— Um cliente?

— Sou mecânico.

— Dos bons?

— Ainda não reclamaram.

Enquanto falava, o piloto observava o carro, agora alheio ao perigo que o cercava, encantado com aquela máquina. Tadros observava o piloto com um interesse desperto e crescente.

— Qual é o teu nome?

— José Macário.

— Sabe quem nós somos?

— Polícia?

— Quer um trabalho?

— Pode ser. Qual seria?

— Dirigir esse carro.

— Sério?

— Faça funcionar e o emprego é teu.

— Aceito o desafio.

José Macário se aproximou de João Martins.

— Não sei o que esse carro tem. O motor é novo, mas se comporta como uma lata-velha — disse João Martins.

— Posso tentar?

— As chaves estão na partida.

Antes de entrar e se sentar no banco do motorista, José Macário espanou as roupas para tirar o excesso de pó e terra. Limpou as mãos em um lenço e bateu com a sola dos sapatos numa pedra. E só após esse asseio que o estranho se considerou adequadamente limpo foi que ele se sentou no banco de couro preto. Seu corpo arrepiou, tendo um frêmito de prazer.

— Que sujeito esquisito — comentou João Martins para Narciso.

Macário entrou na viatura, e a realidade começou a se alterar, de forma sutil e constante. Os pneus pareceram inflar arrogantes e a frente do carro ergueu-se alguns centímetros, uma elevação demorada, mas essa modificação da altura com relação ao solo não poderia ser negada. Pontos misteriosos espalhados pela carroceria soltavam para o exterior borrifos de ar e de vapor, como se a máquina fervesse.

— Tu estás vendo isso, Narciso?

Narciso balançou a cabeça, mas ele não compreendia essa demonstração de mecânica. Dentro da Veraneio, iria iniciar-se o seu motorista ou seria mais uma testemunha para calar?

— Ligue — disse Tadros.

José Macário passou os olhos no painel de instrumentos, testou os pedais e conferiu a carga da bateria. Tocou de leve na alavanca de marchas e acionou o pedal da embreagem. Engatou a primeira marcha e girou a chave. O que aconteceu em seguida nenhum dos homens previu. Os faróis dianteiros começaram a brilhar intensos, chegando a ponto de ofuscar a visão de João e Narciso, que precisaram cobrir os olhos. O solo do ramal, de piçarra e barro comprimido, começou a trepidar. E como um trovão longínquo que antecipa aos ouvidos o poder da tempestade e do raio, o motor soltou um rugido comparável ao da locomotiva, ao da turbina ou do vulcão. Uma, duas, três vezes. José Macário ligou os botões do giroflex policial instalado no teto. As luzes coloridas celebravam numa dança de sombras e cores vívidas a saúde das engrenagens e a força daquela maravilha de aço. Tadros sorriu e bateu no ombro de José Macário.

A Veraneio tinha agora o seu motorista.

Capítulo 6

Sexta-feira, 11 de junho de 2010

18h

I

Para sair da invasão, eles desceram a pé, em direção às ruas asfaltadas ou quase asfaltadas, na intenção de apanharem um mototáxi conhecido de Bocão, com quem falou minutos antes de iniciarem a descida. Bocão pediu para Zé Biela aguardar escondido, afirmando ser o pessoal cuidadoso e desconfiado com estranhos. Bocão ficou parado em uma esquina, com toda a pinta de vendedor de bagulho. Por um momento, Zé Biela exercitou a imaginação sobre quais seriam as outras fontes de renda daquele miserável. Bastaram alguns minutos, uma motocicleta pilotada por uma pessoa usando uma espécie de farda parou ao lado de Bocão. Conversaram breve e quando já iam fechando negócio uma luz branca iluminou a escuridão, que já se insinuava no ambiente. Tratava-se de um carro da polícia militar equipado com um holofote. Os dois passaram a fazer fita quando a viatura começou a se aproximar deles.

A ronda pelas vias escuras da invasão, pelo menos nas possíveis de serem transitadas, era protocolar. Uma abordagem se justificava caso os suspeitos demonstrassem alguma espécie de pânico.

Por um momento, imaginou o frouxo gritando para os guardas, acusando-o de sequestro. Os policiais passaram ao lado dos dois homens parados, nada aconteceu. Bocão limitou-se a balançar a cabeça. A viatura continuou sua ronda ineficaz com as luzes ligadas para espantar os possíveis malfeitores adiante de seu trajeto. Em seguida, ele acenou para Zé Biela, que assistiu à cena escondido na sombra de uma cobertura feita com lona preta, em uma pequena casa na parte elevada do acostamento da rua.

Ele desceu o barranco usando a escada escorregadia por causa da chuva, cujos degraus escavados no barro aos poucos desapareciam.

— Esse aqui é um irmão, Zé, ele te leva até o lugar, já expliquei pra ele — disse Bocão.

— Conheço a área, tenho umas putas amigas minhas que fazem ponto ali perto — falou o mototaxista.

Zé Biela o olhou, considerando a situação com uma frieza nascida nos anos tenebrosos que passou encarcerado. Bocão podia estar arquitetando uma casinha, ou seja, uma emboscada com o intuito de se livrar da sua presença ameaçadora. Bastava para isso um tiro na traição, isso era coisa fácil. Podia estar sendo levado para a morte, contudo conhecia as atitudes extremas e confiava em seu instinto dizendo ser seguro apanhar a carona arranjada por Bocão. O homem parecia apenas aliviado por mandá-lo para longe dele. Talvez tentasse fugir, mas seria uma atitude inútil, ele o encontraria ou tomaria posse de sua casa de uma vez, pois já não possuía nenhuma para morar.

— Tudo bem — respondeu Zé Biela, montando na garupa da moto.

A motocicleta era um cabrito montado com partes roubadas de outras motos. Ela carregaria Zé Biela até o local indicado. Soltava pelo caminho estouros vindos do escapamento furado, misturado com o som agudo dos discos de freio gastos. Os amortecedores rangiam, a aceleração arrancou um gorjeio do motor quando o giro subiu. E mesmo assim parecia uma boa moto. Esses sons acompanharam o trajeto da motocicleta até ela sumir de vista. Bocão pensou em se mandar, refletiu melhor sobre tudo aquilo e decidiu ficar.

Um raio cortou o céu, com o som do trovão demorando vários segundos para chegar aos seus ouvidos. A chuva viria, talvez mais torrencial que a última. Não iria adiantar fugir do destino, portanto o melhor seria aproveitar a noite e fumar um baseado, aguardando o retorno daquele hóspede indesejado.

II

O caminho até o depósito da justiça foi feito rapidamente, apesar de a invasão onde Bocão morava ser distante daquele lugar. Passava das dezenove horas quando chegaram ao portão de metal, na entrada do depósito. Nenhuma pessoa apareceu, respondendo as buzinadas dadas pelo mototaxista. O homem insistia em conversar, mas pouco do que disse foi ouvido e ainda assim falou um bocado. Zé Biela prestou atenção quando o motaxista contou que o vigia do depósito namorou uma das putas com quem tinha contrato de transporte, comerciando bagulho. Essa poderia ser uma informação valiosa. Porém, a chuva que prometia ser das mais violentas se aproximava, nesse caso nenhuma puta estava trabalhando. O mototaxista desceu da moto, indo bater no portão.

— Ei do depósito! Sou eu, Nilson! — gritou a plenos pulmões, fazendo Zé Biela sorrir. Naquele momento, se dava conta da pouca importância que atribuía às pessoas, uma vez que não perguntara o nome daquele pilantra nenhuma vez durante o caminho.

— Tu conheces mesmo esse peão aí? — Zé Biela perguntou.

Nilson olhou para aquele que Bocão disse ser um amigo de outros tempos, sentindo na flexão das palavras uma amargura terrível. Decidiu não lhe dar mais as costas, e maldisse sua negligência, já que tinha deixado a arma sob o banco da motocicleta quando desceu para chamar o vigia. Outra coisa que o incomodava consistia na urgência daquele estranho em entrar no depósito. Ficou pensando nisso, com o tempo começou a fazer associações das mais ferinas possíveis. Nelas aquele homem entrava e desentocava, de onde quer que fosse, algo precioso e de inestimável valor.

Drogas?

Ouro?

Dinheiro?

Não saberia dizer, intuía apenas que valesse muito. No depósito tinha muita tralha enterrada, esquecida. Quem sabe uma arca com tesouros. Riu da ideia idiota e começou a se aproximar da moto, para apanhar a arma escondida. Quando estava a passos de realizar seu intento, um raio faiscante cortou o céu enegrecido, a luz desenhou nas nuvens dois enormes olhos, como faróis mirando-o. Nilson tremeu, benzendo-se descuidado. Foi o bastante para um início de noite, agora o único desejo era o de sair dali, de preferência sozinho.

III

O vigia não poderia escutar os gritos de Nilson nem as buzinadas da motocicleta. Ele fazia o primeiro circuito das rondas noturnas na parte mais afastada do depósito de bens. Todas as vezes que relampejava, lembrava a formação de nuvens escuras, avermelhadas, que vira quando chegou ao topo da torre de telefonia naquela manhã, após a noite de ventos e ruídos assustadores.

Desde estes eventos, um temor injustificável lhe afligia, agora temia as rondas solitárias, ainda que realizadas sob o sol quente. Uma paralisação nas atividades judiciárias tinha interrompido o trabalho no depósito. Telefonou para o encarregado. Contou sobre o que aconteceu, a mudança das colunas de carros, o guindaste que se movera ou fora movido, ele não sabia e temia investigar. O homem limitou-se a ouvir e desligou.

No amanhecer do dia, saiu dali com a intenção de não mais retornar.

O sentido do dever lhe incomodava, retornou ao trabalho por volta das treze horas. Tinha tomado uns tragos em uma birosca, que ficava próxima do depósito. Andava aos tropeções, não se importando com o ambiente. A bebida tinha amortecido um sentimento pungente. Caso chovesse o que prometia, não iria arredar o pé da casa, era quase certo que não ficaria naquele lugar, indo embora no mais tardar pelos próximos dias.

O vigia dobrava uma esquina, com o corpo cambaio e desequilibrado por causa do álcool, quando viu no acesso do portão de metal dois homens. Logo reconheceu o mototaxista, vendo também o outro homem, mas este ele não reconheceu. Foi até os visitantes alegremente, pelo simples fato de não estar mais solitário naquela hora amarga. Abriu uma portinhola e saiu.

— Nilson, meu amigo! — cumprimentou de forma esfuziante por causa do álcool.

— Ei meu chegado, e aí?

— Tu lembras um amigo meu chamado Bocão? Um que deu pra gente um material de primeira. Lembra-se dele?

Esmeraldino olhou de soslaio para o homem que acompanhava Nilson. Podia estar bêbado mais não era estúpido de assumir o consumo de drogas em seu local de trabalho, ainda mais na frente de um estranho.

— Vamos conversar — disse, apontando a abertura no portão, fechando a portinhola com um baque. Passaram pela porta camuflada, deixando Zé Biela parado no lado de fora.

— Ei, quem é ele?
— Um amigo do Bocão, saiu do veneno.
— Veneno?
— Da prisão. Se liga. Bocão pediu para trazê-lo até aqui. Para quê? Não sei.
— O que eu faço?
— Pergunta dele o que procura. Tu trabalhas aqui, talvez possa ajudar.

Ponderou um tempo, tinha as armas na cintura, nesse caso seria melhor a companhia de uma pessoa, ainda que egresso do sistema penitenciário, a ter de ficar uma noite mais que fosse solitário.

— Tudo bem.

Nilson saiu pela porta camuflada, indo falar com Zé Biela. Conversaram um tanto, e na despedida não se deram as mãos. Observou naquele gesto, ou melhor, na ausência dele, um distanciamento muito próprio das pessoas solitárias. Via isso quando mateiros e caçadores batiam na porta de sua casa. Homens brutos, que comiam e bebiam e não raro deixavam caça e pesca como pagamento, entretanto eles não cumprimentavam os donos da casa. Agradeciam com gestos e se iam para o mundo.

Seu pai um dia explicou, gente como aqueles homens não dariam a mão para satisfazer um sinal de cortesia servil, em obediência a um gesto convencionado pelas regras da conduta civilizada. Homens daquela estirpe possuíam uma natureza diferente, quando chegava o momento certo eles poderiam doar-se até a morte a quem se mostrasse valoroso, amigo e fiel.

O vínculo de amizade e afeto que eles construíam ultrapassava qualquer convenção estabelecida. Ainda mais no pedregoso e muitas vezes acidentado terreno do amor. A motocicleta de Nilson saiu dando estouros, deixando seu carona entregue aos cuidados de Esmeraldino, que estava meio alto por causa da bebida, mas não por isso seria descortês com seu hóspede.

Acenando, convidou Zé Biela a entrar na área do depósito. Ele acolheu o chamado, entrando no local que, segundo as informações de Bocão, escondia parte da história de sua vida.

Ele e o vigia andaram na direção da casinha, onde Esmeraldino tencionava passar a noite, bem trancado e protegido. Ainda não compreendia como poderia ajudar aquele homem calado, talvez quando estivesse acomodado o estranho resolvesse falar alguma coisa que ajudasse no favor que teria de prestar em obediência a um pedido de Bocão. Raios iluminavam e trovões reverberavam no ambiente deserto quando os dois homens se sentaram em bancos de madeira. Para quebrar o gelo, Esmeraldino resolveu oferecer café ao seu enigmático visitante, proposta que foi aceita de imediato.

— Devo favores a Bocão — disse, servindo o café a Zé Biela. — Tenho algumas dívidas com ele, dívidas que vou pagar.

— Não deva nada a um sujeito como Bocão. Aquilo é uma porcaria de homem e um projeto mal-acabado de bandido. Se tu me ajudares, pode esquecer estas dívidas — respondeu Zé Biela.

As palavras de Zé Biela surtiram o efeito desejado. O vigia calculou o quanto devia, e devia muito dinheiro, por causa do vício que o tornara perpétuo cativo. Bocão vendia a porcaria para sujeitos como Esmeraldino, que namorava as putas e com elas se drogava. Resolveu ajudar no que pudesse aquele coitado. Só não sabia ainda como fazê-lo.

— O que tu precisas?

— Bocão disse que tu és recém-contratado. É verdade?

— Menos de um ano.

— Eu estava na cadeia, mano. Peguei vinte e cinco anos e saí de lá ontem. Por um acaso do destino, acabei encontrando com nosso amigo, quando fui numa casa que achei que existia, mas não estava mais no lugar, encontrei a terra nua. Aqui tem uma coisa que quero saber onde colocaram e como a deixaram. Quero muito.

— Saber o quê?

— Dirigia um carro, uma viatura de polícia modelo Veraneio, ano 79. Ela veio modificada do Rio de Janeiro, mandada de lá pelos militares para a polícia civil daqui do Amazonas. Aquele carro e eu éramos chegados, ela me entendia, e eu podia ouvi-la porque ela sempre me ouvia. A gente rodava a noite toda pelas ruas. Só nós dois e era muito bom.

Esmeraldino se curou da ressaca, fosse pelo inusitado discurso, fosse pelas palavras misturadas em que afeto, admiração e desejo se referiam a um objeto de todo inadequado àquelas demonstrações tão eloquentes de amor. O vigia bebia o café amargo, imaginando as loucuras que atormentariam um perturbado sofrendo aquele nível de esquizoide.

— E tu sabes, né? A gente brincava no escuro.
— Quem brincava?
— Eu e ela.

A resposta surgiu de forma espontânea, muito embora buscasse agora, frenético, alguma pista para livrá-lo da presença daquele maluco.

— Sei o que tu procuras.
— Sabe?
— É claro. Vem comigo que te mostro — disse Esmeraldino.

Saíram da casinha, andando para o local que lhe causava desde o dia anterior um vago e inexplicável temor.

A lua e as estrelas estavam encobertas por nuvens espessas cheias da chuva torrencial. Apesar dessa escuridão, os dois andavam sem tropeços pelo terreno. A torre pairava com sua garra aérea rangente por causa do vento, que aumentava a cada minuto. Na cabeça de Esmeraldino, os mecanismos que permitiam lucidez em seus pensamentos impediam que ele apreendesse qualquer fragmento da realidade que não fosse objetivo e mensurável. Que uma máquina pudesse se mover, mesmo sem estar sob o comando de um homem, tal fato podia ser explicado. Algumas até podiam funcionar sem que o fator humano propusesse seu uso, nestes casos havia a falha nos protocolos de segurança ou descuido com o equipamento, ocorrências acidentais das mais comuns. Mas uma que funcionasse sem obedecer aos princípios mecânicos mais elementares como energia e peças funcionais necessárias à tarefa, bem, neste caso uma análise racional era limitada pelo próprio acontecimento. Máquinas não podiam gerar fantasmas.

E embora acreditasse nessa premissa, algo acontecia.

Isso comprovara com os próprios olhos, notara certas mudanças, por isso informou o encarregado do depósito sobre o maquinário se movendo e as tais mudanças operadas na distribuição dos carros no terreno. O encarregado pedira para verificar o estado destas tralhas, uma vez que tinha como certeza absoluta de que nenhuma pudesse realizar o trabalho atribuído a elas. Explicou o que verificar e quais itens anotar, acreditando que decerto não os encontraria, provando a tese que sustentava a imobilidade de tudo estocado no depósito. Ele assim procedeu e, de fato, pôde ver que os motores estavam sujos de poeira, aparentando um abandono de muitos anos, sem tanque de combustível ou sequer as mangueiras. E também faltavam as baterias, portanto não funcionariam sem combustível e eletricidade. Poderia conjecturar que tinha imaginado os acontecimentos, só que as colunas dos carros não deixavam seu cérebro descansar. Elas foram mudadas de lugar, por mais que isso fosse impossível acreditar. Por obra e força de um guindaste que não conseguiria mover sequer um punhado de folhas. E tinha a torre com a garra, que imaginava lhe seguia os passos dentro do depósito. Podia ser o vento, em uma coincidência macabra, mas se sentia como uma presa inofensiva vigiada por uma fera de desejo e fome incalculáveis.

Chegaram ao local onde sabia existir, ainda que não se pudesse ver, um carro enterrado. Antes colunas de carcaças de metal empilhadas umas sobre as outras guardavam o sepulcro. Iria repetir a palavra enterro, mas calou-se cheio de angustiosa tensão. Ele se afastou da parte queimada por óleo, onde os carros empilhados estiveram tanto tempo bloqueando o sol. Nada falou, mesmo porque sabia pouco daquele assunto, talvez Duarte pudesse ajudar com seu palavreado incessante, no entanto, o antigo vigia estava longe dali. Postou-se hirto, observando calado o desenrolar dos acontecimentos. Lembrou-se de um livro que leu, um de muitos, encontrado sobre uma pilha de objetos nos fundos dos contêineres dedicados a guardar a quinquilharia miúda.

O livro de capa vermelha escrito para estudantes de psicologia ou psiquiatria, não se lembrava com precisão, dedicava muitas páginas na descrição de doenças e distúrbios raros que afligiam a razão das pessoas. Psicoses, obsessões, paranoias, perversões sexuais, desvios de caráter, fobias, manias, uma infinidade de termos, muitos deles estranhos para o simplório Esmeraldino, outros que lhe soavam desconfortantes tamanha a proximidade dos diagnósticos apresentados no texto com suas próprias atitudes e experiências.

Um caso sobre obsessão de tal forma peculiar lhe chamou a atenção, versava sobre o relacionamento afetivo entre homens e objetos inanimados. Aquele era um universo estranho demais para ele. Quando leu sobre bestialismo, que é a perversão sexual que levava as pessoas a se relacionarem sexualmente com animais não estranhou tanto, suas experiências na área dos amores interespécies o ambientaram no comportamento descrito nas linhas do livro. Ele também se tornara frequentador assíduo das páginas cheias de informações alocadas nas redes de computadores, dedicadas à pornografia e às práticas sexuais das mais exóticas possíveis. Existiam montes de webpages, sites e links infinitos nas formas, conteúdos e exemplos destas pulsões sexuais. No entanto, nada na internet ele tinha visto que falasse sobre aquela tão inesperada forma de amor.

O livro nomeava de "objetófilos" os indivíduos que nutriam afeto carnal por objetos físicos, que amavam coisas impossíveis de gerar, na alma volúvel de desejos do vigia, o clamor pelo sexo. Homens que amavam aviões, mulheres que amavam muros, um homem que amava seus carros. Costumes estranhos, mais inofensivos que perversos, quase patéticos, em sua dimensão humana, que não ofereciam perigo salvo aos amantes. Ria de certas imagens que vieram instigar sua imaginação, quando seus pensamentos foram cortados pelo choro convulsivo do homem que trouxera até aquele ponto.

De joelhos no chão, com as mãos nuas apoiadas na terra, chorava copioso como se tivesse perdido parente amado ou mulher. Aquilo foi um comportamento pelo qual o vigia não esperava. Coçou o queixo, pensando o que dizer àquele maluco. Aproximou-se mais um pouco, andando devagar, temeroso em pisar na mancha escura do chão, nestas alturas quase invisível por causa da escuridão.

— Amigo?

Zé Biela nada ouvia, ele queria poder voltar no tempo, salvar o carro que lhe fora tão amigo e amável nos tempos do chumbo-grosso, adorável, como poucas coisas em sua vida. Lembrou que prometera sempre estar à disposição do carro, mas miseravelmente falhara em sua missão. Um raio de poder imensurável rasgou o céu escuro, banhando por momentos tudo com uma luz incandescente. Rostos cadavéricos dentro dos habitáculos olhavam para eles, parados, sobre a mancha escura. Uma lápide feita com óleo queimado, marcando a sepultura de um carro enterrado. Foi demais, ele se maldisse pelos livros que tinha lido, com todas aquelas ideias malucas, agora também temia estar ficando biruta, tendo visões. O vigia limpou a vista, as gotas de suor nascidas do pânico caíram nos seus olhos e arderam. Ele não via nada de anormal, apenas os carros abandonados, vazios, a torre de telefonia desmontada e o guindaste que balançava por causa do vento, cada vez mais forte.

Queria dizer para Zé Biela que o melhor seria irem embora, uma chuva com raios se aproximava, os dois cercados de metal como estavam não era boa ideia ficarem expostos a uma descarga fatal. Quando resolveu comunicar sua decisão, afinal quem mandava era ele, então que se fodessem as loucuras daquele estranho, recebeu dele um olhar injetado de ódio. Perigoso, mortal. Recuou, pondo a mão direita no cabo da pistola colocada por dentro da blusa.

Zé Biela começou a cavar com as mãos nuas, mergulhando os dedos com sofreguidão no piso duro, misturando as lágrimas com os pedaços de terra que arrancava com dificuldade e dor. O vigia não sabia o que fazer diante da cena. Resolveu falar para explanar o quadro inusitado que assistia.

— O chão é muito duro, mesmo com uma pá e uma picareta só tu não conseguirias cavar muito mais que alguns metros e olhe lá.

— Não posso deixá-la enterrada, preciso ver o que restou.

— Olha Zé, se ainda restar alguma coisa inteira, deve estar só a carcaça.

Zé Biela levantou-se com tamanha rapidez que o vigia não teve tempo de piscar.

— O que foi que tu disseste? — perguntou Zé Biela, com as mãos abrindo e fechando, assim como os orifícios do nariz, que se dilatavam.

— Nada... — respondeu Esmeraldino com um fio de voz.

Zé Biela continuou andando, de um lado para outro, remexendo nos monturos de metal e pedaços de carcaças. A chuva estava cada vez mais próxima e o que parecia uma boa ideia tornara-se um pesadelo. Ter aquele homem como companhia a noite inteira seria dose para leão. Com o tempo, foi diminuindo o ritmo e aceitando o inevitável final daquele objeto, comum na espécie e especial nas suas qualidades. Quais fossem essas qualidades eram um mistério para o vigia.

Zé Biela voltou para o local de onde retirou com as mãos nuas pequenos torrões de terra seca, ficou de joelhos, e com cuidado se deitou até encostar a face na terra. Alisava o chão com a mão, como se acariciasse a pele delicada de uma pessoa ou uma superfície lisa que quisesse lustrar. Não parecia tocar a terra bruta calcinada pelo óleo e o sol.

— Daria minha vida para te proteger, mas eles te abandonaram, deixaram apodrecer. Tu foste minha, mas eles traíram a gente. Pudesse ter forças para te arrancar da terra, faria tudo ao meu alcance e te punha novinha em folha. Sinto tanto a tua falta, eu sei que falhei em te proteger, me desculpa — disse Zé Biela, pondo-se de pé.

Olhou uma última vez e saiu andando com a cabeça baixa, na direção da portinhola no portão de acesso ao depósito.

Quase ao mesmo tempo, a chuva prometida começou a cair dos céus. Caudalosa e densa. O vigia agradeceu por Zé Biela partir sem causar problemas. Quando teve certeza de que estava sozinho, respirou bastante aliviado, pois se livrara do maluco, chorando por causa de um carro enterrado.

As gotas da chuva molhavam a cabeça do vigia, ele a balançou como um cachorro ao sair do banho, quando teve a impressão de ser alvo de olhos ameaçadores. Virou-a, tentando enxergar por entre as carcaças metálicas, aquilo que o observava com interesse malévolo. Seu coração acelerou descompassado, pois o que enxergou lhe encheu de pavor. A torre apontava para onde ele estava parado, rígida como uma serpente antes do bote fatal. O braço de aço que sustentava a garra tremia, como se uma tensão selvagem o dominasse, mesmo que desativado por anos e acossado pelo vento. Outros sons chegavam aos seus ouvidos agora, quando moveu o corpo caminhando para a casinha foi como se o seguissem, olhos de predadores observando uma presa inofensiva. Um intruso que se afasta de local precioso. Um ninho. Uma toca. Uma cova. Parou de andar, observando, e do galpão onde se guardavam o ônibus e a ambulância um facho de luz brotou nas janelas de vidro, assim como o reverberar de motores explodindo combustível, mas aqueles carros também tinham motores mortos que não poderiam funcionar, não neste mundo.

Sem poder controlar mais um segundo suas emoções, correu e trancou a porta da casinha. Quando pulou para dentro, rebolou por cima dos cacarecos que guardava, ferindo a canela em uma aresta da mesa. Raios caíam perto do depósito, talvez caíssem em algum lugar no próprio terreno, quem poderia afirmar a mais quantas estranhezas testemunharia naquele lugar maldito, ele não sabia.

O vento soprava violento, passando por cada fresta como se quisesse levantar o frágil telhado. O som de metal se retorcendo podia ser ouvido, assim como buzinadas de vários tons que se misturavam às pancadas e acelerações de motores sem peças, buzinando sem buzinas.

O vigia tentou observar alguma coisa pela pequena janela da casinha, inútil essa atitude, pois mal podia ver alguns metros adiante, tamanha a quantidade de água e de vento. Uma grande sombra descia e subia dos céus, com sons graves que nuançavam todos os outros. Metal contra metal e este contra a terra. A garra tirava nacos do chão, jogando-os longe. Luzes vermelhas brilhavam após os primeiros galpões, e o local não poderia ser outro senão onde existia um carro enterrado. Ouvia também uma sirene anunciando morte e destruição.

Neste momento, aconteceu o fenômeno elétrico registrado tanto pelos olhos assustados de Esmeraldino quanto pelos aparelhos de medida instalados no Sivam. Na tela, um risco indicou um raio concentrado vindo do espaço exterior, muito acima da atmosfera que não foi captado por nenhum dos satélites geoestacionários que vigiavam o clima nas florestas próximas de Manaus. Não se soube explicar de onde tanta energia tinha vindo, nem o efeito que causou.

No depósito os motores, as buzinas, os pneus e as gargantas inumanas todos se ergueram de uma vez, emitindo gritos saudando o horror.

O facho de luz e energia que desceu dos céus permaneceu alguns segundos e apagou-se. A chuva e o vento diminuíram de intensidade e quando cessaram restou apenas o silêncio. Não se ouvia mais nenhum dos sons tenebrosos, que agora acreditava serem criados em sua imaginação motivada por um medo inexplicável, nascido de um acontecimento nebuloso. O vigia começou a rir, acreditando que se deixara levar pelas fantasias das leituras de textos estranhos.

Quando não ouviu mais o vento passando pelas frestas da casinha, soube que, enfim, a tempestade tinha se afastado. No silêncio que se instaurou, as gotas de água caindo no chão ecoavam como uma miríade de repetições. Saiu da casinha. O depósito estava escuro e ele logo constatou que os raios e os ventos deviam ter danificado as linhas elétricas. O vigia voltou em busca de uma lanterna. Com ela, sentiu mais segurança para andar, por causa dos fios que pendiam soltos, largados no espaço entre os carros. Ele focava verificando todo o ambiente antes de seguir.

Repetiu a operação.

Quando atingiu o limite dos galpões antes dos depósitos e filas de carros guardados, percebeu a aceleração poderosa de um motor. As janelas próximas estouraram, lançando cacos de vidros no vigia. Ele não gritou, mas apertou o peito com a mão sentindo a iminência de um ataque cardíaco. Rompendo o silêncio, outra aceleração ainda mais potente que a primeira, se é que poderia existir uma força de tamanha magnitude. Sem aviso pneus queimaram borracha e o motor que alimentava aquele engenho inundou com força fenomenal o maquinário desconhecido, lançando o bólido misterioso de encontro à cerca que protegia a área do depósito. O metal retorcido gemeu, protestando. A aceleração demoníaca foi desaparecendo, em um efeito Doppler perfeito, sumindo na noite.

De onde teria surgido o carro que ouvira?

A tal pergunta não poderia responder, uma máquina era uma máquina. Não uma sombra, nem um fantasma feito de temores bobos criados por lembranças turbulentas sobre um fato ainda inexplicável, decerto de simplória elucidação. Com esta certeza no coração, caminhou para a área de estocagem dos veículos, uma vez que também queria ver aquilo que lhe causara tanto temor.

Assobiava, expressão de seu nervosismo, enquanto caminhava ao lado de um galpão. Chegando à frente deste, se deparou com uma paisagem que disparou uma desagradável certeza de anormalidade. Analisou por segundos a cena, buscando de início identificar o que o incomodava.

A lanterna tremulou iluminando apenas o espaço vazio. Não existia mais nenhuma carcaça empilhada, todas tinham sumido. Passeou o facho por toda a área, nada vendo parecido com a silhueta de um automóvel, que talvez tivesse sido jogado para longe por causa do vento. Caminhou sem disposição para o centro do depósito, não compreendendo para onde foram levadas. Ou por quem. Queria saber o que tinha acontecido para explicar-se mais tarde. A perplexidade cedeu espaço para um temor crescente quando descobriu uma escavação no local onde estivera horas antes com o homem chamado Zé Biela. O buraco era profundo e dentro só havia trevas. Os olhos de Esmeraldino subiram aos céus, lembrando a sombra na chuva, com a estranha impressão que teve de que a garra cavara em algum ponto próximo dali. Demorou em acreditar no que via, ou melhor, no que não via. O guindaste não estava mais onde sempre esteve e, assim como os carros, desaparecera sem deixar rastros.

Apesar de afastar pensamentos sombrios, mover aquela montanha de metal soava impossível, pelo menos neste mundo.

Longe, ouviu as buzinadas infernais trazidas pelo vento, que encheram de horror seu espírito. Esmeraldino tremeu, vertendo um suor doentio que escorreu por suas costas, viscoso como se saído de um pesadelo horrendo. Sem mais esperar, saiu correndo tropeçando pelo escuro, atravessou um pequeno caminho de mataria, lembrando que por lá conseguiria chegar a uma trilha que o levaria para longe.

Ele abandonou o depósito para nunca mais voltar, mas o som infernal daquelas buzinadas o perseguiria no tempo que lhe restava de vida sobre a terra.

IV

De uma janela pequena, protegida por uma tela, um par de olhinhos assustados observava as luzes e a movimentação de uma sombra disforme, que ele sabia ser a sombra do guindaste, que seu pai chamava "Monstro de Ferro", mexendo-se para cima e para baixo. O dono dos olhinhos acordara por causa dos raios, que caíram em algum ponto. Outros daqueles carros se deslocaram para perto do guindaste, onde um estranho ônibus e uma ambulância já estavam parados com as luzes ligadas. A ambulância com seu giroflex vermelho brilhando incandescente. Em determinada hora, todos aqueles carros, o guindaste e tudo mais foi desaparecendo na terra, desintegrando, sumindo. Daquele lugar, um carro negro, brilhante como uma brasa de fogueira, saiu em fuga atravessando a cerca reforçada de arame como se fosse feita toda em linha comum de algodão. O carro negro avançou sumindo na escuridão. Os pais haviam saído deixando o menino, não sem antes determinar que não devesse ir para fora da casa aquela noite.

Pela primeira vez na vida, o menino sentiu medo do escuro e ficou satisfeito por ter obedecido às ordens dos pais.

Capítulo 7

Sábado, 12 de junho de 2010

0h45

I

O caminho por entre o mato encharcado o levaria a passar próximo da lagoa, local que Duarte disse para Esmeraldino evitar nas horas noturnas, mas o vigia não se lembrou de ter perguntado o que morava nas águas plácidas. Agora no escuro, depois de presenciar a tantos e tão aterradores acontecimentos, pensou ser mais sensato não refletir sobre mais um mistério.

Podia escutar um marulhar de águas, decerto seria o igarapé contribuinte da lagoa. Continuou andando pelo mato devagar e com cuidado, pois na pressa de abandonar o depósito deixou a lanterna para trás. Na mata, os bichos estavam recolhidos por causa da chuva e não faziam barulho, salvo se um predador fosse às suas tocas lhes devorar. O pensamento foi desagradável, uma vez que ele próprio não iria querer tornar-se presa, pelo menos não naquela noite. Ao descer pela trilha acidentada caiu, indo parar a centímetros da margem. Levantou o olhar assustado, e como se tocasse em ácido corrosivo, afastou de imediato a mão da água. O espelho possuía uma extensão maior do que imaginou, portanto teria de atravessá-la contornando as margens, também poderia entrar na água para alcançar logo a trilha que o levaria direto ao bar onde comprava comida, e onde encontraria pessoas já que o dono morava ali. Pensou melhor.

Não arriscaria nadar sem a luz do sol.

Seu corpo precisava urgente de álcool, pois sua cabeça explodiria de tanto pensar no que presenciara. Começou a margear a lagoa, a escuridão impedindo que visse mais que alguns metros a sua frente. Barulhos assustavam o vigia, que parava a caminhada avaliando a fonte do som.

Nada descobrindo, continuava, temeroso e atento.

A conversa com Duarte vinha a sua lembrança, todas as certezas que dominava quando o conheceu não estavam tão sólidas neste momento, desfazendo-se como bolhas de sabão sopradas ao vento. Um medo incontrolável apoderava-se de seu corpo, monstros talvez existissem afinal de contas, caçando os homens como se fossem troféus.

Não vira nada de assombroso na localidade de onde viera fazia meses. Uma vila distante quilômetros de Manaus, em um rio de águas caudalosas na cheia e de penúria extrema na estação seca. Seus parentes contavam os causos de aparições dantescas, povoadas de seres colossais, cuja existência podia ser posta em dúvida à menor indagação da razão. Agora tremia de medo, pois vira e ouvira coisas que não podia explicar, apelando para as faculdades mentais sóbrias. O mundo tornara-se nebuloso e a realidade perdera nitidez ganhando, em contrapartida, profundidade.

Após um tempo procurando uma maneira de transpor a lagoa, o vigia afinal ficou calmo, pois logo a sua frente enxergou uma pinguela por onde poderia atravessar. Atravessava uma parte estreita do igarapé que ali corria mais caudaloso, testou com o pé empurrando firme, porém ela não se moveu, ainda que usasse toda a força da perna na tentativa. Ele atravessou a pinguela, olhando com aflição, analisando cada pedaço do lugar. Seus ouvidos doíam, já que o sangue bombeado por conta da adrenalina os deixavam sensíveis.

Quando alcançou o meio da pinguela, quase foi parar na água do igarapé por causa de um estrondo causado pela queda de um galho do alto de uma árvore, que se estatelou na água. Sua visão turvou. Com os braços agitando no ar em pânico irracional, perdeu o equilíbrio. Foi tombando para o lado esquerdo, por sorte teve a queda interrompida. Um toco de galho que tinha ficado no tronco abatido serviu de apoio. Com as mãos no toco, recuperou a perspectiva, ajeitando o corpo. Olhando para os lados, observou tudo em total imobilidade. Nenhum som estranho ao ambiente, apenas os ruídos da noite. Levantou com cautela e continuou a travessia. Tinha de controlar o medo ou então seria alvo de paranoias, seja por causa da droga que consumia ou do álcool que ingeria. Talvez por isso tivesse delirado, portanto a matéria dos sonhos não carecia de explicações e as coisas que presenciara eram apenas os delírios de uma percepção cansada. Com esta certeza, passou a trilhar o caminho com o passo firme, já sem o medo cavernoso lhe acossando. O certo é que não agiria com tanta coragem se tivesse aguardado mais alguns instantes.

A queda do galho acordara uma antiga moradora daquelas águas. Quando saiu, Esmeraldino estava longe. Não se importou. Cheirando o ar, descobriu que não era ele quem desejava. A moradora da lagoa se arrastou languida para a água e esqueceu-se do visitante. Ela sabia. Passado e futuro pertenciam à realidade na qual mergulhava. A acidentada história do vigia Esmeraldino não tardaria muito mais ao seu termo.

II

O bar onde Esmeraldino esperava encontrar gente ficava aberto nas horas mortas da madrugada. O dono era um gaúcho chamado Sebastião, que sofria de insônia. Desconfiava que essa falta de sono se devesse a uns caroços que teimaram aparecer em sua garganta. Os avós de Sebastião, assim como alguns dos tios, também adquiriram tumores na traqueia e na faringe, morrendo poucos meses após o diagnóstico da enfermidade. Sebastião soube por um dos sobrinhos que a causa dos tumores poderia estar associada ao consumo de chimarrão quente, por anos consecutivos. Ele ria daquilo, ria tomando o chimarrão aquecido, que descia queimando sua goela dando um alívio reconfortante ao homem. Quando a bebida quente descia pela garganta, a dor parava. Os caroços tinham começado a doer e isso o enchia de medo.

Naquela noite de chuva, Sebastião estava parado na soleira da casa, acima, no terreno contíguo ao bar. Pensava na mulher, ela o abandonara por um homem mais novo. Uma bela morena, volúvel, com um corpo que vibrava quando faziam amor, suados na cama. Sentia saudades da mulher, temendo morrer solitário em uma casa vazia. Já tinha pensado em chamá-la para uma conversa amistosa, talvez até propusesse um trato imoral aos olhos de estranhos, embora parecesse bastante prático a ele, caminhando para a velhice.

A chaleira começou a apitar, Sebastião já ia se pondo a andar para o fogão com a cuia de mate quando discerniu, saindo do matagal espesso defronte o bar, um homem. Ele estava sozinho, aparentando cansaço e preocupação, porquanto lançava olhares para as costas. Por aquela trilha, apenas os trabalhadores do Depósito de Bens da Justiça andavam nas horas do dia. Um deles sujeito boa-praça, chamado de Duarte, tornara-se seu amigo. Observando melhor, reparou que não era Duarte. Sebastião desceu com a cuia para receber o visitante noturno.

Esmeraldino saiu da trilha com o corpo marcado pelos espinhos e o mato cortante, suava por cada poro e seu coração palpitava frenético. Um pouco do medo abandonara seus pensamentos por causa do cansaço da corrida e da tensão que consumira suas reservas de oxigênio. Quando avistou as luzes, pelas frestas que se abriam na vegetação, sentiu imediata alegria. As luzes afastavam o medo, desvelavam o desconhecido. Fora do matagal, apenas alguns metros do acostamento, lembrou-se de algo prosaico, mas de importância capital. Pondo a mão nos bolsos, pôde sentir a carteira portas-cédula no compartimento de trás da calça de trabalho. Retirando a carteira, constatou que ainda sobrara alguns reais dentro, suficientes para se embriagar com a bebida mais forte e barata que tivesse à disposição.

Quando entrou no bar, enxergou apenas um sujeito cabisbaixo sentado solitário em uma mesa afastada, tomando alguma coisa que não pôde identificar de imediato. O vigia foi andando para o balcão, onde Sebastião o aguardava. O dono do bar conhecia aquele homem, pois Duarte comentou sobre o novo vigia no dia em que foi embora. Em outra ocasião, Esmeraldino já tinha comprado lataria de comida em conserva, sacos de farinha e uma garrafa de rum Montilla, cujo rótulo trazia a gravura de um pirata em sua indumentária tradicional acompanhado de um papagaio.

— Quero uma garrafa de Montilla, seu Sabá.

Sabá era a contração de Sebastião, que detestava o apelido. Piorava, quando quem o chamava daquela maneira não pertencia ao seu círculo de amizades. Esmeraldino tinha esse traço na personalidade, demasiado expansivo e não raro inconveniente.

— Tá com medo de alguma coisa, meu amigo?

Esmeraldino não conseguia controlar as emoções, olhava para as portas escancaradas do bar, apesar de a entrada ser distante muitos metros do acostamento. E mesmo assim uma sensação de perigo lhe afligia como um aviso do qual não pudesse desvencilhar os sentidos.

Uma vala profunda separava o bar do acostamento. Aos poucos, observando melhor a disposição geográfica de onde estava, foi ficando mais aliviado. Suas ideias ganhando matizes menos sombrias por causa dos acontecimentos. Acabou concluindo, por análise, que ali estava seguro, pelo menos livre da ameaça que um carro poderia representar.

Sebastião trouxe a garrafa e um copo de vidro vagabundo para servi-lo. Pelas atitudes do vigia, estava claro que não havia bebido, não falara alto e nem demonstrava excitação. Embora essa sobriedade pudesse ser apenas aparente, pois não só o álcool era veículo certo para alucinações ou paranoias.

— Ouvi os raios que caíram na hora da chuva — disse Sebastião.

— Raios? — Esmeraldino respondeu, apalermado.

— Parecia que caíam para as bandas do depósito. Tu não viste nada? — Sebastião perguntou, servindo ao mesmo tempo um copo generoso de rum.

Esmeraldino olhou para Sebastião, apanhou o copo e sorveu o conteúdo de uma vez. Fez uma careta feia, controlando a ânsia de cuspir. Não sabia se dizia a verdade sobre os terrores e seus medos. Os homens adultos não gostam de admitir suas fraquezas, ainda mais quando envoltas nos nebulosos véus do mistério sobrenatural. Poderia mentir. Se alguma coisa lhe escapasse da memória, talvez não conseguisse reproduzir as palavras em uma ocasião futura. Seria taxado de mentiroso ou coisa pior. Lembrou que abandonara seu posto.

Como explicaria o sumiço dos carros?

Não retornaria para o lugar assombrado. Decerto o encarregado chegaria pela manhã para verificar o estado de tudo. Quando visse o que aconteceu, pensaria que o depósito fora alvo de ladrões. Procuraria por ele em vão, talvez imaginasse um sequestro, depois concluiria que ele devesse estar envolvido com as pessoas responsáveis pelos desaparecimentos. A comunicação do fato para a Polícia seria imediata. Havia outra questão, cavilosa e sutil, se tudo não passasse de delírio? Um estado de alteração das faculdades da razão?

Estava consumindo muita droga, a visita de Nilson talvez tivesse desencadeado uma série de acontecimentos dos quais não lembrava. Poderia muito bem ter imaginado, pois não fora confirmar nada, apenas saiu correndo apavorado na direção da trilha. Sim, era isso, tudo não passou de alucinação.

— Sabá, eu, eu acho que exagerei em algumas coisas hoje, lá no depósito. Acho que fiquei meio alterado.

Sebastião ia replicar por causa do apelido, mas quando escutou o resto teve pena do jovem.

Esmeraldino continuou:

— Andei vendo uns troços lá, tenho para mim que é culpa das putas, sabe? Elas te dão uns bagulhos e tu usas só para ficar amiguinho delas. Só que a coisa vicia. Tu começas a sentir falta e se não toma a tua dose? Aí tu vê coisas no ar, ouve vozes, conversa com fantasmas. Não dá medo, não. É tudo saído da imaginação, de dentro da cabeça.

— Por isso o medo? — questionou Sebastião.

O vigia teve vontade de parar a narrativa, estava se sentindo melhor, talvez até retornasse para o depósito, portanto não via mais estímulo para expor-se tanto ao ridículo de comentários maldosos quanto a própria sanidade. E existia a questão das drogas, afinal não era coisa da qual se orgulhar. Quem sabe abrindo o coração, falando das fantasias que lhe atormentavam, fosse como uma seção de análise, uma catarse, transferindo parte das suas apreensões para seu interlocutor.

— Um homem estava comigo.

— Que homem?

— Um que apareceu antes da chuva, veio com um amigo, mandado para que eu o ajudasse a achar algo enterrado lá.

— Uma coisa enterrada? E vocês encontraram? — perguntou Sebastião, construindo uma série de imagens com dinheiro, ouro e joias encerradas em arcas e baús.

— O Duarte me falou, mas sei pouco sobre o carro enterrado.

— Carro enterrado! — exclamou Sebastião, decepcionado com a revelação sem sentido.

— Fala baixo — pediu Esmeraldino.

Era tarde demais.

O homem que estava na mesa, solitário, de repente ergueu a cabeça. Os dois que parlamentavam no balcão do bar não notaram quando ele se aproximou cauteloso. Esmeraldino continuou sua narrativa:

— Duarte contou sobre o carro enterrado, apontou para mim o local. Ele não falou sobre quem o enterrou nem o porquê. Hoje, antes de desabar o temporal, lá pelas seis horas, um chegado meu trouxe de reboque outro parceiro com ele. Sujeito mais estranho, mais velho que novo, que disse procurar uma coisa que estaria lá, no depósito. Falou umas loucuras, palavras sem nenhum sentido. Descobri que ele queria saber sobre o carro enterrado.

— E qual carro é esse?

— Não o vi, Sabá. Ele disse que era uma viatura. Das antigas. Fiz as contas nos dedos e tendo como base o ano que ele falou, faz muito tempo.

— Qual foi o ano?

— Um carro mandado para cá, em 1979 ou no início de 1980. Mandado pelos militares do Rio de Janeiro para a Polícia Civil daqui do estado.

— Quem te contou isto?

— O vigia antigo.

— Duarte?

— Isso, o Duarte contou para mim, durante as andanças no dia em que assumi o lugar dele.

— E o modelo? Ele falou?

— Estava com tanto medo que nem prestei atenção. Nunca fui amante de carro, prefiro motos bacanas.

— Tudo bem. E depois?

— Ele foi embora, sumiu. Acho que neste momento devo ter dado um tapa na medonha. Alucinei. Ouvi ruídos de metal retorcendo e as chapas de aço que cobrem os galpões do depósito? Apenas um furacão poderia avariar o telhado, e ouvi os motores roncando. O problema é que lá dentro existem apenas as carcaças apodrecidas de um monte de carros, sem motores. E vi a garra de aço mexer no ar, impossível, aquilo é engrenagem enferrujada, morta, e não poderia funcionar.

"Engrenagem morta."

Esmeraldino já se precavia do discurso que proferia, evitando dar qualidades humanas às coisas inanimadas, muito embora parecesse impossível encontrar melhores palavras para emoldurar tão bem aquele quadro. Tomou outro copo de rum.

— Subia e descia, cavando a terra. O juiz guarda escondido um ônibus que matou gente na Segunda Guerra Mundial. Ou isso ou uma coisa parecida, afinal guerra é guerra. E uma ambulância, mas é uma ambulância diferente, aquela não salva vidas. Foi usada para transportar mendigos e crianças abandonadas até a morte nos lixões, acho que no Rio de Janeiro, faz muito tempo. Não entendo por que o juiz guarda tais porcarias. Tenho para mim que estes carros saíram para saudar o carro enterrado que a garra queria libertar. Quando fui até o lugar onde levei o medonho, descobri um buraco negro, mas dentro do buraco nem sinal do carro.

O vigia tomou outro copo de rum, respirando o ar frio da noite.

— Nem carro enterrado, nem carro nenhum. Até o guindaste sumiu, Sabá. Como se tivessem desaparecido na terra, derretido no ar. Fugi. Refletindo melhor, acho que tudo não passou de delírio.

— E aconteceu mais alguma coisa? — interpelou Sebastião.

Pensou no que dizer, sem comprometer a réstia mínima de amor-próprio que sua pouca lucidez ainda permitia controlar, antes de mergulhar nas trevas da embriaguez total. Ouvia a toda hora, no abismo inescrutável do inconsciente, as buzinadas malditas de um carro assombrado. Nada viu. Isso o mantinha lúcido, apesar de estar perturbado pelos acontecimentos, sabendo que o fio entre razão e loucura amolecia a cada minuto.

— Foi só isso, eu acho.

— Quer voltar lá? — Sebastião perguntou.

O que movia as intenções de Sebastião não era o espírito solidário do cristão devoto e sim uma curiosidade mórbida nascida na conversa com aquele drogado.

— Uma Chevrolet Veraneio ano 79. Modificada para a polícia — a voz surgiu atrás.

Uma voz de homem, meio afetada pelo álcool, arrastava as vogais como se pesassem na boca. Os olhos de Sebastião reconheceram logo o cliente que aparecera durante a chuva de raios, vindo da estrada. Ele pagou adiantado e perguntou se poderia ficar na mesa, até a aurora iluminar um pouco a escuridão da pista. Sebastião respondeu que sim, o homem retirou-se para um canto esquecido com uma garrafa de cachaça. Parecia triste e estava cabisbaixo.

O vigia, entretanto, teve uma reação diferente. A voz pertencia a uma figura que conhecera naquele dia. Chamava-se Zé Biela e estivera preso, acusado de crimes que desconhecia, mesmo porque não perguntara. Procurava um carro, que Bocão disse estar no depósito onde trabalhava.

— O carro ressuscitou? — perguntou Zé Biela.

Sebastião olhou para Zé Biela e depois para Esmeraldino, intrigado com o uso daquelas palavras, tão singulares e estranhas para descrever um resultado impossível de ser alcançado, ainda mais por matéria inerte.

— Não sei. Tenho para mim que delirei por causa da droga, agora estou com medo de voltar lá, quem sabe quando amanhecer consiga me controlar — apontou com o dedo a posição provável do depósito, após a floresta. O incomum foi quando olhou na direção que indicou. — Olha como está aí fora! Que estranho! — foram as palavras de Esmeraldino, que descreviam uma espessa neblina, branca, imutável.

Clima semelhante não era coisa incomum na região, em particular após um temporal, porém a densidade daquela neblina era de tal medida que quase impunha resistência aos corpos. Tomava toda a extensão, pelo menos a alcançável com os olhos do ponto elevado onde o bar se situava. Tudo estava mergulhado na densa matéria branca, que emanava um brilho etéreo, tornando mais pungente o volume magnífico do lençol de vapor que subia às alturas do céu.

— Em toda vida, não vi uma tão densa — disse Sebastião.

— Foi a chuva que causou?

— Não sei.

O fenômeno foi se arrastando por horas, noite adentro. Por causa disso, perderam a coragem e não saíram do bar. Os três ficaram olhando o espetáculo do clima, fazendo comentários isolados sobre a natureza da neblina, quando sentiram uma presença de tal maneira poderosa que esqueceram Zé Biela. O relógio na parede do bar sinalizou três horas da madrugada, um vento frio começou a soprar, afastando um pouco da massa branca que compunha o véu enevoado.

Iriam perguntar alguma coisa a Zé Biela quando o viram sair, postando-se à beira do pequeno declive que servia de terraço para Sebastião observar a paisagem. Zé Biela olhava de um lado para outro, como que aguardando a chegada de algum conhecido. Os dois homens entreolharam-se, não compreendendo a atitude tomada.

O som que cortou a noite foi como a nota de uma trombeta do caos que alcançou as raízes da alma de quem a escutou. Um som saído do fundo enegrecido do poço sem vida que ele testemunhou vazio, no pátio de carros. O som, apesar de indescritível, pertencia a um carro maldito.

Uma buzinada infernal.

— Foi o que escutei, quando estava no depósito!

A luz de um farol surgiu longe, na extremidade leste coberta pela densa neblina. Por um instante, a luz desenhou na tela branca e volátil feita de vapor uma forma estranha, de contornos movíveis, portanto viva. Como apareceu, desapareceu, sem deixar pistas ou fragmentos de certeza nos olhos dos espectadores. Zé Biela foi descendo para encontrar seu propósito, enquanto o carro que produzia a luz que cortava a neblina se aproximava do bar. Esmeraldino e Sebastião ficavam cada vez mais apreensivos. Esmeraldino queria correr, obedecendo aos desígnios de sua natureza, que descobrira covarde. Pegou no braço de Sebastião, mas o homem não se mexeu. Estava à porta da morte, sabia que não duraria mais um ano, aquele evento enigmático trazia um pouco de luz e vida aos dias finais de sua existência.

Uma espécie de fedor apodrecido foi se insinuando no interior do bar, como se um animal já cadavérico estivesse exposto ao ar puro.

O carro chegou rodando manso, e estacionou no acostamento. Um poste de luz jogava raios que o iluminavam. Da elevação, podiam ver os detalhes da carroceria, as cores esmaecidas e o estado de decrepitude daquele veículo.

Sebastião ponderou tudo que ouviu do vigia, chegado em quebrar fumo no trabalho e amante do álcool, pensando nos absurdos da narrativa e nas provas inexistentes.

O relato extraordinário sobre um carro enterrado foi desconsiderado, uma vez que nenhum veículo sob a terra tantos anos poderia funcionar em poucas horas, levando em consideração o relato incrível. Os pneus, apesar do estado de penúria, ainda rodavam e a borracha era facilmente deteriorável, portanto, não poderiam ser os pneus de um carro com décadas de idade. A própria fuselagem parecia intacta, apesar de suja. Quando examinavam, ainda que de longe, a lataria do carro que notaram Zé Biela acariciando com as mãos o metal frio e sujo do veículo misterioso. Ele passava as mãos contornando as reentrâncias com sofreguidão contida e lânguida. Demorava o exame nas curvas do capô, aproximando a face do para-brisa escurecido.

Zé Biela retirava grandes placas de barro e terra preta, depositadas sobre algumas partes do teto do carro. Não era possível identificar as cores nem as palavras inscritas na lataria do veículo, mas a forma geral era de um utilitário, uma espécie de van antiga, grande e imponente.

— É uma Veraneio policial!

Os dois homens saltaram de lado, assustados com a voz surgida às suas costas. O dono da voz não era uma aparição nem uma visagem. Tratava-se de Tiago, sobrinho de Sebastião, que acordara por causa do barulho.

— Parece muito velha e acho que foi queimada. Deve ter sido superficial, senão a teria destruído. E essa neblina, tio?

Sebastião não conseguia responder, absorto em observar os movimentos de Zé Biela em torno do veículo parado, agora sabedores de tratar-se de um carro antigo.

— Quem é aquele cara, tio? — perguntou Tiago, apontando para Zé Biela. — Parece que tá alisando uma mulher. E que catinga é essa?

As palavras de Tiago vibraram no ar, acordando do transe Esmeraldino e Sebastião. Na parte de baixo, Zé Biela continuava o ritual de macabra sujeição ao carro infernal. Ele aproximava os quadris da fuselagem, imitando um cortejo de clara intenção sexual.

De onde teria vindo aquele carro? Tão sujo e abandonado, com o poder de rodar de forma macia como se não tivesse um motor funcionando. Pensou Tiago.

Zé Biela continuava o cortejo enamorado, parando em partes singulares do carro para retirar pedaços de matéria bruta, fosse argila ou terra enegrecida, quando uma coisa aterrorizante aconteceu de repente, assustando os intrusos que assistiam a cena proibida. A Veraneio balançou-se violenta, atirando no chão Zé Biela, que caiu e ficou parado, submisso como um animalzinho dominado. O carro fez o movimento como um cachorro ou um touro fariam para livrar-se de um bicho incômodo. Depois ficou inerte, parado estático na pista. Os olhos dos homens viram aquilo, mas não sofriam de um delírio coletivo. O que testemunhavam vinha daquele lugar ainda inexplorado entre a razão e a insanidade.

Zé Biela se ergueu do chão e pôs-se de joelhos. O veículo começou a rodar bem lento na direção do homem prostrado na pista. Não se ouvia nenhuma indicação de motorização mais existia um motor, pois o carro andava e isso eles podiam atestar. O carro parou a centímetros da cabeça de Zé Biela.

Na pista acontecia um ritual, todo envolto em mistérios acordados entre deuses, homens e demônios.

A porta do motorista do estranho carro abriu e no interior nada existia, apenas o arremedo de bancos, já que a espuma e o revestimento desapareceram, restando apenas o esqueleto da armação de metal e as molas. Por mais que tentassem, não conseguiam enxergar o motorista nem quem quer que estivesse dentro do habitáculo. Eles viram quando Zé Biela levantou-se rápido, entrando no veículo, fechando em seguida a porta com estrépito. O que ocorreu foi uma mudança dramática, impossível, diante dos olhos das testemunhas.

A fuselagem começara a inchar, apresentando um volume visível maior, as cores esmaecidas ganhando um tom escuro metálico, no teto do carro o elemento estranho na verdade não passava de um giroflex, que agora brilhava pulsante, o vermelho-incandescente inundando a escuridão com o tom das caldeiras de ferro fundido. Os pneus alargavam-se, tornados maiores e mais robustos. O carro que aparentava, mesmo envelhecido e sujo, um porte imponente, tornara-se gigantesco. Uma mistura letal de robustez, poder e maldade conjugada em uma forma de metal escura e tenebrosa. A entrada de Zé Biela deu o detalhe final ao espetáculo de horror, o coração do homem deu ao carro o motor poderoso que faltava ao conjunto, tornando-os um só elemento para sempre.

A explosão da fúria contida sob a terra tantos anos se deu instantânea, arrancando por causa do atrito fenomenal pedaços de asfalto na aceleração do carro. Uma vibração contínua perseverou, sumindo aos poucos, e a aceleração reverberou em todas as garrafas de bebida estocadas na prateleira do bar de Sebastião. As luzes giroflex foram sumindo no horizonte escuro com a neblina que aos poucos se dissipava na atmosfera. Tiago limpava o canal do ouvido, incomodado por causa da potência da aceleração violenta. Esmeraldino respirava com o coração acelerado, enquanto Sebastião olhava temendo o retorno do carro assombrado.

— Não havia um motorista dentro do carro, tio? Como ele chegou até aqui?

— Melhor não perguntar, Tiago.

— E aquele homem?

— Um homem perdido, que talvez tenha encontrado redenção.

— Entrando naquele carro? — disse Tiago. — Duvido.

— Por que disse isso? — questionou Esmeraldino.

— Uma coisa daquelas não dará paz ao mundo. Um carro não incha como se fosse ser vivo, nem roda sem alguém guiando o volante. Neste planeta, não existe metal que se expanda à temperatura ambiente da forma que assistimos, nem borracha que regenere como se fosse matéria orgânica.

— E como tu sabes tudo isso?

— Sou estudante de Engenharia Mecânica. Posso não saber explicar, só sei que o que vimos ultrapassa a mera conjectura.

O som da reverberação de um motor poderoso cobriu a fala dos homens. Ela voltara e estava agora com suas luzes apontadas para o bar. No entanto, podiam sentir-se seguros. A elevação era alta demais para qualquer carro sequer tentar alcançá-los e com uma vala separando-os do acostamento. O motor roncava protestando, acelerava e se afastava, quase que com raiva. Entraram no bar para se proteger.

Explosões de força saíam do escapamento do carro assustador. Os homens pensavam a cada momento em subir mais o terreno e se resguardar na casa de Sebastião, mas titubeantes, olhavam para fora temendo sair da proteção confortante do bar. Súbito, fez-se silêncio, e nenhum som parecia vir da estrada, que aparentava escuridão como se os faróis não estivessem mais ligados. Os homens assustados apuraram os ouvidos, nenhum sussurro foi captado denunciando o funcionamento de um motor. Ficaram calmos, agradecidos por escaparem daquela aparição hedionda.

Não sabiam ainda o que fazer.

Sair antes de o sol raiar era uma atitude fora de questão. Esmeraldino, com a mão trêmula, acossado por um medo quase material, serviu uma generosa dose de rum no copo de vidro. Foi acompanhado desta vez por Sebastião, que pouco se importava com as proibições impostas pelo médico aos seus hábitos alimentares. Tiago ficou pensativo. Olhando a escuridão no limite da porta sem ultrapassar o limite, por um momento imaginou ouvir a tremulação de cilindros e válvulas no ar. Pensou que sua imaginação estivesse alimentada em demasia por fantasias tresloucadas. Tudo aquilo devia ser explicado da forma mais racional quando surgisse a manhã. Estava relaxando, indo para junto do tio no balcão do bar, quando o som potente de um motor de força incomensurável ressoou cavernoso. Tiago virou-se para a escuridão, vendo apenas dois faróis brancos vindos de encontro ao bar, em inacreditável velocidade.

— O que é aquilo? — gritou Tiago, apontando para o céu acima do bar.

Atirou-se na direção do balcão em uma manobra inútil. A grade do para-choque reforçado demoliu a frágil parede de madeira, esmagando os homens de encontro aos escombros. Os pneus trituravam ossos e carne espalhados pelo chão, enquanto o vai-e-vem esmagava com fúria os corpos tornando-os irreconhecíveis, reduzindo aos pedaços aqueles infelizes. Quando não sentiu sob suas rodas nenhuma forma viva, saltou, dando em despedida suas buzinadas infernais, com o ronco do motor misturados a freadas bruscas no asfalto.

No bar destruído, alguns fios elétricos em curto-circuito soltavam fagulhas, mas eram insuficientes para iniciar um incêndio na madeira úmida da estrutura demolida. Eles não sabiam de uma verdade.

A Veraneio não deixava testemunhas.

Capítulo 8

Sábado, 12 de junho de 2010

8h35

I

No sábado, todos tiveram de comparecer ao 25º DIP para os esclarecimentos sobre os acidentes acontecidos na campana, no ramal da Onça Pintada.

A noite foi penosa para André Sandoval e Sérgio Fogaça. Diversas vezes, acordaram com os corpos suados, tremendo nas suas camas. Eles não saberiam explicar o que tinha acontecido no interior da viatura na qual estavam trabalhando. As imagens passavam rápidas na memória, o universo dos acontecimentos parecia distorcido, sem uma lógica precisa que concatenasse as ações de forma racional.

Eles tinham visto um sujeito velho que sempre acreditaram sem forças operar um milagre fabricado com destreza mágica. Não estavam preocupados com as mortes, pois sabiam serem todos bandidos com longa ficha corrida. Quando se encontraram na delegacia, olharam um para o outro, adivinhando que nenhum deles dormiu mais que poucas horas na noite passada. Ficaram sentados, calados, olhando o teto da passagem que dava acesso aos cartórios, onde em breve seriam ouvidos. O delegado possivelmente estaria organizando os depoimentos para causar o maior prejuízo possível, acreditando que suas ordens não foram cumpridas.

João Martins estacionou seu Opala seis cilindros embaixo da castanholeira, que tinha belas folhas coloridas nessa época do ano. A árvore brilhava nas tardes ensolaradas. João Martins se perdia olhando o horizonte quando os raios do sol banhavam a árvore.

Iriam avisar que o "Doutor" já averiguara o carro usado, em busca de amassados severos, buracos de tiros, marcas de sangue ou uma avaria qualquer na lataria maior do que as que tinham visto na noite. Ele encontrou, depois de muito procurar, a leve amassadura no para-choque traseiro.

O delegado arfou indignado, pois imaginou que pudesse levá-los à Corregedoria de Polícia para no mínimo pagarem os prejuízos no veículo oficial. No entanto, o perito foi categórico em afirmar que as mortes foram causadas pela imperícia, imprudência e negligência dos motoristas mortos nos outros carros. De outra maneira, a viatura apresentaria marcas evidentes dos abalroamentos. O perito foi embora e, um por um, foram entrando no cartório para os procedimentos jurídicos. Nenhum deles falou em perseguição, e não explicaram os pormenores técnicos das manobras espetaculares. Findos os depoimentos, assinaram os termos e cada um ficou à disposição das ordens do delegado.

O plantão do sábado começara agitado desde as horas da manhã. Apesar de não estarem trabalhando, Sérgio Fogaça e André Sandoval logo souberam que um roubo de proporções monumentais tinha acontecido em um depósito de bens da justiça. André conhecia o dono do lugar, um juiz influente que usava "laranjas" para acobertar maracutaias. Ele mesmo desviara para o depósito alguns carros clonados por seguradoras. Os veículos legais apodreciam no pátio do depósito, salvos de uma fiscalização. Enquanto João Martins terminava seu depoimento, André foi colher mais informações sobre o acontecido.

Aproximou-se de um dos investigadores mais antigos no DIP, perguntando sem demonstrar muito interesse o que ocorrera no depósito.

— Como estás, cabron? — André perguntou em falsete.

— Nada bem. Nem vinha por aqui hoje. Depois da confusão no ramal da Onça, o delega resolveu que faríamos uma "Operação Fecha Bar". Minha gatinha aniversaria hoje e olha onde estou? — respondeu Brito Aires.

— Nem me fala — disse André. — O que aconteceu?

— Eu sei lá. Parece que uma quadrilha limpou o depósito de bens, dizem que pertence a um juiz, mas acho que é conversa de comadre. O responsável registrou o furto, o nosso titular quer que a gente vá lá investigar. Veja só aonde cheguei ao fim da carreira, tendo de investigar em pleno sábado — Brito Aires riu.

O "Doutor" ouviu a frase de Brito Aires. Em outra ocasião, aproveitaria para descontar toda sua frustração profissional no policial velho, retrato do servidor público arcaico e preguiçoso. Naquele dia, usaria a informação para prejudicar, ainda que por corolário, outros dos indigestos servidores do 25º DIP.

— Já acabou com os depoimentos, André? — perguntou o delegado.
— Só falta o João Martins.
— Venham até minha sala quando ele terminar — disse o delegado. — A folga de vocês está cancelada, preciso que verifiquem uma informação.

João Martins tentou argumentar. Em resposta, o delegado foi categórico afirmando que podia requisitar qualquer servidor para realizar trabalho extra, muito mais no caso em questão, que envolvia o furto de bens guardados pela Justiça, alocados em um depósito. O dono era um juiz de direito, conhecido na cidade de Manaus e amigo do delegado.

Na saída da Delegacia, João Martins teve uma discussão com alguns plantonistas, pois eles argumentavam que a viatura traçada servia para o trabalho deles. Caso o delegado requisitasse o expediente para uma investigação de campo, deveria fornecer o veículo para tal e não retirasse o veículo de serviço do plantão. João Martins não estava interessado em trabalhar no sábado, sentia algumas dores nas juntas do corpo, resultado do reumatismo do qual sofria já há algum tempo.

O tempo chuvoso também não ajudava e o motorista usaria as reclamações para despachar apenas os dois investigadores para a ocorrência no depósito. Quase chegavam a um acordo sobre o carro a ser usado no trabalho de campo, os plantonistas querendo entregar um velho sedan sem ar-condicionado, com os freios gastos e o para-brisa trincado. Eles querendo, no caso de não conseguirem se safar da tarefa determinada, o utilitário novo.

O delegado olhou pela janela de sua sala, observando a discussão dos servidores. Pensou, calculando qual medida prejudicaria o maior número deles, e de solapa, atravancando todos os possíveis serviços que surgissem. Decidiu dar a caminhonete para João dirigir, deixando o velho sedan para os plantonistas, em uma decisão justa e inteligente segundo os seus critérios tortos de julgamento, coisa que lhe seria muito útil caso um dia se tornasse juiz.

II

Quando cruzaram a rotatória que dava acesso ao depósito, João Martins abriu os vidros das janelas. Queria sentir o sol do sábado que despontava por detrás das nuvens, o vento refrescante. Sentia-se vivo, tenso, acalorado, apesar das dores no corpo. Na noite anterior, depois do episódio no ramal, teve vontade de procurar uma mulher para satisfazer um desejo crescente. Depois desistiu, gostando do sabor retornando a sua vida salobra. Os dois investigadores que o acompanhavam nada sabiam de suas atividades passadas, no entanto, apesar de os conhecer pouco, João Martins não sentia mágoas nem ressentimentos dos policiais mais novos. Os tempos eram outros, eles apenas representavam o arquétipo atual do policial civil, às vezes ativos, em outras ocasiões inertes próximos da apoplexia.

O evento acontecido no ramal reacendera em João Martins sentimentos adormecidos que ele próprio acreditava mortos em seu espírito. A notória velocidade que impunha aos carros. E ele era letal quando fazia o motor urrar. João Martins amava acima de tudo pilotar, e como pôde negar tudo? Mas as sensações reapareceram, adormecidas no âmago das fibras de seu corpo envelhecido, porém ainda não morto. Como uma doença incipiente que se recusa a desaparecer, apenas aguardando o momento propício para tomar o corpo, o poder de domar um bólido para matar começava lenta e inexoravelmente a retornar para sua vida.

João Martins relaxava quando um inseto bateu em seu rosto. Doeu um pouco, fechou a janela e religou o ar-condicionado. Tal a maneira que estava feliz, reanimado para a vida, que não prestou muita atenção ao caminho que o GPS da viatura indicava como sendo o mais curto e dinâmico para o tal depósito. Aos poucos começou a reconhecer a paisagem quando passaram por uma pequena ponte, que atravessava um igarapé onde tomava banho, várias vezes na companhia de seus amigos bêbados, outras vezes acompanhado de mulheres. As lembranças surgiram rápidas e não pôde controlar.

Tentou recordar-se de outro lugar. Existia um em particular do qual nutria asco crescente, mesmo depois de tantos anos. Chegou a pensar em dar meia volta e ir embora sem explicação. O delegado encheria o saco. Como os outros dois eram inocentes, conseguiriam se safar de uma punição por desobediência. O problema consistia na sindicância a qual responderiam. Poderia gerar uma série de acontecimentos em cadeia, que talvez os levasse à demissão. João Martins pensou que não poderia arcar com um período sem trabalho. Sempre fora solitário na juventude, agora com a velhice chegando rápido a solidão se tornara constante companheira.

Há tempos que não pensava nas coisas que fizera. Nos amigos com quem não falava fazia muito tempo, nas festas que não frequentava mais, na vida que não vivia. Tentou arrepender-se pelo viés do pecado, procurando uma religião na qual se apoiasse para curtir seus arrependimentos, no entanto nada encontrou nas Escrituras que o convencesse do perdão pelos erros que se imputava.

A perseguição no ramal foi como uma brisa que acende uma brasa adormecida. Agora a brasa queimava, João Martins ansiava em sentir cada vez maior plenitude no poder que exercia sobre qualquer aparelho de quatro rodas.

— Está pensativo, João? — perguntou Sérgio Fogaça.

João Martins olhou para Sérgio pensando em falar alguma coisa, desistiu.

— Perguntaram como foi que aconteceu. Como os carros se acidentaram. Acidente? Nem lembro direito como fizeste aquelas manobras. Sabia que quando fui tomar banho vi que tinha levado uma cotovelada tua que quase me quebra o braço? — Sérgio Fogaça mostrou uma mancha negra no antebraço esquerdo, onde existia um calombo feio.

— Quando jovem, participei de perseguições piores — respondeu João Martins.

— Acredito. De coração que acredito, João — falou no banco de trás André Sandoval.

— Andava por aqui quando as águas eram limpas, transparentes. Agora tudo fede a merda. Duvido que alguém possa tomar banho nesta porcaria.

— Tu conheces o depósito de bens? — questionou Sérgio Fogaça.

— Já andei por lá umas vezes, faz anos que não entro nele.

— Dizem que um juiz é dono do lugar, testas de ferro assumem a bronca quando ocorrem supervisões. Deixei uns carros de uma seguradora empilhados lá dentro, pagaram bem pelo serviço — disse André Sandoval.

— O que fizeram com os carros? — perguntou João Martins.

— Cajás de roubo. Carros de fuga. Carros comprados com o dinheiro do tráfico. A seguradora preferiu escondê-los até a poeira baixar, para providenciarem nova papelada sem riscos.

— E sobre o depósito? O que aconteceu lá que o delegado precisou mandar a gente? — questionou Sérgio Fogaça.

— Ele mandou para sacanear nosso sábado — respondeu André Sandoval.

— E o furto dos carros? — ponderou Sérgio Fogaça.

— Foi o responsável que falou sobre o furto. Ele parecia tão assustado que o delegado não quis arriscar um vexame. Parece que um vigia de lá desapareceu ou está envolvido no esquema, ou morreu — André Sandoval tossiu. — Caso tenha morrido, ele pode estar escondido entre as carcaças espalhadas pelo terreno. São muitos carros empilhados, vocês vão ver.

João Martins se lembrava do lugar. Memórias amargas. Datavam de uma época louca, de violência, morte e destruição. Ele estava no auge da força, jovem, selvagem, brutal. Formavam um grupo de homens que conheceram as nuances da carne, do sangue e da dor. Naquele depósito onde outro sujeito, perverso, requintado nas maldades que praticava, guardava souvenirs do inferno. Veículos que haviam se prestado ao trabalho do assassínio, marcados pela morte. O dono que João Martins conhecia muito bem colecionava estes troféus infernais, e ele sempre dizia que lhe faltava uma joia. João Martins soube depois do que falava o juiz, mas no tempo que descobriu o significado destas palavras não importava. Nas terras do depósito acabara aquela parte da vida, enterrando os erros e equívocos, sumindo com as provas. Uma traição aconteceu, no mesmo dia em que abriram um buraco na terra, para depositar em seu fundo um corpo de metal.

Enterraram uma caminhonete Veraneio ano 1979, mandada do Rio de Janeiro pelos militares para a Polícia Civil do Amazonas. João Martins desconfiava que apenas o Delegado Tadros conhecesse o real motivo da destruição do carro. Ele, Tadros, Mário Camará, Narciso Cárceres, Rodrigo Sosa, o "Café Colômbia", e o motorista da viatura, um sujeito estranho chamado José Macário, conhecido por todos como Zé Biela compunham o grupo que aterrorizou a cidade de Manaus, assassinando, estuprando e matando sem piedade pessoas, nem todas criminosas.

Os crimes brutais estavam impressos na memória de João Martins. Dos companheiros de sandices e torturas, não mantinha contato com nenhum, por temor e para salvar o que lhe restara de sanidade. Usou drogas pesadas para esquecer, depois abandonou os narcóticos e o álcool. Considerou um milagre quando conseguiu controlar seus impulsos suicidas, uma forma de autopunição pelos crimes associados ao esquadrão, crimes dos quais sabia ter participado. Não fez amigos nem se uniu a outra pessoa, fosse uma mulher para satisfazer seus desejos ou um homem, com quem pudesse conversar para afogar as mágoas e contar seus segredos.

Sobre a traição, não gostava de lembrar. A ferida aberta envenenava com fel sua alma e ardia em seu coração todas as vezes que pensava no homem que fora entregue como um bode expiado para o deleite do carrasco. Ponderava sobre todas estas coisas quando, enfim, chegaram ao depósito de bens. João Martins suspirou, já era hora de enfrentar seus fantasmas. Manobrou estacionando logo após a entrada. Outras viaturas de polícia já estavam estacionadas, homens fardados da Militar andavam de lá para cá, investigadores de outras delegacias, acompanhando a Perícia e seus respectivos delegados. Aquilo era um procedimento normal, uma vez que o furto atingia o Judiciário e todo o poder que representava, e que refletia na subserviência das outras esferas administrativas do Estado à chamada Justiça. João Martins esperou André e Sérgio saírem da viatura, em seguida fechou-a com as travas eletrônicas.

— Eu não posso ajudar, sou apenas um motorista.

— Duvido que alguém vá querer a nossa — disse André.

— Para mim, é pura perda de tempo — respondeu Sérgio Fogaça. — Aqui têm polícia suficiente para resolver qualquer problema.

João Martins escolheu aguardar debaixo de uma sombra, feita por uma mangueira, que apesar de baixa lançava por uma grande área seus galhos espessos criando uma área fresca no chão. Debaixo do tronco da árvore, a temperatura permanecia amena, apesar do sol cáustico. Estava parado, fumando um cigarro, quando viu que se aproximava outro motorista da velha guarda, chamado Valcemir. João o cumprimentou. O motorista, mais velho que ele, apanhou uma manga que caíra minutos antes, embora a queda da fruta não tivesse chamado sua atenção. Ofereceu a manga, mas João recusou com um aceno. Valcemir começou a comer a fruta. Na boca do homem, existia apenas uma massa flácida de gengivas despida de dentes. A polpa da manga, esmagada pela gengiva acrescida ao muco da saliva, virou uma mistura de incomum repugnância. Valcemir olhou para João Martins e riu, já que perdera qualquer traço de vergonha ou recato social fazia tempo.

— Tu tens nojo, né?

— Não é nojo, que isso é coisa de baitola, mas tu podias comer a porra dessa manga sem tanto espalhafato.

— Da próxima vez, vou lembrar.

— Pensei que já estava aposentado.

— Aposentar? Se ficar em casa, meto uma bala na cabeça. A mulher fala demais.

— É só não deixar começar a falação.

— O problema é que a porra da mulher fala por tudo, e quando não tem assunto ela inventa um.

— Quando ela começar a reclamação, mete o teu pau na boca dela — disse João Martins, rindo.

— E por que tu achas que ela vai querer fazer um pipo no meu caralho em vez de falar?

— Se tu já és feio comendo manga, parceiro, imagina fodendo. Toda vez que ela começar a falar, vai se lembrar disso.

Os dois homens começaram a rir debochados, atraindo os olhares de alguns colegas da polícia que iam de um canto para outro, atarefados, realizando um serviço inútil com um zelo desmedido. Valcemir limpou a boca com o verso da camisa que estava vestindo, o que fez João Martins refletir sobre os próprios hábitos, quem sabe desagradáveis como o daquele velho motorista.

— Não vai ver o buraco? — indagou Valcemir.

— Que buraco?

— Chegaste agora?

— Estava de folga. Nosso delegado quis que a gente viesse até aqui para acompanhar e colher informações sobre um furto, ou roubo, ainda não sei bem o que aconteceu. Só mandou a gente porque deve ser amigo do dono.

— Tu tá desinformado. O caso aqui envolve até "Etês".

— O que, Valcemir?

— Vamos lá atrás pra veres — disse Valcemir, já andando.

João Martins não estava gostando daquilo. O lugar que trazia lembranças desagradáveis agora se transformara em terreno de especulações fantasiosas. Ele já ouvira baboseiras como esta, e se soubesse que o caso tratava destas imbecilidades não teria vindo de jeito nenhum. Ser poupado de ouvir as leseiras dos peritos querendo parecer mais inteligentes que os outros ou os comentários dispensáveis dos investigadores tentando agradar delegados e afins. Na verdade, não queria ir ver o buraco.

Lá estava outra vez a recordar de fatos guardados na cloaca de dejetos que era a própria cabeça, no local mais profundo do cérebro, arquivo de suas deploráveis memórias. Quando o tempo foi deixando o peso da consciência mais leve, quando o grupo ao qual pertencia diluiu-se, pôde refletir sobre os horrores que impuseram à cidade. Por mais que tentasse, não conseguia lembrar como fora arregimentado pelo Delegado Tadros. Na época, com vinte e sete anos, um jovem motorista que posava de bacana pilotando carros, numa cidade que sempre adorou motores e velocidade. A verdade era que Manaus apresentava uma vocação nascida sabe-se lá onde de ser intratável para os homens, sempre hostil e violenta.

O trânsito matava desde os tempos de criança na vida de João Martins, afinal ele próprio contribuíra para os crescentes números nas estatísticas mortais. O caos nas ruas, a loucura e o descontrole ainda reinavam absolutos na existência dos moradores. Não lembrava os detalhes, estes blocos haviam desaparecido de suas lembranças. Alguns retalhos das barbaridades que cometera, com as próprias mãos muitas vezes ou as que assistiu impassível, vinham em pesadelos horrendos vívidos em cores e odores na terra etérea dos sonhos. Havia algo nas suas recordações capaz de causar um medo tamanho que chegava a paralisar, apesar de não conseguir expressar de maneira consciente as formas desse objeto.

Quando atravessava uma avenida com carros em alta velocidade buzinando, querendo passagem, tremia como se atingido por uma lufada de ar frio.

Apesar de ser profissional, ficava assombrado com o trânsito nestes momentos, quando estes fatos corriqueiros e de prosaica repetição surgiam nos momentos em que sua consciência se concentrava no fluxo intenso. Era como ser olhado por uma fera, pronto a devorá-lo.

Sentimentos iguais abalavam sua tranquilidade nas freadas bruscas ou em acelerações potentes. E quando anoitecia, seus sentidos se ampliavam, multiplicando estes estranhos e inexplicáveis terrores. Afinal, ele amava o ritmo frenético das ruas e o movimento incessante.

Tentou algumas vezes recorrer às ciências, conversando com o psicólogo da Polícia. Consultas que um dia chegaram a seu termo, pois João Martins não poderia contar a verdade cruel por trás daqueles, assim acreditava o psicólogo, fantasiosos pesadelos. Uma informação ao menos surgira para dar um pouco de luz às indagações de João Martins. O psicólogo, em uma das sessões de terapia, conseguiu penetrar um pouco nas lembranças e descobriu um bloqueio impedindo a exploração dos medos e paranoias. As causas funcionais da perda de memória do paciente estavam associadas a esse bloqueio.

João Martins pensou naquilo muito tempo, depois que abandonou as sessões de análise, apesar de o psicólogo ser um sujeito legal e interessado em lhe ajudar.

— É ali, João — mostrou Valcemir.

Apontava um local onde João viu seus companheiros de DIP, os peritos da Criminalística, alguns delegados com suas equipes, acompanhados do responsável pelo depósito. Eles olhavam alguma coisa no chão, pois apontavam para baixo. O responsável falava, gesticulando com as mãos e o corpo, em uma atitude de pânico contido.

— É algo enterrado?

— Vamos lá — disse Valcemir.

Valcemir caminhou para o grupo se livrando em cusparadas dos restos da manga, seguido de João Martins. Chegando ao círculo formado de pessoas, pôde enfim ver o que atraía a atenção de todos. Não olhavam um objeto largado, nem pistas dos criminosos. Olhavam apenas um profundo buraco com o fundo negro escavado na terra. Quando olhou para o buraco, João Martins teve vontade de sair correndo. Conteve a ânsia temendo más interpretações.

— O que será que puseram aí dentro? — perguntou Valcemir, de forma generalista, na esperança de uma resposta.

— Não era um corpo enterrado — respondeu o perito sênior responsável no local.

— E o que poderia ser? — indagou um dos que acompanhavam os peritos e que João Martins não conhecia.

— Não faço ideia, só não vou perder tempo aqui — completou o perito sênior, indo embora.

Os outros peritos que o auxiliavam acompanharam-no. Por fim, restou do grupo de observadores à beira do buraco apenas João Martins, André Sandoval e o responsável.

— O vigia apareceu em casa? — perguntou André ao responsável.

— Ele morava aqui, em uma casinha. O dono paga uma casa pequena em um bairro aqui próximo, mas ele não quis e preferiu ficar por aqui mesmo. Não tem família, nem mulher e nem nada em Manaus.

— Telefone celular?

— Não, nada nos registros de trabalho.

— E quantos carros afinal desapareceram daqui? Alguém disse pilhas de carros, mas para onde levaram?

— O único acesso por onde um caminhão pudesse passar é o portão da frente — observou o responsável.

— Se foi usado, por que passaram o cadeado por dentro na saída? — ponderou André Sandoval.

— E eu sei lá — disse o responsável.

Ainda teve vontade de falar sobre o telefonema, sobre o guindaste parado com o capim que crescia fértil nas lagartas de tração do motor volante, os carros aos montes em colunas que formavam um labirinto de metal. Os sons medonhos que o vigia relatou, assim como a insistência dele em afirmar que os engenhos funcionavam nas horas da noite, um deles movendo algumas colunas de carros de lugar. Calou, pensando que tais informações lançariam um véu de inexplicável mistério ao furto. Talvez servisse para amenizar a culpa do vigia e, em contrapartida, evidenciasse sua própria incompetência. Sérgio Fogaça se juntou ao grupo e com André Sandoval parou alguns segundos, olhando para o responsável.

— Carros velhos depenados, quem gastaria horas em um furto destes? — suspirou Sérgio Fogaça.

— Nada de valor foi levado? — perguntou André.

— Valor? O juiz coleciona objetos incomuns, coisas raras de um valor inestimável que não podem virar dinheiro fácil, se é isso que querem saber — respondeu o responsável.

— Coisas de valor? Como o quê, por exemplo? — questionou Sérgio.

— Isso já não se pode responder com facilidade. Se quiserem saber perguntem direto para ele, na quarta-feira. Posso ir agora? Preciso avaliar melhor os prejuízos e fazer o inventário.

— Pode. A gente continua aqui e depois avisa quando for embora — disse André, virando as costas para o responsável.

— O vigia daqui deu no pé, isso é certo. Por quê? Aí é com a gente descobrir, de repente cai até um por fora caso encontremos alguns destes "objetos raros" — André falou para Sérgio e João Martins.

— Só não sabemos o que podem ser — disse Sérgio Fogaça.

— Alguém sabe para onde o vigia foi? — perguntou João Martins.

— Ele trabalhava sozinho aqui, no horário da noite. Umas putas fazem ponto aí na frente, por causa da chuva ontem não vieram — respondeu André Sandoval.

— O responsável disse que... Porra, não perguntei o nome dele! Alguém perguntou? — interpelou Sérgio.

— Jerônimo — disse João Martins. — Só sei isso, não pergunte de quê.

— Jerônimo disse que o tal Esmeraldino morava na casinha. As dependências da Administração ficam fechadas quando o último dos que trabalham sai.

— E aí? Quer dizer que Esmeraldino não dorme lá — falou André, com um tom de deboche na voz.

— Quer dizer que se ele comia alguma coisa, devia comprar em um comércio aqui perto. Sabe como é? Taberneiro vê e ouve muita coisa, quem sabe encontramos o lugar que o vigia frequentava — completou Sérgio Fogaça.

Saíram pelo portão de acesso, que fechou às suas costas com um som abafado. Jerônimo sorriu aliviado, logo depois foi embora. Ele notou a cerca de arame arrebentada, nos fundos de um dos armazéns. Sulcos profundos das rodas de um carro deixavam mais do que claro ter sido o estrago causado por um veículo que teria saído do depósito, e não vindo de fora. Os policiais viram isso, mas observaram que um carro ou caminhonete não poderiam ter levado tanto ferro-velho e quinquilharias em poucas horas.

Jerônimo não mostrou as fitas das câmeras de segurança camufladas, pois o juiz já o tinha advertido de não o fazer sem antes ele próprio ter visto o material gravado. Ele assistiu e repetiu essa operação. Nela, apenas Esmeraldino, com um homem estranho e um mototaxista, que depois foi embora, deixando os dois homens solitários. Com o passar do tempo, não foi filmado nenhum veículo próximo, ou uma pessoa estranha qualquer. Nem Esmeraldino apareceria mais no enquadramento do vídeo, nem um carro que porventura entrasse antes e não tivesse sido filmado pelo equipamento.

Olhando para trás, Jerônimo temia pela sua sanidade, porque uma imagem de raro efeito o transtornava. A imagem nítida, do dia em que alguns homens tinham enterrado, no local exato onde agora existia um buraco na terra, um carro. Não queria voltar para ver o buraco que parecia uma sepultura aberta e seu corpo exalava suor frio quando se lembrava do macabro episódio.

III

O carro de serviço da 25ª delegacia rodou pela lateral do terreno do depósito, no entanto, nada de diferente ou incomum chamou a atenção dos homens a bordo da viatura. Procuravam as marcas de um trator no chão ou quem sabe os sulcos profundos deixados por um veículo pesado. João Martins guiava a viatura, pouco preocupado em ver qualquer elemento que ajudasse a solucionar o furto, pois não estava interessado. Falou-se em discos voadores, em visagens, no cemitério de índios que diziam existir no terreno. No entanto, nada de proativo surgiu destas especulações de invulgar estupidez. Viram a cerca de arame arrebentada, que peritos e investigadores já tinham apontado, embora tenham relacionado o dano mais à falta de cuidado da administração do que algo ligado ao evento do furto, pois os rastros se assemelhavam aos pneus de um carro ou caminhonete.

O rádio chiava ruído de estática quando um chamado direcionado à perícia legal lhes chamou a atenção.

— 025, Operações chamando — disse o rádio.

Uma demora comum aconteceu, logo após a 025 respondeu.

— 025 pronta para mensagem.

— 025 é o carro da perícia — disse João Martins.

— Onde os senhores estão neste momento? — perguntou o rádio.

— Saindo do depósito de bens.

— Prossiga para a estrada paralela ao depósito. Um QAC 03 foi reportado pela Polícia Militar. As viaturas do Instituto Médico Legal e do SAMU aguardam os senhores no local. Compreendeu, 025?

— 025 em deslocamento para o QTH do QAC 03.

— Vamos dar uma olhada no acidente — disse André Sandoval.

— Por que, campeão? — indagou Sérgio Fogaça.

— Furtaram carros, talvez uma ocorrência com carros tenha alguma coisa a ver com essa porra toda — finalizou André Sandoval.

João Martins teve vontade de entregar o volante para os investigadores, fosse lá quem o pegasse. Teve vontade de desligar o rádio, mas seria repreendido. Sentia o corpo pesado, algo lhe dizia para não continuar no carro e que deveria esconder-se.

Na noite anterior, um pesadelo o acordou. Levantou-se da cama, todo suado e com o peito doendo por causa das palpitações do coração. Foi até o banheiro urinar, se torceu mas só caíram poucas gotas de seu membro flácido, que ele notou ereto pela última vez muito tempo atrás. Quando olhou seu rosto envelhecido no espelho quebrado, pendurado na porta do banheiro, se lembrou do pesadelo. Uma forma poderosa movia-se traiçoeira em meio à escuridão. Um predador implacável que o caçava, desejando sua carne para saciar uma fome imensurável de sangue e destruição. Coisas adormecidas que não deveriam acordar. Seu passado retornando para castigá-lo, suas faltas condenando-o a um martírio eterno. Tudo isto faria sentido se João Martins possuísse um mínimo traço de humanidade. Não era o que acontecia, pois ainda que não assassinasse mais ninguém à traição ou torturando, podia fazê-lo, como prova a perseguição no ramal. Matar satisfazia os seus desejos mais inconfessáveis, os mais terríveis, tenebrosos e malignos. Matar lhe dava vida, se é que fosse possível tal relação de opostos absolutos, mas era assim que João Martins gostava de pensar.

Ir ao depósito, ainda mais nas circunstâncias presentes, não o deixava tranquilo, no entanto não evocava nenhum demônio. Um furto tinha acontecido.

Quem o cometera?

Gente de carne e osso, apenas isso. Fez a volta, partindo em velocidade para a estrada paralela, onde encontrariam a Perícia Criminal e o IML.

Não demoraram em chegar ao local indicado como o do acidente.

O único carro de Polícia Civil, excetuando-se o carro tumba do IML e da Perícia Legal, era o deles. Um carro da Polícia Militar acompanhava de longe os acontecimentos. Os olhos dos três quando desceram da viatura procuraram os destroços do acidente, os carros envolvidos, talvez até algum motorista detido que eventualmente tivesse escapado ou uma testemunha. O problema é que apenas os carros oficiais podiam ser vistos no acostamento. Parados e trancados. Nenhum destroço espalhado pelo asfalto, cacos de vidro ou restos de metal. André Sandoval virou a cabeça para cima, quando foi chamado por um assobio fino.

— Aqui! — gesticulou um dos maqueiros do IML, apontando com o dedo um local.

André olhou para Sérgio, que mostrou para João Martins o maqueiro.

— Subam pela trilha e passem a vala! — disse gritando o maqueiro.

— Caceta, não era um acidente? — questionou Sérgio Fogaça.

— Talvez o centro de operações tenha sido enganado pela PM, não seria a primeira vez — falou André Sandoval, que subia com dificuldade em direção ao maqueiro.

João Martins manteve-se calado, pressentindo uma dolorosa visão.

No alto da elevação, na verdade uma barreira erguida durante sua construção, estavam os dois peritos com suas maletas de coleta de evidências, o motorista da viatura-tumba do IML, chamado Zezinho e dois maqueiros uniformizados de branco cujos nomes escapavam à memória de Sérgio Fogaça.

— Como é o nome dos peritos, meu amigo? — perguntou Sérgio Fogaça para o Zezinho.

— Bom dia senhores, meu nome é Juarez Pio e o do meu parceiro é Tércio — cumprimentou o perito de onde estava.

— Bom dia — respondeu Sérgio Fogaça.

O perito Tércio apenas maneou a cabeça.

— Somos do 25º, Sérgio, André e...

— João Martins, faz tempo — disse o perito Juarez Pio.

— Tempo é fogo que consome nossa alma — respondeu João Martins.

Havia também uma mulher idosa, que chorava dando soluços altos aos pés do perito Juarez Pio. Ele passava a mão na própria cabeça enquanto questionava a mulher, mas as respostas da senhora vinham em soluços e ele ficou sem saber como proceder. O perito Tércio fez sinal para que viessem até ele.

À esquerda do grupo fumegava, em pontos esporádicos, um amontoado de madeira, telhas e cacos de vários materiais. A construção parecia nova, no entanto fora destruída. Com dificuldade, eles identificaram os restos cadavéricos de uma pessoa, ou mais de uma entre os destroços. Os corpos estavam esmagados, seccionados, espalhados por toda a área. Com certo horror, André notou um pé, ainda calçado, próximo do seu. Afastou-se com uma pontada de nojo. Não saberia dizer se esquerdo ou direito, depois olhou melhor concluindo que era o pé esquerdo de uma das vítimas. João Martins olhava mais de perto os destroços. Acabou por encontrar uma cabeça, horrenda e deformada por enorme pressão, parecendo os crânios dos índios cambeba nos livros de história.

— Vocês estavam no depósito? — perguntou o perito Juarez Pio.

— Viemos de lá, a gente escutou o chamado para vocês, disseram que tinha sido um acidente de carro — falou André Sandoval, com uma careta de engulho.

— Também fomos avisados. A Polícia Militar foi acionada pelo telefone. Quando chegaram, viram que nada podiam fazer, pois não parecia em nada com um acidente de carro.

— Não parece mesmo — disse Sérgio Fogaça. — O que aconteceu?

Juarez Pio andou até os destroços, levantando alguns para fotografar. O perito Tércio pediu para descer.

— O que foi que deu nele? — perguntou Sérgio Fogaça. — Não sabia que vocês tinham estômago.

— Acho que foi a dona, parece que ela é avó de uma das vítimas, ela quis olhar e deixamos, o problema são os corpos. Estão em tal estado de destruição que ela não conseguiu saber quem é quem. Ele foi chamar as assistentes sociais do DIP mais próximo — explicou o perito Juarez Pio.

Os dois militares que tinham ficado na pista subiram a rampa, cruzando com Tércio.

— Bom dia — cumprimentou um dos fardados.

— Seria um dia melhor sem isso — respondeu o perito Tércio.

— Tem algo errado?

— Já participei de perícias em acidentes aéreos e tal nível de destruição só em locais de acidentes com aeronaves, não em um acidente automobilístico.

— E a mulher, doutor? — perguntou o outro militar.

— Agora calou a boca, mas logo recomeça.

No alto da elevação continuavam as indagações.

— Vocês perguntaram de algum vizinho se alguém percebeu alguma coisa? — falou André Sandoval.

— Por volta das cinco da manhã, recebemos um chamado da base de operações. Mandaram a gente averiguar um acidente reportado por telefone. Acredito que tenha sido ela que ligou, mas neste estado é difícil perguntar qualquer coisa. Quando chegamos, procuramos por minutos o local do acidente. Muito depois foi que subimos aqui, e a encontramos chorando, andando em meio aos destroços.

— Ela não disse nada? — perguntou Sérgio Fogaça.

— Chamamos para conversar, mas a mulher estava fora de controle. Acionamos as Operações depois disso — completou o militar.

— Aqui não têm vizinhos? — questionou André Sandoval.

— Não, o mais próximo fica cinco quilômetros na direção norte, o outro, três para o sul. A oeste é o depósito de bens da Justiça, acho que aquela trilha leva até lá — disse o militar.

— Dá para reconhecer alguém? — perguntou Sérgio Fogaça ao perito Juarez Pio.

— Creio que não, pelo menos não uma identificação visual. As cabeças foram esmagadas de forma brutal, uma força estupenda. Os rostos sumiram, o DNA pode ajudar caso não se consiga um documento de identificação e um reconhecimento.

A senhora que estava olhando os destroços levantou. Andou para próximo dos homens que conversavam, aparentando um suspeito autocontrole das emoções. Quando chegou ao grupo, balançou o corpo, como quem perde o equilíbrio, mas recompôs-se antes de cair, ficando ereta.

— A senhora está melhor? — perguntou o perito Juarez Pio.

— Estou — respondeu a mulher com a voz firme.

— Podemos lhe perguntar algumas coisas sobre isto?

— Fiquei nervosa, meu senhor, agora quero ajudar no que puder para punir o demônio que fez isso.

— Muito bem, dona...? — perguntou Sérgio Fogaça.

— Sarah.

— Sarah, onde a senhora estava quando aconteceu? Supondo que tudo isto fez um barulho medonho na noite.

— Meu neto, Tiago, ele cursava Mecânica na Federal, doutor — a mulher começou a chorar, depois parou, abanando as mãos na frente do rosto cansado, como se espantasse um inseto.

— A senhora quer descansar mais um pouco? — perguntou o perito Juarez Pio.

— Vou me controlar. Ele dormia comigo, na casa atrás, acima no terreno. Não me lembro da hora exata, sei que era na madrugada, tinha rezado e custava a dormir quando escutamos vozes vindas do bar do meu filho, Sebastião. Esse bar — Sarah apontou para os destroços.

— Compreendo — falou o perito Juarez Pio.

— Ele não é filho de sangue, sim por afinidade. Aqui não temos roubos, por isso pedi para o Tiago ir ver o que estava acontecendo. Não devia ter pedido, doutor, não devia, agora é tarde para lamentar. Tiago desceu para o bar. Demorou bastante tempo, quando ouvi um som que me fez gelar a alma.

— Alguém falou ou fez alguma afirmação? Uma ameaça? — perguntou o perito Juarez Pio.

— Vamos deixar a dona Sarah terminar — disse Sérgio Fogaça.

— O que falava doutor? — perguntou Sarah para Juarez Pio.

— Você tinha ouvido algo, o que foi?

— É verdade. Estava no quarto, de pijama, decidia se descia ou se esperava por Tiago. Uma briga não era, pois não ouvia gritos. Também não poderia ser um assalto, já que Sebastião falava com outra pessoa, usando o tom de voz normal do dia a dia. Tiago deve ter ficado em algum lugar observando, já que ouvi a voz de meu neto muito depois de sua ida. Quando fui até a soleira da porta, para observar o bar, ouvi a primeira vez, eu ouvi.

Parecia a trombeta de um demônio dos infernos assombrando nossa vida. Tremi como se uma febre consumisse minha carne, andei só que tive de parar, meu coração doía como se provasse o corpo com desgastante trabalho físico. Talvez Tiago vivesse agora, se ao menos pudesse retornar ao momento no qual me sentei no banco. Olhava para baixo, não via nada, a neblina espessa impedia. Um carro acelerou lá embaixo, na pista de asfalto, por isso sei que foi um carro que fez isto ao meu neto e ao meu filho. Esse outro que morreu não sei quem podia ser, vi um cara que chegou antes de tudo acontecer, pode ser ele.

— Como um carro pode subir até aqui? — questionou o perito Juarez Pio.

— O carro acelerava, parava, acelerava, buzinava com aquela força estranha. Tudo vibrava, como se o som viesse do firmamento, onde moram os anjos e os demônios, pois eles são anjos também?

— São anjos, Sarah — concordou Sérgio Fogaça. — E depois?

— Antes de acontecer, ficou silencioso por tudo que é lugar em volta. Já começava a recuperar as forças, mas ainda estava sentada arfando quando uma luz tremenda rasgou a neblina. Vi os faróis chegando, as buzinadas altas, infernais, a aceleração que estrondou, o barulho da madeira quebrando, dos vidros, das garrafas estouradas e o grito de Tiago e Sebastião. Um carro os matou, doutor. Sei disso, um carro como nenhum outro.

As palavras de Sarah não faziam o menor sentido. Um carro não poderia ter destruído o bar, causado os ferimentos que observavam nos cadáveres e não ter se destruído nessas ações. Alguma coisa acontecera, decerto provava a afirmação o imóvel demolido e os corpos destroçados. Por mais que duvidasse, Juarez Pio procurou as marcas de rodas ou qualquer objeto que servisse de tração para um veículo. O caso era que, em meio àquela azáfama, nada existia que denunciasse o causador de tanta destruição. Mesmo um avião que tivesse caído, na hora exata para concordar com o relato de Sarah, teria de ter deixado rastros, evidências físicas de seu corpo metálico mesmo que mínimas e insignificantes. No entanto, nada fora encontrado diferente do que já pertencia ao local.

Os maqueiros estavam apreensivos, esperando a ordem para a manipulação dos restos mortais. Juarez Pio observava a cena, indeciso em afirmar que, de fato, tratava-se de um acidente automobilístico. Não acontecera um homicídio, não ao menos por vias tradicionais, com ferramentas sacramentadas como de uso comum nos casos de violência. Um avião também podia ser descartado como sendo o causador de tamanha destruição.

— Recolham tudo, lá no IML poderei com o legista determinar as causas com mais clareza do que aqui — disse o perito Juarez Pio.

— Vamos ensacar os pedaços em lonas diferentes, ficará mais fácil identificar a quem pertence o quê na hora de remontar — falou um maqueiro.

Assim foram procedendo, na faina ingrata de recolher os pedaços das vítimas. Neste interim, o perito Tércio retornara. Como não participou da entrevista com Sarah, que tinha lançado no caso mais dúvidas que certezas, sentou-se próximo da senhora. A mulher não chorava, apenas grunhia de dor. O perito Tércio começou a anotar todas as informações perfeitamente dispensáveis em virtude da clara demonstração de choque emocional. Ele queria respostas que não viriam daquela mulher.

— A senhora se lembra da cor do carro? — perguntou o perito Tércio.

— Parecia escuro, não tenho certeza de ser escuro ou de ter a cor preta.

João Martins, que ouvira tudo aquilo afastado do grupo, pois investigava com atenção desmedida os escombros, voltou sua atenção para as palavras de Sarah. As evidências que tanto atrapalhavam o juízo do perito tornavam-se claras para ele. Cenas de terror brotavam de sua memória, apagadas por anos e recuperadas naquele momento. Podia ouvir os gritos de suas vítimas, e podia ouvir outra coisa por baixo daqueles sons.

— Notou alguém conhecido dirigindo este carro?

Juarez Pio sorriu daquele jovem, tentando impor ordem ao caos.

— Não que conheça. Ou melhor, não vi quem estava dirigindo.

— Havia um motorista? Carros não se guiam sozinhos — disse o perito Tércio.

João Martins sentiu um tremor sobrenatural quando processou as últimas palavras do perito. O torço ensanguentado de um dos cadáveres foi depositado no esquife metálico, que servia de bandejão para os restos mortais. O som cavo produzido impôs aos ouvidos dos homens um efeito desagradável.

— De qual direção veio o carro quando colidiu com o bar?

Sarah não disse nada, apenas apontou para o alto, em um ponto acima do bar. O perito olhou para o local geográfico apontado, anotando na prancheta uma informação absurda.

— Uma última pergunta, senhora. E o modelo do veículo? A senhora saberia classificá-lo?

— Meu Tiago cursava Mecânica, vi um modelo muito parecido impresso em um livro sobre História dos Automóveis, que comprei para ele quando entrou na universidade. Uma gravura colorida bem grande, o senhor quer ver? — perguntou Sarah.

— Não é preciso, senhora. Lembra o nome do modelo?

— Veraneio. O carro que fez isso parecia muito com uma Veraneio, daquelas grandes usadas pela polícia, no passado.

João Martins deixou cair no chão uma placa de metal que apanhara dos restos destruídos. Foi olhado com curiosidade por todos, disfarçou o medo que sentia tossindo, segurando com a mão direita o antebraço esquerdo como se ali possuísse chaga dolorosa.

Ela voltara para puni-los, pois para alguns pecados é impossível redenção.

Capítulo 9

Sábado, 12 de junho de 2010

18h05

I

Narciso Cárceres tinha 52 anos, embora aparentasse uma idade bem maior. A cabeça apresentava um aspecto seboso, com caspas imundas caindo dos fios secos, salpicando um pó esbranquiçado nas lapelas do único paletó que possuía, da cor azul-marinho já baço pelo sol escaldante, todo puído nos cotovelos e com alguns buracos disfarçados com costuras e remendos grosseiros. Na juventude, fora robusto, com um metro e setenta sempre carregando oitenta quilos de músculos. Na velhice precoce, calculava que estava diminuindo, ficando cada dia menor, envelhecendo rápido, de dois a três anos para cada primavera. No seu caso, uma vida de estação única, um inverno chuvoso com pesadas nuvens da cor plúmbea.

Não engordava, e poderia até comemorar se seu corpo não secasse de forma horrenda, e quem sabe um dia ficasse tão fino que simplesmente desapareceria da face do planeta.

Debaixo do braço, carregava uma Bíblia encapada em couro vermelho. Uma Bíblia grossa com detalhes feitos de ouro nas páginas e nas bordas em filigranas delicadas. Às vezes, andando pelas ruas asfaltadas de onde subia um vapor infernal, Narciso levava a Bíblia acima da cabeça, cobrindo momentaneamente o rosto com o livro sagrado dos cristãos. Os passantes olhavam a cena representando ato de profunda devoção e fé, e assistiam consternados a essa contrição, não raro oferecendo comida e bebida ao homem que humilde aceitava os alimentos entre murmúrios que saíam da boca semifechada. Murmúrios que poderiam ser preces homenageando estas almas caridosas que lhe socorriam ou ofensas graves contra estes mesmos cristãos.

Com o corpo, fazia genuflexões.

A família desapareceu de sua vida, sua mulher e os dois filhos homens. Os conhecidos evitavam-no como uma praga incurável e contagiosa. Morava só, em um quarto alugado nas escuras ruas do Mauazinho, um bairro conhecido por suas casas pobres e pela violência. Os moradores viviam mergulhados em um faroeste sem mocinhos. Dormia em um colchão de esponja engordurado com manchas suspeitas, resultado de noites estranhas e solitárias. Saía para perambular pelas ruas sem um destino certo, minguando aqui e ali nos botecos e nos puteiros, muitos deles prósperos e abundantes, sinal inequívoco da degradação em seu caminho.

Via também muitos templos e igrejas com sua enfadonha ladainha moral. Crenças de todo tipo com seu peculiar histerismo catastrófico assim como religiosos fleumáticos e estúpidos. Havia poucas escolas nestes caminhos. Quando pensava nisso, entristecia, pois se lembrava dos seus netos e do futuro incerto que os aguardava.

Tentava desesperado manter-se acordado com os dois olhos bem abertos. Por causa deste hábito, estava murchando em uma vertiginosa descida até a morte. Como um maracujá passado. Contudo, não temia morrer. A morte já fora uma conhecida companheira no passado de Narciso. Em um tempo envolto nas sombras disformes do esquecimento imposto. Buscava relembrar. Quando isto acontecia, suas mãos balançavam involuntárias e seu corpo suava uma transpiração fétida que até as putas, acostumadas aos maiores horrores da vida, não suportavam.

Os dedos sujos coçavam a carapinha, como que para ativar os neurônios ainda não afogados no álcool batizado, alguns deles sobreviventes de drogas ainda mais pesadas. As lembranças não vinham. Nada vinha. Sabia que a morte não tardaria. Seria um fim melancólico, eremítico. Poderia ser na rua, assaltado por galerosos, férteis naquele lugar. Quem sabe espancado pelas gangues de bacanas, numa catarse de sangue, ossos quebrados e dor. Mesmo assim, seria encontrado logo, não teria tempo de apodrecer.

Um ataque de agonia naquele colchão velho e sujo, seu corpo apodrecendo no assoalho, comido por baratas, as moscas pousando nas suas feridas, as larvas eclodindo purulentas, em imagens que o amedrontavam. Fedendo até superar o entorpecedor miasma do lugar, fazendo os vizinhos chamarem o IML. Seu corpo ser levado, cortado, enterrado e esquecido para sempre. Narciso Cárceres por tudo isso relutava em dormir, fechar os olhos e contemplar o vazio.

Depois pensou e se retratou. Morava bem e era tratado com dignidade pela dona da estância e sua filha, e não seria correto tecer pensamentos tão injustos. Ele podia não prestar, mas havia gente decente no mundo.

O golpe da Bíblia aprendeu numa noite chuvosa, com um andarilho mais sujo e fedorento que ele, no interior de um terminal de ônibus coletivos instalado em um bairro afastado do centro de Manaus. Quando caía a noite, os desocupados, os bêbados notívagos e toda variada fauna de bichos urbanos procurava as pilastras e os recônditos seguros para passar a noite. Manaus tornara-se uma cidade inóspita. Nas noites silenciosas, grupos vagavam pelas ruas, em carros ou motos, incendiando moradores de rua ou espancando-os até a morte. Crianças e adolescentes abandonados por toda sorte de causas desapareciam sem deixar vestígios. Jornalistas acusaram filhos de boas famílias dos crimes, foram calados pelo poder e pelo dinheiro. Alguns se revoltaram, e foram calados para sempre.

Na noite em que apreendeu o golpe, Narciso tinha perdido a condução que o levaria para perto de sua casa. Não se atrevia ir andando, as ruas eram perigosas e território das putas e dos viados, que disputavam seus pedaços de terreno com desmedida violência. Um bêbado como Narciso, incapaz de se defender, morreria sem deixar traço de sua odiosa existência. Ele também ouvira histórias sobre rinhas de briga, onde homens, animais e sabe-se lá o que mais lutavam até a morte. O pior era que diziam serem os desocupados de rua o repasto de leões, onças e outros animais, usados para o deleite sanguinário de gente que não se satisfazia com sexo, drogas e álcool. Nos novos tempos, a violência absoluta dava o barato mais caro. Gente escrota proporcionava lugares escondidos, onde pessoas de carne e osso faziam coisas terríveis, que antigamente somente aos demônios mais carniceiros era facultado realizar.

Narciso Cárceres vagava pelo ambiente de concreto bruto, procurando um lugar para se proteger dos respingos frios da chuva e, quando reparou no homem acocorado, foi para junto dele bater papo. Narciso notou que o andarilho observava uma correição de formigas carregando um inseto esmagado.

— E aí, prezado? — disse Narciso Cárceres para o homem.

O pretenso interlocutor de Narciso olhou-o, nada respondendo. Narciso Cárceres não sabia que o sujeito não falava com ninguém fazia um ano. Havia decidido pelo silêncio compulsório após flagrar a esposa na cama com seu líder espiritual, um pastor evangélico possuidor de uma lábia ferina. O homem depositava quase todo o ordenado de vigilante na caixinha do templo, passando fome para honrar seu compromisso com o Senhor.

A surpresa foi em se sentir enganado. Não pela mulher, por quem nutria um enorme e crescente desgosto, mas sim por Deus ao permitir que um sujeito desqualificado como aquele pastor lhe tomasse o dinheiro, o trabalho e de lambuja a mulher, com quem fazia acrobacias eróticas no leito nupcial. Largou o emprego de vigilante em uma indústria do Distrito Industrial da cidade e passou a vagar pelas ruas. No início de sua jornada de exílio e esquecimento, o homem decidiu que não mais falaria com outras pessoas e passaria a se comunicar usando sinais, bancando o mudo. Não mendigaria, sobrevivendo a partir daí dos ganhos por trabalhos insólitos, realizados esporadicamente. Leu em um manual de sobrevivência guerrilheira que tomar banho eliminava defesas naturais contra carrapatos, piolhos e insetos necrófagos. Decidiu, portanto, resumir sua higiene pessoal apenas aos itens necessários para a sobrevivência. Não escovava mais os dentes, nem usava perfumes ou desodorantes. A sola dos pés engrossara, mas continuava usando os sapatos doados pela empresa, um par de coturnos resistentes como aço. Com o tempo, notou que seu aspecto imundo, suas roupas sujas, seu cheiro animal e os cabelos descuidados afastavam até os seus parceiros sem-teto, eles também objetos do preconceito mais rasteiro e sujeitos do mesmo mal de existir. O indivíduo que lhe dirigia a palavra não aparentava a decrepitude que seria adequada. Alguns andarilhos cultivavam uma autêntica expressão de abandono. Outros a provocavam, para um maior efeito cênico no teatro em que suas vidas se transformavam, usando seus corpos e a indumentária que usavam no retrato da pobreza absoluta.

— Tudo bem. Se não quer conversar, tudo bem — disse Narciso Cárceres, cruzando os braços sobre o peito.

— Já faz um ano que não converso com outros, seja homem ou mulher — respondeu o homem.

Narciso Cárceres olhou para a figura acocorada, sem pena ou misericórdia, apenas um curioso interesse. Pôs a mão no bolso da calça, de lá tirando um pedaço de pão com presunto. Partiu em duas partes e ofereceu uma delas ao homem acocorado.

— Pegue.

O homem acocorado observou um tempo Narciso Cárceres, pensava alguma coisa, depois decidiu aceitar a oferta de comida. O silêncio foi quebrado pelo homem, pois ele tinha muita necessidade de falar com outra pessoa. Não sabia quando surgiria outra oportunidade, melhor seria aproveitar a que acontecia.

— Pão com presunto — disse o homem.

— Gostoso. Quer um pedaço ou não?

— O pão é mais produto químico que trigo e leite, e o presunto não passa de carne imprestável moída e esmagada para alimentar nossa voracidade — respondeu o homem.

— Pode ser, mas é gostoso.

O homem apanhou da mão de Narciso um pedaço do alimento.

— O fato é que já estava a ponto de comer as formigas e o baratão que carregavam. O senhor sabe que a maioria dos insetos é formada por substâncias que reduzidas às partes menores têm três vezes mais proteína que carne de boi? Li em um manual de sobrevivência guerrilheira. No manual, eles criaram hipotéticos cenários de conflito onde a civilização é destruída. Praga biológica, guerra nuclear, superpopulação, cataclismos naturais, um monte de maneiras de varrer com as cidades da face do planeta.

— Para quem ficou um ano sem falar, tu parece ter assunto à beça — observou Narciso Cárceres.

— Me chamo Jessé. Lia muito quando fazia meu trabalho de inspeção na fábrica — respondeu o agora nomeado Jessé.

— O meu é Narciso. Se entendi o recado direito, o cheiro, as roupas sujas, a face amarrada, é tudo teatro?

— Cansei das pessoas ou agora, elas cansaram de mim. Só não imaginava que alguém fosse se aproximar para bater papo. De tudo, sei que o cheiro do meu corpo é o pior.

— Não te preocupas, Jessé, já senti fedor mil vezes pior que o teu.

— Sério? E o que era? — perguntou Jessé.

A indagação de Jessé mergulhou Narciso Cárceres em profunda reflexão. Ficou calado um tempo. Jessé, com medo de perder tão atenciosa e interessada companhia, resolveu lhe contar um segredo da profissão de miserável, que exercia com maestria.

— Olha isso aqui — disse Jessé.

Demorou alguns segundos para Narciso Cárceres sair do torpor no qual se encontrava. Quando olhou para baixo, atentou que Jessé carregava um livro grosso. Sabia parte da história da fabricação daquele livro, como os imperadores romanos que a utilizaram para controlar a nascente fé cristã como veículo de dominação política. As motivações dos homens que a escreveram duzentos anos após a morte do Filho de Deus e o mau uso das leis sagradas para justificar os mais abjetos pensamentos foram motivos de discussões seculares. Pensando nisso, sentiu certo desconforto vendo a Bíblia nas mãos de Jessé.

— Não tema, Narciso. Nas ruas, a gente aprende que a misericórdia cristã supera qualquer preconceito.

Jessé ficou de pé e, teatralmente, pondo-a acima da cabeça, murmurando palavras ininteligíveis, levando-a até a altura dos lábios como se a beijasse. Narciso Cárceres foi pego de surpresa com a demonstração, sentiu nascer no âmago escuro de seu espírito uma solidariedade espontânea pelo homem comum, que ali na sua frente, sem medo, despido de temor ou vergonha, subjugava o próprio destino a uma força maior nascida da fé desinteressada.

— Sentiu? — perguntou Jessé.

— Sentiu o quê?

— Pena.

— Não sei bem se pena, o ato em si nos deixa mais conformados, talvez exista coisa maior que a vida — disse Narciso Cárceres.

— Vê uma coisa aqui — falou Jessé.

Narciso Cárceres andou para próximo de Jessé, que apesar de cheirar insuportável como um animal putrefato, não causava efeito algum em seu olfato morto. Jessé abriu a Bíblia com cuidado, dentro das páginas apareceu uma pequena garrafa de uísque, no formato de um frade ou irmão de ordem. A garrafa cabia no espaço escavado nas páginas do livro. E quando Jessé a levava aos lábios bebia doses generosas, fosse qual fosse o líquido contido na garrafa.

— Blasfêmia — disse Narciso Cárceres, entre o deboche e a devoção legítima.

— Que nada, homem. Eu a consegui com um presidiário fugitivo que usava para entrar com bagulho na prisão. Foi morto debaixo da ponte do São Jorge, quando recolheram o corpo dele não levaram a Bíblia. Peguei-a e comecei a rezar em latim, mas naquela ocasião não tinha mais fé em nada. O povo que cercava o corpo do preso fugido amontoou, alguns deixaram notas de reais aos meus pés. O estranho foi que rezava uma prece que tinha aprendido com um padre, que conheci nas escadarias da Manaus Moderna. O padre não batizava fazia anos, pois já abandonara a igreja e vagava pelas ruas do centro comendo restos. A reza dizia assim: "Adeunt stupri Inferno meretricum concisa pauperibus et, si quid est in inferno turpia multo. Amen."

— E que merda é essa?

— Vão à puta que pariu as putas, os pobres e os lascados, pois se aqui a coisa é feia, no inferno é bem pior. Amém.

— Tu dizias estas palavras em latim e o povo ainda dava dinheiro?

— Estranhos são os caminhos do senhor — respondeu Jessé e Narciso Cárceres desconfiava que o homem falasse palavras verdadeiras.

Conversaram muito até o amanhecer, pois os homens do mundo não dormem. Narciso Cárceres encontrou-o algumas vezes, nas suas perambulações. Jessé procurava os ermos escondidos, uma vez que sua condição tornava impraticável o contato com o grande público. Foi o destino que fez com que assistisse à morte do homem da Bíblia, atropelado por um caminhão em uma feira. Salvou o livro sagrado dos despojos imundos no qual Jessé se transformara, e não enxergou no evento castigo ou punição pelas blasfêmias cometidas usando um tão poderoso símbolo religioso.

Jessé foi levado, e antes de o corpo sumir dentro do esquife no rabecão, Narciso se lembrou da reza sardônica dita por ele. Pôs a Bíblia sobre a cabeça, murmurando as palavras incompreensíveis para as pessoas, que começavam a apresentar os sinais inequívocos da prostração quando forças desconhecidas se fazem presente. Não demorou, recebia moedas e notas pela demonstração de caridade cristã e fé verdadeira.

II

As ruas do bairro por onde Narciso vagava estavam desertas, o que prejudicava suas atividades de pedinte. Ainda que não fizesse da mendicância modo de vida, sempre conseguia alguns trocados trabalhando ou aplicando aqui e ali o golpe manjado. Desconfiava que não apenas a misericórdia abria os bolsos. Havia ali outro poderoso componente, uma mistura de nojo, preconceito e desamor. Portanto, quanto mais rápido se livrassem da imagem desagradável de Narciso Cárceres, melhor se sentiam. Ainda mais quando tamanho desprezo por seu semelhante era confundido com louvável ato de fé e piedade cristã.

Desde a ligação telefônica de Mário Camará, certas lembranças lhe vinham dos recônditos da memória, apagadas pelo álcool e pelas drogas. Lembranças de um período de sua vida mergulhado na violência e no esquecimento.

Narciso Cárceres queria recordar os detalhes sórdidos, mas nada preenchia a tela branca que se formava no pensamento. Alguma coisa acontecera. O quê? Narciso Cárceres não lembrava, por mais que tentasse. Pesadelos terríveis afligiam seu sono, e as imagens destes atormentavam sua vigília. Não sabia, mas assim como João Martins, adquirira uma mórbida fobia de buzinas, súbitas acelerações de motores às suas costas, ferros-velhos de carros antigos e estacionamentos grandes e desertos. Sabia que o medo vinha de uma fonte desconhecida em seu passado, e por mais que buscasse não conseguia resgatar do fosso das memórias a imagem abjeta deste horror inominado.

O passo errante de bêbado transformara-se em um costume, hábito adquirido depois de tantos anos mergulhado na embriaguez. A noite iniciava com Narciso longe de seu quarto. Talvez se conseguisse chegar a uma parada de ônibus, que sumiam das ruas nos sábados e domingos, e pudesse ir para mais perto do bairro onde alugava o quarto em que morava.

Friagens vindas do sul do país desciam sem aviso nesta época do ano. Quando acontecia o fenômeno em Manaus, uma cidade acostumada com médias térmicas próximas dos 35° Celsius, as pessoas se recolhiam ao interior das suas casas. Na friagem, a temperatura ficava oscilando e atingia em determinados anos até os 12° Celsius, o frio incomodava o povo que não saía às ruas.

No final da tarde daquele sábado, 12 de junho, as nuvens baixaram rápido. Possuíam a cor chumbo com gradações iluminadas em alguns pontos e escurecidas em outros pelos últimos raios solares do entardecer. Narciso Cárceres caminhava passo a passo, com o pensamento no homem que tinha sido libertado. Imolado para que eles vivessem, muito embora se lembrasse de forma velada do que tinha feito para que acontecesse a traição engendrada por Raimundo Tadros. Não soube a barganha que o delegado Tadros tinha feito, capaz de comprar por tão longo prazo o silêncio do condenado. É provável que tivesse ameaçado a família de Zé Biela, para este trabalho que não contassem com ele. E não souberam, ele e os amigos componentes do esquadrão, porque tiveram que enterrar o carro que lhes servira tão bem. Sempre acreditou que tinham procedido daquela forma por causa das perícias legais que poderiam apontar outros culpados além do motorista da viatura. Na época do sepultamento da Veraneio, foi acompanhado pelos parceiros de trabalho.

Estavam na borda do buraco ele, Mário Camará, Tadros, Café Colômbia, que se chamava na verdade Rodrigo Sosa, e João Martins Cebalo, o primeiro motorista do grupo, antes da chegada de Zé Biela e da Veraneio 79.

O dono do depósito de bens da Justiça também estava presente. Apesar de não aparecer no início, deu as caras quando o carro foi coberto com terra, isso depois que o fogo posto na fuselagem pintada de preto apagou. Quando eles foram embora, ainda podiam ouvir o crepitar vindo do fundo da terra. Narciso Cárceres não pôs os pés naquela terra malsinada uma segunda vez. A explicação utilizando o subterfúgio das provas periciais tornara-se suficiente para convencê-los, de que o ato em si se ajustava nas suas condutas.

Quando Zé Biela viesse lhe interpelar, falaria sobre os inapeláveis fatos pretéritos, que não poderiam ser mudados. Agiu com covardia? Decerto que sim. Seria desagradável arranjar desculpas para justificar o injustificável. O homem fora traído, ponto final. O problema residia no seguinte fato: todos os componentes do grupo que formavam entendiam que a prisão de Zé Biela e a destruição da Veraneio 79 traziam algo de necessário.

Por que a destruição de um carro era algo tão importante?

Por que ele não se lembrava de todos os pormenores que construíram aquele final?

Talvez Narciso Cárceres morresse sem saber. Pensava nas conjecturas absurdas que já construíra, nas respostas loucas que lhe vinham nos pesadelos, nas andanças que fizera em busca de respostas, quando o alarme de seu relógio de pulso soou dezoito horas.

O dia ia e a noite vinham na monótona contagem para a morte. Sua mãe falava desta forma, orando pedindo proteção aos filhos e ao marido quando iam para o trabalho nas roças.

A oração surgiu do fosso das memórias como uma canção. Todos os dias iguais. Andava sem rumo e não prestou atenção que caminhava na parte mais abandonada do bairro, onde existiam apenas galpões e armazéns de comércios varejistas. Altos muros protegiam instalações particulares e os portões de acesso ao interior das propriedades estavam fechados com correntes e grades. A solidão começou a angustiar Narciso Cárceres, que virava o pescoço em todas as direções procurando um caminhante ou o vigia de alguns daqueles prédios. Não enxergava viva alma, nem ao menos um cachorro vadio. Parou de andar, pensando em retroceder para caminhar em uma rua mais movimentada, com gente a lhe fazer companhia. Passou a mão na cabeça, raspando as caspas de forma nervosa. Olhou os dedos e balançou o excesso de seborreia preso nas unhas.

A rua prolongava-se por mais uns cem metros, entre dois altos muros. Narciso não gostou daquela ratoeira. Não sabia o que lhe desagradava, seu corpo inteiro pedia para que ele saísse dali e se escondesse. Voltou como um autômato, retrocedendo de forma tão automática que seguia pisando os próprios passos.

Começou a perceber uma catinga de putrefação corpórea, um mau cheiro de intensidade tamanha que seria como se mil corpos por ali apodrecessem insepultos. Seu cérebro não emitiu os sinais de perigo evidentes após a constatação física de um pesadelo que logo se tornaria real. A cada momento, mais elementos juntavam-se ao quadro. Ele não perdera o olfato, como imaginava, apenas perdera a capacidade de sentir os horrores dos eflúvios malditos da morte e da corrupção. No último momento, parou de súbito, experimentando o ar dando fungadas.

Estancou o corpo, como se na cova de uma serpente tivesse entrado por engano. O cheiro remetia às mais tortuosas lembranças. O que estivera escondido por anos veio à tona como sujeira acumulada que, de repente, surge na superfície do mar. Lodo, imundície, depravação, morte, destruição. Associado a estes espúrios sentimentos, as sensações de maldade surgiam também, causando ainda mais caos em Narciso Cárceres, pulsões de imenso gozo e regalo. Era como se conseguisse viver os maiores pecados, nas profundezas dos infernos mais negros, e ainda assim experimentar o mais sublime êxtase. Maldade absoluta conjugada com prazer total.

Narciso Cárceres vomitou. O que saiu de seu corpo foi uma matéria negra, o próprio espírito contaminado. Seu fim estava chegando, a morte afinal o levaria. Suava fedorento por todos os poros do corpo, andando aos tropeções pela rua deserta. Aquele cheiro, sabe-se lá verdadeiro ou ilusório, tinha libertado da prisão todas as suas lembranças. Narciso Cárceres recordou em um relance nostálgico todas as inomináveis coisas que já fizera. Sentiu simultaneamente repulsa e prazer.

Sabia que o inferno estava esperando por ele. Não haveria salvação.

Olhou e um facho de luz, vindo de dois enormes olhos brancos, inundou a via onde estava parado. Foi recuando, olhando o veículo que lançava as luzes sobre ele, que começou a rodar silenciosa, serpenteando e indo para a esquerda e a direita. Narciso começou a se sentir como uma presa indefesa, frente a frente com seu predador. Talvez conseguisse correr, para ganhar as ruas mais movimentadas do bairro, onde seus executores teriam mais receio em agir. Eles se aproximavam a cada momento. Foi em um segundo quando ficou iluminado ao passar debaixo de um poste com sua lâmpada de halogênio que discerniu todo o horror que estava prestes a enfrentar. Aquele não era um carro qualquer.

Parou um momento encostado no muro, para recobrar o fôlego. Limpava a baba que escorria de um canto da boca quando um som cavo, de intensidade infernal, soou acordando os demônios da noite.

Em algumas casas próximas, cabeças foram postas fora das janelas, houve quem se benzesse contra a maldade. E quem assim fez agiu com correção, pois era o Mal que soara as trombetas do Juízo Final, o som saindo de um instrumento de metal, porém como se fosse algo orgânico.

A Veraneio enterrada voltara para ajustar suas contas.

O Carro da Morte, pois era assim que a conheciam no passado, buzinava uma vez mais, anunciando a destruição para um desafortunado. E, enquanto pensava nisso, ela aproximou-se do meio fio da calçada. Narciso imaginou, por um momento, que o motorista do veículo tivesse perdido a direção. A frente iria chocar-se com o muro. O que aconteceu desafiou de tal maneira as leis naturais que Narciso demorou preciosos segundos processando a informação que recebia dos olhos.

A Veraneio subia as paredes como um gigantesco inseto, um ser imundo com profanas intenções. O metal se contorcia como se fosse matéria viva. O corpo de Narciso Cárceres vibrou de medo absoluto. Uma energia, nascida das fibras internas feitas para a sobrevivência deram a ele força sobre-humana, e começou correr, desesperado. A Veraneio observava a fuga de sua presa. Como um gato que saboreia com letal certeza a morte do rato. Narciso ganhara metros de vantagem. Ele ria. Um riso louco transido de pavor. Olhando para trás, não a viu na pista, nem pregada à parede lateral como a substância de um pesadelo. Respirou aliviado quando uma mancha negra surgiu em seu campo de visão. O carro acelerava como um bólido de corrida. Iria colhê-lo em cheio, esmagando seus ossos de uma única vez.

Narciso fechou os olhos.

A Veraneio freou a poucos metros, bufando como um animal. Narciso abriu os olhos, ela estava crescida, inchada, uma anormalidade vinda do inferno. Começou a andar para uma reentrância que separava dois muros. Lá no fundo divisou de repente, parado, com os olhos esbugalhados, um mendigo deitado. Pensou em se agarrar com o sujeito, para ambos morrerem, como náufragos sem salvação.

— Não! — gritou Narciso Cárceres.

Nas portas da morte, não cometeria o pecado da covardia, salvaria aquele desgraçado, talvez o ato valesse alguma barganha com o próprio Diabo. Com uma guinada ágil do corpo, desviou do nicho entre as paredes, afastando o Carro da Morte do mendigo deitado. A Veraneio investiu de uma vez, demolindo parte da parede. Apesar de todo esse poder, não alcançou Narciso e nem o mendigo. O homem corria desesperado. Ao passar por um portão de metal, enxergou como se fosse um milagre a porta de acesso aberta. Lançou o corpo na direção da porta, neste instante a carroceria distorcida passou a centímetros de seu quadril.

Ele sentiu uma mordida animal naquele momento. Perdendo a tração na perna, foi coxeando e passou pela porta, fechando-a atrás de si.

Dentro do galpão, respirando com dificuldade passou a mão no quadril, que sangrava. Uma horrenda ferida aberta pulsava com sangue. Ela o mordera. Narciso começou a recuar para os fundos do armazém, ouvindo as acelerações do lado de fora. Por um momento, tudo ficou silencioso, nenhum som, reverberação de motor ou o estalo metálico de componentes mecânicos. A salvação brilhou tênue, sorriu sem emitir som, ainda temeroso. O carro foi embora, melhor sair daqui antes que ele volte, pensou. Caminhava para a porta de acesso, quando parou. Seu ouvido vibrou por um instante. A aceleração estupenda do motor encheu de horror a noite e a morte veio para Narciso.

A Veraneio atravessou o espesso portão e o atingiu em cheio, que voou até a parede nos fundos. Talvez já estivesse morto, mas foi saboreado com frêmito sensual, mastigado como se fosse um repasto, depois ela balançou algumas vezes o corpo sem vida e desfigurado, manchando a parede com riscos de sangue, que no outro dia estampariam as manchetes dos jornais. Quando se deu por satisfeita acelerou, buzinando duas vezes na noite. Em alguns, que no passado escaparam de sua sanha demoníaca, uma ponta de gélido horror tocou seus corações. E o carro saiu em desabalada corrida, sumindo.

Lentamente as pessoas foram se aproximando do armazém. Perguntavam se tinha sido assalto ou um acidente de carro. Porém, não havia sinal algum que denunciasse a presença de um veículo. Passaram pelo rombo monstruoso no portão. Não conseguiam imaginar o que fizera aquilo. Em minutos, uma multidão acumulava-se na entrada do armazém. A polícia fazia inquirições, sendo informada por anônimos que ninguém presenciara o fato. Os peritos balançavam a cabeça, atônitos. O corpo já tinha sido removido pelo rabecão do IML e os policiais decidido encerrar as avaliações preliminares, quando um sujeito miúdo com o olhar assustado, chamou um deles.

— O que foi cidadão?
— Foi um carro — disse o sujeito. — Eu vi.

Capítulo 10

Domingo, 13 de junho de 2010

0h05

I

O prédio que abriga o Instituto Médico Legal na cidade de Manaus foi construído em uma grande área reservada para empreendimentos do poder estadual. Ficava em uma região afastada da cidade e, com o passar dos anos, tornou-se vizinho de um aglomerado de casas e regiões habitacionais. Nas áreas que circunvizinhas ao IML, tinham sido instaladas indústrias e empresas.

A realidade da cidade de Manaus era outra quando o complexo que abrigava os Institutos de Medicina Legal e Criminalística foi inaugurado. Essa realidade mudou para pior em um curto período, tornando os trabalhos realizados insuficientes para atender à demanda. O complexo era formado por prédios de um único andar, dispostos em níveis diferentes no terreno acidentado, ligados por escadas e passarelas.

O mais problemático desses prédios era onde estavam instaladas as seções ligadas à Medicina Legal e aos serviços prestados pelas ciências auxiliares, como a Antropologia. O DNA forense era trabalho dos peritos, que desciam de vez em quando até a sala de necropsia e dissecação, sumindo com suas amostras para análise.

As "geladeiras" dos presuntos, ou como são conhecidas tecnicamente "câmaras refrigeradas", davam defeitos constantes, o que causava uma óbvia situação de transtorno. As mesas de autópsia não atendiam às normas técnicas estabelecidas, prejudicando o trabalho dos legistas e dos técnicos em necropsia. Não existiam mecanismos de isolamento para organismos patológicos, nem uma sala hiperbárica para comportar os cadáveres putrefatos. As instalações sanitárias estavam longe de atender à demanda de um trabalho incomum, de específico objeto.

O corpo humano costuma ser bastante problemático nas suas horas finais na face do planeta antes de baixar para a sepultura. Não havia aparelhos de ressonância nem raios-x. Os projéteis costumavam ficar nos corpos, nesse caso não se sabia com certeza científica a causa mortis de um cadáver encontrado com alguns dias, às vezes com poucas horas que bastavam para comprometer a objetividade dos especialistas mal assistidos.

O lugar sempre permanecia aberto ao público, assim como para as viaturas tanto da Polícia Civil quanto das Polícias Militar e Federal. Os médicos peritos legistas atendiam uma onda crescente de casos que envolviam de homicídios complexos a hematomas e escoriações causadas por brigas ou acidentes. O salão de espera sempre se apresentava apinhado de pessoas sentadas nas cadeiras de plástico, esperando o corpo de algum parente ou amigo ser liberado, ou dando auxílio a quem quer que fosse ser atendido para municiar os procedimentos cartoriais nas delegacias com laudos e certidões.

A madrugada do domingo apresentava uma calma incomum. Poucas pessoas aguardavam para serem atendidas ou a liberação de um corpo. Os atendentes dormiam em camas improvisadas na sala de atendimento protocolar, dois servidores aguardavam as horas passarem para renderem outros na vigília do rádio e no atendimento dos usuários eventuais da noite.

Uma técnica de enfermagem, jovem, de cabelos louros compridos, conversava com Sérgio Fogaça. Sentado com as pernas esticadas, André Sandoval observava um inseto batendo na luz branca que iluminava o ambiente. João Martins esperava fora do prédio, no interior refrigerado da 037, lá ouvia uma melodia doce nos fones de ouvido de seu aparelho celular.

Sérgio Fogaça perguntava para a técnica de enfermagem se ela não toparia uma birita, na tarde do domingo. Ela respondia que não podia, pois o noivo tinha um jantar para comparecer e a levaria. Os olhos da mulher passeavam pelo semblante de Sérgio, os lábios finos adornados com uma película sedosa de batom se entreabriam sensuais, como se saboreassem uma fruta ou iguaria doce. Sérgio Fogaça sabia que sua figura alimentava os desejos femininos, com o queixo quadrado, a barba espessa e negra, os cabelos bastos.

O perito legista assoviou.

Sérgio Fogaça olhou para André Sandoval, que foi chamar João Martins. Aquele não era o procedimento usual na carreira deles. Os dois sempre desprezaram os motoristas e os agentes administrativos da instituição, mas o motorista com quem trabalhavam tinha muitos talentos escondidos. Quem sabe conseguissem até tornarem-se aprendizes, para realizar com igual maestria as manobras que o viram fazer.

Minutos após surgiram os dois juntos e desceram para o nível inferior até o legista que os aguardava próximo aos corpos do estranho acidente de trânsito que atenderam na manhã do sábado.

Para chegar aos níveis mais baixos, onde ficavam as câmaras mortuárias refrigeradas, os funcionários desciam uma escada de dois lances, para desembocar em um corredor comprido, onde no final uma porta de alumínio dava acesso ao salão de dissecação, autópsia e sala de putrefato. Duas portas de alumínio separavam os acessos às criptas refrigeradas e ao salão de dissecação.

Os restos mortais, resultado das autópsias, eram guardados para descarte biológico em baldes pretos, lacrados com fita adesiva. João Martins descobriu, um dia, que parte do descarte do material humano consistia em ir alimentando animais atrás das instalações do IML. Ratos, urubus e toda uma variedade se banqueteavam com o butim.

Na sala, o legista analisava papéis e consultava tabelas e apontamentos. Ele tinha a testa proeminente, as narinas finas e alongadas, e um brilho de cera na face esbranquiçada. André cumprimentou o legista.

— Doutor Marlon.

— André! Você parece bem — disse Marlon, batendo com a palma da mão no tríceps de André.

Sérgio Fogaça imaginou o perito querendo testar as facas e os bisturis no corpo de André, riu da imagem grotesca, contendo o sentimento sem demonstrá-lo. André Sandoval, por um momento, pensou em encarar o legista para perguntar qual afinal era o interesse dele, mas deixou para lá. Tinha reparado nos olhares que o legista lhe lançava, meio de soslaio, de banda, como fazem os felinos quando caçam. Estava perto de uma mesa de autópsia. Afastou o corpo ao tocar no gélido metal resfriado.

— Ando me cuidando — respondeu André.

— São vocês que vão tratar do acidente? — perguntou Marlon.

— Os DIP tratam dos acidentes de trânsito nas suas respectivas áreas, exceto os que não são culposos — respondeu Sérgio Fogaça.

— E os senhores têm alguma ideia do que aconteceu?

— O local estava destruído quando chegamos lá. Uma guarnição da Polícia Militar fez as primeiras investigações, resguardando o local para os peritos criminais. Os próprios peritos não sabiam classificar o ocorrido. Um deles chegou a pensar em outra categoria de acidente, apesar de não haver indícios mais palpáveis que corroborassem a tese.

— Qual espécie de acidente o perito avaliou como o causador das mortes? — questionou Marlon.

— Procuramos os sinais físicos dos carros envolvidos no acidente, depois chegamos a pensar que um veículo destruíra todo o lugar. É difícil imaginar que um carro foi o responsável por toda aquela destruição — disse André Sandoval.

— Concordo com vocês — respondeu Marlon.

— E o que o senhor acha que fez aquilo? — questionou João Martins.

— Destruir um corpo é trabalho mecânico que exige grande capacidade motriz. Ossos, tendões, músculos, carne são matérias resistentes à tração e ao esmagamento. Os corpos da manhã foram esmagados por um grande impacto mecânico. Conversei com os peritos que foram ao local do acidente. Eles disseram que precisariam pensar melhor sobre o que colocar nos relatórios.

— Não vão pôr que foi um carro? — questionou Sérgio Fogaça.

— Suponho que eles estão com dúvidas demais a respeito do acontecimento. Vi as fotografias e comparei os ferimentos dos corpos com outros ferimentos encontrados em acidentes de avião ou trem. Combinam mais com os ferimentos causados em desastres aéreos ou ferroviários do que em acidentes automobilísticos. Aliás, hoje foi um dia pródigo em acidentes estranhos com vítimas incomuns — disse o legista.

— Atendemos este nas estradas vicinais do Tarumã. Estamos trabalhando o dia todo para fazer o relatório ao delegado — disse André Sandoval.

— Só iria começar a autópsia deste outro corpo quando acabasse com esses três, agora pensando melhor as mortes podem até ter uma ligação.

— O que o faz pensar dessa maneira? — perguntou Sérgio Fogaça.

— Vocês encontraram algum fragmento de metal que não parecesse com os pedaços de veículos na cena do acidente?

— Não, estranho falando agora. Nada de fragmento nem vestígio de qualquer veículo — disse Sérgio Fogaça.

— Pelo grau de destruição, a área deveria estar cheia de pedaços ou, ao menos, uma coisa mínima sólida para que servisse de parâmetro. Pensamos, eu e os peritos, num acidente aéreo coincidente, por mais que isso soe absurdo. Seria um evento raro, mas explicaria em parte o mistério do estado dos corpos, mas depois descartamos a hipótese quando vimos fotografias de alguns sinistros com aeronaves que registramos no arquivo, e neste caso não poderia ser diferente. A área do acidente tinha de apresentar resquícios da nave, nem que fosse um avião, helicóptero ou até um mísero planador.

— Outro acidente sem vestígios? — perguntou André Sandoval.

— Aconteceu, meu caro, com uma vítima fatal. Foi encontrada esmagada dentro de um armazém, que estava fechado, no bairro da Alvorada. A Perícia trouxe as fotografias da cena do acidente.

— Estão aí?

— Venham ver no monitor — Marlon se sentou na cadeira de trabalho, defronte a um notebook onde se pôs a clicar usando um mouse sem fio. Os dois investigadores o cercaram. — Veem a porta de aço do armazém? Foi rompida de fora para dentro. Marcas no chão de concreto apontam para um veículo de quatro rodas. Confesso que desconheço um carro capaz de gerar tamanho grau de destruição. Acho que até um tanque de guerra deixaria rastros, nesse caso as marcas confundem mais do que elucidam.

— Deixaram rastros? — disse João Martins, aproximando-se do grupo.

— Marcas no piso — respondeu o legista.

— Pneus são diferentes uns dos outros, quem sabe este carro calce algum especial — disse João Martins.

— Tu conseguirias identificar?

— Posso tentar.

— Esse trabalho era realizado pelos peritos criminais, mas esse caso específico estava cercado de tantos mistérios que o legista não conseguiu tirá-lo da cabeça.

Marlon fechou a pasta que continha as fotografias digitais da cena de acidente no armazém e abriu outra nomeada "Acidente estranho na estrada". Procurou entre várias, mas não encontrou nenhuma marca de rodas no chão. Abriu as fotografias dos corpos, usando o zoom para ampliar ao máximo a imagem sem distorcê-la. Foram passando os olhos pelas imagens que apareciam no monitor. Foi João Martins que apontou uma marca impressa na pele das costas de um dos corpos do acidente na estrada.

— É verdade! — exclamou Marlon. — Bons olhos.

Marlon mediu as marcas e carregou uma tabela com os valores encontrados. Em segundos, veio a resposta.

— Foram feitas por um pneu de vinte polegadas, no mínimo!

— E os desenhos dos sulcos da banda de rodagem? — perguntou João Martins.

Uma segunda vez Marlon inseriu as informações na tabela auxiliar.

Demorou mais logo veio uma resposta.

— Não são compatíveis com os modelos pesquisados — respondeu Marlon.

— Parecem tribais — disse Sérgio Fogaça, associando o que via às outras imagens que conhecia. — Já vi coisas parecidas no sobrecu das meninas.

Marlon olhou Sérgio com um leve sorriso de escárnio.

Usando os recursos do programa, a imagem foi melhorada, e para a surpresa geral a observação de Sérgio tinha fundamento.

— De fato, parecem tribais, vejo figuras desenhadas. É possível isto?

— As ranhuras são impressas nos pneus para aumentar a aderência com o piso e para escoar a água, evitando aquaplanagem, não são simples decoração artística. Que fábrica arriscaria uma ação judicial movida por acidentados que acusassem os pneus como os responsáveis? — falou André Sandoval.

— É possível que alguém produza pneus artesanais desta medida e com tais desenhos? — questionou Sérgio Fogaça.

— Fazer uma coisa destas? Não acho provável, pelo menos nunca ouvi falar — respondeu João Martins.

— Embora seja possível? — disse Sérgio Fogaça.

O legista começou a manipular a imagem que analisavam, copiando, cortando, renumerando e renomeando o arquivo. Após estes primeiros procedimentos, abriu um programa de manipulação gráfica, onde aplicou filtros e máscaras eletrônicas, com o intuito de deixar a imagem da forma mais adequada para uma análise profissional. Voltou para o arquivo de fotografias da cena de acidente no armazém, dispondo as fotografias para que comparassem as do piso com as marcas dos pneus às dos homens mortos na estrada em circunstância tão incomum.

Ficaram alguns minutos contemplando as imagens.

— E...? — perguntou João Martins.

— O mesmo pneu deixou as impressões nos dois casos — disse Marlon. — Agora, se estão instalados no mesmo carro, aí já não sei.

— E sobre os cadáveres, alguma informação? — questionou André Sandoval.

— Um mistério ainda maior — respondeu Marlon.

— Por quê?

— Os ferimentos dos corpos da estrada não combinavam com nenhum descrito nos manuais. Tive de procurar em literatura especializada. Lá também não tinha nenhuma referência sobre a forma que se apresentavam, busquei com colegas e um deles me respondeu.

— Ele falou o quê?

— É um legista especializado em morfologia animal, faz hoje em dia uma especialização em animais aquáticos na Universidade Federal do Piauí. Durante anos, os tubarões atacaram banhistas nas orlas das praias do Recife, eles construíram um catálogo de mordidas. Tirei a fotografia dos ferimentos, nos dois casos, e enviei para analisarem. Mandou faz alguns minutos uma série de perguntas.

— Não estou entendo — disse Sérgio Fogaça.

— Nem eu entendi, mesmo após ler as ponderações do doutor Marcos.

O legista andou para uma porta de alumínio, que dava acesso às câmaras refrigeradas, dizendo alguma coisa para alguém que aguardava lá dentro. Barulho de metal e rodas no piso sintético foi ouvido. A porta de alumínio abriu-se para dar passagem a uma maca com rodas, onde um corpo ensacado com plástico azul estava depositado. As luzes da sala incidiam sobre o saco de plástico, onde manchas vermelhas apareciam em toda parte.

Dois auxiliares de necropsia que ajudavam o legista em seu trabalho desensacaram-no, colocando-o sobre a mesa de autópsia e em seguida uma luz branca muito potente foi ligada.

— O que aconteceu? — indagou Sérgio Fogaça, mal disfarçando a náusea que sentiu de imediato. — Isso foi um acidente de carro?

— Foi o que relataram — respondeu Marlon.

André Sandoval circundou a mesa, pondo-se ao lado dos auxiliares de necropsia. João Martins se manteve em uma posição afastada, ouvindo apenas os relatos desencontrados.

— Por que o morto está assim? — perguntou André Sandoval com esgar na voz.

— Não tenho a mínima ideia de como explicar tais ferimentos. Um leigo duvidaria que um acidente de carro causasse estas aberrações nos cadáveres, imagine um especialista. Não consigo imaginar a dinâmica do impacto nem as causas funcionais capazes de desenhar tal configuração.

O legista falava observando o corpo destroçado. Nenhuma parte foi deixada intacta, sua carne mais profunda cortada com alguma espécie de lâmina, que alcançou os ossos. Tudo apresentava a horripilante forma de talhos, centenas deles. Grandes rodelas empilhavam-se na mesa metálica, empapuçada de linfa e medula. O legista conjecturou por análise as prováveis maneiras de causar tamanha destruição de tecidos. Um animal, como sugerira seu amigo de Recife, estava descartado, uma vez que quase nada de massa bruta perdera-se no processo, apesar dos ferimentos apresentarem os desenhos próprios de uma arcada impossível de descrever ou classificar.

Uma peça de metal?

Pondo de lado as outras evidências inequívocas presentes no caso, a porta do armazém tinha sido arrombada e algo atingiu a vítima, embora nada tivesse sido encontrado que deixasse em um corpo o efeito evidente de um retalhamento. Um carro causara o acidente, essa era a afirmação geral. No entanto, o legista desconhecia na literatura de consulta e referência ao menos um caso semelhante ao que via com seus olhos.

Os auxiliares de necropsia se aproximaram da mesa e obedecendo a uma ordem do legista puseram-se a arrumar os pedaços, retirando dos ferimentos os tecidos vários que um dia compuseram as roupas daquele homem destruído.

— Quem era ele, doutor? — perguntou um dos técnicos.

— Nenhuma identificação foi encontrada. Como está, acho difícil que alguém o reconheça — disse Marlon.

— Alguma tatuagem? Uma marca na pele? Nome? Às vezes, tatuam nomes — conjecturou André Sandoval.

— Acabamos aqui, doutor — avisou outro dos técnicos.

— Agora lavem — respondeu Marlon.

Os restos ensanguentados foram sendo colocados em um balde, aos pés da mesa metálica. Manchas de sangue coagulado escreviam o alfabeto da morte violenta no piso cerâmico. Um odor de putrefato e corrupção impregnava o ar, mesmo depois de uma enorme quantidade de desinfetante ser usada para desagregar as colônias de micro-organismos que infestavam o ambiente. A água vermelha escorria para o dreno instalado nos fundos da mesa. Pequenas gotículas espalhavam-se no ar e os investigadores por instinto se afastaram da mesa e do alcance da água contaminada.

Foi quando o balde estava sendo levado para a sala de descarte biológico que um dos técnicos, chamado Jonas, avisou o legista que achara alguma coisa.

— O que foi, Jonas? — perguntou Marlon.

— Existe uma tatuagem no braço dele.

— Vamos ver.

O legista aproximou a luz potente do corpo, observando por algum tempo a tatuagem que Jonas teria visto. Com uma lupa de vidro, passou a escrutinar uma área do braço direito da vítima. As rugas na testa do legista subiam e desciam, suas sobrancelhas fazendo movimentos de ondulação que podiam ser vistos atrás das lentes do óculo de aros prateados.

— De fato, parece uma tatuagem.

— Algum nome? — questionou André Sandoval.

— Não parece um nome, pode ser um acróstico.

— Deixa dar uma olhada — disse Sérgio Fogaça.

— À vontade — disse Marlon.

Sérgio Fogaça não gostava de cadáveres, ainda mais os destruídos na ação criminosa. Aquele, diziam, fora resultado de um acidente de carro. Porém, qual carro atravessava portões de ferro puro ou se projetava por sobre as casas em um ângulo inimaginável? Queria ir para casa, descansar o tempo que pudesse. Era provável que não soubessem quem teria morrido daquela forma, restando apenas enterrar o coitado em uma vala desconhecida um vagabundo solitário. Ele abaixou e começou a ver a tatuagem que diziam existir, mas estava difícil enxergar qualquer traço uniforme. Seus olhos foram se acostumando com a dilapidação da carne, e ele forçou a mente para começar a montar as peças daquele quebra-cabeça infernal. Segundos depois, ergueu a cabeça sorrindo, como uma criança que tivesse ganhado uma corrida contra adversários mais velhos e inteligentes.

— Não é um acróstico, ou um símbolo de tribal, ou sei lá o que mais, é um número tatuado.

— Qual número? — perguntou um dos técnicos.

— O número 1.

João Martins Cebalo escutou as palavras de Sérgio Fogaça e sentiu de imediato um gosto de travo na boca. Apertou o braço direito, coberto pela manga da camisa. Não notaram e não o olharam quando fez isso. Com passos miúdos, chegou ao alcance visual da mesa de necropsia, onde o que restava do corpo esperava a decisão técnica do legista, que repassava os procedimentos mais adequados àquele caso tão incomum. João Martins viu ali na mesa de dissecação, largado, irreconhecível, mas por ele jamais esquecido, Narciso Cárceres.

"O que teria acontecido ao velho Narciso?", perguntou-se João Martins.

Um dos técnicos, um sujeito baixinho e careca, como que lendo o pensamento de João Martins, enunciou palavras cujo sentido escapava aos demais.

— Uma boca de mil facas!

— O que foi que tu disseste? — perguntou João Martins.

— Parece que uma boca de mil facas em vez dos dentes o mastigou.

João Martins tremeu e com custo controlou o espasmo.

— Alguém testemunhou o acidente? — perguntou por fim João Martins.

— Um bêbado. Ele foi levado para o 10º DIP — respondeu o legista, pondo-se a trabalhar naquele quebra-cabeça medonho.

Capítulo 11

Domingo, 13 de junho de 2010

1h05

I

O 10º DIP foi instalado em um bairro central, na cidade de Manaus. A delegacia ficava uns bons trinta quilômetros das instalações do IML. A distância foi medida por Sérgio Fogaça uma vez usando as tortuosas vias expressas da metrópole que surgiam dia após noite, complicando ainda mais o emaranhado de ruas e avenidas espalhadas pela cidade.

João Martins pensava na tatuagem numérica inscrita no braço de Narciso Cárceres, e pensava em sua própria marca. Tentou lembrar as circunstâncias da aplicação da tinta na pele, nada recordando que elucidasse o número que também possuía no braço, em um grande caractere vermelho. As imagens de mortes e assassinatos horrendos perpassavam suas lembranças, causando dor e sofrimento, pois tomar consciência de ter sido um assassino não lhe agradava. Resolveu desligar o ar-condicionado que resfriava o habitáculo, o que causou um buchicho de lamentações nos outros ocupantes. O ar frio da madrugada lhe fazia bem e o sono foi se dissipando, acelerou com convicção, passando como um bólido pelo cruzamento de duas vias perigosas. Os outros ocupantes sequer notaram a manobra suicida de João Martins, que apresentava uma coloração avermelhada na face transtornada.

A verdade era que a face avermelhada indicava a vida retornando ao antes semimorto motorista. João desejava pulsante correr pelas ruas e fazer manobras arriscadas, apostar vida e morte contra bacanas ou filhinhos de papai em seus possantes ou contra outros notívagos, assassinos das estradas como ele fora no passado.

Os homens que o acompanhavam eram policiais civis de uma era mais moderna do que aquela em que começara a trabalhar como motorista. A lei, ainda que tosca e mal-ajambrada, exercia seu peso sobre a autoridade, ou seja, o delegado de carreira, e sobre seus agentes, os investigadores e escrivães. Uma miríade de artigos, superpostos uns aos outros, formando um labirinto de palavras. O verbo feito carne e substância, pois as palavras unidas a um significado possuíam uma força inexpugnável.

A realidade mudara nos anos que os separavam cuja medida exata ele conhecia. Uma data do passado marcado por um evento bastante incomum, apesar de prosaico no ato em si, pois enterrar um carro nada tinha de estupendo. João acostumara-se à violência descerebrada. A lei das ruas tornara-se distante, as letras nuas não possuíam a força atual uma vez que o passado era um mundo de estúpidos e analfabetos, nele a violência representava o emblema da vida. Agora tudo era resolvido como mágica, usando papel e tinta. Até dizer-se policial significava, dependendo do ambiente, piada ou escárnio. Para alguns, morte.

Quando passava por uma grande avenida, batizada com o nome de um dos grandes homens da terra, dois ciclistas emparelharam ao lado da viatura. O pé direito de João Martins pressionou de leve o acelerador, e quase foi tomado pela vontade homicida de atropelar os dois vermezinhos com suas bicicletas de palito. O motorista controlou-se com dificuldade, seus olhos ainda acompanharam as luzes de alerta das bicicletas pelo retrovisor. Atropelara muitos no passado, movido por uma força do Mal que não conseguia identificar.

João Martins pensou em quantas pessoas os dois homens que o acompanhavam já teriam matado em suas vidas?

Ele sabia, pelas fofocas nos salões dos DIP's, que Sérgio Fogaça se enamorara de uma dona, esposa de um pilantra que o próprio Sérgio matara, mas não acreditava-se muito na história já que não havia procedimento judicial ligando-o ao fato. André Sandoval não matara na carreira, e, provavelmente, não mataria, uma vez que o ato de assassinar não estava inscrito na personalidade volátil daquele homem, e se assassinar era um crime para alguns, para João Martins era uma virtude.

— Chegamos — disse o motorista.

Ele estacionou no pátio vazio, e os investigadores desceram para verificarem as afirmações da testemunha do macabro acidente. Sérgio Fogaça olhou para trás e o chamou. Era a segunda vez que isso aconteceria naquela noite, o que foi interpretado como algo incomum, uma vez que era sabida a antipatia de Sérgio com a presença de motoristas nas suas entrevistas com testemunhas. O olhar durou alguns segundos, logo depois ele entrou no salão do 10º DIP, e enxergou André conversando com um homem. João Martins ficou aguardando na viatura.

No salão de atendimento havia uma quantidade expressiva de pessoas. Os atendentes administrativos confeccionavam os boletins de ocorrência, enquanto policiais militares e policiais civis iam e vinham. André Sandoval fez um sinal com a mão, enquanto Sérgio Fogaça perguntou para um dos civis de pé ao lado de um dos atendentes administrativos quem era o delegado de plantão.

— Vocês são do 25º?

— Somos, viemos falar com o delegado sobre uma testemunha do acidente aqui no bairro — disse Sérgio.

— Rapaz, aquilo foi uma loucura. Acordou metade do bairro, deu um trabalho medonho, para conter as pessoas que queriam saquear o armazém arrebentado. Fizemos umas conjecturas sobre as circunstâncias da cena do acidente, calculo que tenha sido um roubo planejado. É certo que usaram explosivos, só que a Perícia ainda não encontrou nenhum vestígio de qualquer elemento químico usado na fabricação dos tipos mais convencionais.

— Explosivos?

— Tu ainda não viste o estrago?

— Não.

— Tiramos umas fotografias, olhem e vocês logo vão entender por que é difícil acreditar na tese de acidente automobilístico.

Sérgio Fogaça ficou atento ao monitor, enquanto as imagens do improvável acidente de automóvel corriam uma após a outra. As imagens mostravam com grande nitidez a porta arrebentada, as marcas de pneus no chão, a grande mancha vermelha e o ainda inexplicável buraco na parede de tijolos reforçados nos fundos. Procurou detalhes, pistas mais concretas, como pedaços de metal espalhados pelo chão ou fragmentos dos veículos ou do veículo causador de tanta destruição. No entanto, nada distinguiu, nem o menor dos indícios que pudessem denunciar a marca, o modelo, a cor ou outra evidência capaz de identificar as causas de tanto pandemônio.

Por fim, após a quarta revisão, o policial que os atendia disse em tom de desabafo:

— Explosivos causariam um rombo destes. E falo do portão, nem estou apontando esse muro aí. Poderia ser um avião? Disseram que sim. Mas os destroços de uma aeronave deveriam ficar espalhados pela área. Certo? Pode ser, mas não encontramos nada que confirmasse essa hipótese. Certa vez, caiu uma turbina aqui no bairro, que rolou muitos metros, arrebentando tudo pelo caminho. Poderia ser uma explicação, porém não encontramos nenhuma peça com as características de uma turbina ou uma asa desprendida, mas se fosse isso já saberíamos pela Aeronáutica.

Acidente de avião.

Pela terceira vez, no intervalo de um dia, alguém relacionava um caso de acidente automobilístico com um avião sinistrado. A desolação mecânica encontrada não combinava com a massa frágil de um simples veículo. E a falta de objetos ajudava a causar mais confusão, aumentando as opções sobre as causas do acontecimento.

— E o mendigo? — perguntou André Sandoval.

— O delegado deixou ele na cela, para recuperar o discernimento. Ele diz que é testemunha, embora não consiga explicar o quê afinal presenciou.

— Vamos lá falar com ele — disse André.

O policial apanhou um molho de chaves em uma gaveta do móvel no qual o atendente digitava o BO, pedindo para que eles o acompanhassem até a carceragem no segundo andar do prédio recém-reformado. Subiram uma escada, chegando em um amplo corredor, onde as celas aguardavam os novos inquilinos da noite.

— É aquela, senhores. Conversem com ele, caso convença vocês o delegado autorizou transferir para o DIP dos senhores, mas só se quiserem continuar com os procedimentos, se bem que a gente ainda não iniciou nenhum. Quando acabarem, é só chamar — disse o policial.

— Acho que não vai ser necessário, mas a gente vê isso depois — respondeu André.

Caminharam até a cela indicada. Quando chegaram defronte às barras, viram que apenas um homem a ocupava. Um velho, com rugas rachando a pele da face, como o leito seco de um rio sem corrente onde apenas abundava pó. Um dos olhos estava meio apagado pela catarata, os cabelos brancos cobriam a cabeça como se fosse uma peruca de fios sintéticos. Ele olhou para Sérgio e depois mirou com um dos olhos, o esquerdo, bastante cristalino, André Sandoval. Riu entreabrindo a boca, nela os cacos se dependuravam nas gengivas imundas, cobertos por uma mucosa de catarro branco amarelada. Não era um quadro bonito.

— Falei, mas não acreditam em mim — disse o preso sentando-se no chão.

— Puta que o pariu — foi a exclamação de André Sandoval. — Esse doido lá sabe de nada.

— Doido não, meu amigo — respondeu o preso. — Acaso sabes tudo sobre os rumos da vida?

A expressão usada foi de tal modo inapropriada de ter saído da boca do velho que simultaneamente olharam para a figura sentada no chão.

— Quem é o senhor? — perguntou de forma automática Sérgio Fogaça.

O velho se levantou, aproximando-se das barras da grade. Ele usava as mãos de modo meio teatral.

— Fui poeta, meu filho, na mocidade. Professor no florescer da vida adulta e livre a vida inteira que me restou até aqui.

Sérgio olhava a figura, parado, por entre as grades. Ele esperava um mendigo dos mais convencionais, nada que se comparasse àquele personagem. Intrigado, se afastou discando o celular.

— É, sou eu, parceiro. Estamos conversando com o cara... Ainda não, escuta só, tu conheces um mendigo que fala como se fosse um poeta, que foi professor e tem a cabeça branquinha cheia de cabelos finos? Certo, tu poderia vir aqui com a gente, quem sabe ele lembre de um rosto do passado e conte alguma coisa.

II

A porta do raio se abriu, e João Martins entrou, indo para a frente da cela. Seus parceiros o aguardavam. Quando recebeu a ligação, não imaginara tal situação. A figura estranha, testemunha ocular de um evento inexplicável, era um personagem das antigas crônicas da cidade. Pertencia ao passado e se agarrava nele como a um salva-vidas pois, se o largasse, morreria. O motorista vivia uma situação semelhante, uma vez que deixara de viver fazia vinte e cinco anos. Entretanto, circunstâncias estranhas naqueles dias sombrios fizeram a força da vida voltar às entranhas, como se uma parte de sua história tivesse se erguido das cinzas para um último ajuste de contas do passado com seus fantasmas.

— Poeta!

A exclamação de João Martins foi saudada com uma reverência.

— Lembrei de uma história tua, sobre um cara parecido com esse aí — disse Sérgio Fogaça.

— Artomilson não é louco, não é verdade? — João Martins fez essa observação olhando para o homem trancafiado, que balançou a cabeça, concordando com a afirmação. — Como é, Artomilson? Podemos conversar como gente civilizada?

Poeta estava na frente das grades. André Sandoval afastou-se, pois se lembrou de uma ocasião na qual recebera um punhado de merda no rosto, lançada por um sujeito de hábitos e atitudes muito parecidas com as de Artomilson, ou Poeta, se chamá-lo assim satisfizesse e ajudasse na preleção.

— O amigo teme alguma coisa? — perguntou Artomilson para André.

— É precaução — respondeu André.

— Entendo — disse Artomilson, e André pôde jurar que leu nas linhas daquela face caquética uma tentativa de forçar a musculatura abdominal, com as mais suspeitas intenções.

— Os meninos precisam perguntar umas coisas, Poeta.

— Sobre a rua?

— Tu estavas lá?

— Tava mesmo, João.

— Conta desde o início — falou Sérgio Fogaça, enquanto André se aproximou do grupo para ouvir com atenção as palavras meio distorcidas.

— Uma neblina branca veio do céu, carregando o cheiro dos cemitérios, dos varadouros da morte. Lembra deles?

— Esse fedor não esqueci — respondeu João Martins.

— Ia para o mocó de um conhecido fumar um baseado, mas foi quando o asfalto de repente começou a dar choques nos pés. Olhei os postes de energia, talvez um deles tivesse tombado ou o fio caído na rua. Lembrei do lago, João. Também ali senti uns comichões na pele, como se um peixe-elétrico descarregasse a carga em um açaizeiro. Alguma coisa estava vindo por aquela rua, pensei que viesse para me apanhar. Quem sabe a coisa do rio, que matou meu pai e meu tio. Iria correr, só que as minhas pernas fracas não alcançariam as ruas com movimento. Me encolhi em um vão, entre dois muros, aguardando o fim chegar. A neblina deixou tudo branco, e outra coisa aconteceu que me fez tremer e lembrar do passado. Pensei que não fosse ouvir novamente, mas não tive essa felicidade. Ainda posso sentir, como se pudesse tocar as notas do som suspensas no ar.

Poeta brincava com as mãos, abanando invisíveis borboletas ou horrendos insetos, tudo dependendo da natureza dos seus pensamentos.

— O que tu ouviste, Poeta? — perguntou João Martins.

— Buzinadas.

— Buzinadas? — interpelou Sérgio Fogaça.

André Sandoval apenas coçou o queixo apoiando a papada com a palma da mão e os dedos indicador e polegar, o que significava uma besta perplexidade. João Martins recuou das grades, reconstruindo uma terrível lembrança revivida por uma única e inofensiva palavra.

— Sim! Duas buzinadas. Pensei que a dona tinha desaparecido, parece que me enganei. O motor acelerou, como se um trovão explodisse no céu da noite. Olhava a rua esperando os caras do esquadrão descerem para me pegar e levar até os ramais, não é, João? O que aconteceu foi outra coisa. Um cara surgiu correndo, quando ia entrar no vão me olhou. Reconheci ele na hora, corroído de velhice e feiura, pois a velhice para alguns é como uma doença maligna. O nome dele é Narciso Cárceres — e Poeta lançou um olhar para João Martins cheio de mistério e maldade — ele não entrou no vão, saiu foi correndo para o final da rua. Vi quem o perseguia, vi também quando ele entrou no armazém.

— Qual era o modelo, Poeta? — perguntou André Sandoval.

— Uma Veraneio da polícia.

— E a cor?

— Negra, muito estranha.

— Como assim?

— Já vi muitas delas, a de hoje parecia maior, mais comprida, mais alta e... e... inchada. Sim, senhores, inchada seria uma boa palavra para descrevê-la.

— Alguém desceu dela?

— Descer? Nada disso, não vi o motorista descer. Quem a guiava? Quem sabe é tudo loucura da minha cabeça, não é? Escutei um barulhão, ainda assisti quando saiu desembestada, buzinando aquela melodia do inferno. Fui ver o buraco no portão, e encontrei Narciso destruído no chão.

— Tu já viste coisa igual, Poeta? — indagou André Sandoval.

— Não igual, mas semelhante. Tivemos um encontro no passado, eu e alguns amigos. Chamávamos uma Veraneio famosa naquela época de "Carro da Morte", e de fato, o que trazia era a morte para quem andasse dentro do camburão. Peguei no bolso dele um papel com um endereço, acho que é a segunda mulher, uma puta que Narciso encontrou às portas da morte no Hospital Tropical. Sei que ele cuidou dela, apesar de não deitarem juntos.

Poeta estendeu a mão e entregou o papel amassado para Sérgio Fogaça, que o passou para João Martins. Depois calou-se, voltou a se sentar no chão e não mais falou com o grupo.

III

Quando deram por encerradas as investigações preliminares sobre os acidentes inexplicáveis daquele dia, André Sandoval e Sérgio Fogaça foram para os seus lares. Estavam cansados e pediram para João Martins os deixar, pois não queriam dirigir mais nem os seus carros com receio de causarem acidentes. João Martins teve de escusar-se desse pedido, pois senão teria de levar a viatura consigo e buscá-los no dia seguinte. Cada um deles dormiu um sono diferente, embora sonhassem com coisas parecidas e em situações cuja morbidez misturada ao asco produziu uma intensa dor de cabeça quando acordaram. A loucura não se instalou por obra do acaso.

No caso de André Sandoval, o que lhe salvou foi o nascimento de duas belas cadelinhas pequineses, brancas como chumaços de algodão.

As cadelinhas olhavam para André, que sentiu no coração um calor de vida. Ele tinha um filho pequeno e a criança ganharia amor e atenção em doses cavalares. André passara o resto do domingo acariciando a mãe das criaturinhas e sem nem notar a dor de cabeça foi sumindo e com o passar das horas desapareceu.

Sérgio Fogaça brigou com a mulher, por duas vezes imaginou acabar com a discussão descarregando as balas de sua pistola 9mm na cabeça da tagarela, um lapso de sanidade o fez beijar a testa da esposa, depois fizeram amor com uma paz incomum naquela relação conturbada e adormeceram abraçados.

João Martins acordou horas depois e apanhou seu Opala, guiando sem destino certo, em alta velocidade. Parou no acostamento que fica após a ponte recém-inaugurada que transpassa a baía do Boiaçu, para observar algumas árvores, depois de um longo tempo voltou para sua casa. Quando chegou, começou a revirar algumas pastas, nas quais guardava papéis velhos, anotações e cartões. Adquiriu o hábito depois das sessões com um psiquiatra que trabalhava no Hospital de Distúrbios Mentais. O médico disse que seria melhor, por precaução, guardar a maior quantidade de informações possíveis, já que a memória de João Martins falhava com frequência.

Demorou um tempo e acabou por encontrar, amarrados com ligas, vários cartões de Natal e algumas fotografias. Os cartões pareciam muito antigos, enviados por seus amigos quando viajavam ou nas datas festivas tradicionais. As fotografias, também antigas, revelavam rostos do passado. Quase por último, esquecidas, as fotografias do Esquadrão, tiradas em um domingo, quando aproveitavam o descanso em um balneário de cachoeiras da cidade, na época, limpo de dejetos. E da viatura na qual trabalhavam.

Uma bela Veraneio preta.

João olhava a fotografia, reconhecendo as faces nela impressas. Ele ao lado de Mário Camará, o delegado Tadros, Rodrigo Sosa, Narciso Cárceres e esquecido, encostado na Veraneio preta, José Macário, chamado por eles de Zé Biela. João Martins dormiu com a fotografia nas mãos, pensando em como explicar os fatos, como aceitar sem enlouquecer a verdade das evidências tão precisas. O surgimento de um louco homicida capaz de elevar a uma potência desconhecida o significado de vingança. Ele dormiu e não sonhou.

Diferente da noite anterior, quando sonharam com algo tenebroso, que os observava das trevas onde se escondera por anos, e eles percebiam as vibrações vindas ao seu encontro, sentindo o horror de serem as vítimas indefesas diante de um predador voraz e impiedoso que vinha devorá-los.

Capítulo 12

Segunda-feira, 14 de junho de 2010
8h

I

A segunda-feira abriu com pesadas nuvens de chuva que cobriram a luz do sol. Por causa disso, a temperatura tinha baixado poucos graus, o suficiente para hibernar os cabocos acostumados com as severas ondas de calor impostas pela linha do Equador. João Martins acordou de um sono pesado bastante incomum. Fazia tempo que adquirira uma insônia crônica e por conta disso acostumara-se a despertar nas horas da madrugada que antecedem o amanhecer.

Ele via o nascer do dia, no entanto não interpretava a luz que cortava as brumas da alvorada com a doçura dos enamorados. Eram apenas raios ultrapassando os montões, e estes apenas simples aglomerados de vapor. Não era um sujeito sensível, isso desde criança. Lembrou de um amanhecer semelhante quando tinha dezesseis anos de idade, acompanhando o tio nos trabalhos de campo. Desde novinho, morava junto a ele, após um estranho acontecimento em sua infância.

Nestes últimos dias, muitas lembranças surgiram vindas da memória do motorista, e ainda era cedo para relacionar os fatos do passado e do presente de duas existências diferentes, separadas pela muralha intransponível do tempo. Ele tomou um demorado banho, pensando nos acidentes e nas palavras carregadas de temor do Poeta.

Carro da Morte.

Sim, ele já ouvira a expressão, criada pelos vagabundos do submundo de Manaus como um apelido para um carro que conhecia muito bem.

Após o banho, resolveu ligar para a delegacia, avisando que não iria trabalhar. Para sua surpresa, o próprio delegado atendeu ao telefonema.

— Nada disso, seu João, termine o que começou com seus dois companheiros. Recebi uma determinação do gabinete da Delegacia Geral e o Chefe quer alguma resposta até a quarta-feira. Passe aqui na base e apanhe a 037, vocês usarão a viatura até que se concluam as investigações.

O "Doutor" encerrou a ligação e a linha ficou bipando nos ouvidos de João. Quando resolveu apanhar a viatura, a temperatura já subira alguns graus. Pensou que se iria trabalhar melhor no confortável e poderoso utilitário, cujo comportamento exemplar no ramal da Onça Pintada enchera-o de orgulho. A 037 e ele se davam bem.

Quando chegou à delegacia, ainda por volta das 8h30, o "Doutor" já estava aguardando com as chaves na mão. João sabia que apenas ele tinha plena confiança depositada no trato com o utilitário. O delegado balançava a chave e João Martins apenas pegou-a, depois de estacionar o próprio veículo debaixo de uma árvore que fornecia sombra boa parte do dia. Disse em pensamento "fresco velho" enquanto cumprimentava o homem, foi um desagravo automático, uma vez que o delegado não chegava a ser um completo estorvo. João iria apanhar Sérgio Fogaça e André Sandoval, depois bateriam pernas até um lugar conhecido na cidade, batizado de "Fim do Mundo". Lá morava uma pessoa próxima demais dele, que talvez ajudasse a entender o misterioso quebra-cabeça envolvendo um carro que deveria estar destruído, um ferro-velho cujos veículos tinham desaparecido e um rosto saído das trevas.

O dia parecia perfeito, com o sol iluminando as ruas, as casas e os prédios. Sem estardalhaço, parou em frente à residência de André Sandoval, buzinando duas vezes. O acordo feito na noite anterior previa que João os buscasse em suas casas, para que os dois não fossem com seus carros. No correr dos dias, ele seria recompensado. Enquanto aguardava, pôde ouvir o ganido baixo e cansado de uma cadela. Ele recordou que André dissera algo sobre a cadela estar para parir a ninhada, sendo que até lhe oferecera um filhote, oferta que foi polidamente recusada, com sinceridade, pois não teria como criar e nem queria tal incumbência.

Na meninice, conviveu com um pequeno cachorro cor de caramelo, de raça indefinida, pertencente ao seu pai. O nome do animal, Bandit, foi uma homenagem da mãe, que gostava de um desenho famoso que passava na televisão nessa época, cujo significado, descobriu tempos depois em um dicionário, era bandido. Exatamente o que o bicho se tornara, um bandido. O cachorro furtava tudo ao seu alcance, de frutas a roupas, passando por objetos e animais domésticos, tais como galinhas, patos e perus pequenos. O animal demonstrava uma inteligência que chegava a assustar quem não convivia com sua presença e, às vezes, olhava com os olhos negros para João como se quisesse falar, conversar sobre a vida ou o mundo, se bem que da perspectiva canina seu mundo fosse bem mais interessante que o de João Martins, ao menos até àquela altura.

André Sandoval afinal apareceu, com um humor que contrastava o desânimo do motorista.

— Bom dia!
— Seria melhor se estivesse na minha casa.
— Nada podemos fazer. O delegado já me ligou, vamos tentar trabalhar o mais rápido possível e ver se a gente se livra desta tarefa. Tu leste os jornais de domingo?
— Não.
— Só falam nos acidentes, cada um dos jornalistas inventa as mais incríveis teorias. Falaram que até um tanque de guerra os traficantes estão usando para os assassinatos. Outro que foram os americanos, com drones remotos, inclusive têm testemunhas que ouviram as turbinas antes dos acidentes. O mais original afirmava que tudo o que está acontecendo tinha como causa os extraterrestres, perguntaram por que acreditava nisso, ele apontou o dedo para o céu.

O motorista olhou e riu, pego de surpresa pelo inusitado da conversa. Quando estavam próximos da casa de Sérgio Fogaça, pediu para André ligar do telefone celular, para que ele se antevisse a sua chegada, já tratando de arrumar os seus apetrechos. Sérgio Fogaça era mestre em demorar.

Nada adiantou, ainda precisou de vinte minutos para sair da casa.

II

Sem pressa, o trio trafegava com o carro sem dificuldade pelas ruas esburacadas de um bairro conhecido, pois era um lugar de violência e abandono. Ficava em uma das bordas da reserva ambiental do município de Manaus, chamada de Reserva Ducke.

O domínio de matas intocadas contrastava com a degradação absoluta da cidade. Em poucos anos, findaram-se todos os igarapés, transformando-os em locais mergulhados na podridão e no lixo. Outros foram aterrados, sepultados para sempre. Bolsões de vegetação nativa desapareciam, levando consigo os animais e as aves, e instaurava-se um sutil desequilíbrio entre as diversas espécies concorrentes, a cada ano agravando-se os casos de arbovírus e retrovírus oriundos da mata fechada destruída pela ganância humana.

O bairro para onde João Martins os estava levando ficava dentro das terras da reserva. Um acordo entre partes permitiu que os invasores permanecessem, tendo de conviver com a mínima assistência estatal, pois ruas e trajetos eram assuntos proibidos. O local era tomado por morros baixos, onde as encostas cobertas de vegetação nativa emolduravam a vista. Quando chegaram, nada podiam fazer, rezar parecia ser a derradeira opção de proteção para que não mexessem na viatura. Não existiam ruas por onde andar, tiveram de trancar o carro.

Foram andando pelas encostas, até alcançarem uma espécie de caminho estreito, que cortava algumas propriedades.

Nesse lugar, morava a única pessoa que João conhecia e que pertencia à época do esquadrão, mesmo que não tivesse pertencido de fato ao esquadrão. Uma pessoa que estava perdida no tempo, que pensou jamais rever. Ela foi capaz de quase trazer para luz um homem, imaginava João Martins, perdido para as trevas e sem salvação, seu amigo Narciso Cárceres. Um garoto vinha descendo quando João Martins o alcançou. Conversaram um momento, o jovem retornou com um recado. Após alguns minutos, ela apareceu nas escadas fincadas no barro. Tratava-se da mulher que João Martins conhecia. Estava madura e elegante, apesar da evidente pobreza e da idade avançada.

A mulher cumprimentou João Martins, abraçando-o.

Ele retribuiu a gentileza, despido de malícia. A mulher olhou os outros dois e os convidou para andar, uma vez que ainda estavam bastante distantes de seu barraco.

Ela seguia com João Martins alguns metros separados dos outros dois homens, em passos rápidos, apoiando os pés nas encostas escavadas na forma de degraus. Às vezes descia e ficava atrás do grupo, demonstrando uma destreza física invejável. A subida demorou uns bons vinte minutos, e foi suficiente para cansar a todos, exceto a mulher, que olhava os homens com uma ponta de desprezo, e já recusara sucessivos oferecimentos de ajuda, pois quem oferecia a mão parecia mais digno de socorro que ela. Quando alcançaram o topo da elevação onde morava, a mulher entrou em seu humilde lar, permanecendo por alguns minutos. Ao sair, trazia duas cadeiras de plástico, encardidas de sujeira, que colocou no piso embaixo da sombra de um abacateiro. A mulher se sentou em um tamborete pequeno de madeira que já estava jogado no chão, os dois investigadores se sentaram nas cadeiras e João Martins, nos degraus da porta.

— Essa é Helena, senhores — disse João Martins.

André e Sérgio cumprimentaram Helena com as mãos. Sérgio olhou-a com uma atenção desmedida, a mulher parecia alheia a tudo. Tinha pernas longas com uma musculatura difícil de cultivar, mesmo em academias de ginástica. Não era barriguda, trazendo na face as marcas inexoráveis do sofrimento, do amor e da decepção. Cada uma delas, isso dependendo do ponto de vista, parecia mais marcante que a outra.

— Helena e eu nos conhecemos desde há muito tempo. Ela foi o único amor verdadeiro na vida de um amigo que não imaginei rever, pelo menos até a noite de ontem.

— Quem sabe os segredos do coração de uma mulher? — perguntou Helena.

— Remexi nos esqueletos que guardo no armário, e com a ajuda do telefone que o Poeta retirou de Narciso consegui encontrar teu endereço. Ando sonhando com coisas bem feias, afinal posso estar enlouquecendo, o que vai ser um alívio porque não suportaria uma vida inteira com as lembranças do que fizemos. Eu, Narciso, outros caras — João Martins segurou as mãos calejadas de Helena, que devolveu o gesto de quem busca conforto com um sorriso amistoso e fraterno. — Sempre tratei Helena com respeito, nem avancei nas minhas intenções, exceto para mostrar ser um verdadeiro amigo para Narciso e Helena.

— Narciso? O morto do armazém? — perguntou André Sandoval.

— Fomos parceiros, trinta anos atrás — disse João Martins.

— E vocês dois trabalhavam onde? — perguntou Sérgio Fogaça.

— A gente tinha um grupo, chefiados por um delegado das antigas. Tadros, Raimundo Tadros. Ouviram falar dele?

— Quando minha turma se formou na Academia de Polícia, Tadros foi afastado. Disseram para a gente que ele foi pego desviando verbas que seriam usadas para pagar os instrutores, nada foi provado e ele se aposentou. Meses depois, morreu — respondeu André Sandoval.

— Quando conheci Narciso, eu ainda era jovem, mais bonita que uma artista da televisão. Tadros queria ficar comigo, não como companheira, queria apenas uma puta e não uma mulher. Um dia me cansei das humilhações e aceitei o oferecimento de Narciso para morar junto. No início, éramos amigos, dividindo o espaço, dando amizade e amor um ao outro. Tadros não gostou nada disso, forçou a barra para a gente se deixar, meu Narciso enfrentou o cara, com coragem. Daquele dia em diante, me apaixonei por ele e suportei tudo. Brigamos. Fiz vida na rua e adoeci, ele com pena da minha perseverança me deixou aqui, nesta casa. Às vezes, ele aparecia, jantava, conversava e ia embora. Sei que Narciso mora no Mauazinho em um quarto, solitário. Quando João Martins ligou, ontem à noite, já sabia o que tinha acontecido. Sempre soube que Narciso terminaria assim. Começamos a morar juntos, dessa vez como marido e mulher, nossa casa não era aqui, não, não nada disso. Narciso comprou uma perto do centro da cidade, de dois andares, na saída do bairro da Glória. Na época, construíram uma ponte ligando o bairro ao centro, chamavam de Ponte da Aparecida, posso apostar que o nome de batismo é bem outro. Todo dia, Narciso acordava cedo, comprava o pão na padaria, sempre quentinho, ficava esperando o João Martins buzinar. Foram tempos felizes.

— O que acabou com os tempos felizes? — questionou Sérgio Fogaça.

— Narciso trabalhava em parceria com João Martins, já que eles raramente saíam em três, exceto quando iam trabalhar. João Martins dirigia um belo Opala preto, de duas portas. Mário não ligava para carros, preferia os táxis. Quando havia necessidade de mais gente, Mário Camará acompanhava os dois. O delegado Tadros andava quase sempre com Rodrigo. Ele tinha um apelido, "Café Colômbia", só as tias dele o chamavam de Rodrigo Sosa. Os dois andavam em uma Rural Willys branca e azul.

— E elas? — questionou João Martins.

— Não sei, acho que não estão mais vivas, elas não falavam português e quase não saíam de casa. A vida andava bem, sem problemas. Uma tarde de domingo, sabe, não gosto de tardes de domingo, toda vez choro quando toca aquela música do Roberto Carlos... velhos tempos... velhos dias... A notícia foi que Café e Tadros tinham sofrido um acidente. Os dois mamados de cachaça vindo pela estrada, cheios de cana e droga. A Rural ficou destruída, os dois por milagre, não sei se de Deus ou do Diabo, saíram do meio dos ferros só com arranhões, depois foram para o hospital Getúlio Vargas, pois só existia esse naquela época. Pegaram alta em uma semana, mas ficaram lá para escapar das perguntas. Quando saiu do hospital, Tadros disse para Narciso que ele iria providenciar um carro para andarem. Todos juntos em um único veículo. Narciso perguntou qual? Tadros falou que seria uma surpresa. Demorou mais ou menos um mês, o carro veio de balsa, desembarcando na Ceasa do Mauazinho. Todos estavam lá. Tadros, orgulhoso da compra, exibindo os seus dentes de ouro. Café com as velhas que o criaram, mas isso jamais compreendi. Mário Camará, o João metido em uma beca impecável e o meu Narciso. Acompanhei de longe os caras bebendo, conversando. O Tadros pediu para que Narciso me levasse até eles, disse que ficava feliz por estarmos juntos e coisa e tal. Papo de fuleiro, acho que ele desejava que Narciso morresse, mas nada de mal aconteceu. Diziam que eram feiticeiras, tendo parte com o capeta, apesar de não ver nada de assustador naquelas mulheres feias. Tadros e Rodrigo sumiam com elas. Conheço gente que faz despachos, oferendas aos deuses, aos santos, a sabe-se lá mais a quem, o fato é que não são gente do mal, apenas diferente. Elas eram de outro tipo, pessoas malévolas. A chave do carro foi entregue ao Tadros, mas ele não dirigia e a passou para o João. Foi estranho aquilo, e por mais que o João tentasse o bendito carro não ligava. Que vexame, hein? Receber um carrão daqueles novinho e não saber dirigir.

João Martins torceu os punhos, em uma clara demonstração de raiva interior.

— O que aconteceu? — perguntou Sérgio Fogaça.

— João não era o motorista oficial do grupo? O ás do volante? Quem dera fosse assim, pois o carro não queria ligar de jeito nenhum nas suas mãos. Ele torcia as chaves no miolo da ignição, dava pisadas nos pedais, apertava botões no painel. E nada. Rodrigo ria debochadamente, elas torciam as mãozinhas nervosas, como que avaliando o espetáculo. Tadros balançava a cabeça e os outros não diziam nada, nem Mário Camará nem o meu Narciso. Uma hora depois, o motor pegou, funcionando aos trancos, reclamando das manobras, rangendo todo como se fosse uma lata velha. Entraram nele a patota toda, exceto o Narciso e eu, que ficamos. Ele não gostou do carro, depois no correr dos dias contou coisas estranhas sobre muitos acontecimentos, e vários destes tinham a máquina como protagonista.

— O carro se envolveu em acidentes? Foi visto em paradas erradas? — perguntou Sérgio Fogaça.

— A Veraneio? Meu filho, aquele carro nasceu para fazer maldade. Acho que fabricaram com alguma matéria amaldiçoada, vai saber, não é? João não foi aceito como seu motorista, acho que ela, olha só... dou traços de mulher desde o dia em que a vi na Ceasa. Pode até ser ciúmes, a verdade é que não gostei, e se não tivesse me enrabichado com o Narciso teria namorado com o João, na boa, sempre gostei deste cara. Meu Narciso andou nela junto com os amigos por muito tempo, fizeram trabalhos reprováveis, cada troço feio menino que é de dar pena. Vi um dia uma fotografia estampada nos jornais, de uns pilantras amarrados formando um círculo de mortos, e todos exibiam figas nos dedos das mãos. Parece que as balas da arma falharam, então eles apostaram que se a próxima batesse catolé eles seriam libertados. A última bala disparou. Estas coisas aconteciam nos ramais. Nas noites escuras. Lá os bandidos ferozes conheciam o verdadeiro medo, e viam a face da morte, que tantas vezes faziam outros verem.

— O grupo que andava na Veraneio, Tadros, Café...

— João Martins, Mário Camará e o meu Narciso? Eles mesmos, criança — disse Helena para Sérgio Fogaça. — Formavam um belo esquadrão da morte, queria ver bandido naquele tempo se criar como agora. Nem chegavam aos quinze direito, pois já naquela época eram muitos os pilantras de menor, mas certamente não ficavam maiores.

Helena deu uma gargalhada para o alto, Sérgio Fogaça compreendeu por que a mulher parecia tão alheia ao mundo do desejo carnal, um mundo que parecia cercá-la naturalmente dadas as suas formas elegantes. Aquela mulher conhecera de perto a morte, a corrupção da carne, a violência desmedida. Estava defunta para a vida, já que contemplara o fim com admiração, pois assistira de camarote a muitos dos espetáculos proporcionados pelo trabalho de seu amado Narciso, de João Martins e dos seus diletos amigos.

— Só que existe um segredo — falou Helena.

— Qual? — perguntou curioso André Sandoval.

— Um homem entrou na vida deles e mudou tudo — Helena falou e deu uma piscada para João Martins.

— Quem era esse cara? — perguntou Sérgio Fogaça.

— Um fulano estranho, um tal de José Macário, mas todo mundo conhecia pelo apelido de Zé Biela. Talvez saiba de alguma coisa, esse Zé Biela. Eu só sei que meu Narciso a temia.

— Por quê? — indagou André Sandoval.

— Ele não me contou o que fizeram com ela, um dia desapareceu de nossas vidas, junto com o tal de Zé Biela — Helena assoou o nariz e jogou no chão uma massa esbranquiçada. — Ele sempre me dizia que o carro viria buscá-lo por causa do que fizeram, acho que ela cumpriu sua promessa.

Capítulo 13

Segunda-feira, 14 de junho de 2010

Entre 16h30 e 19h50

I

A maioria dos novos bairros surgidos em Manaus — ou quase todos para ser mais justa tal afirmação — após a virada da penúltima década do século vinte tiveram como embrião uma área tomada de forma ilegal com fins eleitoreiros. Chamavam o resultado dessa atitude de invasão.

Figuras exóticas nascidas no meio destes movimentos ficavam conhecidas na cidade, pois capitaneavam estas tomadas fundiárias esbravejando palavras de ordem, municiadas com o discurso panfletário dos partidos políticos de esquerda ou usando o artifício religioso como justificativa destas posses compulsórias. As autoridades instituídas manifestavam-se ao sabor da contabilidade dos votos que tais práticas geravam, algumas vezes deferindo o pedido de reintegração da posse de uma propriedade assediada, em outras trancando o processo para satisfazer os interesses de poderosos grupos políticos. Depois de um tempo, as comunidades que surgiam nas áreas invadidas se organizavam, barracos se transformavam em residências que se erguiam do dia para a noite e pronto, nascia mais um bairro cheio de eleitores ávidos em votar nos seus salvadores.

O maior problema destes núcleos, que apareciam como chagas no corpo da cidade, era justamente serem tratados como feridas e não como membros funcionais. Passavam anos para verem atendidas suas necessidades básicas, como saúde, educação e saneamento público. Tal demora catalisava o surgimento das colônias de parasitas sociais, nascidos desse abandono. As escolas fechavam as portas com temor de saques e roubos, afastando as crianças do saudável ambiente escolar. Quase não existiam atividades extracurriculares nas que persistiam em se manter funcionando, e os professores, ao se aventurarem nestes bairros isolados, o faziam pela necessidade e não pela vocação sincera ao sacerdócio da educação.

As crianças cresciam sob a sombra da exclusão, e quando o tráfico arregimentava estes soldadinhos para suas fileiras, eles correspondiam solícitos, rindo do perigo de exercerem pelo tempo que sobrevivessem às profissões de avião, olheiro ou boqueiro, muito embora tais traficantes não passassem de soldados para pessoas influentes.

Expostas a tantas e tão diversas influências, estas crianças logo adquiriam um gosto exótico pelo perigo mortal e pelas emoções desbaratadas. O núcleo da família deixava de fazer sentido nestas criaturas despidas de valores morais elementares, e casos de incesto e estupros tornavam-se comuns nos grupos mais violentos, comportamentos proibidos nas culturas tardias e tolerados sem tabu nas periferias.

Nestas comunidades afastadas, formavam-se gangues de crianças, as idades variando dos dez aos treze anos, a maioria deles desnutridos, mas extremamente letais. O Poder Público as chamou de "galeras". Estes grupos de homicidas mirins assolaram com sangue e terror as ruas escuras das primeiras invasões de Manaus. Agiam como milícias guerrilheiras, usando o expediente da intimidação absoluta como mecanismo de controle.

Portavam facas, paus com pregos e pedras, em uma demonstração de chocante primitivismo, mas depois vieram as armas de fogo e o caos. Isso tudo começou nos anos 1980. Os que sobreviveram a essas temporadas no inferno tornaram-se combatentes experimentados numa guerra civil não declarada nas ruas, e em pouco tempo passaram a compor os exércitos particulares dos poderosos que foram surgindo.

Enquanto caminhava pelas ruas asfaltadas, Rodrigo Sosa, que era conhecido em um círculo restrito de pessoas por um apelido que lhe dava satisfação e repulsa ao mesmo tempo, pensava nas coisas que vira surgir destes combates sem honra e em seu apelido.

Neste círculo de malditos, ele foi alcunhado de "Café Colômbia", em uma alusão aos métodos ultrapassados dos traficantes de cocaína. Na verdade, Rodrigo não negociara uma única grama do pó branco dos Andes, o "véu das noivas das montanhas", delírio e sonho em punhados, uma única vez na vida. Achava este adjetivo dos mais belos para enumerar uma das maiores porcarias inventadas pelo homem. Todo mundo acreditava que ele traficava a muamba da Colômbia, conversas baseadas no fato de ser imigrante, mas ele não faria uma coisa destas. Poderia roubar e matar, por paga ou prazer, traficar seria aceitar uma atitude desprezível.

Traficar e viciar eram atividades perigosas e marcadas pela desonra. Preferia escravizar outras pessoas. Viciá-las era baixo demais. Ele estava quase na casa dos sessenta anos, com uma saúde invejável, graças aos hábitos saudáveis e às suas tias, que cuidaram dele com amor e ternura desde o dia em que chegara a Manaus. Nos primeiros anos, elas trabalhavam em uma mansão pertencente a um juiz aposentado e trataram de arranjar os papéis para que se tornasse cidadão brasileiro. Aos dezoito anos, passou a frequentar o Colégio Estadual, o mais respeitado da época. Isso no início dos anos 1970.

Jovem Guarda, música alegre, álcool, drogas, sexo sem camisinha, liberdade. Rodrigo se lembrava desses prazeres inocentes, que ele e os outros componentes de sua turma, como diziam naqueles tempos, consideravam importantes cultivar. Sair aos sábados, zoar pelas ruas desertas na madrugada, tomar banhos nas praias de Manaus e de seu entorno e nos igarapés límpidos do Tarumã e da Ponte da Bolívia. Lugares bucólicos de beleza única. Já existiam a pobreza e a degradação, embora os níveis destas poder-se-ia dizer bastante controláveis e palatáveis.

A Zona Franca pulsava, transformando a cidade em uma velocidade alucinante, de pacata a uma superpovoada e violenta metrópole. Grupos de migrantes, fossem internos do estado, vindos dos municípios empobrecidos ou de outras unidades da federação, principalmente estados do Nordeste brasileiro, enchiam-na de pessoas sem nenhuma perspectiva, e embora não alçassem nada material careciam muito mais de matéria espiritual. Elas foram alojadas nos bairros periféricos ao centro da cidade, formando os horríveis aglomerados de casas e ruas sem traçado racional nem servidas por infraestrutura urbana. Acompanhando este fluxo de gente, serviços especializados foram surgindo, pois a demanda demoraria a ser suprida.

O promissor mercado do sexo pago foi o que mais vicejou neste período. Manaus das mil putas, como estampavam as revistas e jornais do Sul e

Sudeste do país. Depois foram os entorpecentes, de todo tipo, alucinando, destruindo, matando a claudicante sanidade dos miseráveis. Pessoas poderosas manipulavam os índices de violência, com seus tentáculos cravados nos níveis hierárquicos do Estado estabelecido. O contrabando, o roubo e todas as outras modalidades de crime alcançando níveis inimagináveis, servindo aos propósitos sombrios de homens sem alma e sem coração.

No Colégio Estadual, cujo nome oficial era Colégio Estadual Dom Pedro II, Rodrigo conheceu um sujeito de quem se tornaria amigo, mesmo com as evidentes diferenças entre eles. O nome deste amigo, conhecido pela truculência e pelos modos extremos de violência, era Raimundo Tadros. Sempre que saíam juntos, nas horas em que a conversa entre os dois demorava a fluir, quando nem o sexo oposto, os esportes ou a política preenchiam a lacuna dos assuntos abordados, sempre um tema se sobressaía aos demais. O predileto de Raimundo: a vida e os segredos da Polícia. Em particular a Polícia Judiciária Estadual, ou simplesmente Polícia Civil.

Cada estado da federação possuía sua própria Polícia Civil e as investigações sobre os crimes estavam a cargo desta instituição. Raimundo falava que um dia pertenceria a ela e seria delegado, um cargo público já exercido pelo tio dele, convivência que o tornou fascinado pelo poder.

Veio o momento do vestibular logo que terminaram o último ano do secundário, e por exigência social, Raimundo teve de se esforçar para ser aprovado na única instituição de ensino superior pública do Amazonas. Com muita dificuldade, seu nome, enfim, para o alívio da família, foi dito pelo rádio ao divulgarem as listas dos aprovados. Raimundo cursou Direito na Universidade Federal do Amazonas durante seis anos, no sétimo fez concurso para Delegado de Carreira, sendo aprovado. Sentou-se na cadeira de Delegado de Polícia Civil em março de 1978. Fazia cinco anos que ele não falava com Rodrigo Sosa.

O reencontro foi casual e deu-se em um boteco, no bairro de Aparecida, situado no centro da cidade de Manaus. Rodrigo tinha descido de um ônibus que servia como transporte para os trabalhadores de uma das fábricas do Distrito Industrial, popularmente chamado de Zona Franca. A verdade era que nada tinham a ver os processos de produção com as vendas dos produtos com descontos fiscais. O público em geral permanecia alheio às peculiaridades do projeto original que implementou a instalação das fábricas de eletroeletrônicos e motocicletas no coração da Floresta Amazônica. Essas fábricas pagavam salários miseráveis aos trabalhadores, sugando toda a força destas pessoas.

Rodrigo Sosa tinha vinte e seis anos e nada mais, para barganhar uma ocupação que lhe rendesse alguns trocados de renda, fora uma ou duas especialidades pouco gloriosas para constar em um currículo de emprego. Sabia como aplicar pequenos golpes em jovens solitárias e coroas ardentes, vender produtos suspeitos com uma eficiência rara e ludibriar turistas faunos com remédios milagrosos. Naquele dia, foi um sábado, e Rodrigo tomava cerveja em uma das mesas quando várias viaturas da polícia militar, que eram na época Fuscas 1600 pintados de preto e branco acompanhados de uma Ford Rural com a insígnia da Polícia Civil do Amazonas, estacionaram na rua. Os policiais desceram dos carros, passando a conferir as identidades de cada um dos frequentadores, fossem os que estavam na calçada ou os que como Rodrigo Sosa se sentavam nas mesas do salão dentro do boteco.

Ele nada temia, já que os golpes que aplicava serem a grande maioria capitulada no código penal como contravenções, sua convicção era de que não praticava violência, portanto, não havia por que temer os rigores da lei.

Uma dupla de fardados começou a interpelar três homens sentados na mesa anterior à de Rodrigo, mais perto da saída do salão. As perguntas ficavam entre o trivial e o específico, e logo Rodrigo começou a notar que as buscas se concentravam em torno de pessoas que participaram de um violento crime, mas não sabia a qual crime se referiam. Com displicência, voltou a cabeça para a direção da dupla que inquiria os três homens sentados, passando a observar o desenrolar da ação.

Pareciam sujeitos comuns, isso apenas em uma primeira olhada, com mais cuidado a imagem de neutralidade que queriam transmitir logo vinha abaixo, como um castelo de cartas. O maior deles possuía quase os dois metros de altura, carregava uma bolsa cuja alça passava no ombro, mas que repousava em suas pernas e para onde olhava continuamente. O que se sentava à esquerda mexia as mãos de maneira nervosa, descendo os olhos para a própria cintura, e sua expressão facial apenas sorria despreocupação apesar de as profundas linhas do rosto denunciarem aflição.

O mais baixo era quem entabulava a conversa com os milicos. Ele falava, olhando para a saída do salão. A atitude repetitiva foi intrigando Rodrigo, assim como uma espécie de mórbida lembrança que assaltou sua visão.

Teria sido uma premonição?

Ele não saberia dizer, decerto das outras vezes em que aconteceu tal evento sempre assistiu ao portador das energias negativas se manifestar. Ele se levantou de um pulo, assustando os dois policiais, que o olharam de forma inquiridora. Rodrigo acenou com as mãos, dizendo que ia ao banheiro, depois saiu cambaleando para a entrada do mictório. Fora do boteco, um par de olhos o acompanhou levantar-se aos tropeções parecendo alcoolizado, e a cada passo dado em direção ao banheiro sempre olhava para os que estavam sentados na mesa e a patrulha com quem conversavam. O dono dos olhos observadores entrou no salão do boteco, passando direto para o banheiro, onde encontrou Rodrigo lavando o rosto, jogando nas faces água com as mãos em forma de cuia. Suava por cada poro do corpo e mirava a face avermelhada no espelho quebrado do banheiro. Ele olhou para Rodrigo e esboçou um sorriso sem graça. Não era outro senão Tadros, Raimundo Tadros em pessoa, seu amigo da época de escola.

— Quando te vi aqui, quase não acreditei — disse o delegado Tadros.

— Delegado de Polícia, quem diria — respondeu Rodrigo, incerto em saber se agia correto na presença de uma autoridade.

— Agora sei de algumas coisas, Rodrigo, mas com você quero saber de tudo.

— Saber tudo é bem difícil, tu não achas?

— Tenho meios para conseguir.

As pernas de Rodrigo bambolearam de repente, sua visão rodopiou, quase desmaiando no chão frio. Ele já sentira algo semelhante, mas as irmãs nada contavam para explicar os surtos. Elas o fizeram procurar médicos, se bem parecesse que soubessem a causa desses transtornos, até o juiz foi avisado, mas pareceu que não temia doença da cabeça. No resultado dos exames, nenhuma falha dos seus sistemas foi detectada. Era um homem saudável. Quando criança, Rodrigo Sosa imaginava que pudesse ver uma realidade que poucos viam, um mundo onde habitavam criaturas da luz e da escuridão. Cresceu assombrado por essas visões, com o tempo seu coração foi endurecendo e o medo de repente desapareceu de sua vida.

Suas tias bruxas lhe davam beberagens em garrafas de vidro azul ou verde, em dias da semana e em horas nestes dias, cercado de rituais onde as línguas se misturavam em uma só algaravia de sons indecifráveis.

Aquilo não poderiam ser prescrições médicas.

As palavras usadas por elas misturavam o castelhano dos Andes, o português parecido com o falado pelos negros nos terreiros de macumba e quimbanda e palavras que pareciam ser ditas por um disco arranhando uma superfície de metal. Apenas essas palavras causavam irritação em Rodrigo, ele coçava o ouvido com o estômago revirado pela beberagem, as irmãs cantavam e gesticulavam olhando para os cantos escurecidos e para o poente. Aquelas eram atitudes que temia perguntar o significado. As velhas tratavam-no como um príncipe, portanto não seriam coisas más as expressões de fé mesmo que estranhas e ocultas em seus misteriosos significados.

— Aqueles três lá fora? — perguntou Tadros. — O que lhe parece?

— Não sei Tadros, ou Doutor...

— Esquece isso de Doutor, somos amigos, Rodrigo. Agora me fala: gente ruim?

— Gente ruim? Como vou saber?

— Lembra-se do Estadual? Lembra quando tu sabias onde marcar o x só de olhar o papel da prova? Vamos lá Rodrigo, teu segredo sempre foi bem guardado por mim, o que tu sentiste?

Rodrigo Sosa olhou para a face do homem e reconheceu que sempre desconfiou que Tadros soubesse daquela particularidade. Fosse um dom divino ou ingrata maldição, Rodrigo não saberia dizer, decerto o que vinha daqueles homens não poderia ser nada de saudável.

— Fiquei zonzo quando começaram a perguntar algumas coisas sobre um crime. Que crime foi esse?

— Encontraram uma família inteira chacinada, dentro do casarão em que moravam no Parque Municipal — disse o delegado Tadros. — Pai, esposa, dois filhos e a empregada. O pessoal da técnica acha que foram torturados e depois mortos. Os vizinhos não notaram nada de anormal, pois é pessoal de fora, com minguados amigos na cidade. Todos eles, os adultos e as crianças, foram estuprados muitas vezes, cortaram os membros e decapitaram. As cabeças estocaram no freezer. Por que fizeram aquilo? Não saberia dizer, o fato é que quem fez não pode ser perdoado, mas preciso saber a verdade. Foram eles?

— Não poderia dar uma resposta precisa, Tadros, afinal eles não são uma lauda para marcar x nos espaços em branco.

— Fale com eles. Sinta a mentira que sai das suas bocas, de repente são apenas vagabundos, tão culpados quanto os que fizeram aquilo, mas não os nossos culpados. Tudo certo com você?

— Vou tentar. Tu sabes bem que são as tias as boas nisso, eu apenas iniciei o processo, interrompi por um tempo e ainda falta muito para conseguir ver e ouvir alguma coisa que não sombras e gemidos. Se fosse fácil já estaria rico, meu amigo — respondeu Rodrigo.

No salão do boteco, aguardavam os três homens sentados e os policiais, sete ao total, esperando as ordens do delegado. Nenhum deles tinha a menor ideia do que fazia ali, o sentido da previsão já se mostrara eficiente para mais de uma vez na carreira do delegado Raimundo Tadros e sua intuição parecia mais um truque de mágica do que apenas uma das qualidades da percepção humana.

O amigo do delegado postou-se defronte à mesa onde os três homens suspeitos permaneciam sentados. Um clima de conflito iminente tomava conta do ambiente, tornando o ar pesado. Apesar de as viaturas lançarem fachos vermelhos devido às luzes giroflex ligadas, poucos transeuntes assistiam à cena desenrolar. Rodrigo Sosa pôs a mão correspondente na têmpora direita, como se massageasse uma dor profunda.

— Como é que é, prezado? — perguntou o mais alto dos homens sentados.

Rodrigo apenas olhava para os homens, com os olhos semicerrados, meio suarento. Tadros começou a manipular a arma que trazia, uma pistola 9mm que um soldado da Base Aérea tinha lhe vendido, e com um sinal da cabeça indicou aos guardas que deveriam fechar as portas do boteco. Aconteceu rápido e de certa forma foi uma ação limpa. O primeiro a tentar escapar levou três disparos da 9mm no peito e o corpo caiu inerte no chão. O gigante que carregava a bolsa levantou os braços enquanto o baixinho sacou um revólver e disparou a queima-roupa em Rodrigo. A bala passou entre seu braço e o tórax, estourando uma garrafa posta atrás dele. Um dos guardas se aproximou e, encostando o cano do revólver .38 na cabeça desse, disparou, fazendo uma massa esbranquiçada formar uma pequena nuvem de fragmentos, sendo que alguns deles foram parar na face de Rodrigo, que passou as costas da mão para retirá-las.

O delegado olhou para os guardas, como se um comando tivesse sido previamente combinado, armas antigas e enferrujadas surgiram nas mãos dos mortos e as deles, que eram novas, foram guardadas. O gigante que carregava a bolsa foi levado para os fundos do boteco. Tadros arrastou Rodrigo para fora do bar.

— Vamos dar uma volta — disse Tadros.

— Aguardamos aqui, doutor? — perguntou um dos policiais.

— Por favor, esse crime interessa ao próprio governador, mas não se preocupem, todos vão ficar bem nessa fita — completou Tadros.

Ele levava preso o homem com a bolsa e dois outros ajudavam Rodrigo, que cambaleava parecendo embriagado, segurando-o pelos braços. Um carro aguardava Tadros, que entrou no Opala preto SS duas portas, que já trazia dentro três pessoas, que Rodrigo conheceu naquela noite. O motorista chamado João Martins Cebalo, garotão ainda, outro magro com os cabelos pretos e encaracolados chamado Mário Camará, ao lado dele um tipo calado que horas depois Rodrigo descobriu que respondia pelo nome de Narciso Cárceres. O bandido algemado foi jogado no porta-malas do Opala. Rumaram para a região do Igarapé do Tarumã, na extremidade oeste da cidade de Manaus.

O carro sacolejava, já que essa estrada misturava trechos de asfalto desgastado e piçarra. Na época, não havia como chegar por outras vias, exceto a Estrada da Ponta Negra, em condições de tráfego bastante degradadas e a Avenida Torquato Tapajós, que começava nas margens da cidade e se estendia até o trecho rodoviário da AM-010. O entroncamento da Torquato Tapajós com o acesso ao aeroporto Eduardo Gomes permitia um caminho à Estrada do Tarumã.

Na extremidade oeste de Manaus, recém repovoada naquele período de sua história, existiam bolsões de floresta nativa intocada. Animais selvagens habitavam as matas e nos baixios da floresta os córregos e igarapés corriam livres e formavam terríveis aningais, lar de jacarés, cobras e felinos que lá caçavam suas presas.

Nos primeiros anos da repressão aos grupos armados de anarquistas e terroristas, o Governo Federal e as tropas regulares usavam alguns destes lugares para eliminar os desafetos do regime militar, pessoas que não entraram para nenhuma lista de desaparecidos. Os acampamentos usados pelos militares estavam desativados. Tadros conhecia os locais, pois alguns dos seus tios que foram militares de carreira do exército brasileiro já o tinham levado para assistir às barbáries praticadas contra os opositores do regime, que eles defendiam cegamente, por motivos nem de todo altruístas, sendo alguns bastante obscuros. Tadros lembrava que sua idade não era maior que dezessete anos, e os horrores aos quais assistiu moldaram sua conduta pelo resto da vida. E nem toda a má influência dos tios poderia explicar a frieza no espírito daquele rapaz.

Seus olhos juvenis viram muitos morrerem.

Jovens belas, de várias raças, conhecerem o fim da forma mais inumana, pois dentre os que lutaram pela causa da liberdade podiam se encontrar desde os endinheirados aos esquecidos, e não importava sua cor e nem o sexo. Nestes acampamentos se operavam campos da morte e o ofício de matar assumia neles ares de nobre arte. Os "poços de piranhas", pequenas piscinas onde uma quantidade grande do peixe carnívoro era criada. Penduravam-nos nas traves e os mergulhavam nas águas da piscina, depois se ouvia os gritos desesperados até sobrarem apenas ossos e tendões presos aos retalhos das roupas ensanguentadas, e a morte vinha entre muita dor e agonia. Assistiu impaciente os horrores das "ilhas", que eram pedaços de terra em meio aos lagos onde jacarés espreitavam o desespero destes desafortunados que olhavam temerosos as silhuetas verdes passeando pelas águas, rodeando essas ilhas. Com o sol e a fome, vez ou outra uma das pessoas caía na água escura. Os jacarés pegavam os corpos com as mandíbulas, sumindo para os aningais, de onde vinham gritos lancinantes, acompanhados das risadas sardônicas dos expectadores, as quais contrastavam com tudo aquilo dando ares de loucura ao espetáculo de sangue.

Observou muitas outras formas de matar, imaginando um dia fazer coisa semelhante. Embora não fosse bom, ao assistir tanta maldade refletiu que a morte era mais objetiva que o próprio horror de a enfrentar. Portanto, se fosse matar, deveria também procurar ser o mais objetivo possível, ainda que pudesse ser bastante agradável o ofício de carrasco.

O Opala SS seguiu por uma ponte de concreto, pequena e estreita, que separava o igarapé do Tarumã e as corredeiras. Rodrigo andou por ali quando era mais jovem, acompanhado por Tadros. Lembrou-se dos jornais com as notícias de desovas, locução usada para designar o abandono dos cadáveres de pessoas executadas por sabe-se lá quem e por quais insondáveis motivos, e a partir desse ponto não conseguia raciocinar o que aconteceria em diante.

Os homens ao seu lado nada falavam e o algemado no porta-malas batia com os pés na fuselagem do veículo. Ele gritava uma sucessão de palavras, nenhuma parecia sensibilizar os homens dentro do carro. Após vinte minutos, o carro preto enveredou por uma trilha estreita, com a vegetação raspando o teto e as laterais do Opala. Os faróis iluminavam a escuridão e a umidade foi embaçando os vidros do carro.

— Pode parar aqui, João — ordenou o Delegado Tadros.

O motorista manobrou no espaço exíguo da trilha e apontou a frente do carro para a saída, depois de inúmeros acertos com a direção usando esterço e contraesterço. Todos desceram do Opala e sem demora tiraram o prisioneiro do porta-malas. Ele estava suado, mijado e algo mais já que a catinga fétida denunciava seu medo absoluto. Os olhos esbugalhados piscavam frenéticos quando as gotas cristalinas de seu próprio suor caíam nas suas órbitas delirantes. Com calma estudada, Mario Camará postou o homem trêmulo perante o grupo.

Rodrigo presumiu que assistiria a uma execução do famoso esquadrão da morte, horror dos bandidos que infestavam as periferias da cidade de Manaus. Ficou surpreso, uma vez que não imaginara seu amigo chefiando aquelas pessoas, mas refletindo começou a ponderar o porquê de tanta demora, já que o delegado executara um homem sem nenhuma clemência na frente de inúmeras testemunhas.

Tadros ficou remexendo no banco traseiro do carro, de lá trouxe um saco de lona preto, com ferramentas metálicas que tilintavam umas contra as outras. Tadros passou pelo grupo e depositou o saco preto no chão. Iluminado pelos faróis do Opala, começou a manipular as ferramentas que possuíam formas estranhas. Ele acionava os mecanismos que estalavam como se fossem bocas famintas. Mandou que trouxessem o preso para a frente do carro.

— O camarada aqui, Rodrigo — Tadros apontou para o chão, onde agora de joelhos, iluminado pelos faróis do Opala, o prisioneiro se contorcia. — Foi ele quem estuprou até a morte a menina Janaína. Sabe como sei disso, Rodrigo? Olha só a bolsa que ele segurava com tanto cuidado. Olha dentro e me fala o que você vê.

Tadros jogou uma bolsa para Rodrigo, que a apanhou meio desajeitado. Rodrigo olhou os outros participantes daquele auto de horror, e sem titubear abriu o fecho da bolsa. Nada vendo em um primeiro momento, teve de incliná-la para observar melhor o conteúdo, ajudado pela luz lançada dos faróis. Notou desta vez uma boneca, com os cabelos amarelos segurando um pequeno objeto, que depois Rodrigo identificou como um espelho falso. O corpo da boneca apresentava manchas escuras, o vestido de renda vermelha e azul apenas com respingos de alguma substância. Rodrigo olhou para Tadros, que lhe estendeu uma fotografia.

— Foi tirada em um jantar de família, um ano atrás. A menina aparece aos pés da mulher de chapéu, chamada Heloísa.

— Heloísa.

— É a mãe dela. O pai é o de bengala, chamado de Aurélio, um ricaço de uma família dos tempos da borracha. Olha o que a menina tem nas mãos.

Rodrigo aproximou a fotografia dos olhos cansados. O papel da fotografia era de ótima qualidade, sem apresentar deformações nem ranhuras nas imagens. As luzes balanceadas permitiam uma nitidez impressionante para que sem esforço Rodrigo identificasse a boneca que a menina da fotografia carregava nas mãos como um modelo semelhante ao que estava na bolsa.

— Parecem iguais, no entanto, pode ser apenas uma coincidência — falou Rodrigo.

— Olhe com mais cuidado — disse Tadros.

Rodrigo demorou os olhos sobre a fotografia, passando a procurar um elemento particular, que diferenciasse aquela boneca de outras, no entanto nada se mostrava digno de nota. Os olhos de Rodrigo iam da boneca aos outros elementos da fotografia, buscando o detalhe que lhe daria uma resposta. Nenhum detalhe satisfazia suas dúvidas quando por acaso notou a menina que a segurava. Apesar de ser uma fotografia feita em preto e branco, os matizes e os semitons deixavam as imagens bastante nítidas. E Rodrigo pôde perceber que as roupas da menina e da boneca eram iguais. Uma certeza feroz assaltou Rodrigo, que olhou para o cativo com os olhos firmes. Tadros passou a Rodrigo um espelho de maquiagem, com cabo ornado com madrepérolas da cor rosa. O objeto tinha pertencido à menina e as mãos de Tadros giraram o espelho para que Rodrigo visse as costas do vidro. Duas grandes letras cursivas foram gravadas ali, um J e um Q, iniciais de Janaína Queiroz. A boneca trazia também um pequeno espelho, que também trazia impresso as mesmas iniciais do original.

O prisioneiro gemeu e nesse tempo Rodrigo se afastou, enquanto Tadros manipulava algumas das estranhas engenhocas que estavam no encerado. O que se passou não foi rápido, e os gritos duraram a noite toda. De alguma forma, ele foi estendido no chão, amarrado e sem as calças, com os joelhos presos no chão. Ele ficou em uma posição ridícula, oferecendo uma vista disforme de suas intimidades. Corcoveava, embora não adiantasse muito, pois estava atado com firmeza. Durante horas e horas, ele foi torturado das mais horrendas maneiras, seviciado e torturado outra vez. Quando o dia já se mostrava com os primeiros raios do amanhecer, Tadros ordenou que fosse enrolado em uma grande lona impermeável azul e posto no porta-malas do Opala. Saíram todos da trilha estreita e, alguns quilômetros depois, o prisioneiro foi retirado do porta-malas e depositado na terra nua. O corpo ensanguentado e exalando o cheiro fétido das excreções humanas se debatia em agonia, formando figuras fantasmagóricas no tecido impermeável. Cada um dos homens apanhou uma arma, fosse pistola, revólver ou uma carabina calibre 12, e obedecendo a um comando de Tadros dispararam três vezes no corpo ensacado. Rodrigo não atirou, dessa vez, mas no futuro seria ele um dos mais cruéis na arte de matar.

O silêncio foi quebrado por uma ave madrugadora, que piou três vezes, após o que se calou. Algumas cápsulas das balas foram recolhidas, o grupo foi embora deixando no chão mais uma desova.

II

Foi desta maneira que Rodrigo Sosa passou a pertencer ao esquadrão da morte chefiado pelo delegado Raimundo Tadros. Cada um dos homens foi ficando em um lugar, por último, restaram João Martins, que era o motorista do Opala, Rodrigo Sosa e o delegado. O motorista esperava que lhe fosse indicasse um lugar para ir, desta vez a ordem foi apenas deixá-los, ele e Rodrigo Sosa, em uma birosca afastada na Ceasa de Manaus.

Todas as grandes cidades brasileiras possuíam sua sede da Ceasa — Central de Abastecimento. Essas instalações consistiam em um entreposto de venda especializado em produtos alimentícios, com preços subsidiados pelo Estado para que as margens de lucro se mantivessem altas, o que estimulava a produção em larga escala dos alimentos mesmo por produtores familiares. A Ceasa de Manaus ficava às margens do Rio Negro, próxima geograficamente ao encontro das águas, em um bairro afastado chamado de Mauazinho. Ruas largas e asfaltadas foram construídas para escoar parte da produção do Distrito Industrial para os portos privados à beira do Rio Negro, e para dar acesso livre a própria Ceasa.

Os galpões eram enormes, permanecendo fechados quando o horário de negócios encerrava. Uma fauna própria de pessoas habitava ao largo desses galpões usados para estocar os víveres que vinham do Sul e Sudeste do país. Compunha esse caldo de gente carregadores, vendedores, prostitutas que se vendiam por qualquer tostão, frescos marginalizados pelo preconceito, gatunos atrás de uma oportunidade de negócio escuso e criminoso, ladrões, viciados, traficantes e muitos outros enjeitados que viviam no tecido da sociedade como larvas parasitas. Ninguém decente frequentava os arredores do entreposto depois das dezoito horas, e um estado de brutalidade se instaurava entre os seus habitantes, onde se matava e morria sem que as autoridades soubessem ou sequer ligassem para fatos medonhos. Existiam bares de madeira apodrecida, suspensos por pernas altas que sempre estavam lotados de notívagos, onde aconteciam as mais horripilantes histórias de medo e violência.

Foi em um destes bares que Rodrigo Sosa soube fatos pavorosos sobre as suas parentas. Tadros pediu uma garrafa de uísque e dois copos. Quando a garrafa chegou, o delegado encheu os copos, dando um para Rodrigo, que olhou para Tadros e entornou de uma vez o líquido amarelo moscado. Um fogo lhe tomou as entranhas, e por alguns minutos sua mente clareou como se estivesse acordando de um pesadelo noturno.

— Não fique invocado — disse Tadros. — A primeira execução é sempre a pior, depois a gente se acostuma. O homem é bicho dos mais adaptáveis, então logo tu te adaptas e nem pedi que atirasse.

— Adaptar? Com aquilo?

— É preciso estômago para viver, Rodrigo, conversei com tuas tias e elas disseram que ainda temes, disseram que é medo besta, pois elas já cuidaram de tudo — disse Tadros, dando outro gole longo no copo de uísque.

— Minhas tias?

— É por isso que viemos para cá, para a gente conversar.

— O que elas disseram?

— Muitos segredos.

— Não sabia que vocês se conheciam. Já faz quase oito anos que a gente não mantém contato permanente e se vê às vezes, e mesmo neste tempo elas não mencionaram teu nome.

— Eu as conheci por causa do juiz Hernandes. Meus pais tratavam de negócios com ele. Foi pedido para que não contássemos nada. Quando o juiz morreu, a casa continuou sendo administrada por um fundo criado para não deixar o imóvel deteriorar. Nesse tempo, elas começaram a servir outros amos. Quando era garoto, não podia participar de certas reuniões que aconteciam em casas de amigos e nas propriedades na zona rural de Manaus. Depois que completei dezoito anos, as coisas mudaram, foi nessa época que participei da primeira reunião. Minha mãe preparou minha roupa, toda de linho branco, quando chegou a hora fomos até a casa de um conhecido nosso, na Vila Municipal. A casa era enorme. Quando chegamos, comecei a ver fatos que fugiam muito da realidade com a qual estava acostumado. Muitos dos meus amigos estavam lá, vestidos de roupas berrantes, com garotas seminuas servindo bebidas. Esse pessoal agia de maneira estranha. Pensei em drogas, descartei essa hipótese em seguida. Riam, demonstrando uma percepção no limiar da sanidade, e seria improvável associar qualquer comportamento presente nas mesas com outros na esfera da normalidade. Muito aconteceu naquela noite e na madrugada, quando as vi compreendi que nada sabia sobre o mundo no qual vivia. Logo me explicaram que aquelas excentricidades eram bruxaria, mágica poderosa para manter saciados os deuses da luxúria, do poder e do dinheiro.

— E o que elas faziam?

— Verônica e Severina encabeçavam um grupo que se ocupava de todo tipo de magia, fosse boa ou má. Elas possuíam o dom da clarividência e das adivinhações, isso eu vi e posso testemunhar prodígios, mas falaremos disto em outra ocasião. Descobri que pertenciam a uma longa linhagem de bruxas andinas, estas as mais poderosas do mundo, mas não me pergunte por que dessa afirmação. Invocavam deuses e demônios, que projetavam sombras nas paredes, pontos escuros de onde emanava frio cortante como gelo e de onde sempre saía um fedor de cemitério. Duas vezes ouvi o rosnado demoníaco de um cachorro do inferno, Bhargast, mas não pude vê-lo. Para minha sorte, descobri depois. Elas me banharam e me fizeram beber o líquido de uma garrafa verde, ruim como as águas de esgoto. Disseram que meu coração era negro e que muitos poderiam querer me levar para sempre. Uma vez vi a sombra de um Deles e quando me virei enxerguei de relance três olhos desaparecendo em meio às sombras da sala. Elas perguntaram se poderia te encontrar, agora que a gente está junto podemos fazer coisas juntos. Eu, tu e as tias.

— Não as vi mais.

— Elas perguntam por você, Rodrigo. Podemos ganhar muito. Para isso acontecer, é preciso fé.

— Os outros sabem disso? Dessa magia e da bruxaria?

— Tenho dado garrafadas para eles. Nem todos os olhos podem ver as sombras do mundo. Preciso deles para certos trabalhos, mas nós vamos trilhar veredas diferentes. Sozinhos. Caminhos que levam ao poder, meu amigo, mas que não são para todos os pés andarem, trilhas perigosas demais.

Rodrigo Sosa olhou para Tadros como se a imagem do homem a sua frente fosse uma miragem. Ele tremeluzia, quase se confundindo com as luzes do amanhecer que entravam no interior do bar pelas frestas nas paredes. Sua vida até aquele ponto poderia ser reduzida em poucas laudas, com a idade que possuía as chances de viver intensamente se viam reduzidas.

A quais segredos seria apresentado?

Rodrigo não poderia sequer imaginar. Com a morte estampada nos olhos, a vida em si perdia o brilho. Nesse caso, a morte era a realidade absoluta. Rodrigo apertou as mãos de Tadros. Quando se reuniram pela segunda vez, apelidaram Rodrigo de "Sosa Café Colômbia" entre risos e tiros de batismo. Naquela noite, sequestraram um casal de namorados que faziam amor nas pedras da praia da Ponta Negra. O ritual de morte e sangue durou três dias, os corpos dos jovens foram abertos e enchidos de pedras para afundarem no canal mais profundo do Rio Negro, desaparecendo para sempre.

Raimundo Tadros e "Café Colômbia" saíam juntos para lugares desconhecidos do grupo. Nestas ocasiões, usavam uma caminhonete Rural, que Rodrigo dirigia, voltando dias depois, com o aspecto cansado. Todos sabiam que os dois e as velhas praticavam uma espécie de magia negra, mas nenhum deles supunha que ritos realizavam e para quais fins era usada.

Depois de tantos rituais profanos, soube que um dia seria punido por tanta tortura, podridão e perversão. Quisera não ter feito nada daquilo, as imagens de todas aquelas perversões mantinham-se vivas nas suas recordações, queimando sua alma ou o que restava dela. Tudo feito para culminar em um momento. E esse momento chegou. Na tarde de um dia quando certo carro, após viajar quatro semanas no convés de uma balsa cargueiro, foi desembarcado. Tratava-se de um carro enviado a pedido de Raimundo Tadros, para servir de viatura ao seu grupo. Uma viatura vinda do Rio de Janeiro, nova em folha.

Foram anos de fúria assassina, nas fronteiras do inferno com a Terra. E cada morte podia ser lembrada por Rodrigo Sosa, pois as beberagens o protegiam da magia poderosa lançada pelas acelerações daquele motor amaldiçoado. Eles passaram pelos anos após o final daquela máquina perfeitamente conscientes das atrocidades que tinham cometido. Rodrigo lembrava o grande buraco aberto no chão do depósito de um amigo de Tadros. Conheciam-no como "Juiz", embora todos soubessem seu nome.

As pás das escavadeiras retirando nacos de terra, cavando e cavando, onde foi surgindo um buraco com uma profundidade surreal, por causa das sombras criadas pelo sol. O buraco parecia uma miragem etérea, como se fosse uma singularidade negra em meio à claridade ofensiva. Quando a profundidade alcançou um ponto de equilíbrio entre o desejo de Tadros, que gritava mais fundo, mais fundo, e as possibilidades das escavadeiras, o trabalho foi interrompido. Um guindaste pousou sua garra metálica acima da Veraneio, construindo um estranho desenho, todo feito de sombras, na lataria do carro. Trabalhadores prenderam-na com cintas de aço e a ergueram, para depositarem-na nas profundezas da terra para sempre. A terra revolvida posta em seu lugar, batida e selada para jamais ser mexida outra vez.

O delegado olhava os rostos meio cadavéricos, apáticos, dos homens parados na borda do buraco fechado. Uma poderosa força encerrava seu domínio, ele podia sentir na planta dos pés mesmo calçados choques de eletricidade que percorriam o solo. Aquele lugar estava manchado, terra doente para sempre, com uma carcaça contaminando com veneno suficiente para matar por muito tempo quem se movesse em sua direção. Depois ficou se perguntando se teria sido aquele depósito o local mais adequado para enterrar o Carro da Morte.

Cercado pelos cadáveres de metal de um mundo desconhecido. Ele e Rodrigo Sosa ficaram observando o grupo debandar, cada qual para seu lado, meio perdidos. E sabia que nada seria como antes. O esquadrão estava desfeito. Os únicos que manteriam a sanidade seriam ele e Rodrigo Sosa, já que não tinham sofrido os efeitos hipnóticos da criatura ou sabe-se lá o que fosse a Veraneio. Quando elas invocaram a força primordial na pedreira, ele tinha sentido a presença física de uma energia impossível de ser descrita. O efeito mais evidente e fácil de ver foi uma sombra projetada no paredão rochoso. Uma mancha disforme que pousou como que vinda de algum ponto desconhecido, com arestas e projeções capazes de provocar as mais medonhas associações. Essa projeção como que flutuou, e depois apenas se ouviu o som que mais tarde materializou-se em forma de borracha, metal, vidro e gasolina. A carne e os músculos inorgânicos de um monstro.

Eles fizeram coisas terríveis sempre acompanhados por aquele carro, indo cada vez mais longe na vereda da maldade. Todos alucinados pela violência, que assumia proporções diferentes para cada um deles. Atropelavam casais com um sadismo raro numa virtuose de sangue, carne e ossos. Atiravam em pessoas anônimas que caminhavam pelas ruas, sequestravam e matavam qualquer um nas noites de horror. O medo os alimentava e aquele carro inspirava cada um deles a alcançar níveis de escuridão proibidos de serem sonhados pela humanidade. Porém, pensava Rodrigo, apenas ele e Tadros conheciam parte da verdade, vivenciando cada uma das atrocidades cometida, ouvindo cada grito, cada lamento. Eram como sacerdotes, alimentando com oferendas uma deusa insaciável.

Agora, enquanto andava pelas ruas em direção ao seu carro, Rodrigo refletia sobre os últimos dias.

Fazia tempos que andava solitário, pois também se afastara de Tadros. O homem mergulhara na loucura, buscando exóticas maneiras de satisfazer seus impulsos homicidas, depois da Veraneio e de sua força imortal. Rodrigo Sosa não mais quis a presença de Tadros em sua vida, que não foi preso por pertencer a uma das famílias tradicionais da cidade, mas se continuasse seu final seria trágico.

A morte das tias findou um ciclo, e foi como se uma parte ruim de sua vida tivesse sido extirpada. Restando apenas uma cicatriz incurável. Não se imaginava inocente de nada, pois sempre acreditou que as forças que regem as engrenagens do universo são isentas de juízos morais. Quando a morte chegasse, saberia enfim se perdera tempo em acreditar nas fantasias mitológicas ou se, de outro modo, apenas sedimentara um longo caminho em outros planos e dimensões, onde celebraria a carne e o espírito.

De qual natureza?

Rodrigo Sosa por certo adentraria nas entranhas do Horror, após a morte de sua carne. Tudo muito telúrico, existencial, nada físico, como acreditavam com seus rituais de sangue, cultuando podridão e violência.

Atravessou as ruas do bairro com seu peculiar andar leve. Tinha passado a tarde com uma menina que morava perto, com a mãe idosa, que Rodrigo acreditava ser, na verdade, avó da menina. A menina deixava Rodrigo explorar suas entranhas com brinquedos exóticos, pois a virilidade natural já abandonara seu corpo. Ele recorria aos remédios e tinha ereções mais poderosas e duradoras do que quando era jovem, arrancando gritos verdadeiros de dor recheados com lágrimas e gemidos, raramente de prazer. Rodrigo tinha planos para a velha também, pois ele sabia que as suas intimidades na alcova eram espionadas pelos olhos felinos da mulher com sua flor murcha e sem uso. Um dia pensava em colocar as duas na cama e as faria experimentar a mais completa devassidão. O sexo sem limites era a única atividade existente entre Rodrigo e a morte, ainda que do sexo só retirasse amargura, um sentimento que não suprimia a solidão e que alimentava o desamor.

Ele continuou com seu passo miúdo. Quando dobrou uma esquina, sentiu uma pontada no peito, fazendo uma careta, e logo enxergou seu carro estacionado, o que o deixou aliviado. Chegou ao carro cambaleando, com gotas de suor na testa. Caminhava devagar, temendo um súbito ataque do coração e, quando colocou a chave na fechadura da porta, sentiu um arrepio que veio subindo pelo seu escroto, em agulhadas. Uma vibração que vinha do chão no qual pisava.

Rodrigo logo pensou em uma descarga elétrica. Quando olhou o piso, viu terra e asfalto, e nenhum fio elétrico ou algo parecido que pudesse causar tal impacto.

Folhas e papel revoaram pelo ar, sopradas pelo vento, e algumas pararam aos seus pés. Vento que parecia se concentrar ao redor de Rodrigo, pois as folhagens das árvores mais próximas estavam estáticas. Os olhos do homem percorreram com atenção as ruas, procurando uma imagem, que se não pertencia ao mundo real devia habitar sua mente. Olhou os pelos do braço direito, arrepiados. As pontadas tinham cessado, era um aviso de perigo que ressoava em sua cabeça como uma dor crônica. Suas mãos tremiam, mas a causa para o medo súbito que o dominara por instantes ainda não tinha manifestado sua natureza. Olhando ao redor, nada de suspeito. Quando se certificou de que estava solitário na rua, abriu a porta do motorista e se atirou no banco, onde se sentou ofegante e ainda cansado, mas não do esforço físico. Alguma coisa consumia suas forças e ele não conseguia raciocinar com clareza.

Ligou o carro, mas seus pensamentos agora o levavam ao insondável mundo do passado. Quis repassar os atos que lhe traziam as penosas recordações. Esses fragmentos de lembranças pareciam etéreos, dispersos, cobertos por um manto de esquecimento. Isto não tinha acontecido em sua vida mesmo após tantos anos, uma estranha impressão de afastamento o privava de analisar com objetividade o que acontecia. O pé direito premiu o pedal do acelerador com suavidade, o som metálico do motor de cinco litros, oito cilindros e trezentos cavalos soou abafado. Aquele rosnado de poder tirou momentaneamente a razão de Rodrigo do transe mágico no qual mergulhara por instantes.

Observou pelo espelho retrovisor outra vez, nada vendo que o preocupasse.

Piscou olhando as luzes dos outros carros que passavam. Neste momento, entendeu que havia entrado em seu carro como se fosse um autômato, um sonâmbulo a quem se dão ordens. Balançou a cabeça várias vezes, na esperança de acordar. Rodrigo sabia que estava enfeitiçado por uma poderosa força, nascida de uma conjuração em que suas infernais tias a troco de poder e conhecimento proibido, tinham ofertado vários à morte.

Ele dirigia sem destino, afastando-se das áreas populosas, seus braços não mais obedecendo aos comandos do cérebro, os olhos ardiam febris na tentativa de retomar o controle do corpo. Mirou pelo para-brisa, vendo que estava saindo do bairro, ganhando as pistas da Avenida Torquato Tapajós. Carros, caminhões, e carretas de vários modelos ultrapassavam uns aos outros, em um balé dançado com bailarinas de aço pesando toneladas. Rodrigo observou pelo retrovisor o último dos bairros ficar para trás, restando logo a sua frente a barreira de fiscalização na saída rodoviária da cidade, com os fiscais de diversos setores e os militares de prontidão. Não conseguia falar nem movimentar o corpo. Quando chegasse à barreira, seria interpelado. Nesse caso, a força maligna que o fazia cativo o libertaria ou o manteria preso, mudo e incapaz de responder às ordens dadas. Levaria um tiro acaso desobedecesse às ordens na barreira, se tivesse sorte seria detido como louco, até quem sabe drogado.

O grande portal, que servia de símbolo ao prédio instalado no entroncamento nas saídas da cidade, estava próximo. Poucos carros rodavam àquela hora do dia saindo de Manaus, portanto seria impossível que ele não fosse parado. O carro de Rodrigo se aproximou dos fiscais que de pé anotavam os dados das carretas estacionadas sobre as balanças de tara. Ele esperou a aproximação de um dos guardas, e nenhum deles pareceu perceber seu carro, continuando com as anotações sobre os outros veículos.

Rodrigo Sosa soube naquele momento singular que de alguma forma inexplicável uma força poderosa retornara para ajustar contas com o passado. Com dificuldade, Rodrigo começou a mover o pescoço em direção ao espelho retrovisor. Ele precisava saber o que havia atrás de si, qual o carro que o seguia desde o bairro onde morava sua garota devassa e onde passava tardes de paixão e dor. Milímetro por milímetro, a paralisia foi cedendo espaço, vencida pela força de vontade inquebrantável de Rodrigo. Se o que lhe dava forças contra aquele feitiço poderoso eram as artes místicas e as garrafadas não importava. O que ele queria mais que tudo era ver-se livre dos grilhões mágicos que prendiam suas mãos ao volante de seu carro.

Aconteceu como um lampejo de consciência que foi capaz de fazer Rodrigo observar o par de faróis acesos como bolas de fogo, logo atrás do para-choque de seu esportivo.

Máquina do mal.

A palavra veio até Rodrigo de forma natural, ainda que se referisse a um filme perdido nas sessões da tarde de sua infância. Máquina do mal. Como impor valores humanos numa coisa inanimada e despida de vontade própria?

A força que o mantinha preso voltara a exercer seu poder de forma absoluta. Rodrigo lembrou os faróis que avistou de relance no espelho retrovisor. Ele já vira faróis iguais, em outro carro. Nesse carro singular pertencente ao passado de Rodrigo. Os faróis eram florescentes e claros. Com o passar dos dias e das noites, assistindo aos assassinatos mais grotescos, foram se tornando rubros. Tal mudança ele e o delegado Tadros notaram, uma vez que apenas eles estavam livres da influência energética daquela manifestação. Os outros viam o que o carro permitisse ver, nada mais. Um cachorro ficou arrepiado, se escondendo da coisa horrenda que bufava e acelerava, invisível aos olhos dos outros homens.

Em minutos, estavam trafegando livres da fiscalização, na AM-010. Apenas algumas caçambas e caminhões trafegavam na pista. O carro maldito o estava levando para a morte, Rodrigo pensou. Assim como assassinaram muitos no passado, ele próprio o seria agora, da forma mais grotesca que sua deturpada percepção podia imaginar. O corpo de Rodrigo começou a tremer, reflexo da força monstruosa que fazia cada fibra sua pulsar em busca de liberdade. Também murmurava rezas a deuses desconhecidos, prometendo a alma em troca da liberdade. Ficaremos sem saber se foi a força de vontade do homem ou um dos deuses horrendos que lhe atendeu ao pedido, mas de repente não estava preso pela sugestão e poder da Veraneio 79, que voltara do inferno, ou sabe-se lá onde apodreçam carros assombrados.

Rodrigo afinal descobriu o que estava atrás de seu bólido. Seus olhos tremeram de medo, pois o que testemunhava ultrapassava as tênues barreiras entre a objetividade do medo e o sobrenatural intangível e invisível.

Rodrigo não vira nada que não fosse sólido, em todas as sessões de bruxaria e magia negra. Apenas uma única vez, em uma pedreira abandonada no final de um caminho esquecido, ele ouviu um som inexplicável e enxergou uma sombra que era o resultado de algum corpo material e que, portanto, existia. A primeira e derradeira oportunidade na qual teve com a experiência dos sentidos humanos uma apreensão desses mundos do além.

Agora olhava para um carro que não mais deveria existir. Trafegando imponente, transformado em uma expressão de terrível brutalidade, uma besta feroz e descontrolada. A lataria da Veraneio inchava, como se respirasse, as dimensões alteradas do carro, muito maiores do que seria considerado normal, extrapolando horror e morte pelo caminho. Rodrigo precisava tomar uma decisão, pois quanto mais mergulhasse na trilha de asfalto, mais próximo da morte estaria. Esperou um momento propício para a manobra que executaria, e não tardou observou uma configuração que lhe agradou.

Com as mãos no volante, reduziu a marcha do motor, para conseguir uma aceleração brutal. Um enorme caminhão se aproximava de Rodrigo e da Veraneio 79, vindo em sentido contrário. A Veraneio já quase se encostava ao para-choque do carro quando, em uma virada súbita, fez um arco de cento e oitenta graus, acelerando com todos os cavalos que possuía o motor de seu Maverick cinco litros, impulsionando-o como a um dardo para frente, despejando tamanha potência que arrancou pedaços do asfalto. O motorista do caminhão freou por instinto, xingando o vento, pois o carro amarelo desapareceu rumo a Manaus.

O homem segurou o enorme volante do caminhão, que transportava uma carga de laranjas. Trazia no peito uma medalha de Nossa Senhora, e outros amuletos dos mais diversos cultos e religiões. A cabine do veículo estava tomada de imagens, na busca de uma proteção adicional contra as forças desconhecidas. Que forças seriam estas? É bem verdade o motorista em tempo algum ter sabido de fato quais poderiam sê-las, pelo menos até aquele momento.

O Maverick já tinha desaparecido por completo do campo de visão do motorista do caminhão quando sua atenção se fixou em um som que vinha do ponto na estrada por onde passara, onde se dera a manobra tão arriscada. Pelo espelho retrovisor, viu apenas uma nuvem de poeira e o som de uma poderosa aceleração que crescia em um efeito Doppler ao contrário.

Os ouvidos do homem captavam o som da aceleração produzida por um motor, isso era certo, embora a potência surreal do barulho fosse de tamanho poder que escapasse de sua compreensão o engenho que o produzia. Os olhos do homem procuraram o carro, caminhão, bólido modificado ou o que pudesse ser. Nada surgiu no retrovisor lateral que desse uma pista mínima com relação à marca ou ao modelo que gerava tão assustador som.

Olhou para frente, a estrada estendia-se deserta. Foi com surpresa que o motorista recebeu o impacto maciço de um corpo invisível que lhe abalroou a lateral do caminhão. A aceleração acompanhou o corpo invisível, que concentrava uma força tremenda, pois destroçou a fuselagem levantando-o alguns metros do piso. Quando aterrissou, perdeu o controle, saindo de lado e tombando com sua carga de laranjas se espalhando por toda parte. O motorista demorou um tempo para sair da cabine. Quando conseguiu, estava convicto de que tinha presenciado um feito maligno, de uma entidade que assolaria seus sonhos por muito tempo. Ao longe pôde ver o rastro de asfalto destruído por uma energia indescritível, que ele vislumbrou por segundos, pois no limiar do choque testemunhou dois faróis vermelhos, que pulsavam, vindo direto contra seu caminhão.

Quando a polícia chegou para resgatá-lo e perguntou o que ocorrera, e o motorista negava dar qualquer explicação, culpando sempre a pista destruída pelo acidente. Ele olhava a estrada, lembrando-se do som da aceleração e de outro som, que ouviu após os faróis vermelhos. O som de uma risada inumana enchendo o ar da tarde que morria aos poucos no poente.

III

O Maverick cortava o ar com tamanha velocidade que seria morte certa perder a direção. As rodas de aro 18, com pneus de perfil baixo esportivos, chiavam nas curvas, agarrando no asfalto irregular com precisão. Tinha escapado da coisa maldita saída do inferno. E se assim fosse, talvez o próprio demônio abjeto fosse seu motorista e protetor. Rodrigo Sosa riu daquele pensamento, por seus poros exalava uma transpiração corrosiva, o medo mais absoluto lhe consumia as entranhas, naquele momento Rodrigo temeu a morte, uma vez que reconhecia que o terreno do além estava muito longe de seus conhecimentos. O Maverick se aproximava da barreira no entroncamento dos acessos a Manaus. Passaria por ele com calma, afinal não queria chamar atenção desnecessária. O pé de Rodrigo pisou no freio, e o carro foi desacelerando. Momentos depois, Rodrigo apenas escutou o som da aceleração medonha, vendo o par de faróis vermelhos se aproximando como um foguete alucinado pelo espelho retrovisor. Depois disso, nada mais.

Os guardas da barreira conversavam sobre algum assunto sem grande importância. Um deles sobreviveu poucas horas após o acidente, falou detalhes improváveis sobre um acontecimento impossível. Lembrou-se de um carro amarelo, talvez um Maverick ou algum modelo semelhante, mas não tinha certeza, aproximando-se da barreira. O carro diminuíra a velocidade, o que os tranquilizou por alguns instantes. De onde estava, era possível observar uma extensão de quase dois mil metros. Não havia nenhum veículo naquele trecho, apenas aquele carro. E foi com surpresa que de uma hora para outra um ponto de matéria apareceu na tela do radar. O equipamento foi instalado para flagrar motoristas e veículos que, vindo em velocidade excessiva, apenas diminuíam a velocidade na iminência da fiscalização. Câmeras de filmagem com lentes especiais captavam as imagens, que depois eram enviadas para compor o inquérito administrativo no departamento de trânsito estadual. No entanto, o ponto no radar deslocava-se a uma velocidade irreal.

— Têm um carro vindo — disse Otávio, o sargento da guarnição, apontando para Miller, o soldado da guarda. — Veja a velocidade dele!

Miller aproximou-se do monitor e olhou os mostradores digitais, olhou com desinteresse, balançando de forma mecânica a cabeça, descendo os olhos para mais perto do monitor de LED. O erro da leitura poderia ser um reflexo de luz que tivesse causado algum efeito de distorção nos números digitais. Mudou de posição, e ainda sim os números continuavam no monitor. Miller chamou o sargento.

— O que é, soldado?

— Deu pau, chefe!

— Puta que os pariu! — a exclamação de Otávio se dava pelo fato de o comando de operações já ter advertido aquela guarnição sobre o uso inadequado dos equipamentos. Sistemas caros e sua manutenção atrasavam os outros programas de implementação tecnológica nos setores de regulamentação. Quando o soldado se afastou, eles leram o mostrador digital, que indicava a aproximação de dois carros. O Maverick trafegando a 40 km/h e um outro que chegava rápido, em uma velocidade crescente.

— Ele está a quatro mil metros daqui — disse o soldado.

— O mapa mostra que a câmera do aterro sanitário pode vê-lo, são mil metros de extensão. Vamos pegar o fujão. Filma o carro e quando ele passar devagarzinho por aqui a gente apreende o veículo e tasca a multa — falou o sargento, olhando a estrada.

Miller sentou defronte o laptop que acionava os comandos das câmeras. Ele ligou as câmeras da reta de mil metros, próximas ao aterro sanitário, acionando a gravação automática. Elas filmariam o corredor solitário. Em segundos, o aviso sonoro soou e a gravação começou. O monitor acompanhava o bólido se arremessando em uma velocidade crescente. 140 km/h. 160 km/h. 180 km/h.

Os olhos de Miller tentavam enxergar algum veículo, as lentes da câmera mostravam apenas uma nuvem de poeira que se estendia como a esteira de um carro. Ele não via nenhum carro, se aquilo fosse provocado por um carro ele teria de ser invisível. Um carro invisível? A abstração automática trouxe uma nuvem de sentimentos aterrorizantes para a razão em fuga de Miller. Com as mãos, ele chamou o sargento que vislumbrava o horizonte com um binóculo. O sargento andou até Miller.

— O que foi agora, soldado?

— Veja! — Miller apontou o monitor. O sargento Otávio procurou um carro em meio à poeira e à escuridão. Nada vendo, perguntou ao operador.

— Cadê o carro?

— Ele não aparece nas filmagens.

— Como assim, Miller?

— As câmeras captaram a presença de alguma coisa, mas só pegaram a poeira. Parece que um carro passou só que para as lentes foi invisível.

— Como é que é, soldado?

— Alguma coisa passou, mas não apareceu na tela, depois desapareceu do radar.

Otávio observou mais uma vez a filmagem do trecho. Um carro não poderia sumir, ainda mais estando filmado seu registro e aparecendo poeira e sombras em sua virtual passagem. Os faróis do carro inundaram as instalações da fiscalização. Eles se dirigiram para a autopista, pois iriam fazê-los parar.

Rodrigo Sosa, apesar de estar em uma velocidade muito abaixo da permitida, notou quando os guardas da fiscalização se postaram na pista de rodagem. Eles iriam querer que parasse. Não via problema algum, pararia e responderia às suas indagações. O sargento Otávio ficou com uma lanterna sinaleira indicando o local para Rodrigo estacionar, enquanto Miller manipulava o laptop buscando informações sobre a placa do carro.

— Boa noite, cidadão — disse Miller.
— Tudo na santa paz, guerreiro — respondeu Rodrigo.
— A carteira de habilitação e os documentos do veículo, por favor.

Rodrigo começou a remexer os bolsos, estendeu a carteira de habilitação e os documentos do carro, deixando à mostra a cédula de identificação de Policial Civil.

A cédula não eximia os Civis de serem fiscalizados, porém era sempre bom manter as boas relações profissionais entre as instituições. A verificação automática da placa do Maverick não apontou nenhuma irregularidade, portanto não seria nada demais deixá-lo passar. Miller olhou para o sargento Otávio.

— É da casa, sargento — disse Miller.

Otávio mexeu as pernas, o motorista não aparentava nenhum grau de periculosidade, estava calmo e já era homem de idade, não era um garotão matador dos inúmeros e violentos grupos de traficantes de Manaus.

O laptop nas mãos de Miller continuava monitorando a chegada de um carro velocíssimo. Isso afastou a cabeça de Miller e Otávio da estranheza do ponto no radar e a filmagem sem carro aparente. Rodrigo pôs o braço apoiado no quadro da porta, resolvendo fumar um cigarro.

— Boa noite — disse Otávio a Rodrigo.
— Boa noite.
— O senhor veio de muito longe?
— Não, só precisava esticar o motor — respondeu Rodrigo, com a voz não tão firme quanto gostaria.
— Não me lembro de tê-lo visto passar — respondeu Otávio. Rodrigo pensou rápido.

— O carro estava no meu sítio, resolvi ir pegá-lo hoje, juro que estiquei um pouco apenas o motor, e nas retas livres.

— Não é duvidando, colega. O radar apanhou um carro vindo em alta velocidade e pensei se tu não terias visto algo fora do normal. Um racha de bacanas?

— A estrada parecia bastante calma hoje — respondeu Rodrigo Sosa.

— Nada estranho?

Estranho? Sim, Rodrigo vira algo inominável que parecia um carro, e que foi incapaz de segui-lo, nesse caso quem sabe a entidade vivesse nas estradas e precisasse matar nelas. Miller chegou mais perto dos homens que conversavam, com o laptop aberto, quando notou o ruído de aviso vindo do laptop.

— O carro voltou, sargento!

— Mostra aqui — pediu Otávio.

Miller entregou o laptop ao sargento Otávio.

— Deixa ver isso... Meu Deus!

O sargento Otávio apenas olhava a tela, que pulsava enquanto o aviso de velocidade e aproximação soava intermitente. A única lembrança viva daquele momento foram os faróis que encheram a noite com uma luz espectral e o som cavo de uma potência absurda, que por alguns segundos pareceu ser de uma turbina aeronáutica em aceleração máxima.

O objeto colidiu com o Maverick de Rodrigo Sosa, assim como o próprio e o sargento Otávio Benvindo, que não soube o que o matou. A muralha de ar jogou Miller longe, enquanto uma massa compacta de aço, borracha, vidro e carne rolavam na direção do prédio, destruindo a construção.

Horas depois, enquanto a Perícia Criminal tentava entender o curso dos acontecimentos, algumas testemunhas teimavam em afirmar que o carro que se arremessara era o mesmo que havia varado o prédio. Isso após se enrolar com o carro de Rodrigo Sosa como se fossem animais selvagens que quisessem impor-se um ao outro. E que o carro teria ido embora, buzinando uma melodia infernal. Os peritos olhavam o povo que falava tais asneiras e baixavam a cabeça, maldizendo todas as drogas do mundo. As lícitas e as ilícitas.

Os carros, pois acreditavam que os restos eram dos dois carros, estavam de tal forma destruídos e misturados que parecia trabalho impossível separar seus fragmentos. Dias depois, algumas análises iriam levantar estranhas conjecturas, uma vez que o peso dos destroços não corresponderia a dois veículos, se muito a um apenas.

Acusações seriam feitas, o fato era que não podiam explicar o que acontecera com os destroços. Um dos peritos foi olhar as circunvizinhanças do prédio destruído. Ele estivera em uma cena de acidente, tão particular e impossível quanto aquela cena, e com a câmera digital fotografou uma faixa escura que se perdia no asfalto rumo a Manaus. Uma faixa que correspondia a um carro que, hipoteticamente, se fosse arremessado de encontro ao prédio, tomaria aquela trajetória até alcançar a pista principal, depois de ter ultrapassado todas as paredes no seu caminho.

O perito guardou a câmera, pois não arriscaria ser ridicularizado por tecer especulações fantasiosas, ainda que fossem evidentes as marcas idênticas deixadas por um carro nos dois locais de acidente.

IV

O telefone celular de André Sandoval tocou. Quando ele atendeu, falou algumas palavras e desligou. Com o olhar aparvalhado, mirou os dois companheiros.

— O que foi? — perguntou Sérgio Fogaça.
— Outro acidente — respondeu André.
— Um daqueles? — ponderou Sérgio.
— Na barreira policial.

O caminho até a barreira foi penoso, por causa do horário e do acidente. Ao longe, podiam vislumbrar as luzes das viaturas da polícia, os destroços do prédio e a aglomeração de muitas pessoas. Uma fila de veículos que se estendia por quilômetros, com carros e caminhões disputando a saída de Manaus. João Martins resolveu tomar um caminho alternativo, circundando uma das fábricas que estavam instaladas às margens da AM-010. Ele mesmo já tinha usado o expediente, pois conhecia os vigias. Estacionaram próximo de um grande portão de barras de ferro e arame trançado. Um homem que estava sentado em um banco de madeira levantou e foi falar com os policiais.

— É o senhor, seu João? — disse o vigia.

— Boa noite, Marcelo.

— O senhor veio por causa do acidente?

— Mais ou menos, Marcelo — disse João Martins. — Tu viste alguma coisa?

O vigia olhou para João Martins e em seguida para André e Sérgio. Ele mesurava as implicações práticas de contar o que presenciou, se seria tomado por louco, mentiroso ou pior, por isso nada falou, resumindo a balançar a cabeça negativamente. Em seguida, abriu o portão e com a lanterna indicou o caminho que estava livre.

— O velho soube de alguma excentricidade — falou André Sandoval.

— Se sabe de algo, não vai contar — respondeu João Martins.

A estradinha contornava o engarrafamento, correndo paralela à rodovia principal. No futuro próximo, seria uma das entradas e saídas de um complexo de condomínios residenciais que estavam sendo construídos. Os blocos ainda eram apenas esqueletos de concreto, mas não demoraria seriam prédios de apartamentos.

Minutos depois, desembocaram no posto rodoviário da polícia, destruída por um evento misterioso. Muitos policiais estavam por lá, tentando entender os fatos, porém nada de concreto subsistia aos elementos objetivos do terrível e do sinistro. André Sandoval andou pelos destroços, perguntando de um conhecido quantos tinham morrido ou se ferido. Esse conhecido disse que mortos apenas dois, confirmados pela Perícia e pelo IML, nada sabendo afirmar sobre o condutor do carro que causara tudo aquilo. João Martins apenas observava a cena, com os olhos lívidos de profunda tensão, enquanto Sérgio Fogaça conversava com os peritos criminais.

Quando todos se preparavam para ir embora, Sérgio Fogaça e André Sandoval voltaram para a 037. João Martins estava sentado no banco do motorista, olhando para o céu estrelado.

— Não sobrou nada — disse André Sandoval.

— Alguma pista sobre o outro carro? Ele foi destruído? — perguntou João Martins.

— Os peritos não sabem nem ao certo se tudo isso foi mesmo um acidente com carros, um deles disse que até uma carreta não seria suficiente para destruir o prédio dessa maneira. E se a parede rompeu, cadê os destroços metálicos do outro lado? A explicação mais óbvia seria a de que alguém levou os restos do outro carro daqui, mas por que fariam isso? — respondeu Sérgio Fogaça.

— E quem morreu? — perguntou João Martins.

— O corpo foi colocado no esquife do IML, ou melhor, os pedaços dele que conseguiram encontrar — respondeu Sérgio Fogaça.

A mão direita de João Martins tocou seu antebraço esquerdo. O desconforto que isto causava no homem que desceu da viatura estacionada era visível.

— Onde o IML parou?

— Atrás dos destroços, na pista de descida para a cidade — informou André Sandoval.

— Vou até lá, dar uma conferida.

João Martins saiu andando com passos incertos, incapaz de prever os acontecimentos que viriam a seguir, por mais sinistros que fossem. Nada daquilo parecia real, a verdade é que dolorosamente o eram, fatos que seguiam seu curso ante os olhos extasiados do motorista. André e Sérgio ficaram aguardando o retorno de João Martins, que sumiu em meio à multidão de curiosos que se aglomeravam para ver os destroços da barreira destruída.

A notícia correu pelos bairros adjacentes, teciam-se conjecturas sobre as causas, algumas absurdas, outras mais concretas. Uma das que mais ganhavam força era a de que um avião estranho, carregando equipamento misterioso, foi abatido por caças da força aérea. Tais acusações se davam por causa de sobrevoos rasantes que caças bombardeio faziam, em exercícios de guerra ao largo da cidade, manobras bastante incomuns e que levantaram as mais levianas suspeitas.

Garotos procuravam restos de alumínio aeronáutico para guardarem como souvenir e repórteres perguntavam às pessoas se algumas delas tinham visto o acidente. Máquinas fotográficas registravam todos os detalhes do sinistro evento, e parte do aparelho de segurança já se deslocava em direção a Manaus, quando finalmente João Martins surgiu, andando com mais firmeza.

Ele entrou e ligou o motor de oito cilindros do utilitário. Os outros entraram e quando já estavam trafegando livres do engarrafamento, àquelas alturas com uma quantidade de carros bem menor que antes, André Sandoval olhou para Sérgio Fogaça sentado no banco de trás e comentou com o motorista, absorto em ideias que lhes eram obscuras.

— Conhecia algum dos feridos nesse acidente?

— Um era militar, um sargento chamado Otávio, este eu não conhecia, o outro militar sobreviveu, um soldado chamado Miller, nome igual ao do atacante do São Paulo e da Copa do Mundo de oitenta e seis. Ele está vivo, em choque.

— E o "motora" do carro?

— Era o Café. Ele se achava intocável, afinal descobriu que não era.

Quando João Martins terminou a frase, alguns segundos de mórbida expectativa ficaram como que suspensos na atmosfera do habitáculo. Ele recomeçou a dirigir, meio sem rumo, tomando um caminho sem plano. Demorou alguns segundos, o celular de André tocou e ele falou algum tempo, depois olhou para João Martins e disse:

— Zé Biela foi solto na quinta passada.

— Zé Biela. Solto! — exclamou João Martins, que em seguida deu uma guinada no volante, lançando-os em uma desabalada correria por ruas escuras.

— Para onde estamos indo? — perguntou assustado Sérgio Fogaça.

— Preciso falar com o Bocão — disse João Martins, premindo ainda mais o acelerador e trafegando agora com as luzes de emergência ligadas.

Capítulo 14

Segunda-feira, 14 de junho de 2010

Entre 20h e 23h

I

As luzes giroscópicas iluminavam as ruas esburacadas da comunidade Esperança, localidade dentro do complexo de uma das mais antigas invasões da cidade chamada de Grande Vitória. Seria difícil associar a palavra esperança às ruas sem meio-fio degradadas por lixo aos montes jogados no chão, com as construções inacabadas de casas com tijolos nus que emprestavam um ar de decrepitude à paisagem. Instalações precárias e em condições sanitárias mínimas serviam comida ao ar livre, infestadas de moscas e outros insetos.

Apesar de ser noite, uma infinidade de gente perambulava carregando nas faces as linhas da desilusão e nenhum esboço sequer dessa esperança.

João Martins trazia no bolso da camisa um endereço. O papel estava amassado, e ele o tinha conseguido das mãos do Poeta, que por sua vez pegara do morto e enterrado Narciso Cárceres. Ligou para o número e falou com uma mulher que lhe disse palavras estranhas. A mulher que convivera com Narciso Cárceres uma parte da vida, depois que Helena saiu de cena. João sabia pouco deste fragmento misterioso naqueles anos que tinham passado quase sem se falar, desde o dia do enterro.

A mulher disse que Narciso possuía um quarto alugado em uma estância no Mauazinho. Ela forneceu o endereço sem demonstrar animosidade, mas fez uma estranha confidência.

"Narciso guarda naquele quartinho algumas coisas que podem ajudar contra ela. Não tenho coragem de ir lá com o senhor, moço. Se ainda resta alguma humanidade no seu coração, procure ajudar o Narciso, se não pôde fazer em vida, que faça depois da morte."

Palavras estranhas ditas em uma hora imprópria. João nada fez por Narciso enquanto estava vivo, se possuía dívidas de honra com o amigo falecido naquelas suspeitas condições era certo que não queria saldá-las na morte. Primeiro falariam com Bocão. Se ele lhes contasse algo mais sólido que uma bolha de sabão, pois era assim que se sentia com relação aos acontecimentos presentes, talvez pudesse fazer alguma coisa. Poderia estar enlouquecendo, e ainda que assustasse era uma opção válida. Agora, se Bocão dissesse fatos que os tirassem da obscuridade, levaria os outros dois no quarto de Narciso, no bairro do Mauazinho.

Momentos depois, alcançaram enfim o começo do aclive de uma ladeira e viram que não poderia ser vencida pelo motor poderoso da viatura. Mas não que faltassem cavalos para isso, o motor os tinha de sobra. Não existia era uma rua para os pneus do carro. A viatura foi travada, e por precaução estacionada na rua principal, fora da invasão. André e Sérgio tiveram que esperar João Martins dar a volta, estacionar e retornar, utilizando para isso os serviços de um moto táxi.

Grupos de garotos e adolescentes cruzavam o caminho, e passou pela cabeça de Sérgio Fogaça a possibilidade de alguns deles estarem armados, no entanto, uma abordagem seria bastante imprudente. Quando o motorista chegou, se reuniram olhando para o topo da ladeira, que poderia ser alcançada subindo a escada construída no chão cru, com tábuas fazendo o papel de degraus.

— É perigoso? — perguntou André Sandoval.

— Aqui é terra de galerosos, estes garotos não vão incomodar quem traz uma pistola na cintura, desde que a gente não os incomode — respondeu João Martins.

— E o tal de Bocão? Mora lá em cima? — perguntou Sérgio Fogaça.

— Disseram que é a última casa, lá no alto — respondeu João Martins.

— Porra! — exclamou André Sandoval.

— Conheci Bocão muito tempo atrás. Ele era fissurado em carros e motos, pensar que moraria em uma casa sem nem ao menos uma rua para servir de caminho é uma surpresa.

— É do tempo do esquadrão? — perguntou Sérgio Fogaça.

— Quando Zé Biela entrou no esquadrão, trouxe a figura junto. Bocão puxava carros e motos, apesar de ser frouxo para danar. Ele dava esquemas para o delegado Tadros, entregava lances dos pilantras que agiam no centro da cidade e nos bairros mais famosos daqueles tempos, Educandos, Morro da Liberdade, Santa Luzia ou da Colônia. Bocão morava perto da casa do Zé Biela, depois ficamos sabendo que Tadros tinha uns acordos com Bocão, ele passava informações sobre a vida do Zé.

— Tadros não se impôs com Zé Biela? — questionou André.

— Zé Biela controlava a Veraneio de um jeito que apenas ele conseguia. Saíam para passear, horas e horas, vagando pelas ruas de Manaus. Sumiam nestas ocasiões. A gente pensou que ele levava mulher para namorar, depois ficou evidente que nem as putas nem a mulher andavam com ele nesses passeios.

— O Zé Biela zanzava solitário? E faziam o quê nestas andanças? — perguntou Sérgio.

— Foi este o segredo que Bocão contou para o Tadros. Desde este dia, Tadros não entrou nela outra vez, o mesmo aconteceu com Rodrigo. Fazíamos alguns trabalhos a mando de políticos e empresários, tempos depois Zé Biela foi preso.

— E ele não denunciou vocês? — perguntou Sérgio.

— Tadros conversou com ele na Delegacia Geral de Polícia. Firmaram um acordo, acho que para proteger a família de Zé Biela, daí ele assumiu os crimes do esquadrão e disse que ele era o motorista do Carro da Morte. Muitos sabiam da farsa e que estavam envolvidos políticos da terra e dos Tribunais, gente bem-nascida com os pés no dinheiro bruto, por isso se calaram. Não fui chamado para depor sobre nada, os que levaram a culpa como bodes expiatórios morreram nos confrontos com os "home" daquela época.

— E a Veraneio?

— Tadros a escondeu em um sítio. Não soube onde era o lugar, então no dia marcado estávamos lá no depósito para assisti-la ser enterrada para sempre. Ficamos olhando a Veraneio descer na cova, e mesmo naquele momento Tadros e Rodrigo Sosa nada disseram sobre o carro nem sobre o destino de Zé Biela. Depois que foi despejada a última pazada de terra, foi como se desligassem em nossa cabeça um fio, uma tomada que nos alimentava. Acabou o esquadrão, também naquele momento findou-se nossa vida, como tinha sido até aquele momento. Cada qual tomou seu rumo e pouco nos falamos nestes últimos anos. Agora tudo recomeçou e não sei como vai terminar, sou um dos últimos vivos.

João Martins disse e apertou com a mão a tatuagem que escondia sob a manga da camisa. Na pele, estava impresso um número. O número 5 em um belo grafismo vermelho. João Martins tinha ligado tentando contato com Mário Camará o dia inteiro, para sua angústia nenhuma vez a ligação foi atendida, sequer completada. Ele alimentava as próprias ideias absurdas, nesse caso logo teria uma comprovação das conjecturas que fazia, teria certeza de estas serem produtos de sua mente doente. Tal possibilidade enchia de terror João Martins, que controlava a repulsa com sofreguidão.

Depois de algumas dezenas de degraus, os três passaram a arfar e o restante da escalada foi feita em silêncio, sem conversas tolas. Aves noturnas piavam nas árvores, algumas vezes o caminho era iluminado por luzes amarelas lançadas de janelas ou portas que se abriam à passagem do trio de atitudes suspeitas, logo sendo fechadas em um inequívoco sinal de discordância. Alcançaram o topo da ladeira de degraus, com os pulmões arfando de cansaço. Passou-se um tempo, durante o qual nenhum som foi ouvido, até que uma voz saída da escuridão chamou João Martins pelo nome próprio.

— João?

Mãos foram de forma automática para a coronha das pistolas, enquanto uma atmosfera de pesada tensão carregou o ambiente já bastante volátil por causa do medo. O dono da voz saiu da escuridão, apresentando-se ao grupo. Ainda que não reconhecesse nenhum deles, sabia quem eram pelo andar, os gestos, e por causa das armas que traziam na cintura. Exceto o motorista, chamado João Martins Cebalo, que era um conhecido de outra ermada.

— Ei, cara! Tu envelheceste um século! — exclamou Bocão.

— Tu também não tá parecendo nenhum príncipe — respondeu João Martins.

II

Palavras podem esconder traição, afeto verdadeiro ou cordialidade aparente dependendo de como as sílabas são entoadas pelas vozes dos homens. Apesar da impressão de suspeita concordância, aqueles homens sabiam, em menor ou maior grau, a vontade homicida de se matarem, Bocão e João Martins. Faltava, no entanto, coragem a Bocão e interesse em João Martins. Não eram amigos nem chegados, mas sobravam histórias de violência nas suas vidas para disporem destas memórias como bem quisessem. Bocão estava acostumado a lidar com "canas" corruptos ou grupos que subiam as ladeiras da invasão atrás dos mais violentos e sociopatas dentre aqueles das galeras e dos grupos de assassinos e matadores mirins. Bocão era quem barganhava com "os canas", a versão brasileira do "tira americano" usada para identificar a polícia corrupta, mandado por seus jovens patrões, que era como eles se intitulavam. Barganhava os acertos com a polícia e os outros grupos interessados na distribuição de drogas pelo bairro. E não usava armas, já que os pequenos demônios da rua lhe garantiam a segurança contra as ameaças.

— Tu já sabes? — disse Bocão, olhando para João.

— Ele veio aqui?

— Dei azar e encontrei-o pelas ruas. O homem tá mudado, João, saiu e já foi atrás dela. Antes visitou aquele sítio no São Jorge, mas ficou arrasado com a mentira que alimentou durante o tempo da prisão, pois descobriu que lá não existe mais nada.

— E depois?

— A história é longa, melhor a gente conversar no meu pagode — disse Bocão, passando a guiar o grupo por cercas e portões de arame.

O casebre de Bocão ficava na extremidade da elevação. De lá ele podia enxergar boa parte do bairro, casas que eram representadas por pontos de luz em meio à escuridão. Cada ponto daquele representava uma ou mais vidas no tecido da realidade. Bocão viajava quando fumava seu baseado. Porque tinha vivido bastante, adquirira certa dose de sabedoria, mesmo que de nada servisse àquelas alturas da vida.

Bocão entrou no casebre, trouxe consigo dois pequenos bancos de madeira quando saiu da casa. Uma rede atada entre dois esteios serviu como cadeira que se sentasse. João já se ajeitara em uma cadeira de balanço com o macarrão plástico bastante avariado, cujas pontas lhe davam comichões, enquanto Sérgio e André se sentavam cada um em um banco.

— Se fumar um baseado as autoridades não vão me prender? — perguntou Bocão.

— O pulmão é seu — respondeu André.

Bocão se deitou na rede, acendeu seu baseado e olhou o céu enegrecido. Lembrou-se da noite na qual contou para Zé Biela o paradeiro de sua amiga de metal. Notou os olhos de Zé encher de lágrimas. Isso em um homem que, acreditava Bocão, tinha perdido qualquer traço por mínimo que fosse de sutileza e sentimentos. Temeu por sua vida, um temor vazio, Zé Biela parecia determinado em reencontrar aquela estranha companheira. Custasse o que fosse para isso se tornar realidade.

— Conheci o Zé criança, os dois pequenos correndo pelas ruas do Educandos. Hoje em dia é só merda e droga ou ambos juntos, pois os drogados já não diferenciam uma da outra. Naqueles dias não, as águas corriam limpas, mais ou menos, né? Tinha poluição? Sim, mas era pouca, não como agora. Existia uma indústria que beneficiava essência de pau-rosa. Quando os carregamentos chegavam, sempre na sexta-feira última de cada mês, e as caldeiras ferviam os pedaços da árvore, o cheiro doce da essência perfumava o bairro todo, quem sabe eu imaginava, criança imagina mundos inteiros de algodão doce e brincadeiras antes de tudo se transformar em pó e cinzas. Posso falar agora, pois todos já morreram, minha família sabe, fui violentado por um tio meu, um fuleiro. Preferia a rua à minha casa e pensava nas minhas irmãs, sabe lá o que ele fazia com elas. Era criança, tinha medo, medo de falar para minha mãe, ela mesmo coitada não conseguia resolver nada na vida dela quanto mais na dos outros. Conheci o Zé e ficamos amigos, comi com ele, brincamos juntos. Um dia, encontrei um relógio que despertava com uma campainha. Estava quebrado, peguei do lixo e levei para mostrar ao Zé. O cara tinha o coração nobre quando pequeno. Ele não me enganava, mas eu? Eu cansava de enganar ele. Em tudo. Posso dizer isso agora, João, é como se fosse terapia. Teve uma época em que fiz terapia, sabe. O Governo pagou, aproveitei. Vivi com a imagem daquele relógio uns bons anos, sempre em dúvida se tinha sido real ou fruto da imaginação de uma criança. Foi uma coisa sombria — Bocão deu uma tragada profunda no baseado, soltando a fumaça em círculos concêntricos que se desfizeram no ar.

Depois continuou sua narrativa:

— O relógio estava todo quebrado, faltavam peças, podia ser criança, mas meus olhos viam muito bem. Levei o relógio que encontrei no lixo para fazer inveja ao Zé. Quando ele viu aquilo cheio de engrenagens pequenas e molinhas e parafusos minúsculos que mal se podia tocar, ficou de boca aberta. Não deixei tocar no relógio, porque o relógio fascinara o Zé e aquele fascínio me dava poder, se pudesse negá-lo. E eu podia negar essa satisfação, essa alegria, deixar ele triste me dava prazer. Sabe estes garotos que mandam aqui na invasão? — Bocão perguntou, apontando para baixo.

— Os galerosos? — respondeu André Sandoval.

— Galerosos? Antes era apenas isso, uns quinze ou vinte anos atrás, agora não mais, eles são um exército de demônios, sem piedade, sem remorso, sem misericórdia nem temor. Um exército de meninos, forjados na dor. Eles foram criados nas ruas, sem família, sem amigos. A morte foi a única coisa presente desde sempre na vida deles. Quem é educado pela dor apenas causa mais dor no mundo. Foi isso que os traficantes e os boqueiros compreenderam antes do governo, da igreja, de todo mundo. As crianças são naturalmente selvagens, estas em particular, verdadeiros canibais.

— E o relógio, Bocão? — João Martins perguntou, olhando para André e Sérgio fazendo em segredo rodopios com o indicador sobre a têmpora, em uma alusão ao estado mental de Bocão.

— Parceiro, aquele relógio não poderia funcionar, nem naquele dia e nem em dia algum. Estava quebrado, um buraco que dava para ver o outro lado, faltavam pecinhas no maquinário. O Zé não tinha nada nas mãos, nem alicate, pinça ou chave de fenda. Apenas as mãos com dedos finos. Ele pediu o relógio, neguei por um tempo, depois dei para ele. Estava quebrado mesmo, do que me valeria, afinal? Ele pegou o relógio, olhando com cuidado cada lado, cada um deles de vários ângulos. Os olhos brilhavam, suava, lembrou uma tia que morava em outro bairro, ela morava em um terreiro de macumba e nas noites de festa eu a via tremer, rolando pelo chão, com o corpo suado mesmo sem ter feito força nenhuma. O relógio tremia junto com o corpo do Zé, foi como um raio que aconteceu, sem aviso, um clarão e só.

— O que aconteceu, Bocão? — interpelou João Martins.

— A campainha tocou tão alto que meu coração quase parou de bater. Corri, como se um bicho feio me perseguisse, corri aos tropeções, batendo as canelas nos esteios fincados pelo chão, olha só a memória falhando e já ia esquecendo, a gente estava debaixo das casas perto do igarapé que desembocava no rio. Fui para casa com cara de quem fez merda, minha mãe tava pra lá de Bagdá, muito doida. Tive febre, me curei sozinho e no terceiro dia saí da cama. Fraquinho, minhas pernas bambas de fome e a boca azeda da febre. Demorei a reencontrar o Zé. Quando falei com ele, não tocou no assunto do relógio. Quis perguntar, faltou coragem e o Zé parecia o mesmo de sempre. Deixei tudo guardado na memória, passando a acreditar que nada tinha visto. Imaginei. Com o passar do tempo, foi tudo ficando apagado, a vida adulta trouxe outras preocupações e as alucinações infantis perderam o valor. Com vinte anos, fui preso pela primeira vez, daí em diante nossa vida não se cruzou mais no viés da inocência. Um dia, o Zé encontrou uns homens saindo de um ramal, ele mesmo me contou.

— O que o episódio do relógio teve de tão significativo, Bocão? — perguntou André Sandoval.

— Meus amigos, vou lhes dizer, já vivi muito, vi coisas maravilhosas com estes olhos que um dia vão se fechar na mortalha fria do caixão, se tiver sorte até para isso. Nem tudo foi coisa bonita, melhor dizendo, quase tudo foi horrendo, feio como a lepra, mas foram coisas reais, se real significar para vocês um acontecimento debaixo deste céu que cobre a gente toda do mundo. Vi maldades terríveis, sangue e lamentações. Assisti a mágicas verdadeiras ainda que aos olhos dos incrédulos eles acreditassem nelas como falsidades e mentiras. Sei que existem mundos juntos deste que vivemos, eu não consigo ver a verdade total, vejo apenas o que me é mostrado — neste ponto Bocão olhou com gravidade para João Martins. — Outros olhos podem enxergar muito mais, querendo aceitar ou não. Naquele dia, embaixo das casas, o Zé não sei como operou um milagre. Se para o bem ou para o mal? Quem sou eu para julgar. Guardei os segredos dele toda a vida. Por quê? Medo ou malícia. Ele virou mecânico, não de ter estudado mais que eu ou que fosse mais inteligente, por inexplicável acidente nasceu com o dom de curar engrenagens, traquitanas e engenhos. É, isso mesmo, ele entendia os mecanismos, as peças, os fios, o que fosse. Igual quem pega desmentidura, sentindo com a ponta dos dedos os nervos e tendões sem ter sentado em banco de faculdade. Quando saí da prisão, fui bater um papo com o Zé, que chamavam de Zé Biela. Ele já era casado e tinha dois filhos, sabia que a razão de viver dele era outra coisa.

— A Veraneio — disse Sérgio Fogaça.

— Que carro, senhores, que carro... — respondeu Bocão, suspirando.

— Deu inveja? — perguntou João Martins.

— Tu sentiste a mesma coisa, não minta — afirmou Bocão. — Queria participar da vida do Zé, andar com eles naquele horror sobre rodas, ser amigo dos canas, ideias de caboco leso. Quando ia entregar alguma parada para o Tadros, a gente ia junto. Eu me esfregava no couro macio dos bancos, sacando que o Zé não gostava. O engraçado era que ele não demonstrava ter ciúmes pela esposa, que diziam traía ele com um irmão da igreja. Agora dela, do carro, ele sentia a necessidade da posse, da servidão que o amor cego pode trazer. Uma tia minha disse que o amor revigora. Aprendi na vida que o amor é doença que te consome inteiro, amar é para os jovens que têm força de sobra para barganhar com essa doença. Velho quando ama morre cedo.

Palavras frias pairaram no ar como um presságio de dor.

— E a entregação que tu deste para o Tadros? — questionou João Martins.

— Tadros me deu uma motocicleta.

— Para quê?

— Ele queria que eu colasse no Zé para onde quer que ele fosse.

— Tadros desconfiava do Zé Biela?

— O delegado e Rodrigo Sosa tinham segredos. Eles andavam com as nojentas que faziam mais maldades do que todos juntos. Elas eram feiticeiras, bruxas que tinham vindo das montanhas nos Andes — Bocão interrompeu a narrativa e olhou para João Martins. — Estes homens são de confiança, João?

— Mais ou menos — respondeu João Martins.

— Não somos x-9. Nada do que for conversado aqui vai sair de nossa boca — respondeu Sérgio Fogaça.

— O mundo é pequeno para certas coisas — disse Bocão. — Conheci muita gente na cadeia e na cadeia as amizades são para sempre. Depois que tudo aconteceu, depois de coisas estranhas... Tu contaste para eles sobre o enterro?

— Contei.

— E soubeste o que aconteceu depois? — perguntou Bocão.

— Estivemos lá e vimos com nossos olhos.

— Um ano após o enterro, encontrei um preso conhecido meu, moribundo, pelas ruas do centro. Na prisão, ele foi um amigo bacana, solto não iria durar muito. Convidei para dividir um quarto que tinha ganhado de um político nas palafitas do Bariri, na Matinha. O velho morreu dias depois, ao menos não foi como um animal sem dono. Morreu no chão, e ainda que duro estava limpo e não deu seu suspiro final na sujeira. O importante foi o que revelou. Acho que falou mais para expulsar do coração as maldades, o veneno, para poder morrer sem tanto remorso. Aprendi que é bom falar, expor as entranhas, deixar que te julguem. Ele falou um monte de loucuras, fatos passados feitos por ele, por outros ou imaginados. E foi entre muitas destas lembranças que falou sobre duas velhinhas, de aparência inocente, porém malignas como se fossem demônios cobertos com a pele de gente.

— As tias do Café Colômbia! — exclamou André.

— O velho contou que tinha ido roubar um trator em uma pedreira abandonada. Ele não lembrava o quilômetro, só que demorou o dia inteiro para chegar lá. Estava tranquilo procurando o trator para ser levado até fora do ramal onde embarcaria numa carreta e iria para destino ignorado, quando chegaram. O velho disse que não conhecia nenhum deles, ou melhor, um pelo menos soube quem era.

— Tadros — falou Sérgio Fogaça.

— Sendo um ladrão, reconheceu seu algoz. Como não levou arma, ficou na moita, imaginando que alguém o denunciara. Com o passar do tempo, sacou que eles estavam ali por outros motivos. As duas usavam roupas esquisitas e o mais bizarro foi quando os quatro, nus em pelo, começaram a dançar em volta de uma fogueira, bebendo o líquido de garrafas coloridas. E elas acariciavam os homens, chupavam o cacete deles e se beijavam, deitavam-se com um e com outro. E eles gritavam, e não parecia prazer e sim urros de dor, mas a orgia durou pouco tempo. O dia estava acabando, e o ladrão temia o final daquilo. E disse que apesar de ser ladrão não simpatizava com magia negra, pois sabia das violências que envolviam os rituais. Se vestiram, depois prepararam um tablado de rocha em forma de bacia com desenhos e objetos que tiravam da Rural na qual tinham vindo. E o ladrão disse que o céu começou a mudar, nuvens pesadas foram se acumulando sobre a pedreira abandonada. E ele lá, sem poder sair. Foi quando uma delas mandou que eles pegassem de dentro da Rural um pacote, assim imaginou, só que não era um simples pacote, pois quando foi posto no chão e desenrolado aquilo que estava dentro do pacote andou, e chorou. O ladrão disse que dos seus olhos também desceram lágrimas. Teve de suportar, pois o medo de morrer foi mais forte. Ele apenas assistiu tudo até o final.

— Um animal? — perguntou Sérgio Fogaça.

— Muito pior, uma criança, que o ladrão soube depois, foi sequestrada na feira em Santa Luzia.

— Caralho! — exclamou André Sandoval.

— Um menino.

— E o que fizeram? — perguntou Sérgio Fogaça.

— Elas destruíram esse menino sem remorso e o ladrão disse que foi naquele dia que abriu em seu coração a ferida que o matou, e disse que tomou de uma vez o litro de cachaça que carregava, para poder suportar o que se passou e o que compreendeu dos sussurros.

— Magia negra — disse João Martins.

— Acho que pior que a pior das magias, e não importa a cor. O que restou do corpo da criança foi depositado no bloco de rocha, entre os desenhos rituais, depois queimado, enquanto eles todos cantavam, gritando para o céu escuro que começou a mover-se como se uma ventania soprasse forte naquele ponto, mas o ladrão foi firme em afirmar que mesmo com o vento as árvores nas bordas da pedreira não se mexiam nem um tico. Então aconteceu, depois de um silêncio medonho. Contou sobre uma luz que desceu do céu e não era uma estrela, pois parecia mais perto e quando chegou próxima de um paredão de rocha, foi como se uma sombra se projetasse na rocha. O ladrão sentiu como se sua alma fosse sugada para a luz. Apareceu por segundos, e a Sombra tinha três olhos febris de maldade e pavor, que o ladrão bem sabia o que refletia. O som de uma medonha aceleração surgiu na noite, mais poderosa do que qualquer motor que tivesse sabido existir conseguisse gerar, mais poderoso até que um avião. Ele disse que não conseguiu mais olhar. Rezou para todos os santos que conhecia e nos quais acreditava, para Cristo Nosso Senhor e Deus Pai. Ele acha que desmaiou depois disso. Quando acordou, a madrugada avançava e apenas restos de cinza com brasas na pira cerimonial, onde ardiam os despojos da pobre criança que sua covardia não tinha deixado salvar. Ele não queria mais ficar na pedreira, mas precisava levar o trator para fora do ramal. Foi quando se aproximou que teve medo. A máquina estava posta em um ponto resguardado das vistas, mas quando se aproximou lançou-se para apanhá-lo. Por sorte, estava em um lado da depressão e o monstro corcoveava como um animal, acelerando e parando. O velho não conseguia se mexer, paralisado. Do jeito que iniciou, também findou. Por um momento, imaginou que tivera uma visão. Ele saiu da pedreira nas carreiras, e não soube o que fizeram com o trator.

— É uma história e tanto, Bocão — disse André.

— Não é a pior das histórias. Contei essa para o Narciso, ele foi atrás de mais respostas. Já vivia como um zumbi, errando pelas ruas desde o episódio no depósito de carros, do juiz. Podia ter contado para ele o que vou lhes contar agora, mas acho que não ia fazer diferença — disse Bocão.

— Lembro que o Zé Biela começou a andar sozinho. Para onde ia? Não sabíamos para onde ele ia, não sabíamos o que ele fazia e isso incomodava Tadros — falou João Martins.

— Eu descobri, parceiro. Maldita hora que aceitei fazer o trabalho para o Tadros, o dinheiro era bom e ele tinha prometido que me daria a chave da viatura preto e branca no final de tudo. Quase me estrebuchei naquela noite, pois descobri que existem coisas sinistras demais para os homens comuns. Foi em uma sexta-feira de muita chuva em Manaus. Tinha parado em um posto de gasolina, próximo ao 1º BIS (Batalhão de Infantaria de Selva), no bairro de São Jorge. A chuva caía pesada e não dava sinal de que ia parar, por precaução carregava uma mochila com capa e calça de plástico, para ocasiões iguais àquela. Desci da moto para pôr o agasalho, na paz. Os tempos eram outros e motoqueiros solitários não representavam perigo para os frentistas. Quando tinha acabado com a operação, já todo coberto com a roupa protetora, foi que ela chegou, o Carro da Morte. Entrou de mansinho no posto, com o motor ligado em uma rotação imperceptível. Os vidros negros impossibilitavam ver quem estava dentro, pela hora avançada só podia ser o Zé. Deduzi isso. Uns cinco minutos após ter chegado, começou a manobrar para sair dali. Fiquei na moita, com o capacete fechado e coberto pela roupa não seria reconhecido. Saíram para a esquerda na direção da Ponta Negra. As praias naqueles anos eram terreno de putas e ladrões quando descia o sol. Sabe-se lá talvez até coisas piores, agora sei que existem caçadores de homens por aí, mas isso é outra história. Agora a Ponta Negra tá bonita, iluminada, frequentada por famílias o dia inteiro. Antes não, nos dias de semana era deserta de gente, mas no rio e nas matas corriam muitos mistérios. Dei uns cinco minutos de dianteira e ganhei o asfalto. A chuva que impedia eu correr também impediria que eles desaparecessem na noite. A Estrada da Ponta Negra era escura. Por causa do tempo e do adiantado da hora quase não se viam carros. Enxerguei-os longe, ela andava macia na pista, devagar. Segui o carro por quilômetros, a chuva aumentou a intensidade, acompanhada de vento, raios e trovões. Quando estavam próximos do desvio que liga a Estrada da Ponta Negra com a Avenida do Turismo, agora o nome é esse, naqueles dias chamávamos de Estrada do Tarumã por causa das cachoeiras, tomaram o rumo de um igarapé e não foram para a praia. Depois o Zé entrou em uma estradinha que eu conhecia bem. Não passava de um caminho que acabava logo abaixo de uma ponte que cortava um igarapé de águas cristalinas. A gente lavava os carros nessas águas, por isso conhecia, resolvi voltar já que a moto baixa não permitiria que trafegasse na lama. Foi uma boa ideia não os seguir. Voltei para o entroncamento onde ficava a ponte e escondi a moto, para poder ver melhor o que ia acontecer. Fiquei escondido entre o mato, metros acima do curso d'água, e vi quando os faróis iluminaram a margem e depois se apagaram. Estava tudo escuro e os meus olhos já tinham se acostumado com a negrura. Ficou lá, na beira do igarapé, estacionada. Ninguém desceu dela, pensei que o Zé tinha ido para aquele lugar fumar um baseado tranquilo ou traçar uma puta. Bobagem, sabia que ele não gostava das putas. E nem fumava, fosse baseado ou tabaco comum. Os minutos passaram, duas horas já tinham escoado quando a porta do motorista abriu. Dela desceu o Zé, parecendo irritado com alguma coisa. Falava e gesticulava. Da distância em que estava escondido, o barulho da chuva e do vento impedia que entendesse as palavras. Ele caminhou para a margem do igarapé, olhando as águas turbulentas. Fiquei prestando atenção nele, e não notei quando entrou e manobrou. Rapaz, foi uma manobra tão impossível que por instantes deixei de pensar no que ele fazia e passei a tentar compreender como o carro pôde virar em tão curto espaço? Como fez a manobra tão rapidamente? Não acreditava, comecei a ver que o carro descia e subia encostado no corpo do Zé, que também não vi quando desceu, devia ser por causa da chuva. E o carro se alisava semelhante um animalzinho que necessita de carinho e amor. Limpei a água dos olhos, não havia como me enganar. O carro se contorcia como se fosse feito de matéria viva, como se fosse um animal. E não tinha dúvidas, era uma fêmea, uma fêmea de aço que se alisava no corpo do Zé Biela, frenética, sensual. Ele se abaixou e com os braços abertos abraçou-a, beijando o metal frio como se beija a boca quente de uma mulher. Foi quando aconteceu.

— Puta que os pariu! E ainda aconteceu coisa mais esquisita que isso? — indagou André Sandoval.

Foi a parte que destruiu tudo. Zé Biela foi para trás do carro, que murchou os pneus, pois sua altura diminuiu com relação ao homem. Vi quando ele tirou as roupas, na chuva, nu ele como que entrou no corpo daquela máquina infernal e fizeram amor, já imaginou isso, amor, um carro com um homem, e as luzes dela acendiam e apagavam e o motor dava roncos de potência. Não sei como me notaram, quando dei por mim os faróis já iluminavam o local onde me escondia. Demorei alguns segundos para acordar do transe, corri feito louco para a moto estacionada. Subi e acelerei, para ganhar terreno à frente dela, não adiantou nada. Não sei por que caminho ela passou, parecia que escalara a mata para me pegar. Os faróis iluminavam a pista, não havia como escapar daquele carro assassino. Comecei a chorar. Daí lembrei que existia cemitério novo na estrada, que agora é um baita campo de mortos, e que de lá podia alcançar o bairro do Lírio do Vale. Entrei pelo portão e vi as luzes brancas enchendo a noite, uma luz branca de morte, mas o carro não passou do portão para dentro do cemitério. O vigia acenou com uma lanterna, eu nem ouvi o que dizia. Aproveitei que o carro parou e desci a alameda central até o final, e por lá existia uma trilha de terra até o bairro. Aquela coisa não me seguiu dentro do cemitério, naquela noite não sabia e até hoje não sei o motivo. Consegui chegar lá em casa dois dias depois, usando os pés e as lotações. As motos e os carros deixaram de existir para mim. Contei o que vi para o Tadros e o Rodrigo. Eles ouviram e não disseram nada. Aquele carro é o Mal, João, sempre foi. Invocaram algum espírito medonho na pedreira, o que veio acho que incorporou no trator que o velho furtaria. Lá onde a Veraneio nasceu, nasceu possuída pelo que invocaram. Os únicos que viam a verdadeira natureza do carro eram o Tadros e o Café. Tive de encher a cabeça com cachaça e fumar muito mel para chegar perto do buraco e dela no dia do enterro, no depósito da Justiça. Por isso eu digo, cuidado. Ela saiu do chão para se vingar. Tadros prometeu que não iriam tocá-la. O infeliz mentiu. Todo mundo achou que o Zé não sobreviveria na prisão tantos anos. Sobreviveu e agora quer se vingar. Narciso descobriu que ela controlava a cabeça de vocês, depois que se foi era como se vocês tivessem morrido.

— Acho que eles estão juntos — disse João Martins.

— Os dois? Um carro enterrado que volta para assombrar e que anda como se fosse zero quilômetro? Essa é forte demais, João — falou Sérgio Fogaça.

— Vocês viram os acidentes, não existe explicação formal para aquilo, muita coisa acontece debaixo do nariz de todo mundo, o problema é que cada qual trata apenas do seu mundinho e não se importa com o que ocorre fora dele — respondeu João Martins.

— Porra, João, se a gente começar a acreditar nisso tudo daqui uns dias nós veremos discos voadores no céu — falou Sérgio Fogaça.

— Gente do espaço? Andam muitos pela cidade, fazendo negócios com os poderosos. São perigosos e com eles ninguém se mete — disse Bocão.

Os três ouvintes viraram para ele.

— Não falei — comentou Sérgio Fogaça.

— Vou mostrar uma coisa pra vocês — interrompeu Bocão.

Bocão entrou em seu casebre, pelo barulho que fazia remexia em caixas procurando alguma coisa. Um disparo de arma de fogo soou longe, em algum local no mar de pontos de luz elétrica. André foi averiguar, ele pensou em um enorme lago onde cuias cada uma com uma vela flutuassem ao sabor dos banzeiros. Não notou nenhum movimento estranho nas ruas abaixo, exceto uma luz brilhante que poderia ser uma viatura ou uma ambulância. Daquela distância André não poderia responder com clareza, trafegava em alta velocidade pelas ruas até que sumiu de vista.

Nesse intervalo, um evento sinistro começava a se desenhar nas ruas esburacadas da comunidade Esperança. A noite calma não inspirava maiores cuidados pelos olheiros das gangues nas ladeiras da invasão, apenas os três sujeitos com toda a pinta de serem da polícia haviam subido, agora estavam em parlamento com Bocão, no alto da elevação. Devia ser algum arrego não programado.

O grande carro negro apenas deslizava nas ruas seu enorme corpo de metal. O motorista corrigia a trajetória usando o volante, mas o carro rodava sem ter um destino provável. Parecia que procurava alguma coisa, que obviamente ainda não tinha encontrado. As sucessivas voltas, no mesmo circuito de ruas, começaram a impacientar os olheiros daquele turno e foi com um aceno que o pior cenário se mostrou aos marginais, pois ousaram tocá-la.

Dois jovens acenaram com as mãos para que o carro parasse o avanço. Com armas em pronta ação, puseram-se à frente do enorme gradil, observando os próprios rostos refletidos no para-brisa do carro. Por detrás do vidro enegrecido, não se podia observar nenhuma forma humana, mas o certo era de que não haveria um fantasma guiando aquele carro, portanto o mais sensato seria se afastarem obedecendo ao comando. Os marginais não estavam dispostos a ceder nenhum metro. Um deles aproximou-se. Olhou e decidiu mostrar com quem estavam lidando. Com os pés, fez voar em cacos a mica do farol dianteiro esquerdo. O motor acelerou.

A resposta foi curta e nada sutil.

O carro subiu aos ares e pulou em cima dos dois homens, toneladas de metal transformadas em uma prensa móvel, que fez tremer a rua quando aterrissou. Os outros ficaram paralisados, apenas assistindo ao espetáculo da morte que aniquilou os dois imprudentes. Como um pesadelo, o carro balançou seu corpo, espalhando os pedaços dos homens em gotas de sangue e jatos de linfa misturados aos restos mortais presos nas partes de baixo do veículo. Os outros marginais viram aquilo e, com a decisão nascida destes momentos, abandonaram os postos de controle e observação e começaram uma louca escapada para o alto da elevação onde morava Bocão.

A Veraneio continuou buscando algum rastro ou foi o que pareceu aos moradores, que assistiam das casas os movimentos do carro. Eles viam a dianteira abaixar até rente ao chão realizando torções impossíveis na carroceria que acreditavam rígida, voltando para os lados como que buscando uma referência para seguir algo ou alguém. Não demorou conseguiu o rastro. A Veraneio passou a rodar silenciosa na direção da elevação sem ruas onde morava Bocão, subindo um metro de cada vez as encostas íngremes. As pessoas começaram a se incomodar com aquela demonstração de virtuose mecânica, muito acima das potencialidades de um caminhão, mesmo aqueles adaptados em vencer terrenos hostis. Semelhante a um bando que corre de um predador, começaram a subir as encostas, abandonando suas casas.

Atrás deles, vinha uma força sinistra sedenta de sangue e morte e logo os sons da destruição chegariam aos quatro homens. André voltou para sentar-se, minutos se passaram até o retorno de Bocão, que trazia algumas páginas de papel nas mãos e debaixo dos braços. Com cuidado, ele se sentou mais uma vez na rede, o estranho foi o óculo com aro grosso, um modelo antigo feito com casco de tartaruga enfeitando seu rosto e uma lanterna com luz branca.

— É companheiro, a velhice acaba com tudo — disse Bocão, ajeitando o óculo e mirando um facho de luz em alguns dos papéis que agora lia. — Na delegacia do bairro, conheço um camarada que compra e vende muamba. É coisa boa, fruto de apreensões que eles fazem quando estouram as "bocas de fumo" dos que não são associados. Televisores, toca-fitas para carros, filmes em DVD ou Blu-Ray, celulares, ele disse que é quase impossível por causa da burocracia chegar ao dono original, as lojas teriam de facilitar acesso aos cadastros, nomes de clientes e endereços, estas coisas. O escrivão e o delegado participam do apurado com a venda, tudo na legalidade, comprovante com boleto pago e carimbo de nossa associação. Depois que o Zé foi atrás do depósito, mandei por intermédio de um chegado um recado, depois desci até a delegacia. Estava com uma ideia na cabeça e não queria desperdiçar, liguei para ele e a gente se encontrou no pátio do 4º DIP.

— O DIP da Grande Vitória? — perguntou Sérgio.

— Este amigo trabalha lá, é gente do bem, afinal ele não roubou nada que negociou.

— Não disse nada, Bocão — respondeu Sérgio Fogaça.

— Afinal de contas, o que foi que tu pediste para ele fazer, Bocão? — perguntou João Martins.

— Vivemos em uma era de informação, meus amigos, informação, tá tudo guardado nos computadores, é só saber o que perguntar. Pedi para ele filtrar no sistema de registro automático de boletins de ocorrência tudo que fosse relacionado com um carro preto, um utilitário preto, informações tipo acidentes, avanços de sinal, multas por excesso de velocidade, quem sabe uma vítima de acidente que um carro com estas características estivesse envolvido. Informação! Ele me passou esse calhamaço hoje à tarde, li uma parte, a maioria é maluquice de bebo que sabe histórias e já inventou as suas para impressionar a turma. Também li relatos que são bastante incomuns.

Bocão passou o calhamaço de papel impresso na delegacia para o crivo de André Sandoval e Sérgio Fogaça. Eles começaram a ler, sem saber o que de fato procurar. O que existia impresso nas folhas consistia nos relatos dos boletins de ocorrência, desde a quinta-feira até a data anterior àquele dia. As palavras-chave eram "preto", "Veraneio", "utilitário sem placa", "envelhecido", e uma incomum caixa de pesquisa onde foi marcada a opção "estranho" ou "não identificado".

Alguns minutos se passaram, uma vez que a iluminação deficiente em nada ajudava a leitura das cópias. João Martins nada lia, Bocão apenas aguardava o reconhecimento de seu triunfo pelo viés do conhecimento. Uma vitória para ser celebrada, em sua opinião.

Foi André Sandoval quem primeiro leu:

— Sábado, dia 12 de junho de 2010, por volta das 22h30 — na Avenida Cosme Ferreira, bairro Coroado. Acidente sem vítima fatal, apenas lesionada, sexo feminino, 32 anos, Carmen Lúcia Durando, casada. Dirigia um sedan Ford modelo Fiesta, ano e modelo 02/03, azul, placas JWO 6265. A noticiante relata que por volta das 22h30 dirigia em velocidade moderada seu carro indo na direção do bairro onde reside, cito São José 1, quando ouviu uma buzina personalizada atrás de si. Não reconheceu o que a buzina dizia. Pareceu ouvir palavras de baixo calão. Ela olhou pelo retrovisor, não identificando o carro de onde pudesse ter saído o som da buzina "estranha", ela diz ter pisado no freio, apenas para alcançar a pista de estacionamento, pois estava muito à esquerda. Não avistou nenhum veículo, subitamente "alguma coisa" veio de encontro ao carro que dirigia, e foi como se o carro estivesse preso em um guincho invisível. E foi puxado de um lado a outro com tamanha violência que ao ser liberado da "força invisível" que o prendia capotou várias vezes antes de bater no muro de uma loja, não identificada pela noticiante. Perguntada sobre o que teria acontecido, ela apenas disse que presenciou um enorme carro todo preto pelo retrovisor enquanto rodava presa ao que ela não sabe explicar.

— Sinistro! — disse Bocão.

Sérgio Fogaça continuou:

— Domingo, dia 16 de junho de 2010, por volta das 10h30 — na Rua Carmim, bairro Jorge Teixeira. Vários carros foram avariados em pleno trânsito por outro veículo não identificado pelos motoristas ou por quem quer que fosse, sendo que os veículos avariados apresentavam inexplicáveis avarias em suas latarias, onde faltavam pedaços de metal que não foram localizados na área do acidente. A Perícia não conseguiu instruir o DIP com informações para anexar no boletim de ocorrência. Caso a ser investigado.

André Sandoval completou:

— Moradores das casas próximas à barreira destruída afirmam que um dos carros envolvidos no acidente, um modelo utilitário não identificado, de cor preta, saiu de forma inexplicável do acidente, intacto. Nesse acidente morreram duas pessoas, sendo uma o policial militar que cumpria plantão e que trabalhava no posto e outra um usuário que passava por verificação. Não existem outros dados para elucidar o fato.

— Viram? Ela está descontrolada, ele e ela, o casal — disse Bocão.

— Querem vingança contra quem os traiu. Eu, Narciso, Mário, Tadros, Rodrigo e tu, Bocão.

— Eu? O que tenho com isso?

— Tu viu eles fazendo amor, um segredo que ela queria esconder.

— Aqui eles não podem me pegar, estou salvo, não têm rua por onde ele possa guiá-la até mim — disse Bocão.

— Isso é loucura! Um carro não pode voltar a funcionar depois de vinte e cinco anos enterrado! — disse enfático Sérgio Fogaça.

O que aconteceu a seguir pôs a termo uma discussão que se prolongaria por muitas horas, em que cada qual com suas afirmações, suas crenças e certezas mais absolutas tentaria convencer os outros da estupidez de defender suas teses. É bem verdade afirmar que seria quase impossível adivinhar o curso dos acontecimentos, ao menos ficou evidente que nenhum deles estava enveredando nas trilhas escuras da loucura senil.

Enquanto discutiam, um som abafado de metal foi se fazendo mais presente e próximo. Pensou-se em uma caçamba descarregando pedras, pois o som do impacto no metal contra um obstáculo sólido que oferecesse resistência seria igual. Outros sons sucediam a aquele, como o destroçar de madeira, o acelerar de um potente motor e outros sinais de destruição.

Bocão calou e os outros também fizeram silêncio, atentos agora aos sons que vinham da parte mais abaixo de onde estavam. Quando um pequeno transformador estourou naquela direção, eles mergulharam na mais completa escuridão. Aproximaram-se do limite da descida, para observar alguma coisa entre as árvores da encosta e as casas. Foi quando recomeçou tudo, agora acompanhado de gritos lancinantes entre as acelerações e os impactos sucessivos.

— Que diabos será isso! — exclamou Bocão, beijando e segurando um cordão onde estava presa uma cruz de palhinha.

As pessoas surgiram vindas da parte baixa transidas de pavor. Elas passavam por Bocão e os três homens com tamanha velocidade que não se podia perguntar nada a nenhuma delas. O horror se deu quando Bocão acendeu uma lanterna de emergência, passando a iluminar as pessoas. Elas estavam feridas, algumas tremiam de pavor. Um homem parou perto da ribanceira e descarregou os tiros de uma pistola na escuridão.

— Seu Manoel! Pode acertar alguém, homem. O que aconteceu? Fala!

— É o demônio, Bocão! O demônio que veio punir os danados.

— Que demônio, Manoel?

— Um carro do inferno. Ele sobe a encosta como se fosse um animal destruindo tudo. Parece um animal, Bocão, cheirando os destroços e...

Manoel não tinha acabado o relato fantástico quando duas buzinadas sinistras ecoaram na noite. Não havia mais dúvida, algo subia a ribanceira sem rua para matar Bocão. Ele e João Martins conheciam aquelas buzinadas. O som de destruição foi chegando mais perto deles, dois fachos de luz subiam agora aos céus prenunciando a morte para quem encontrasse. Bocão estava estatelado de pavor, não conseguia se mexer, nem pensar. Suas pernas tremiam e de sua boca saía apenas um murmúrio de lamentações. André e Sérgio foram os únicos que ainda viram a "máquina do mal" avançando resoluta em direção ao casebre de Bocão. O Carro da Morte em todo o esplendor da fúria mais homicida que se podia imaginar. Ela dava saltos passando pelas casas em escombros, deixando um rastro de morte. Os olhos de André e Sérgio viam, embora não pudessem acreditar naquela cena dantesca, onde o limiar do inferno podia ser vislumbrado nas ações daquela impossibilidade. Quando João Martins tocou os homens, foi como se os tirasse de um sono fatal.

— Ela me encantou durante anos, não vai conseguir fazer isso de novo — disse João Martins.

Os três homens se olharam.

— Bocão! — disseram em uníssono.

Eles se aproximaram de Bocão, que murmurava.

— Como a gente sai daqui? — perguntou João Martins.

— Chegou a hora de acertar as contas — respondeu Bocão.

— Acertar o caralho! Como a gente sai daqui de cima? — André Sandoval falou e, sacando a arma, apontou o cano escuro e frio na cabeça de Bocão, que por mais que temesse o poder do Carro da Morte e a vingança de José Macário, temia ainda mais uma arma apontada para sua cabeça.

— Vamos por aqui — disse Bocão, correndo.

Neste momento, as luzes espectrais dos faróis iluminaram o topo da elevação onde Bocão morava. Os faróis viram apenas os quatro homens desaparecendo na descida que levava ao lado ainda desabitado da elevação. Ali não podiam construir casebres, pois sempre se corria o risco de desmoronamentos das encostas. Os pilantras que moravam na subida escapavam por aquele caminho dos cercos da polícia, usando uma tática suicida, que consistia em se atirar no vazio para se agarrarem nos cipós que desciam no paredão do outro lado da depressão aberta por um desmoronamento.

— É aqui! — disse Bocão.

A Veraneio ganhava terreno rapidamente.

— Puta que os pariu! E agora? — perguntou Sérgio.

— Pega distância, pula e se agarra nos cipós — Bocão respondeu, enquanto se atirava no vazio.

Quando Sérgio Fogaça atingiu o paredão do outro lado, perdeu duas unhas da mão direita, pois teve de cravar os dedos no barro endurecido. Bateu com o rosto na parede, mas parecia que o nariz estava inteiro e não tinha quebrado. Nada doía naquele momento, ele deu graças a Deus por escapar com vida da coisa que acelerava, iluminando o paredão com os quatro homens agarrados como podiam. Sérgio moveu a cabeça em todas as direções, vendo seus companheiros, subindo aos poucos. Da face de João Martins descia sangue em abundância e André apresentava um corte na testa que parecia não ter atingido o olho. Bocão era o único que saiu ileso do salto. Sérgio pensou quantas vezes ele não teria dado um salto semelhante, para escapar da polícia e dos outros concorrentes criminosos. Quando alcançaram o platô que sobrara da voçoroca que arrastou parte do terreno, eles estavam exaustos.

— Ela parou — disse João Martins.

— Faltou espaço, acredito que possa saltar até mais distante, se ela tivesse tentado a gente estava morto. E a viatura que vocês vieram? — perguntou Bocão.

— Ficou lá fora estacionada — respondeu Sérgio Fogaça, avaliando o estrago nas mãos.

— Deixa a viatura para lá! — gritou André. — Depois disso, tu ainda queres arriscar no asfalto? Com aquele carro maldito e esse tal de Zé Biela na tua cola, aqui estamos mais seguros, vamos esperar a noite acabar e daí a gente pensa em alguma coisa.

— O André tem lá um pouco de razão, João. Olha só? Disse razão ainda que pareça um pesadelo maluco — falou Sérgio Fogaça.

— O carro existe! Como foi que aconteceu não sei, o fato é que o carro não é uma assombração, ele é real e mata — disse João Martins. — Droga!

— O que foi, João? — perguntou Bocão, observando a escuridão do outro lado do precipício.

— Preciso ligar para o Mário Camará, acho que deixei o celular dentro do carro.

— Só para ligar para esse tal de Mário? Qual é, João? Tu não viste o que aquele carro pode fazer, dá quase para acreditar que o carro tem um pacto com o demônio — falou André Sandoval. — Usa o meu celular.

— Impossível. Não tenho de cabeça o número dele. Tenho de acessar a agenda do celular.

Enquanto a conversa entre João Martins e André Sandoval se estendia, o som das sirenes começou a ser ouvido, assim como o reflexo de luzes giroscópicas aparecendo por entre as árvores que existiam do outro lado do precipício.

— A polícia e ambulâncias da emergência — disse Sérgio Fogaça.

— Têm como voltar, Bocão? — questionou André Sandoval.

— Para quê voltar?

— Precisamos daqueles boletins que tu mostrou — respondeu André Sandoval.

— Aquilo é só papel, ler e reler não vai ajudar e nem proteger a gente. Bocão olhou para André, depois para João Martins e Sérgio Fogaça. Como não obteve quórum suficiente para dirimir do espírito de André a vontade de voltar ao seu casebre arrasado, teve de falar, mesmo a contragosto:

— A gente desce por um caminho até lá embaixo e depois sobe, por trás da rua.

— E se ela estiver lá? — perguntou Bocão.

— Vamos começar a rezar para que ela não esteja — disse João Martins.

O grupo se pôs em marcha, seguindo os passos de Bocão.

Capítulo 15

Segunda-feira, 14 de junho de 2010
23h30

I

Nas noites de segunda-feira, o bar que Mário Camará frequentava com assiduidade nos últimos dez anos sempre fechava as portas próximo das 20 horas. Depois que soube da saída de Zé Biela da prisão, gastou uma grande quantia para pagar aos meninos e meninas da rua em troca de ajuda. Esses adolescentes eram os olheiros dos grupos que comandavam o tráfico e os roubos na região onde morava. E os instruiu para ficarem de olho em qualquer carro preto, tipo van ou utilitário, que circulasse nas ruas sem destino certo ou que aparentasse procurar um endereço.

Neste caso, o dele.

Enquanto os jornais falavam dos acidentes estranhos que assolaram Manaus nos três dias consecutivos ao da libertação de Zé Biela, Mário Camará se precavia de uma visita indesejável. Pediu que anotassem a placa, quem sabe um deles pudesse tentar ver o motorista, uma vez que a descrição poderia bater com a fisionomia de Zé Biela, cuja face não poderia esquecer. Por segurança, passou a evitar as ruas desertas após o sinistro acontecido com Narciso Cárceres, ficando em casa todo o tempo, mas os detalhes da morte de Narciso não lhe davam essa certeza.

Alguma coisa lhe dizia para tentar encontrar as pessoas do seu passado. Sabia que Narciso morava no Mauazinho, no quarto de numa estância. Ligou para muitos conhecidos e, após gastar uma grana considerável com estes contatos, conseguiu o endereço do quarto onde ele passara os últimos anos recluso. Foi por causa disso que tomou a decisão de ir procurar o lugar que poderia guardar os segredos capazes de detê-la. Esse pensamento era uma esperança que o movia e dava coragem, no entanto, ainda não sabia o quanto seria difícil confrontar sua inimiga.

Olhou para os dois lados da rua antes de sair de casa. Jovens iam para algum culto evangélico acompanhados dos pais e outros parentes, e em oposição a esse grupo assistiu várias garotas bonitas que desciam e subiam alvoroçadas em busca de aventura. Carros passavam devagar procurando passageiros ou pescando uma carona eventual dentre estas garotas, na maior naturalidade. Enquanto isso, o coração de Mário batia forte no peito, tanto que pensou em apanhar um táxi, mas desistiu ao se lembrar das últimas notícias sobre estranhos acidentes e uma destruição inexplicável. Decidiu pelo transporte público.

Um ônibus possante, conjecturou Mário, seria adversário mais que suficiente para quem se atrevesse a confrontá-lo. Não demorou, um coletivo de passageiros surgiu dobrando a esquina. Pela numeração, calculou que ficaria perto do bairro para onde queria ir. Subiu e pagou a passagem, indo sentar-se bem no meio do veículo.

Poucas pessoas viajavam por causa da hora avançada, então seria um trajeto rápido, pensou, e como tudo parecia bastante calmo, passou a acompanhar a paisagem que corria pela janela de vidro como um filme acelerado. Por causa dessa distração, não notou uma poderosa luz que um carro estranho, todo preto, jogou na rua onde segundos antes estava parado. Ele também não prestou atenção no lenço que caíra do bolso de sua camisa, lenço que pousou na rua ao lado da sarjeta. Uma garota observou e ainda tentou chamar a atenção do senhor esquisito que olhava para os lados a toda hora.

Inútil, ele não a escutou.

A garota olhou o lenço para ver se não estava sujo de catarro ou coisa pior e ficou segurando o objeto na mão. Sem que percebesse, outra garota tirou esse lenço de sua mão. Era uma das guardiãs de Mário. A primeira a conhecia e sabia sua fama obscura, e se afastou rápido. A jovem que apanhou o lenço acenou para os companheiros, que foram procurar um local para sentarem-se e vigiar as ruas.

— Mário deixou cair e aquela folgada pegou para devolver, eu acho que foi isso. Quando o velho voltar, eu entrego e pego com ele um dinheiro para a gente gastar. Ele é um velho legal e não vai negar uns trocados.

Enquanto conversavam, o trio responsável pelo monitoramento não prestou maior atenção no carro preto que empinou a dianteira na direção do beco onde Mário tinha uma casa escondida dos olhares mais curiosos. Ele ensinara muitos truques aos pequenos traficantes da área, como enganar as guarnições da Polícia Militar ou escapar dos flagrantes montados pela Polícia Civil. Em troca, pedia proteção e salvo-conduto de suas idas e vindas, sempre embriagado e roto. Os marginais confiaram nestes ensinamentos, honrando o pacto firmado. Protegiam-no, mas não eram seguranças de Mário Camará, e nada custava para eles se livrarem de tipos curiosos e indesejados.

Tipos que às vezes apareciam em carros como aquele todo preto, parado na entrada do beco.

Dois garotos e uma bela jovem, que vendiam tóxicos na esquina, ficaram olhando o impressionante veículo parado. Eles riam, debochando da falta de percepção do motorista, uma vez que era evidente a impossibilidade de um carro tão largo quanto aquele passar nas estreitas ruelas. A Veraneio, por sua vez, acelerava e parava, indecisa em avançar ou não para a casa de Mário Camará e pô-la abaixo com quem estivesse dentro.

Os vidros escuros não deixavam nenhuma luz passar, com isso os garotos na esquina começavam a se impacientar com a atitude incompreensível do motorista, que insistia em acelerar o barulhento motor na mais alta rotação. Um deles, o mais longilíneo, colocou a mão na coronha de sua arma. Apesar de não ver nada, o garoto com a arma sentiu os pelos do braço e a pele fina dos testículos dentro das calças arrepiarem, em um sinal inequívoco de perigo mortal e iminente.

Levantou-se da calçada, pois estava sentado, e examinou os vidros daquele veículo estranho. Escuros como se uma placa de metal, em vez de vidro, compusesse a lâmina do para-brisa. Um bafo frio saía da lataria do carro, que tinha um aspecto estranho, parecendo maior e de proporção curiosa. Quando se aproximou, o garoto sentiu o cheiro da terra úmida e seu olfato o levou em uma viagem quando teve de acompanhar o enterro de um desafeto do bairro, em um cemitério clandestino usado pelo seu grupo criminoso, em um sítio no Ramal do Aningal na estrada que liga Manaus à cidade de Manacapuru. Enquanto cavava a terra fofa, pedaços de matéria decomposta misturada com terra preta vinham pregados na picareta. O cheiro era uma mistura de putrefação, terra e umidade. O cheiro dos cemitérios. Da morte. E daquele carro enigmático.

Com passos lentos, o garoto foi recuando mesmo sem saber ao certo por que fazia aquilo. Mistérios insondáveis perpassavam em sua mente deturpada, pois ele sabia que existiam momentos como aquele, em que uma força muito maior que a de homens como ele operava sua torpeza pelo mundo. O vidro escurecido do carro parecia agora uma tela demoníaca, e se mirasse nela poderia enxergar coisas que o deixariam louco. Quem dirigia aquele carro estava alheio a sua presença. Ele não sabia, apenas intuía que seria bom se assim permanecesse. O garoto se aproximou dos outros dois, segurando a mão da menina com a pele gelada que a encheu de medo. O outro rapaz não movia um músculo observando o carro preto arfar, se é que poderia atribuir tal peculiaridade a uma máquina.

Segundos foram se arrastando, até que o carro estranho começou a dar ré, para manobrar de volta à rua principal. Foi neste momento que a menina apanhou seu celular e começou a discar um número. Ela colocou o aparelho no ouvido, do outro lado alguém atendeu.

— Alô?
— Oi, seu Mário — disse a menina.
— O que foi, Gabriela?
— Não era para informar qualquer coisa estranha?
— Sim — a voz de Mário Camará começou a perder a naturalidade.
— Depois que o senhor saiu um carro apareceu.
— Um carro?
— Na verdade, parece mais um tanque de guerra, todo preto e largo, quase não entra na rua — respondeu a garota.

Gabriela não notou a súbita parada do veículo preto desde o momento no qual pronunciara o nome de Mário Camará. O motor soltava estalos de potência, seus pneus começaram a girar na direção dos jovens. Pelo tamanho do carro, seria preciso várias manobras de esterço para conseguir mudar sua posição, pensou um dos rapazes. Caso o carro acelerasse em sinal de agravo, correriam para o beco, cuja entrada estava a poucos metros.

— Gabriela?

— Fala, seu Mário.

— Saia daí agora! Esse carro e quem estiver nele é gente perigosa, ainda mais se souberem do nosso trato — disse Mário Camará.

— Gente ruim, seu Mário? — Gabriela falou alto, para que os dois garotos a ouvissem.

Ela nada tinha de inocente, sabia como tratar com gente ruim. Por azar, Gabriela usou o lenço que Mário Camará tinha deixado cair ao subir no coletivo. Serviu como sinal para que funestas ações começassem. Gabriela limpou o suor que lhe escorria da testa usando o lenço de Mário, e ao abanar o lenço no ar foi como se acendesse um rastilho de pólvora. O motor urrou com toda a potência infernal dos cilindros.

— O carro enlouqueceu, Mário! — gritou Gabriela.

— Fuja, Gabriela! Fuja! — berrou Mário Camará.

Alguns passageiros o olharam preocupado, ele apenas ouviu gritos, tiros, gemidos e uma medonha aceleração. O celular ficou mudo e a linha foi cortada. Uma mulher ao lado de Mário Camará comentou algo com a cobradora, que foi falar com Mário:

— Senhor? — perguntou a cobradora do coletivo.

Mário Camará permanecia paralisado, olhando para o aparelho em sua mão.

— O senhor está bem? — repetiu a mulher.

— Acho que recebeu uma ligação de algum parente ou conhecido, devem ter dado notícia de morte — falou uma senhora que usava chapéu.

Outras pessoas davam opiniões diversas para explicar o ocorrido, nenhuma delas sequer se aproximava da canhestra verdade. O passado, como em um passe de mágica, voltara para atormentar a vida de Mário Camará. Imagens de atrocidades cuja vileza o assombravam, e ele não sabia a origem daqueles quadros torpes, se era produto de sua imaginação ignóbil ou a expressão da loucura da qual se aproximava dia após dia embalado pelo álcool. Uma parcela de anos de sua existência foi como que apagada de sua memória, e quando dormia os sonhos o levavam sempre a uma região sombria onde a morte cruel era fato de prosaica comunhão, com antigos amigos celebrando os cadáveres que apodreciam aos seus pés.

O que teria feito naqueles anos?

E por que não se lembrava de nada, exceto quando dormia?

Uma imagem surreal, onde enterravam um carro, como se fosse gente. Um carro preto, que Mário Camará sabia tratar-se de um modelo usado pela Polícia Civil no tempo em que se tornara investigador. Ele contou cinco anos de amnésia, tempo que se diluiu como areia do tempo em uma ampulheta. No entanto, outra coisa estava associada a essa perda inexplicável de memória que sofreram, excetuando-se o famigerado Café e Raimundo Tadros. Um temor subjetivo, que nascia quando caminhava pelas ruas entre os carros. Conversou com Tadros, que o encaminhou para a junta médica, para tratar de doença na cabeça.

Rodrigo Sosa jamais foi um amigo, na última conversa que travaram ficou no ar a impressão de Rodrigo temer as mesmas coisas que Mário Camará temia, embora naquele homem causassem mais horror, pois parecia que sabia qual a razão deste medo.

O único com quem conversava, ainda que fossem conversas inúteis já que ambos sofriam do mesmo distúrbio, era Narciso Cárceres. Eles se encontravam nos bares a beira-rio, onde falavam sobre seus pesadelos e dúvidas. Narciso acrescentara a sua natural personalidade soturna um traço de obscurantismo nascido das angústias adquiridas nos longos períodos de tratamento psiquiátrico. Falava de poderes ocultos, forças terríveis que habitavam abismos ignotos, longe dos olhos e ouvidos humanos. Ele adquirira um ódio visceral por Rodrigo e Tadros, que ele dizia serem artífices de todas as maldades.

Quais seriam?

Ele não conseguia lembrar. Narciso falava sobre invocações de sombras, que habitavam recantos proibidos no mundo, e talvez falasse até de outras realidades que não está na qual vivemos, onde monstruosidades esperavam o momento mais oportuno para se manifestar.

Havia a história de uns tratores, que ele disse ter ouvido nos círculos mais internos de grupos estranhos, que certa época frequentou. Colheu informações e copiou documentos nestes lugares, guardando tudo em um quarto alugado, onde morava solitário. Um homem devorado por fantasmas e demônios. Pobre Narciso Cárceres, assombrado por fantasmas e ainda assim eles eram amigos. Isso que importava, nada mais.

Dias antes, outro amigo do passado tinha ligado para ele, ou fora o contrário, já não recordava por culpa da cachaça. João Martins Cebalo. Com rapidez, deixando os dedos passarem de tecla para tecla, Mário Camará começou a procurar em seu telefone celular a ligação de João Martins. As pessoas já o tinham deixado em paz, afinal se era louco não fazia o tipo colérico, estando mais para o pacato degenerado. Quase gritou de emoção quando o aparelho vibrou em suas mãos. Alguém o chamava, Mário rezou para ser a menina Gabriela, que não merecia final tão trágico, ainda que isso significasse para Mário mais um degrau na direção da loucura total.

Ele olhou o visor do celular, não reconhecendo o número como sendo o de Gabriela, o que provocou uma pontada de gelo no coração.

— Alô? — disse Mário Camará.

— Mário?

Seus dedos congelaram segurando o aparelho, aquela voz sempre lhe traria más notícias, como fora no passado, mas lembrava pouco desta época esquecida. Estava caminhando para o final, apesar de teimar em buscar alegrias passadas de onde retirava parte da pouca vontade que tinha para continuar a viver. Os últimos acontecimentos na cidade, para sua angústia, o tinham desvelado memórias turvas. Ele não saberia afirmar quais blocos de imagens eram a realidade e quais deles pertenciam ao misterioso mundo da imaginação.

— Ele voltou, João. Voltou para se vingar, eu mesmo não consegui lembrar tudo o que fizemos a ele — disse Mário Camará.

— Não foi só ele. Outra coisa retornou do passado, algo sempre presente, a cadela de guarda fiel, incansável. Nos dominou, mas de alguma forma me libertei, e vi como ela é de verdade!

— Ela? Que ela, João? Quem é esta mulher?

— Antes fosse uma mulher, mas não é uma mulher, Mário. Falo dela, o Carro da Morte, mas na verdade é o carro do Diabo.

— Ela foi enterrada? São verdadeiros todos os pesadelos?

— Infelizmente, sim.

— O que a gente era, João? Monstros?

— Fizemos coisas ruins, quem vai nos julgar? Matamos quando a Veraneio ainda não existia na nossa vida, e depois matamos possuídos pela vontade do carro. Podemos tentar nossa redenção destruindo essa coisa infernal.

— Como ele conseguiu tirar o carro daquele buraco? Fazê-lo funcionar depois de tantos anos debaixo da terra.

— A história é longa, mas vou tentar resumir...

E enquanto João Martins falava, Mário começou a suar, resultado do terror que ia se impondo. Gotas de suor brotavam na testa do homem, uma delas escorregou pela pele, indo se depositar nos olhos de Mário Camará, que resolveu limpar a transpiração com o lenço que sempre trazia no bolso da camisa. Procurou o lenço, mas não encontrou nada. Repetiu o movimento nos bolsos da calça, tanto os da frente quanto os de trás.

Pensou, lembrando que talvez o tivesse deixado sobre o banco da parada de coletivos. A imagem do lenço foi, por um momento singular, congelada em um canto escondido de sua mente, pois representava um perigo mortal. Mário Camará apercebeu-se disso quando já era tarde demais.

Buzinadas infernais rasgaram a noite, atraindo a atenção de todos os passageiros. Duas senhoras se benzeram, para Mário Camará chegara a hora de acertar as contas com o passado e de pagar pelos seus crimes.

— O que foi isso? — perguntou João Martins.

— Ela está aqui.

— Não saia! — gritou João Martins.

— Não vou sair. Não será preciso — disse Mário Camará e desligou.

— O que ele falou? — perguntou André Sandoval.

— Ela foi atrás dele.

— E onde é isso?

— Dentro de um ônibus, ele não chegou a dizer qual.

II

O motorista olhou para o retrovisor, incerto sobre a que modelo de veículo atribuir buzinada tão medonha. Sabia da existência de tons personalizados que injuriavam ou caluniavam pedestres e outros condutores, mas tais modelos estavam proibidos. No entanto, não era uma voz compreensível que saía dos alto-falantes, apenas um som orgânico, como se fosse um grito mixado.

A segunda coisa que chamou a atenção do motorista foi uma intensa neblina que cobriu o trecho por onde trafegava. Outras vezes já acontecera fenômeno semelhante, mas não com tamanha extensão e com tanta propriedade. A fumaça branca que cobria o asfalto aparentava qualidades físicas notáveis, pois os faróis rasgavam sua substância como se fosse sólida e a velocidade começou a decrescer, devido à falta de visibilidade.

A cerração não dava sinais de que iria esmorecer, enquanto as luzes dos faróis perdiam seu poder de penetrar no manto branco da neblina. O motorista estacionou em uma parte larga o suficiente para a passagem de outro carro de grande porte.

— Não tinha visto na vida neblina tão densa — falou o motorista. — E essa buzinada?

Quando disse isso, olhou para trás, contando os passageiros. Oito passageiros, ele e a cobradora.

— Todo mundo vai para o Mauazinho? — perguntou o motorista.

As pessoas se entreolharam. Poucos dos passageiros reclamavam do horário, mesmo porque viam a dificuldade em guiar o ônibus na condição atmosférica presente. Um acidente seria inevitável caso outro motorista viesse na contramão, isso era coisa bastante plausível de acontecer. Apenas um deles, um sujeito com barba espessa e olhos negros, se mostrou desconfortável com a ideia de aguardarem, parados no acostamento.

— Porra, "motora" — o homem da barba espessa falou.

— Nada posso fazer — respondeu o motorista.

— Tu não podes, eu sim — disse o homem da barba, levantando-se.

— O melhor é aguardar a neblina passar — disse a cobradora, que de forma inexplicável havia ficado interessada no homem barbado.

— Nada disso amiga, meu ponto é aqui perto, posso ir andando até lá.

— É uma fábrica? — perguntou a cobradora.

— Sou vigia de uma propriedade, já pensou o que o patrão ia achar de mim, que em vez de estar lá guardando o galpão contra os pilantras estou aqui com medo de uma neblina besta? — respondeu o homem da barba.

Ao mesmo tempo no qual a conversa se articulava, em tom bastante civilizado, Mário Camará olhava para fora, tentando vislumbrar alguma coisa na alvura da neblina. Estavam ali parados fazia alguns minutos, no entanto nenhum carro e nem moto os tinha ultrapassado, nem vindo e nem voltando pela outra pista. Era como estar no fundo de um lago de leite. E se aquele era o fundo do mar, quem eles eram? Presa ou predador?

O homem barbado pediu para o motorista abrir a porta do coletivo. Pediu com calma, apesar do rogo para ficar e aguardar. A cobradora deu uma piscada para o homem, que desceu com o passo firme, entrando na neblina. O motorista resolveu ajudar e ligou o farol alto para iluminar o caminho até onde alcançasse. Todos os passageiros observaram o lento caminhar do homem pelo acostamento, com o para-brisa servindo de tela.

Mário Camará não poderia revelar seus temores, seria chamado de louco, acreditando cada vez mais que a prisão seria sua morada caso as imagens que pensava serem apenas imaginadas se tornassem tenebrosas e reais.

Ele ponderava sobre as implicações do que fizeram, ficando alheio ao que se sucedia dentro do ônibus. Os murmúrios das pessoas mudaram de tom, quando outra buzinada encheu o ar pesado da noite. Mário Camará teve a certeza de que restava pouco tempo para que alguma coisa acontecesse.

Foi uma das passageiras que disse ter visto olhos vermelhos acima do homem barbudo, já afastado uns bons cem metros. Quando outra buzinada medonha foi ouvida, os corações dos passageiros começaram a pressagiar um trágico final para a viagem daquela noite.

— O que a senhora falou? — interpelou o motorista.

— Estava olhando, de repente pareceu que dois olhos vermelhos surgiram bem na frente daquele senhor que desceu há pouco.

— Dois olhos vermelhos?

— No momento dessa sirene.

— O que são estas buzinadas, motorista? — outro passageiro perguntou.

— Acho que alguma fábrica aqui perto deu alarme das horas, só desconheço por que usam um som destes.

— Já ouvi um som igual — falou uma passageira.

— Menina. E onde foi? — perguntou a cobradora.

— No dia em que morreu um sujeito atropelado lá no bairro onde moro, dentro de um armazém, passou na televisão e no rádio. É como as sirenes dos enterros, com mais potência — completou a mulher.

— Olhem lá o barbudo! — gritou uma senhora, apontando o para-brisa.

A figura vinha correndo em desabalada carreira para o ônibus, ou assim pensaram. Logo atrás dele, sem que se pudesse ter uma definição exata do que poderia ser, um par de luzes vermelhas o perseguia. Poderia ser um carro de passeio, ou um caminhão, fosse lá o que fosse vinha na contramão da pista, o que demonstrava preocupante atitude em vista da pouca visibilidade.

— Por que ele está correndo? — questionou uma das senhoras.

Essa era uma pergunta que nenhum deles saberia explicar, os acontecimentos recentes indicavam índices crescentes de mortes e destruição, causadas por motoristas infratores que guiando carros poderosos se permitiam lances suicidas e homicidas pelas ruas da cidade. Em segundos, foram chegando aos ouvidos dos passageiros os gritos dilacerantes do homem que se aventurara na cerração. Parecia que entrara em pânico, o que o deixara em tal estado não se poderia adivinhar, já que ele aparentava solidez de emoções e indiscutível coragem. Decerto vira alguma coisa, o que foi permanecia um mistério. O homem barbado, cujo nome não sabiam, estava agora a poucos metros, tendo como referência os postes. Quando ele atingiu o último poste antes do ônibus, distante exatos cinquenta metros do veículo estacionado, parou agarrando-se à estrutura de concreto do pilar. Arfava exausto da corrida, e os faróis vermelhos não estavam mais atrás dele. Nesse momento a cerração adensou.

Mário Camará levantou da cadeira e tentou enxergar alguma coisa fora, agora a neblina espessa não permitia mais que poucos metros. Nem a luz alta dos faróis penetrava na densidade etérea da cerração branca, e as luzes dos postes pareciam estrelas opacas em uma nebulosa de brancura opressora. Cada vez mais vinham as lembranças dos terríveis feitos levados a cabo nos ramais e varadouros.

Ele não sentia medo do subjetivo, do irreal, do transumano, mas agora o coração palpitava de horror, algo lhe dizia para fugir, abandonar enquanto podia aquele ônibus e aquelas pessoas. Mário olhou, um a um, os rostos amedrontados. Se lhes perguntassem qual a razão de tanto temor, não saberiam dizer. A opressão que a neblina trazia fazia com que sentimentos atávicos mergulhados milhões de anos nos cantos mais sombrios da psique viessem à tona, reescrevendo os quadros mais horripilantes da vida humana na crosta da Terra, quando nos primórdios da história nossos antepassados temiam a noite.

E temiam seus habitantes.

O que fazia Mário Camará relacionar os faróis vermelhos com um predador foi um mistério sabido apenas por ele, faróis vermelhos iguais a olhos, espreitando por detrás da neblina dando a exata impressão de caça e caçador. Tudo ficou silencioso, apenas se ouvia o ruído da cidade, onde os ecos e o murmúrio mecânico distante dos motores quebravam a tensão do quadro que se formara. De repente, brotou uma vontade louca de saber o que se passara com o homem, sair no escuro para encontrá-lo, decerto colado ao poste de luz e energia. Dar a mão ao sujeito, precisado de ajuda a julgar pela corrida que dera em direção ao coletivo.

Ajudar alguém, talvez para poder salvar a própria alma condenada por tantos crimes. Mário aproximou o corpo da porta, por onde lufadas de neblina úmida e fria entravam em rolos distinguíveis contra a luz. Sentiu o corpo arrepiar ao receber aquela carga de ar frio. A surpresa quase o fez desistir do intento moral com uma velocidade impressionante.

Imediato a este pensamento, um grito surgiu vindo da direção do poste, onde o barbudo se agarrara. Insano, cheio de dor e desespero, um grito grave que cessou de repente. Mário Camará pôde ouvir ao final uma aceleração, rápida e vibrante. Aquilo era demais, a covardia não o dominaria. Desceu e quando pôs os pés no chão foi como se recebesse uma descarga elétrica, que o fez tremer convulsivo por alguns segundos. Reconheceu de imediato aquele sentimento, já o experimentara muitos anos atrás, quando ainda era jovem e imaturo. Aquilo era medo, efeito do mais puro horror, pânico corrosivo capaz de levar qualquer um à loucura.

Ele foi andando devagar na direção do poste e estranhou o fato de não lhe pedirem para ficar, ou terem falado palavras de cuidado. Parecia que todos sabiam das suas faltas, torcendo afinal pela justa punição. Ele não virou o rosto para o para-brisa, só sabia que as pessoas o olhavam desaparecer na neblina com ávida apreensão e nenhuma preocupação. Uma atitude sinistra que observara tantas vezes, quando os corpos assassinados eram encontrados ou quando um acidente matava algum desconhecido pelas ruas. As pessoas observavam a tudo, mudas, estateladas na contemplação de um grotesco espetáculo de morte e destruição.

Com poucos passos, Mário adentrou na neblina espessa. Andando com cautela, podia ver apenas o chão escuro, seguido de alguns pontos no acostamento, por onde se guiava. Em dado momento, sentiu como se uma onda de pressão lhe batesse no rosto, como quando um veículo em alta velocidade passava perto nas vias de tráfego. Ele olhou para todas as direções, nada vendo nem ouvindo que representasse um carro. O trajeto entre o ônibus e o poste durou talvez um minuto. Quando estava chegando perto, chamou pelo homem barbado.

— Ei, cara? Tu estás bem?

Nenhuma voz respondeu, nem um gemido foi dado. Mário Camará continuou avançando para frente com passos cautelosos. Poucos metros o separavam do poste, suas mãos já quase tocando no corpo cônico feito de concreto quando uma lufada de vento ou a respiração de um animal gigantesco, pensou Mário, afastou a neblina. Demorou alguns segundos para que identificasse o objeto.

A massa que estava estendida próxima do poste pouco lembrava um homem. Mário se aproximou, vendo o corpo do barbudo ensanguentado, cortado das mais diferentes formas.

Estraçalhado.

Foi como um choque, acordar de um pesadelo. Ele já presenciara corpos daquela maneira. Destruídos. Não por ele, nem qualquer dos antigos companheiros, e sim por um ser inominável que os dominava. Mário conhecia a dona daquela arcada demoníaca.

Pertencia à Veraneio dirigida por José Macário, o Zé Biela. Ao pensar nisso, dois faróis vermelhos apareceram na noite, e a frente horrenda, salpicada de sangue e carne, voltava a sua forma sólida, mascarando sua real e impossível natureza selvagem e, ao mesmo tempo, inorgânica.

— Maldita! — gritou Mário Camará.

Ele correu com uma força que acreditava não mais possuir. Suas pernas tocavam o piso de asfalto em uma rapidez inacreditável, seus pulmões nem ao menos arfavam cansados. Rezava para estar correndo na direção certa, pois se fosse para campo aberto seria uma presa fácil. Logo a sua frente o ônibus e, por Deus, a porta continuava escancarada. Às suas costas surgia a viatura. Vinha desenfreada, homicida, descontrolada, guiada por mãos que traziam a vingança, fruto da traição. Sua sombra começou a se projetar no chão, cada vez mais comprida. Faltava poucos segundos para entrar, onde acreditava estaria a salvo do carro medonho. Mesmo correndo, não parava de pensar.

Como ele conseguiu recuperar o carro enterrado? Como?

A aceleração potente do motor rugiu, e Mário quase desistiu de alcançar as barras da porta. Deu um pulo, lançou o corpo para dentro do ônibus. Sentiu uma fisgada na perna e nas costas, mas não teve tempo de olhar o ferimento. De joelhos no piso, olhava para os outros ocupantes, pensando em pedir para que saíssem, mesmo assim ele não saberia se seriam poupados. Um calor descia pela perna direita e empapuçava seus sapatos.

— O que aconteceu? — perguntou o motorista, apontando para Mário Camará.

Mário olhou o motorista. Usando um espelho fixado no teto, reparou do que escapou pelos sinais em sua carne. Nas suas costas, marcas de lâminas haviam cortado a camisa e parte da calça, mostrando lanhos na carne por onde descia abundante sangue. A perna direita estava pior, pois parecia que faltava carne na panturrilha, ao menos escorria sangue dali em menor quantidade que das costas. Não havia tempo. Com rapidez, Mário se sentou. O motorista ficou um momento paralisado, enquanto os passageiros começavam a gritar apavorados. Com decisão, ele ligou o motor do veículo acelerando o mais potente que podia, ganhando a estrada quase livre da cerração.

O ônibus avançava com velocidade espantosa.

Mário se contorcia de dor enquanto o motorista não sabia para onde ir nem o que fazer, agora só pedia uma chance de escapar daquele horror. Os passageiros viram quando o ônibus se aproximou de um abismo, que era bastante conhecido pelas pessoas que faziam aquele trajeto. No fundo ficava o depósito de combustível de uma das fábricas que usavam plástico líquido na fabricação de componentes. A luz dos faróis inundou o interior do veículo, atravessando o vidro traseiro. Cada rosto pintado pelo vermelho daquelas luzes infernais, e quando acelerou para se chocar nenhuma delas gritou. Apenas assistiram ao espetáculo do próprio fim.

O ônibus foi elevado alguns metros do chão e por segundos, pareceu que o carro menor se erguera nas rodas traseiras, para levantá-lo como um robô disforme jogando-o abismo abaixo. O veículo rolou sobre o próprio eixo ecoando pelas paredes da depressão, ribombando várias vezes na noite. Quem estava dentro do ônibus não teve tempo de sentir os ferimentos do impacto, pois quando a fuselagem de metal rompeu os tanques com o plástico líquido uma torrente escaldante ultrapassou o para brisa e banhou os corpos que explodiram por causa da gordura e da água que os formava, aquecidos até o ponto de ebulição. Alguns olhos saltaram das órbitas e não seria impossível imaginar que dentre os passageiros uns poucos tivessem assistido à desintegração das suas carnes antes de morrerem. Pouco depois aconteceu a explosão, que devastou o depósito de combustível e muitas outras construções que ficavam pelas imediações. O líquido flamejante desceu as encostas, indo atingir um aglomerado de casas de madeira e concreto, construídas em outra desafortunada invasão. As casas pegaram fogo e poucos foram os que conseguiram escapar da tragédia. O carro maldito ficou parado no topo da ladeira, observando com seus faróis o fogo e a destruição. Quando as primeiras sirenes dos carros dos bombeiros e da polícia começaram a piscar longe, a Veraneio buzinou sua agourenta melodia e foi-se dali envolta em uma nuvem de poeira.

O ronco do motor cavernoso já desaparecia, quando uma mão agarrou a beirada. A pele estava queimada, os dedos esfolados indicavam a extrema dificuldade de se erguer do fundo em chamas. O corpo do sobrevivente rolou no chão de piçarra, deixando uma trilha de sangue que marcava os pontos onde tocara no piso. Ainda assim o corpo se ergueu, com dificuldade, tremendo, mais vivo. Os olhos miraram a pista, buscando o carro agressor. Nada viam por causa da fumaça negra que aos poucos ia cobrindo tudo. Ele levantou os braços, entorpecido pela dor, porém triunfante, pois sobrevivera a um inimigo poderoso.

— Te enganei, carro do inferno! — gritou Mário Camará.

Ele ainda estava com os braços erguidos quando duas colunas de luz vermelha lhe banharam. E uma aceleração inominável preencheu o espaço. Mário Camará fechou os olhos para sempre desta vez. Quem viu o ocorrido insistiu em relatar que o corpo do sujeito pareceu ter se projetado para dentro do carro preto, como faz um grande animal ao devorar sua presa, e que após isso deu muitas voltas em torno do próprio eixo, desaparecendo na noite negra de fumaça.

III

As equipes de emergências que operavam na invasão Grande Vitória, os bombeiros e a polícia ainda estavam no início dos trabalhos. Casas estavam demolidas, pessoas gritavam presas nos escombros. Por causa da confusão, passaram despercebidos, sendo apenas mais uma dentre as inúmeras viaturas na área do desastre. Peritos, médicos, atendentes, policiais, repórteres, curiosos e parentes vagavam por entre a destruição causada por um carro, na insistente informação que alguns moradores davam às autoridades.

Os repórteres viam ali o nascimento de uma notícia espetacular, que eles não sabiam do que se tratava, mas intuíam que era uma notícia incomum. Não restava dúvida. Pela segunda vez em poucas horas, ou dias, se contassem os outros estranhos acontecimentos anteriores ao presente, um acidente automobilístico se transformara em cenário de apocalipse. Toda a destruição foi atribuída a um carro estranho, de marca, modelo e cor narrados para as autoridades por testemunhas eventuais. Os repórteres consideram um bom sinal, pois qualquer deles poderia ser o pai da criança, dar a notícia em primeira mão quando acontecesse dela ser desvendada.

As ambulâncias estacionaram na rua por onde João Martins e os dois companheiros tinham subido horas antes. Os quatro e não três, pois ao grupo foi acrescentado Bocão, que andava com passos lentos, atrasando-os. Quando passaram pelo local vindos agora da fuga desvairada para escapar do horror, foram parados por alguns moradores que lhes perguntavam detalhes, ainda que eles também nada soubessem responder que não depusesse contra sua sanidade. Falava-se de um carro que havia escalado a encosta sem rua, pulando e acelerando, destruindo casas e matando esmagadas as pessoas que encontrava pelo caminho. Os repórteres ouviam aquelas declarações e balançavam suas cabeças, demonstrando visível aborrecimento pela falta de informação útil ao seu trabalho. Os policiais por sua vez não davam atenção desmedida aos relatos estranhos do povo assustado, fruto das drogas e do consumo exagerado de álcool e sabe-se lá mais o quê que o povaréu consumisse.

Uma viatura abriu as portas, de lá alguém conhecido chamou por André Sandoval.

— André!

Ele virou para saber quem o chamava.

— Sou eu. Gustavo Loyola... O que aconteceu André? — perguntou Gustavo, olhando para as roupas sujas de André Sandoval, os dedos ensanguentados e o rosto com o semblante esvaziado de emoções.

— Ei, meu irmão.

— Porra, André. Participou de uma rinha, parceiro? Tu estás todo sujo, quer ajuda?

— Sofremos uma pane e deu trabalho para retirar do atoleiro. Nossa viatura ficou aqui perto estacionada, Gustavo. O que te contaram sobre isto aqui?

— Rapaz, o rádio disse que foi uma guerra entre traficantes, mas a gente não sabia dizer se por aqui tinha um chefão tão forte — respondeu Gustavo. — E agora mais a situação no Mauazinho.

— O que aconteceu lá? — André Sandoval perguntou e os outros aguçaram a audição, uma vez que nada sabiam dos acontecimentos funestos envolvendo o ônibus onde estava Mário Camará e a Veraneio. Agora, depois de tantos eventos extraordinários, já anteviam nestas coincidências os signos do horror.

— Primeiro uma cerração que interrompeu até os pousos no Ponta Pelada, parecia uma fumaça de tão branca, e não havia uma explicação convincente de como se formou. Parece que foi química, mas as fábricas que mexem com produtos perigosos não relataram nenhum vazamento. Depois foi um acidente que jogou um ônibus inteiro precipício abaixo, lá pelas bandas do depósito de diesel da Cíclotron, a fábrica que produz bobinas. Parece que caíram nos tanques e eles estouraram, vazou combustível e acabou atingindo aquelas casas perto da fábrica. Dizem que morreu muita gente, ainda nem acabamos aqui e temos muitos mais corpos queimados naquelas casas. E você?

— Vamos para nossa viatura, Gustavo. Nós viemos verificar uma informação, mas agora acho que não será viável — disse André.

— O Secretário de Segurança vem para cá, não seria melhor se mostrar para ele e fazer um marketing?

— Fica para outro dia — respondeu André Sandoval, se afastando.

Andaram para fora da invasão evitando as vias principais. A cada freada, cada acelerada ou buzinada, som de motor ou rugido metálico, se entreolhavam assustados. Quando afinal chegaram ao local onde João Martins deixou o carro, o motorista olhou para seus companheiros.

— Parece inteira.

— Tu já tentaste ligar para o Mário? — perguntou Sérgio Fogaça.

— O telefone não chama como se estivesse desligado — disse João Martins.

— Ou destruído — completou Bocão.

— Gustavo disse que o acidente causou mais mortes, com as equipes aqui não vão ter muitos da polícia no local — falou André.

— Mário procurava o quarto de Narciso. Talvez encontrando o quarto a gente consiga alguma informação mais precisa sobre essa assombração, essa coisa — disse João Martins.

— E eu? — perguntou Bocão.

— Ela veio te pegar. Se quiser arriscar, pode ficar. Só aconselho tu ajudares nesta tarefa para o teu próprio bem, a outra opção que tens é arriscar no asfalto com ela — respondeu João Martins.

Bocão olhou para o grupo de homens, pensou e decidiu que o melhor seria acompanhá-los. Acaso tudo aquilo pelo qual passaram fosse verdade, precisariam de mútua assistência para vencer tamanha maldade em forma de carro. Caso estivesse enlouquecendo, o que não seria de espantar, já que fora perseguido por peixes-boi cor-de-rosa não fazia dois dias, era melhor estar com alguém quando sua cabeça degringolasse.

— Bem, já que vamos ao Mauazinho, seria melhor dar uma passada no cemitério onde Tadros foi sepultado — falou Bocão.

— Um cemitério? Ali? Não o conheço — disse André Sandoval.

— Tu és um menino, não conhece e não verá muito nesta vida. Sim, existe um cemitério no bairro, que serviu e serve à comunidade até hoje. As pessoas mais antigas lembram por que ele existe, os mais novos tratam apenas de depositar no chão duro seus afetos e os desafetos também, pois nem todo mundo é amado.

— E por que ele foi instalado, ou sei lá, construído pelos moradores? — perguntou Sérgio Fogaça.

— Têm histórias, meu amigo, que não são de todo mentiras — disse Bocão.

João Martins já tinha ouvido parte das lendas urbanas em torno do cemitério no bairro do Mauazinho. Quando jovem não acreditava nelas, depois dos fatos por ele presenciados, já não parecia boa ideia pôr à prova a veracidade ou não daquelas outrora fantasiosas e agora estranhas e horripilantes lendas urbanas. Bocão olhou para João Martins como que adivinhando os temores que o afligiam.

— O rio ainda oferece segurança, além do mais, ainda anda pelo bairro gente que reconhece os sinais, pelo menos por esses tempos estamos seguros — disse Bocão.

Apesar do insólito diálogo não ter ajudado em nada a compreensão do problema, ficou claro que não deviam temer nada diferente do que já temiam. Não era um bálsamo para aliviar o medo, porém já servia como consolação, pensaram juntos André Sandoval e Sérgio Fogaça.

O bairro do Mauazinho surgiu nas margens do Rio Negro, mas a população não usava o rio para seu deleite e lazer. Paredões íngremes e altos marcavam a paisagem, e não existiam praias como em outros pontos subindo o curso d'água. Por causa da proximidade com o Rio Solimões, vários dos elementos físicos que compunham seu panorama geográfico se repetiam nas margens do bairro. Nos locais de atracação natural, cresciam matas de aningal e igapós lodacentos, impróprios para banhos e mergulhos. Quando o rio estava cheio, suas águas alcançavam a terra do bairro escoando por entre os paredões erodidos causados por voçorocas e terras caídas. Quando vinha a seca, a água desaparecia, e era preciso andar quilômetros para chegar ao canal principal.

No passado da cidade, aquelas terras formaram um aldeamento de índios. À qual etnia pertenciam, nem os doutores souberam explicitar a ascendência. No início das ocupações, foram encontrados muitos dos restos mortais de um povo antigo. Tudo foi descartado no lixo ou nos aterros das casas, fábricas e galpões.

Com o progresso veio o crime. Por causa da localização privilegiada do bairro, ali se tornou um dos pontos de escoamento dos entorpecentes que alimentavam o crescente mercado consumidor manauara. Grupos criminosos dominavam a cena noturna, e mesmo com toda essa violência havia apenas conflitos ocasionais com as polícias, fosse a Polícia Militar ou a Polícia Civil.

Baseados nesta hipótese, entraram nas ruas do bairro, procurando o endereço previamente discado no banco de dados do GPS instalado na viatura. O sinal que indicava a rota a ser seguida teve de ser reorientado duas vezes, por causa de obras que impediram a passagem. Alguns minutos depois encontraram o lugar onde morara Narciso Cárceres, e onde talvez encontrassem algumas respostas.

— Estranho ele vir morar justo no mesmo lugar onde o Tadros foi enterrado — falou João Martins.

— Quem sabe aguardasse alguma coisa acontecer — disse Bocão.

João Martins tremeu ao imaginar a que espécie de flagra estaria em busca Narciso Cárceres. O grupo entrou na estância onde ficava o quarto. A dona da estância, uma mulher gorda que não tinha mais nenhuma preocupação em esconder seus enormes peitos, apareceu. Como ela não queria problemas com a lei, resolveu deixar os quatro canas, ela não sabia que Bocão não era polícia, entrarem no quarto. A dona parecia preocupada com uma ligação falando de um acidente onde morava a irmã, mas como não obteve resposta, esqueceu o problema com a chegada dos homens naquela hora. Um homem estranho, ela contou, que honrava seu contrato com antecedência de dois meses. Ele não aparecia ali já fazia uns dias, todavia se os homens estavam na estância a sua procura, então alguma teria aprontado. Ou estava morto.

Foram entrando no quarto com cuidado e Bocão foi o último, não sem antes dar uma bela conferida no par de mamas da titia. A gorda riu cansada para ele e desceu, já que o quarto de Narciso estava instalado no terceiro andar. Alguém tateando encontrou um interruptor de energia elétrica e quando sentiu um bicho qualquer passando em velocidade pelo braço soltou um grito de medo. João Martins, que sempre trazia uma pequena lanterna, iluminou o quarto e encontrou o plugue da lâmpada. Ele ligou a energia elétrica e o quarto foi mergulhado em uma potentíssima e quente iluminação de 150 watts, que dava ao ambiente um aspecto fantasmagórico.

— Quem gritou? — questionou João Martins.

Nenhum dos presentes quis assumir o vexame.

— Olhem só as paredes! — disse Sérgio Fogaça.

João Martins passou a observar as paredes, gesto acompanhado pelos outros, cobertas com recortes de jornal, páginas de revistas, cópias de livros e gravuras de todo tipo.

Sobre bancadas, uma infinidade de objetos relacionados com religião e com magia. Velas de muitas cores, fitas multicoloridas e alguns vasilhames cheios de líquido multicores onde formas desconexas flutuavam mortas ou parecendo mortas, ainda que nenhum dos homens parecesse disposto a verificar empiricamente a veracidade da observação.

Espalhados pelo chão podia-se ver um número considerável de cadernos espiralados, jogados sem uma ordem aparente de arrumação. Ao apanhar um deles ao acaso, João começou a folheá-lo lendo as palavras manuscritas, as páginas amareladas cheias de colagens grosseiras. A primeira coisa que pensou teve a ver com suas lembranças. Lendo cada um daqueles cadernos teve a certeza de que Narciso tentava desesperado reconstruir os blocos da memória que lhes fora arrancada e jogada nos abismos imemoriais onde vivem criaturas dantescas, prontas para fazer dos homens brinquedinhos de carne.

André procurava pelas paredes e nos montículos de papéis atirados ao chão uma oração ou até uma palavra que fizesse referência ao extraordinário. Sérgio Fogaça lia uma infinidade de páginas, pregadas com tachinhas de metal em uma parede. Quando aproximou o rosto de uma gravura representando a figura emblemática de um ser antropomorfo, com chifres e três olhos, cujo nome indecifrável parecia ter sido escrito com lápis ou caneta esferográfica preta, tomou um susto, pois teve a impressão de que a figura se contorcera ao ser observada. Sérgio pulou para trás esbarrando em Bocão, que apenas pensava nos peitos volumosos da dona da estância.

— O que foi? — disse Bocão.

Sérgio o olhou, voltando a mirar a gravura do demônio de três olhos. Ele resolveu se aproximar, desta vez preparado para encarar o enigmático distúrbio ótico, que tivera ao olhar para essa gravura. Outra vez o desenho diabólico mexeu, portanto não era uma ilusão que via. Tomando coragem, resolveu tocar no desenho. O quarto estava muito quente e abafado, trancado há tantos dias, quando a ponta dos dedos foi resfriada por uma fresca corrente de ar. Com a mão espalmada, Sérgio Fogaça sentiu o vento úmido da noite na pele.

— Aqui têm uma janela — disse Sérgio Fogaça.

— Tente abri-la sem rasgar os papéis — ordenou João Martins.

Sérgio despregou as folhas que lacravam as bandas da janela e quando ele abriu o quarto foi refrescado por ar puro, não viciado de tantos dias trancado. O vento não estava forte o suficiente para fazer os papéis e as folhas soltas voarem. Pela janela, eles observaram uma elevação escura tomada de torres de energia e árvores muito altas, todas de copa espessa. A elevação estava separada do bairro por braços do rio que formavam uma espécie de ilha. Não possuía iluminação, exceto luzes de alerta no alto das enormes torres de energia que atravessavam a elevação e se perdiam na direção nordeste.

— É por isso que Narciso alugou este quarto — disse João Martins. — Aquilo lá é o cemitério do qual Bocão falou. Um cemitério onde nenhum carro pode ir.

— Mesmo assim, Tadros mandou construir um verdadeiro bunker de guerra como sua cripta de descanso — falou Bocão.

— Esse Narciso ficava dia e noite esperando o quê? — perguntou André Sandoval.

— As bruxas tinham parte com o demônio, fizeram coisas terríveis com gente inocente. Trabalharam para os ricos da cidade, que não tendo mais alma tentavam sentir alguma coisa para poder viver, e se não podiam mais amar, ao menos queriam contemplar o medo — disse João Martins.

— Bocão falou em um demônio de três olhos que elas invocaram.

— Encontrei isto aqui — Sérgio falou e entregou nas mãos de João Martins a folha com a gravura demoníaca.

— Narciso também enlouqueceu com isso, procurando respostas que não ia compreender — respondeu João Martins.

— Vamos levar alguns destes cadernos, os papéis soltos, ao menos os mais novos. Quem sabe encontramos neles alguma coisa que nos ajude — falou André Sandoval. — E o cemitério?

— Podemos ir até lá, ver a sepultura de Tadros — disse João Martins.

— Lá? Uma hora destas? — interpelou Bocão.

— Deixa de frouxura. Já chegamos até aqui, não podemos mais desistir — disse João Martins. — Juntem as folhas soltas nestas pastas, as mais novas, as antigas não vão mais servir, tragam uns cadernos também, quem sabe um deles é algum tipo de diário.

Tudo foi feito como ordenado por João Martins, quando estavam saindo da estância, a dona os parou para indagar.

— Encontraram o que procuravam? — ela perguntou balançando os peitos.

— Papéis, montes de anotações que ele guardava — respondeu João Martins.

— É possível atravessar para o cemitério uma hora dessas? — perguntou Bocão.

— Têm um canoeiro que mora em um bar, no final da ladeira. Ele leva vocês, quem sabe não é lá no Morro dos Mortos que vão encontrar o que procuram. Narciso vivia ali, dia e noite, comprou até um binóculo, depois de um tempo empenhou o aparelho na venda por cachaça.

— Narciso ia muito lá, dona? — questionou André Sandoval.

— Principalmente quando chovia, ele dizia que era cuidado com a cova de sua santa mãezinha, só que a gente sabia que o motivo era outro, mas ele mesmo não nos contou.

— No cemitério têm administração? — perguntou Sérgio Fogaça.

— Lá só têm os mortos, meu rapaz, e as suas almas penadas. Como estamos próximos da época de finados, um dos antigos coveiros ronda pelas tumbas, para evitar depredações. Chamam de Júlio Carniça, é um cidadão simples que vive encachaçado. Se vão mesmo atravessar para o cemitério levem dinheiro trocado, o sujeito do bar fica com o troco, pois sempre diz não ter dinheiro miúdo.

Agradeceram as informações e foram para o local apontado pela gorda.

Uma guarnição de militares parou para conversar, na verdade queriam apenas saber se não era uma desova de defunto nas suas barbas. Não que fossem contra a prática, se fosse mesmo uma execução que jogassem o corpo no rio. João Martins desfez o equívoco, apenas deixou no ar a possibilidade de usarem as terras do cemitério como altar para uma oferenda. A guarnição não se opôs a isso. Ao chegarem ao final da ladeira, viram que seria impossível uma travessia, mesmo ela sendo um off road adaptado. Teriam de buscar uma maneira de alugar um bote, logo um homem se chegou ao grupo na beira da água.

— Querem atravessar, autoridades? — perguntou o homem.

— Até Morro dos Mortos... Como fazemos? — disse João Martins.

— Uma onça pelo adiantado da hora, ida e volta, quando quiserem retornar é só dar um grito — respondeu o homem.

— Tudo certo — confirmou João Martins.

— Vieram por causa dos estrondos? — perguntou o homem, enquanto preparava o bote para a saída.

— Quais estrondos, campeão?

— Rapaz, que esse morro aí é mal-assombrado todo mundo sabe disso, não é novidade, só que hoje foi demais. Começou ainda há pouco, a

Polícia Militar não deu importância. Perguntaram se ouvimos tiros? Tiros não, mas foi uma barulheira dos diabos. Olha só! Falando disso e toco no nome do tinhoso. Credo em cruz. Minha única preocupação é o Júlio. Ele subiu no final da tarde para lá, depois desta barulheira toda já era para ele ter retornado. Os senhores não acham? Ajudem por lá se o virem.

— Caso ele esteja por lá, vamos trazê-lo, compadre — disse João Martins.

— Fico agradecido. Júlio é um bêbado, mas é boa pessoa.

O canoeiro fez a travessia em silêncio. Quando chegou à margem do morro, indicou com a lanterna a incrível escadaria esculpida no chão, cercada de árvores por onde a luz das estrelas e da lua não passava. O bote foi embora e começaram a penosa subida até o topo.

As torres de energia passavam pelas terras do cemitério, que não possuía cerca nem muro. Bocão foi quem primeiro enxergou as covas com suas cruzes de madeira, dispostas sem simetria pela encosta da ladeira. Parecia uma imagem surreal, mas quantos lugares assim não existiriam pelo mundo afora? Conforme subiam, iam melhorando o aspecto geral das sepulturas e a amplidão do cemitério. Caso fosse outra a ocasião, visitar o lugar serviria para apreciar a beleza selvagem, com o Rio Negro servindo de cenário para as sepulturas.

O cemitério parecia deserto, o que era um alívio e a constatação óbvia de uma condição sine qua non, mas seria melhor fazerem uma busca para encontrar o local onde o delegado Tadros tinha sido sepultado.

João Martins estava cansado, avisou que sentaria um momento para descansar e preferiu usar uma laje de concreto, onde foi instalada uma enorme cruz que representava na arquitetura dos cemitérios o Cruzeiro de Orações. Nada pôde distinguir com clareza, já que André, Sérgio e Bocão tinham carregado sua lanterna de Led para as buscas. Restava a luz do relógio digital, que finalmente teria seu uso prático. João trazia alguns dos cadernos de Narciso, pegou um deles e começou a lê-lo, usando a luz verde do display para iluminar as páginas. Pela data escrita, aquele caderno havia sido preenchido com a letra de Narciso um mês atrás.

Bastante recente.

Narciso registrava os pensamentos que tinha nas páginas, ilustrando-as com imagens, figuras abstratas que faziam sentido apenas para ele.

Narrava fatos corriqueiros, misturando a essa narrativa diária elementos sombrios do passado, nem sempre inteligíveis em uma primeira ou enésima leitura. Os dias transcritos iam se sucedendo, e logo João Martins notou que Narciso criara uma fixação por uma espécie de equipamento que ele próprio naquela noite já ouvira outra pessoa comentar. Um trator parecia fazer parte de uma história mais longa e antiga. João abriu outro caderno e outro, em busca do fio da meada sobre aquele trator. No quinto caderno, começou a remontar o quebra-cabeça que se tornaram os pensamentos de Narciso Cárceres. Leu com rapidez, parando nas figuras e montando a teia de afirmações e contradições na qual se embrenhara em busca da verdade.

Estava tudo nas laudas, toda a loucura de uma mente desvairada tomada por forças Elementais, escrava das vontades de seres inomináveis, um joguete nas garras do destino. Nas páginas, os recortes dos jornais, montados por Narciso na exata ordem para darem forma ao caos. E ficava evidente que o que enfrentavam existia para lhes devorar a alma. João Martins lia quando foi tocado por uma mão escura. De um salto ficou de pé, sacando a pistola que trazia na cintura e apontando-a para a pessoa parada a sua frente. Tinha as roupas rasgadas e marcas de arranhões pela pele.

— Me ajuda — disse o homem, depois caiu aos pés de João Martins, que o aparou antes de estatelar-se no chão duro, pousando a cabeça do homem no piso. Em seguida, deu um tiro para cima. Em pouco tempo apareceram Bocão, André e Sérgio.

— Encontrou alguma coisa? — perguntou Sérgio Fogaça.

— Lá atrás. Uma estrutura maciça e recém-destruída. É o tal bunker desse delegado Tadros, sabemos pela placa nos destroços. O caixão de metal estava aberto, arrebentado, e sem sinal do corpo.

— Foi ela — disse João Martins.

O homem jogado no chão abriu os olhos.

— Como é o teu nome, cidadão? — questionou André Sandoval.

— Júlio — gemeu o homem.

— Quem fez aquilo, Júlio? — perguntou Bocão.

— Estou louco, louco, louco! — gritava Júlio.

— Vamos levá-lo para o bar, quem sabe uma dose de birita ajude-o a lembrar — falou Bocão.

Minutos depois, já dentro do bote, Júlio continuava sua melodia de desvarios sendo olhado pelo quarteto com preocupação, pois nem tudo que dizia era fruto da imaginação turbinada pelo álcool, isso agora eles sabiam. O piloto do bote se chamava Régis. Ajudou a sentar Júlio em uma cadeira, trazendo em seguida uma garrafa de conhaque para acalmar os sentidos alterados do amigo alcoólatra.

— Bebe aí — disse Régis.

Júlio entornou quase um quarto de litro de conhaque puro, sem nem ao menos esboçar uma careta. A bebida fez seu papel, mudando por completo o homem e desfazendo o semblante apático que apresentava. Júlio se sentou com o corpo mais aprumado, cruzando as pernas, olhando para os cinco homens parados a observá-lo.

— Foi um carro que escavou a tumba daquele Tadros — disse Júlio, bebendo outro incrível gole de conhaque.

— Como o carro era, Júlio? — perguntou Régis.

— Preto como um urubu, maior que um carro normal, mas que carro poderia ter subido ali em cima? Foi assim. Já ia descer para chamar o Régis quando ouvi o som de buzinadas, vindas do final do cemitério, perto do Cruzeiro. Imaginei que era algum dos caminhões da fábrica de grãos, mas quando vi as luzes vindas de baixo senti um arrepio na nuca. O carro surgiu aos saltos, como se fosse uma cadela caçando. Fiquei parado, ele passou por mim e não me notou. Não sei se foi o Cruzeiro que me protegeu ou apenas a sorte, o fato é que não me notou, mas por outro lado não foi embora e fui ver o que fazia. O carro parava em frente de cada uma das sepulturas, como se cheirasse, procurando um ocupante em especial. Logo encontrou. O alvo era o inquilino de um estranho mausoléu, a sepultura do Raimundo Tadros. Não adiantou ele construir aquele anel de concreto para se proteger, pois ele sabia que isso aconteceria. O carro destroçou o concreto e começou a cavar e a destruir a estrutura da sepultura do Raimundo Tadros, cavando como um cachorro cava em busca de um osso enterrado. Quando encontrou o caixão, destruiu o caixão e acho que devorou o cadáver do delegado ali mesmo. Depois o carro empinou para o céu, acelerando como se uivasse. Não contei desgraça e me joguei barranco abaixo. Para onde foi? Não sei. O que era? Não sei, só digo uma coisa, amanhã cedo vou falar com o padre da igreja — disse Júlio e calou-se, passando a beber seu conhaque.

Régis não havia entendido nada daquilo, seria melhor que ficasse assim. O grupo agradeceu a Régis e disseram que se tratava de roubo a sepulturas, que era provável Júlio estar abalado com o que vira. O melhor seria deixá-lo beber, pela manhã estaria melhor. Na saída do bar, Regis olhou para cima, na direção do morro dos mortos.

— Esse lugar não é bom, já deviam ter desativado, nem a prefeitura vem aqui fazer o serviço de limpeza.

João Martins falou para o grupo enquanto guiava pelas ruas do bairro:
— Naquele dia, na pedreira, o velho que Bocão conheceu contou uma história. Esse velho foi contratado para furtar um trator, certo?

— Pelo menos foi o que ele afirmou para mim — respondeu Bocão.

— Acende a luz da cabine e lê aqui, André — indicou João Martins.

André Sandoval acionou a luz acima de sua cabeça e começou a ler os recortes que João havia indicado. Tratava-se de um jornal da época, ele não saberia dizer qual, que estampava a seguinte manchete:

"Um trator é apreendido em pedreira, por ordem da Justiça — foi apresentado um dos tratores que foi usado na abertura da nova estrada federal, a BR-174 Manaus/Boa Vista, furtado por desconhecidos em 1973. Os tratores tinham desaparecido do canteiro de obras na construção, pertencente a um empresário da cidade e dono dos equipamentos que alegou terem sido roubados. Informações dadas à polícia levaram ao veículo escondido em uma pedreira abandonada, no ramal próximo da saída de Manaus. Eles foram comprados pelo Governo Federal, e cedidos para o empresário em questão, a reportagem não conseguiu falar com nenhum responsável. A divisão de Engenharia do Exército foi acionada para resgatar essa peça, enquanto aguarda notícias do outro trator."

— A data é de dias antes do sacrifício acontecido na pedreira, olha a outra manchete.

"Criança desaparece na feira — desapareceu na feira de Santa Luzia uma criança do sexo masculino, os pais estão desesperados, a criança têm sete anos, parda e atende pelo nome de Anderson. Qualquer informação entrar em contato com as autoridades que será bem recompensado."

— Olha a data. Na época em que acharam os tratores furtados — disse João Martins. — A Veraneio já procurava por eles quando saía solitária pelas ruas da cidade. Assim como nos dominava, também devia ser dominada por alguma força. E ainda têm as fotografias das tias de Rodrigo. Duas mulheres pequenas, vestidas de branco. Em uma das fotografias, elas aparecem com algumas pessoas ao lado dos tratores.

— Deve ter alguma informação escrita na papelada dentro do quarto de Narciso — conjecturou Sérgio Fogaça.

— Vamos voltar lá e tentar encontrar — disse João Martins.

A madrugada ia adiantada quando estacionaram em frente da estância da velha peituda. Ela veio sem muita amistosidade nos modos, Bocão disse que iria tratar do caso. Ele começou a conversar com a velha, e em segundos já alisava os cabelos ralos na cabeça da mulher gorda.

— Podem subir, só façam silêncio — orientou Bocão, enquanto andava na direção de onde a velha tinha saído.

Os três olharam para Bocão e André fez uma expressão de engulho. Dentro do quarto, cada qual se sentou em um canto, passando a ler tudo que podia alcançar com as mãos. As horas foram se sucedendo, mas nada encontravam de útil capaz de responder à indagação principal.

— O que fora feito dos tratores?

Foi André quem propôs uma solução para o impasse.

— Estamos cansados, vamos levar tudo que pudermos com a gente e então procuramos com cuidado. Caso alguém encontre alguma coisa, vamos pensar melhor no que fazer. Concordaram. Depois de juntarem parte da tralha em uma caixa de papelão, foram embora da estância. Bocão ficou com João Martins, André foi para casa, assim como Sérgio Fogaça. João Martins tinha a impressão de que não veria os dois novamente, agora era tarde demais para refletir sobre isso. Ele estava cansado e no correr do dia precisaria de todas as forças para encarar a Veraneio e seu motorista.

O que eles não sabiam eram os horrores que as tias de Rodrigo tinham alimentado na estrada, que nascia batizada com o sangue de inocentes e culpados. E se pudessem assistir teriam visto uma paisagem infernal na terra, aberta na mata. As duas bailando batiam com a ponta dos pés descalços nas cabeças que despontavam. Dezenas, centenas de vítimas. Os homens que enterraram aquela gente até o pescoço olhavam para as duas mulheres pequenas. Elas vestiam apenas uma bata encardida, com manchas dos restos do sangue das suas oferendas, manchas marrons que salpicavam o tecido.

— Não faça isso! — rogou um homem aos pés de Severina.

— É impossível controlar essas coisas, temos de obedecer às estrelas e aos planetas — respondeu, Severina apontando para o céu acima.

Ela estava na base de uma ladeira, construída segundo as instruções de textos apócrifos, baseados em inscrições que poucos homens tinham visto, gravadas em cavernas escuras nos Andes. O cume fora posicionado de forma que o pôr do sol coincidisse com a localização.

— *Venite ad septentriones et occidentem oremus* — falou Severina.

— Esse crime não vai ser encoberto, outros existem e lutam contra vocês!

— O trecho onde estamos foi construído fora do circuito demarcado, e nenhum deles viverá para contar a história do teu povo.

Severina abaixou e quando se ergueu trazia nas mãos uma lâmina de cor cobre, entalhada com símbolos que o homem não pôde avaliar. A mulher recitou uma série de palavras, baixando a lâmina, decapitando o homem. Um coral de vozes urrou no silêncio daquele fim de tarde.

Severina apanhou a cabeça e a ergueu, sem se importar com as gotas de sangue e linfa que caiam no seu rosto. Ela continuou a repetir a algaravia misturada a gritaria do povo semienterrado, que olhava para onde uma bola de fogo se deitava devagar. As explosões dos motores foram ouvidas. Os servos das bruxas se voltaram em direção ao som pondo-se de joelhos, com os braços estendidos à frente e lentamente repousaram a face no chão. O primeiro trator despontou no alto com a pá erguida parecendo um deus de aço reverenciado por súditos malditos. O segundo trator surgiu ao seu lado. E quando começaram a descer a ladeira o coro dos que seriam suplicados soou como as trombetas do juízo final. A lâmina da pá iniciou sua colheita de cabeças. Homens, mulheres e crianças. Nem os bebês foram poupados, sendo guardados por Verônica, em um saco de estopa. Vivos ainda, e para estes desafortunados a bruxa tinha planos sardônicos proibidos de serem presenciados pelos não iniciados.

A estrada dos amaldiçoados fora aberta. Das frestas do metal pingava sangue e de cada corpo decapitado jorrava uma fonte rubra.

Os homens que enterraram os imolados percorreram a estrada vermelha e se dirigiram para um cepo de árvore, onde Severina aguardava pacientemente segurando a lâmina cor de cobre.

Capítulo 16

Terça-feira, 15 de junho de 2010

9h

I

Amanhã da terça-feira, por volta das nove horas, João Martins acordou recuperado da noite e de suas aflições. Tomou banho e vestiu apenas uma bermuda leve. Não tinha aquela fome de quando era mais jovem, bebeu um copo de café amargo e frio, que o ajudava a acordar afastando a sonolência. Saiu para ver a rua onde morava, esburacada e com esgoto escorrendo a céu aberto em alguns pontos, o engraçado foi que naquela manhã a rua apresentava um aspecto de incomum limpeza, livre do perpétuo lixo que tanto o incomodava. Cumprimentou seu único vizinho em dez anos, pois morava em uma esquina e os fundos de sua casa davam para a área verde do loteamento.

Perto da casa de João existia uma bodega, onde se vendia churrascos. Ele era homem sem mulher, situação que não mais o afligia, pois sabia de antemão que envelheceria e morreria solitário. Aceitava este fato e não maldizia sua sorte, já que não nutria saudade por nenhuma de suas ex-companheiras. Trocou meia dúzia de palavras com os velhos moradores donos da bodega, comprou duas marmitas de churrasco misto e uma garrafa de refrigerante de Coca, voltando para sua residência onde Bocão ainda dormia o sono dos justos.

Quando abriu o portão de madeira, Bocão o olhava meio apalermado. Desconfiou que estivesse mergulhado na demência, resultado do estresse. Ele não sabia, mas o homem acordava sempre dessa maneira, demorando longos minutos até sair do mundo irreal dos sonhos. Bocão olhava para João, que não esboçou reação alguma e não tomou maiores atitudes com as estranhezas de Bocão, pondo a comida sobre a mesa de madeira. Foi até o quarto e vestiu sua roupa usual de trabalho. Leu uma mensagem mandada pelo delegado, que dizia estar esperando os relatórios das investigações que nem Sérgio nem André havia lhe repassado, pois tentara o contato com ambos e não obteve resposta. No entanto, sabia que tudo não passava de purpurina. O homem não se importava com o que acontecesse na rua com eles, mas se pudesse enchê-los de trabalho inútil faria isso com prazer.

Questionou também o motivo de não ter deixado a viatura na base, João respondeu a mensagem do delegado informando que a levaria para manutenção periódica. O delegado não sabia nada dos procedimentos do setor de transporte, e isso daria mais algum tempo para ele e Bocão, já não acreditando na volta de André Sandoval e Sérgio Fogaça. Pensou que faria o mesmo, uma vez que o problema não foi criado pelas ações deles. Havia o componente inumano, uma parcela de loucura e desvario imposta nas suas vidas. Por tudo isso, não haveria como culpá-los, nem de covardia nem de egoísmo. Suas ações no passado deram vida àquele pesadelo, quem sobrou da trupe de assassinos teria de dar um jeito nas merdas que tinham feito. Ficou sentado na beira da cama, esperando alguma ideia surgir, e não se surpreendeu quando nada veio de útil. Sentia um medo corrosivo que deixava um nó na garganta, coisa que não sentira nos dias anteriores. Poderia fugir, já que não tinha filhos, mulher ou família de quem gostasse.

Apenas uma tia afastada. João Martins não acreditava que Zé Biela e sua amante de ferro fossem se vingar da velha senil. Resolveu tentar ler alguns daqueles cadernos e folhas soltas que trouxera do quarto de Narciso. Fora do quarto, encontrou Bocão sentado em seu único móvel da sala, um sofá de dois lugares encapado com feltro vermelho, lendo os cadernos de Narciso e tomando café fresco.

— Bom dia, seu João — cumprimentou Bocão.

João Martins apenas grunhiu, não lembrando se teria feito café.

— Servido? — ofereceu Bocão sua caneca de café.

— Nem sabia que tinha pó e açúcar no armário — respondeu João Martins.

— Não tinha, não, tive de pedir da vizinha. Que morena, rapaz! E o marido trabalha no mato, como pode isso! — exclamou Bocão, tomando outro gole de café.

João limitou a servir o café quente, para depois sentar-se junto a Bocão. Apanhou um dos volumes espiralados e pôs-se a lê-lo. Desconfiava que Bocão fosse analfabeto, mas era apenas meio cego. Por volta das onze horas, comeram o almoço. Por ser homem amargo, sem paixão nem afeto, João Martins comia sempre calado as suas refeições, o que não procedia com Bocão. Falava sobre esportes, embora tivesse praticado poucas modalidades na vida. Discutia política, apesar de não votar havia décadas e amava incondicionalmente as mulheres, como provava a velha gorda da estância.

Após o almoço, voltaram para a leitura dos documentos e cadernos. Passaram nisso até às duas horas da tarde. A noite estava longe. Restavam muitos volumes de cadernos, e Bocão comentou com João Martins:

— É, rapaz, parece mesmo que estamos sozinhos — observou Bocão, expressando sua total indisposição. Bocão era velho, e não suportaria mais um embate contra o carro e Zé Biela.

A perspectiva da fuga já não parecia tão desbaratada, pensou João Martins, olhando o imprestável jogado no sofá. Eles sabiam do poder daquela máquina, talvez fosse possível ela e Zé Biela rastrearem sua casa como fazem os caçadores. Não sabia o que fazer, temia ligar o motor, pois quem sabe isso os atraísse. João Martins olhava o teto onde um inseto voava, batendo na luz incandescente, quando reparou nos cachorros da rua latindo. Ele e Bocão apuraram os ouvidos, em busca dos sons próprios de um veículo, mas escutaram apenas passos. Segundos depois, dois homens apareceram no portão de madeira. Chamaram por João Martins, que reconheceu a voz de um deles.

André Sandoval acompanhado de Sérgio Fogaça.

João sorriu, e teve alguma esperança na existência da verdadeira natureza solidária que liga a humanidade, uns com os outros, em momentos de extrema aflição e perigo mortal. Lembrou-se da força que levava algumas pessoas ao risco iminente, como uma vez que um vizinho mergulhou em um lago escuro para salvar o irmão menor, agarrado pela bocarra de um terrível jacaré. O garoto tinha nove ou dez anos, não lembrava com precisão a idade, e durante inúmeras festas e arraiais a coragem do menino foi celebrada. João ficou com inveja muito tempo por causa da coragem e o destemor do vizinho.

Não sabia se era realmente lúcido de pensamentos. Podia ser louco? Um insano criando tais esquisitices para justificar as loucuras que cometeu? Os assassinatos, as torturas e as perversões. Pois seria possível mesmo existir um poder como aquele da Veraneio? Acaso aquilo fosse verdade, seria lícito procurar um padre, um pastor ou um macumbeiro? Gente acostumada com as trilhas obscuras do sobrenatural.

O certo era que André Sandoval e Sérgio Fogaça voltaram. Essa era uma atitude que João Martins imaginara impossível, não por imaginá-los covardes, e sim por não terem a ver com aqueles estranhos eventos. Seria aceitável se fugissem, desaparecendo para ficar longe do espetáculo que se descortinava sangrento. Poderiam perder muito mais que Bocão e João Martins, uma vez que possuíam familiares e uma rede de ligações por afinidade. Gente inocente que poderia vir a sofrer os reveses da violenta história na qual estava mergulhado e onde estavam por mergulhar juntos Sérgio Fogaça e André Sandoval.

Dentro da casa, acomodados nas cadeiras e no sofá, os quatro homens se entreolharam com seriedade. João Martins cruzou os braços sobre o peito, olhando para o chão, para enunciar a pergunta sem ter de olhar nenhum deles.

Por que voltaram?

Uma pergunta difícil de responder, pensou André Sandoval. Sua natureza prudente impunha que agisse de outra forma, porém naquele caso seria impossível proceder da forma convencional que usou em toda a vida. Pensava nas maracutaias em que se envolveu, em todos os anos na polícia. Alguns até sabiam sobre os negócios criminosos dos quais tomou parte, mas jamais foi denunciado. Não gozava de reputação das mais ilibadas dentro da instituição, procedia com cautela em todas as suas aventuras e desventuras, de modo que nenhum parente sofresse com as suas faltas. Agora era tudo diferente, pois não saberia alertar as pessoas com quem se importava sobre um perigo em que não acreditava e que não compreendia.

Pensamentos semelhantes rondavam a cabeça de Sérgio Fogaça. Nada temia, mas o que tinha presenciado na noite passada ultrapassara todas as conjecturas possíveis e os raciocínios cabíveis. Não haveria quem na face do planeta pudesse racionalmente explicar os eventos fantásticos que seus olhos assistiram. Nenhuma religião que desse alento e guarda contra as forças que agora sabia existirem vagando soberanas entre os homens. Restava juntarem suas vontades para tentar derrotá-la, pois acreditava Sérgio Fogaça que aquele carro maldito representava o poder do Mal.

Não haviam testado armas e fogo contra a coisa infernal, mas se ela agia conforme as leis da natureza que corrompia, devia ser sujeita às mesmas leis de corrupção. Se algo pudesse destrui-la, cabia a eles descobrir.

— Estamos todos condenados, pois sem dúvida ela persegue não apenas os que fizeram parte do esquadrão. Persegue também quem a vê, como provaram as vítimas no bar perto do depósito. E suspeito também que pessoas relacionadas com a gente sejam alvo dessa maldição, ou sei lá qual nome dar — falou Sérgio Fogaça.

— Bocão sabe — respondeu Bocão, em falsete, com o humor dos que estão condenados.

— Lemos muito dos documentos que Narciso juntou todo esse tempo — disse André Sandoval.

— Descobrimos informações incríveis, se são verdade ou a fantasia louca de um perturbado não há como saber — completou Sérgio Fogaça.

— O trator que o velho falou para Bocão não estava lá para ser negociado em um esquema. A pedreira pertencia a algumas pessoas influentes em Manaus, gente que conhecia as bruxas. Quando começaram a construir a BR-174, muita gente foi morta. Índios que viviam nas terras que seriam cortadas pela obra, cabocos nativos donos de propriedades seculares. Os índios foram os que mais sofreram, principalmente os Waimiri-Atroari. Forças de segurança do Governo Federal, tropas particulares, assassinos pagos pelas empreiteiras e uma sorte variada de bandidos ajudaram a exterminar todos eles. Um verdadeiro genocídio, mais de doze mil pessoas, em oito anos. Ou vinte mil, segundo os escritos de Narciso. Uma tribo inteira foi chacinada. Usaram dois tratores para matar essa gente. Narciso a chama de "Estrada dos Amaldiçoados", nos apontamentos que fez. Os tratores começaram a assombrar o canteiro de obras, pois, às vezes, eles se ligavam sozinhos, sem que nenhum piloto mantivesse os controles na cabine. Os trabalhadores não ousavam se impor àquelas coisas, e o segredo que existia começou a afetar o andamento dos trabalhos. Quem acreditaria em uma história tão absurda? Nós sabemos que ela é verdadeira, outras pessoas também. As tias desse Rodrigo Sosa entram na jogada em 1978.

Elas conseguiram encarcerar os tratores na pedreira, que foi abandonada e agora pertence ao Governo Federal. Um deles está lá, soterrado sobre toneladas de rocha, esperando — narrou André Sandoval.

— Esperando o quê? — ponderou Bocão.

— Elas escolheram a pedreira abandonada para satisfazer algum segredo que preside as artes da magia negra e da bruxaria, lá mataram aquela criança e sabe-se lá quantas mais — falou Sérgio Fogaça.

— Fizemos pesquisas, consultamos fontes na rede mundial. Investigamos o que deu para fuçar. Na noite em que acreditamos que ela saiu da terra, no depósito, dois eventos simultâneos aconteceram no entorno de Manaus. Um dos eventos foi dentro das matas, em uma base militar no município do Iranduba. Os militares soltaram notas para a imprensa informando que tudo não passou de um flash por causa de uma detonação precipitada, mas não foi ouvida nenhuma bomba explodindo naquela noite. Os moradores narraram o evento como se uma coluna gigante de luz cortasse o céu, nascida em um ponto dentro da reserva conhecida como "Colina dos Índios", e lá não se fazem treinamentos militares. Um dos sites de pesquisa diz que arqueólogos encontraram resquícios de uma cultura desconhecida nessa colina, que os próprios índios cultuavam, pois também a eles eram estranhos todos aqueles restos de construções. O outro evento aconteceu na BR-174, em um ponto onde não existe ramal nem moradores, na pedreira. A mesma coluna de luz, relatada desta vez por uma aeronave prefixo PT-036, um Cessna em voo de turismo noturno, que chegou a ter os instrumentos desorientados — disse André Sandoval.

Pegou fôlego e continuou:

— No domingo, outras explosões foram ouvidas nas terras da reserva, em Iranduba. Um avião sobrevoou o local onde surgira a fonte de luz inexplicável e despejou bombas de alta potência, bombas termobáricas. As explosões foram ouvidas em Manaus, a população confundiu o barulho da destruição com fogos de artifício. A cidade de Iranduba vivia dias de tristeza, já que dois soldados desapareceram do quartel que fica instalado junto com alguns laboratórios patrocinados pelo governo e empresas privadas. As famílias buscaram informações, mas os oficiais responsáveis nada disseram.

— E o que têm isso com os tratores? — perguntou João Martins.

— Vamos chegar lá — disse André Sandoval. — Consegui falar com um repórter de São Paulo, que investigou as mortes daqueles caras no Rio

Solimões, os que morreram sem órgãos internos. Ele tinha suas teorias, em nenhuma existia a figura de narcotraficantes mexicanos. Nada disso, ele é uma espécie de Fox Mulder brasileiro, meio louco, é verdade, só que muito bom em buscar fontes. O tal repórter era cheio de informações históricas, coisas das quais poucos ouvem falar. Narrei os fatos que antecederam o que vi ontem à noite para ele, que me disse para esperar algumas horas até que pudesse completar algumas pesquisas nos bancos de dados. Ele não dorme, só tira cochilos de dez minutos e acorda, disse que um monte de artistas e pensadores faz isso, Da Vinci, Einstein, Born. Quando os arquivos dele chegaram ao meu e-mail já era manhã, mesmo assim não me contive, fui lê-los. Citando outras fontes, ele narrou quase que na íntegra o que Narciso já tinha conseguido descobrir, e mais alguns detalhes. Diz que o Exército mantém uma base de experimentos secretos no Iranduba, que um deles foi levado para lá, depois de 1978. E não é o que está escrito na notícia do jornal que Narciso recortou? O Exército foi resgatar o trator na pedreira, por que se dar ao trabalho?

— É provável que tenham soterrado um sob as pedras — pensou João Martins.

— Faz sentido. Ou melhor, não faz sentido algum — rebateu Sérgio Fogaça.

— Pessoas são diferentes, umas das outras, mecanismos que agem como seres viventes devem ser diferentes também. Vai ver o que foi soterrado é mais descontrolado que o outro, o que foi levado pelo Exército — falou Bocão.

— E por que foi destruído por bombas que caíram do céu? — interpelou André Sandoval.

Os quatro homens ficaram mudos por alguns instantes. Enfrentavam uma força titânica, assim estava provado pela destruição no bar e da barreira policial. Quanto ao trator assombrado, qual seria a extensão de seu poder? Ou teriam de descobrir os fatos na iminência de sua própria destruição. A discussão em sua essência se dava em um terreno onde ficção e realidade misturavam-se de forma homogênea, tornando indistinguíveis as nuances de cada objeto proposto. Havia um carro que saíra do fundo da terra, depois de ser enterrado. Existia a figura de um homem, Zé Biela, traído por pessoas que trabalhavam com ele em um esquadrão da morte.

Dois homens movidos por desejos imundos, Rodrigo Sosa e Raimundo Tadros. Ambos assessorados por aquelas que eram creditadas como bruxas e feiticeiras, responsáveis por horrores, sendo que o pior deles foi invocar um poderoso habitante do Abismo. Um demônio de três olhos que maculou a realidade de nosso plano dando vida a nefastas criaturas, feitas de metal e não de carne e sangue.

Seria justo rir de tais conjecturas, contudo os fatos falavam por si, as experiências vividas na noite anterior não poderiam ser apagadas da memória. Quando resolveram agir, foi o impulso e não uma ideia acertada que deu norte ao rumo que tomaram.

— Sinto que quando entrarmos na 037, vamos ter de enfrentá-los — disse João Martins.

— Nesse caso, o que vamos fazer? — perguntou André Sandoval.

— Primeiro preciso lhes mostrar uma coisa — falou João Martins, pondo-se de pé.

João Martins, que usava uma camisa de algodão cinza, de mangas curtas, expôs o antebraço direito. O que se via era uma tatuagem numérica, com os mesmos padrões da tatuagem impressa na carne de Narciso Cárceres. O número 5, em grafismo vermelho berrante, que pulsava vívido como um ser autônomo do corpo de João Martins.

— Ela virá para acertar as contas comigo, ele também.

— Tu conseguirias realizar aquelas manobras que fizeste no ramal? — perguntou Sérgio Fogaça.

— Por um tempo, depois cansaria e seria o fim — respondeu João Martins.

— Podemos aguardar o melhor momento, armar um plano — disse André Sandoval.

— Qual plano?

— Um deles foi destruído por bombas, o outro permaneceu lá, enterrado todo esse tempo. Se eles puderam ser detidos, ela também pode.

— Como?

— Atraímos para algum lugar, um túnel...

— Não temos túneis na cidade, não viaja — disse Sérgio Fogaça.

— Podemos fazer uma armadilha na pedreira, do jeito que fizeram para pegar os tratores — emendou Bocão.

— Calma aí, pessoal, quando ela ressurgir não vai estar de brincadeira, posso tentar, vejam bem, tentar escapar dela, nada garante que vou conseguir! — exclamou João Martins.

— Existe uma possibilidade — falou André Sandoval.

— Que este jornalista deu para o caso — completou Sérgio Fogaça.

— Qual possibilidade? — perguntou João Martins.

— Deixar os dois se enfrentarem, o trator amaldiçoado e a Veraneio, se eles são predadores podem querer se destruir ou ao menos, nos ajudar a destruí-los — falou André Sandoval.

— É possível encontrar a pedreira? — perguntou Bocão.

— Sabemos onde é o local e é de difícil acesso. Ainda que existam mapas, não saberemos ao certo como o caminho estará. Se estiver bloqueado, morreremos — argumentou Sérgio Fogaça.

— Conheço um atravessador que vende TNT para pilantras que explodem caixas eletrônicos — disse André Sandoval.

— Como é que é? — indagou Sérgio Fogaça.

— Agora não é hora de dilemas morais, estamos entre a vida e a morte. É possível conseguir uma carga de explosivos suficiente para desmoronar um paredão de rocha sólida? — perguntou João Martins.

— Sei manusear explosivos — falou Bocão. — Trabalhei em uma pedreira quando era mais jovem, posso instalar as bananas.

— Quanto seria necessário?

— Não poderemos cavar, ou poderemos? Não sei. Deixa-me ver uns cinco quilos, ou melhor, umas dez bisnagas. Pede deste teu chapa pavio seco, pois sei operar este tipo, uns dez metros devem chegar — finalizou Bocão.

— Há como mostrar o ramal antes de irmos? — questionou João Martins.

— Fotos de satélite que conseguimos na rede, não mostram o mais importante que é o estado da pista — disse Sérgio Fogaça.

— Quanto tempo até arranjar as bisnagas de explosivo? — perguntou João Martins.

— Hoje mesmo.

— E como faríamos? — questionou Sérgio Fogaça.

— Eu e Bocão vamos até a pedreira, na época da invocação ficava longe, agora a entrada do ramal que leva até lá é apenas quinze quilômetros da barreira. O ramal tem uns sete quilômetros, podemos medir pelo mapa digital, não é mais transitado já que a entrada é fechada por uma grade de ferro. Vamos supor que esteja em condição de trafegar, uma coisa é andar por ele bem devagar, outra vai ser correr com o carro infernal no encalço por uma trilha que pode estar interditada — disse André Sandoval.

— Como vamos atraí-los? — questionou Sérgio Fogaça.

— A gente vai rodar por aí, e logo ela aparece, tu vais ver — respondeu João Martins.

— Sabes onde é este ramal? — questionou Sérgio Fogaça.

— Nem de longe. Como vamos encontrar? — perguntou João Martins.

— Imprimi o mapa do satélite, foi o melhor que pude fazer, acho que não será difícil encontrar a entrada, mas não posso garantir nada — respondeu André Sandoval.

— Precisamos agir logo, se demorarmos não vamos conseguir, a noite vai cair e temo que a noite seja sua serva — falou João Martins.

O telefone celular de André Sandoval tocou, o que o assustou, pois tinha dito que ficaria fora em operação um ou dois dias. Sua esposa não lhe incomodara, em todos os treze anos de carreira como investigador. Olhou para o visor a fim de se certificar sobre a identidade da chamada. Rediscou o número, olhando para os outros.

— Oi, amor — falou André Sandoval. — Saia da casa, tranque tudo e vá para a casa da tua mãe, passa pelo quintal do vizinho e evita as ruas. Rápido!

— O que foi? — perguntou Sérgio Fogaça.

— Um carro preto buzinando em frente da minha casa, ninguém desceu dele e o carro acelera sem parar — falou André Sandoval.

— Começou e não vai parar mais, até a nossa morte ou a destruição deles — falou João Martins. — Consiga os explosivos! Vamos rodar por aí, aposto que ela vai nos caçar e perseguir, nesse caso tentaremos ficar vivos até o amanhecer. Quando vamos saber que vocês conseguiram?

— Ligo para o Sérgio — respondeu André Sandoval.

— Porra, liga mesmo! — disse Sérgio Fogaça, com um tom na voz que expressava seu medo.

Bocão e André Sandoval saíram pelos fundos. André bem mais disposto, depois de ouvir os lamentos da esposa instalada provisoriamente na casa da sogra, que morava algumas ruas depois no mesmo bairro. O importante era que ela vivia e ele descobrira isso naquele instante, amava a mulher e o filho que agora representava uma fonte de luz na escuridão que sua vida tinha se tornado.

Sérgio Fogaça e a esposa não tinham família na cidade de Manaus, pois eram do interior, mas o senso de dever impunha que tomasse uma decisão. Ele tomou sua decisão, apenas não estava plenamente convencido de que fora a escolha certa.

João Martins já não teve o benefício da escolha, outros a fizeram por ele. Cabia apenas aceitar os fatos e lutar até o final. Bocão nada poderia fazer, testemunhou o poder e o horror do carro amaldiçoado e o temia, embora temesse ainda mais a morte, por isso lutaria e fosse o que Deus quisesse.

Foi bom pensar em Deus, refletiu Bocão, depois ponderou com mais cuidado, caso existisse um Deus do Amor seria óbvio que outra coisa existisse para complementá-lo. Se Deus fosse pura bondade e amor, o outro seria absoluta maldade conjugada com um ódio mortal. O outro.

A Veraneio 79.

Capítulo 17

Terça-feira, 15 de junho de 2010

15h

I

André Sandoval e Bocão tinham andado rápido, pois saíram do bairro onde morava João Martins e antes das 15 horas já estavam próximos do lugar marcado entre ele e o vendedor de explosivos. André pensava na cara de Sérgio Fogaça quando descobriu que o amigo vendia tais coisas aos piores bandidos da cidade.

Caso não fosse ele o vendedor seria outro, até mais facínora. Era apenas um atravessador do produto, que ele próprio gostava de acreditar servia apenas como uma espécie de dádiva, capaz de restabelecer certa distribuição mais justa de renda aos mais necessitados. Ele se colocava na lista dos beneficiados pelas ações criminosas. Não havia acontecido ainda nenhuma morte causada pelas explosões dos caixas eletrônicos, por isso a consciência de André permanecia em paz. Até quando? Ele não podia saber.

O olhar de desaprovação do amigo fora de tal forma constrangedor que André Sandoval andou distraído sem olhar para o chão por muitos metros, quase caindo em um buraco feito pela companhia de águas na calçada, nada preocupada em tapá-lo. Bocão olhou para o homem que aparentava estar desnorteado, com os olhos arregalados e os movimentos frenéticos. Talvez, pensou Bocão, quisesse desistir de tudo e ir para casa. Quando acordasse, veria que tudo aquilo não passou de um pesadelo, daria uma risada ou não daria, quem poderia saber o medo que estaria sentindo, depois se levantaria e sairia para trabalhar.

Cena semelhante se desenrolava com Sérgio Fogaça, já que os acontecimentos imediatos pertenciam mais ao mundo surreal que à vida normal. O azar era que, apesar de impossível, as façanhas foram reais, e reais todas as mortes. Eles seriam os próximos, estava em suas mãos a oportunidade de lutar para destruir a criatura invocada na pedreira.

Bocão não contara tudo, ele sabia que Narciso tinha viajado para a Bolívia atrás de saber o que aquelas diabólicas veneravam. Ele o procurou e contou o que descobriu, antes que esquecesse como sempre acontecia, pois adquirira uma demência sazonal que afetava sua memória, disse para Bocão.

Uma viagem que revelou alguns segredos.

Narciso procurou por meses o local de nascimento das bruxas. Viajou a pé, ou no lombo de quadrúpedes, e em pequenas canoas e nos navios a vapor que ainda existem nas águas do Orinoco, na Venezuela. Aprendeu a se comunicar do seu modo nessa andança sem destino certo e conversava com moradores pelos caminhos que trilhou tratando de assuntos variados, sempre espantando os ouvintes com as notícias que trazia, pois estas conversas se davam em grande parte por gestos e talvez Narciso fosse por demais espalhafatoso e desse um destaque demasiado a fatos comuns. E já quase desistia quando entrou em uma região que ele mesmo definiu, meses depois. Um lugar de maldades, Bocão! E nas bordas de um vale rochoso avistou uma vila. Essa região era fronteiriça entre a Colômbia e o Equador, um vale vulcânico inativo chamado de Cumbal-Chiles. A gente que o acolheu escutou o que dizia, naquela algaravia de sons e no remexer dos braços e expressões da face, mas dessa vez pareciam compreender o que Narciso buscava. O engraçado foi que parecia que estava sendo aguardado pelas pessoas dessa vila, pois não demorou muito já se falava em como poderiam ajudar. A vila ficava no sopé de um paredão de rocha sólida, onde um vento frio cortante como lâmina de faca machucava a pele do rosto, se este estivesse descoberto. Uma garota foi incumbida de acompanhar o viajante, sendo que alguns deles apontaram para o alto, onde se erguiam paredes com veios de granito incrustados na rocha. Ele e a garota caminharam sem trocar amenidades, depois descobriu que ela era parenta do homem que iriam visitar. Na escadaria, passaram por uma série de nichos, altares de pedra, outros de madeira que guardavam oferendas e imagens de santos com algumas entidades incomuns, mas não para Narciso, que já conhecia uma parte do obscuro mundo da magia negra e das artes mágicas reais. Ele não tocou nas figuras exóticas cercadas de oferendas, onde velas multicoloridas já haviam derretido, repetindo as mímicas que a acompanhante fazia sem perguntar nada, apenas reproduzindo com as mãos os sinais desenhados no ar frio. Três vezes a garota o ajudou, pegando em suas mãos e as guiando no ar. Já estava anoitecendo quando chegaram ao destino no alto dessa trilha feita de escadas no solo pedregoso. Subiram essa trilha de degraus íngremes por uma hora e após uma curva surgiu o lugar para onde ela o levava.

Lá morava o curandeiro e xamã daquele povo esquecido. Quando viu o homem sentado em frente a um fogareiro, que lançava fagulhas no ar frio da montanha, não sentiu temor. Seu corpo foi tomado por súbita calma, por que não dizer, uma réstia de alegria. Um animal peludo, grande como um cavalo, roncava deitado e um cachorro cinza rosnou para Narciso quando se aproximou. A comunicação desde o início da busca se dava na base do entendimento por mímica e imitação, mas nessa altura da viagem Narciso já arrastava o castelhano das montanhas que os aldeões entendiam, ainda que com alguma dificuldade.

O velho tinha as costas arqueadas e fez com as mãos abertas um gesto inequívoco para que ele e a acompanhante chegassem perto do fogo. Os dois se aconchegaram, esquentando-se com o calor acolhedor. O velho entrou na casa de pedra, demorando para sair. Enquanto demorava, Narciso ficou contemplando o vale, que ia se enchendo de nuvens baixas e neblina. Aquela imagem o tinha impressionado nos primeiros dias de viagem, agora ele estava acostumado às grandes dimensões do cenário andino. A acompanhante de Narciso encolheu-se de frio, mas ele nada possuía consigo capaz de amenizar esse sentimento. O velho apareceu na porta da casa e os convidou, para comer e se aquecer. Os dois aceitaram, e o cão cinza agora demonstrava indiferença com a presença do estranho e ficava roçando o pelo nas pernas de Narciso. O velho apontou para uma mesa de madeira, onde dois pratos de argila, fundos, fumegavam cheios de sopa. Narciso tomou a sopa quente junto com a menina, que depois foi dormir por cima de algumas peles de animais postas em um canto. O cão ficou de guarda aos pés dela. O xamã pegou Narciso pela mão e o levou para um canto da casa, onde conversaram sobre as mulheres que criaram Rodrigo

Sosa. Narciso imaginou que o xamã falaria em castelhano, ou sabe-se lá em qual língua ou dialeto, mas para sua surpresa o homem dominava o português e Narciso pôde compreender o que foi dito após uma breve explanação que elucidou parte das suas aflições.

— As pessoas de quem falas moravam em outra parte perto daqui.
— Demorei a encontrar o lugar, foi por causa do que elas representam que vim até aqui. Alguns moradores do vale contaram sobre uma vila fantasma, mas não tive coragem de ir sozinho.
— Fez bem, lá ainda vagam coisas más.
— Tive medo, mas não compreendo a causa.
— Vocês foram amaldiçoados.
— Como é teu nome, velho?
— Frederico Carvajal.
— Frederico Carvajal, me responda: o que nos amaldiçoou?
— Primeiro, meu filho, preciso saber se crês.
— Em Deus?
— Aí seria fácil demais, menino. Deus ama os que creem ou não, incondicionalmente, Ele em nada interfere. Livre-arbítrio, lembra? Fazemos o que quisermos na vida, depois arcamos com as consequências das escolhas. Deus não irá ajudar quem não o buscou, mas não vai atrapalhar te condenando. Agora, o Diabo, esse vai devorar tua alma. Tu crendo nele ou não.
— Fomos amaldiçoados pelo Diabo, Frederico? — perguntou Narciso Cárceres, olhando para os lados e engolindo uma bola de saliva.
— Não existe apenas Um, Narciso. Eles são muitos, promovendo o caos para danação do homem, e este é um dos mais poderosos.
— Tu o conheces?
— Aqui nas montanhas acontecem coisas estranhas. Sim, sei o que é essa danação. É uma coisa má que pode alterar a realidade e fazer seu poder ser sentido mesmo na Terra, coisa que é impossível para a maioria dessas sombras da maldade.
— Tu falas do poder de nos dominar? Dominar nossa vontade?
— Muito mais que isso, menino. Poder de levantar os mortos, de dominar a carne e a matéria inanimada, de rasgar o tecido da realidade e burlar as regras da própria existência, que os homens de saber e da ciência chamam de Física.

— E como aquelas malditas conseguiram se comunicar com essa coisa?

— Nestas montanhas, muita coisa existe que veio do mundo subterrâneo, de tempos muito mais antigos que o homem. Ruínas e cavernas que guardam os segredos dessas eras desconhecidas e das Sombras que não deveriam ser vistas por nenhum ser humano. Infelizmente, as duas tinham o poder da visão.

— Não estou entendendo.

— Viam o plano dos espíritos. No início, agiram como os curandeiros antigos faziam, mas em pouco tempo começaram os boatos de bruxaria e artes do maligno, que não ouso pronunciar aqui em cima. Quando desabrocharam para os dezoito anos, foram embora perambular pelo mundo, levando seus conhecimentos negros para quem quisesse pagar. Elas tinham parentes de sangue, mas até eles sofreram com a maldade das irmãs. De tempos em tempos, ouvíamos as notícias delas agindo mais abaixo, nos povoados populosos dentro do vale, depois qualquer traço da existência delas desapareceu. Eu mesmo descobri onde realizavam seus rituais bizarros e tratei de afastar todos dali, por que o Mal rondava aquele lugar, sempre procurando uma vítima desavisada, um veículo para se propagar pelo mundo.

— Existe alguma maneira de enfrentar a coisa que elas invocaram?

— O que tu achas que acontece, Narciso?

— Tudo mudou desde o dia da chegada daquele carro.

— O tal carro preto?

— Preto como a noite. Um carro que serviu na polícia do Rio de Janeiro, que foi comprado pelo homem que ajudava as velhas e o sobrinho Rodrigo Sosa.

— Rodrigo Sosa?

— Você conhece?

— Sim, mas estão enganados quanto à ascendência dele. Não um sobrinho daquelas amaldiçoadas, na verdade filho resultado de um caso incestuoso entre ela, Verônica, a que possuía os olhos verdes, e um tio, um homem que vivia em outras montanhas ao sul. A outra, Severina, sempre encobriu o fato, cuidando da irmã quando o parto chegou, e embora nenhuma das parteiras da região quisesse assistir Verônica, o bebê nasceu sadio apesar da consanguinidade. Quando desapareceram a família delas entregou o menino para o pai, que o levou para a capital. Mas é impossível deter o rio quando ele corre para o mar. Rodrigo foi ao encontro de seu destino, encontrar a mãe bruxa para iniciá-lo nas artes negras da bruxaria das montanhas. Este carro surgiu e as coisas mudaram?

— E quando foi enterrado...

— O carro foi enterrado? Como um sepultamento?

— Isso é verdade, eu juro.

— Não estou duvidando.

— Disso me lembro, não com detalhes e nem ao menos sei o local, recordo do carro baixando o buraco aberto na terra, como se fosse uma pessoa.

— Narciso, tu podes estar bem enganado. Já é tarde e o frio daqui vai congelar meus ossos. Vamos dormir, amanhã iremos falar com uma mulher, a mais velha daqui da região. Faz benzeduras e passes com ervas, mas não tem nada com a bruxaria das cavernas. Ela poderá dizer o que tu vais enfrentar — Frederico se levantou e com um movimento rápido jogou o pano que lhe cobria as costas por sobre a cabeça.

Narciso o acompanhou.

A noite foi agradável e o frio que baixou das montanhas na madrugada não os atingiu dentro da cabana quente. A pele sob a qual Narciso se protegeu o aqueceu, o que ajudou em sua condição favorável pela manhã. Quando abriu os olhos, o anfitrião já estava de pé, coando café em um bule de metal amassado.

— Bons dias, muchacho! — disse Frederico.

— Dormi muito?

— Que nada, agora quanto ao ronco? Até a lhama se assustou, pensando que eram trovões.

— Carne crescida dentro do nariz, mal de velho.

— Aqui em cima respiramos pouco, não temos problemas como esse.

— E a menina?

— Desceu para a vila, ela é uma boa menina — respondeu Frederico e Narciso preferiu não se alongar na conversa sobre a menina, pois os hábitos mudam de lugar e ele estava em outro país sujeito a outra cultura.

Tomaram café, como eram velhos comeram apenas o suficiente, broas de milho e torrada preta de cevada, acompanhados de torrões fritos de carne de porco no estilo torresmo. Frederico encheu dois galões com água e pôs nos bolsos do casaco um punhado de folhas verdes, que Narciso imaginou serem de coca. Ele já mastigara aquelas folhas, suas propriedades anestesiantes ajudavam de fato, nas cansativas caminhadas pelas trilhas nas montanhas. Ao saírem da casa de Frederico, Narciso consultou o relógio de pulso, vendo que eram apenas oito horas da manhã.

— Sei que ainda é cedo, mas vai demorar até que a gente chegue lá em cima — disse Frederico.

Começaram a andar. Desde que iniciara sua busca, Narciso descobriu que as caminhadas nos Andes são especialmente silenciosas. O ar rarefeito não combina com papos alegres e línguas soltas, ainda mais quando se mastigava as folhas de coca. A boca anestesiava e a língua se tornava um objeto áspero e roliço, o que impedia sabiamente o andarilho de falar inutilidades, gastando força e oxigênio desnecessários. O sol queimava a pele de Narciso, que ficava exposta em poucas partes nos braços e nas mãos. Frederico andava com o passo marcado, acostumado às distâncias e às altitudes. Os dois passaram por abismos tenebrosos, cujo fundo escuro projetava imagens desagradáveis. Atravessaram esses abismos em pontos onde existiam, sabe-se lá há quanto tempo, pontes de cordas carcomidas pela umidade e pelo vento constante. E subiram, e subiram até um ponto onde Frederico mostrou ao longe, no horizonte azul palmilhado de nuvens, um ponto escuro.

— Ali, Narciso. É para onde estamos indo.

Frederico apontou uma casinha, de onde saía um filete de fumaça.

A casinha ficava aos pés de uma parede de rocha, o que lhe dava um aspecto frágil, de insignificante importância. Foram se aproximando da casinha, o coração de Narciso sentia pontadas que erroneamente interpretava como cansaço e exaustão. Ainda demorou duas horas até chegarem perto o suficiente da moradia habitada por uma mulher, chamada por Frederico de Aurora.

A casinha de Aurora tinha duas janelas que estavam fechadas, embora a porta estivesse entreaberta. O vento mexia com as cortinas de renda que Aurora pusera nas janelas, mas da mulher nem sinal. Frederico chamou-a várias vezes, sem que nenhuma voz respondesse. Com cuidado, abriu a cancela do portão e entrou com Narciso. Mais uma vez ela foi chamada e não obtiveram resposta. Cansado, Frederico se sentou em um banco de madeira.

— Aurora deve ter ido andar por aí, nas trilhas.

— Vamos esperar?

— É o jeito. Se sairmos agora de volta, alcançaríamos a vila durante a madrugada. E é melhor não arriscar uma geada, pois correríamos o risco de morrer feitos dois picolés.

Narciso imaginou-se e a Frederico, duros, congelados na margem de um caminho pouco frequentado. Demoraria a serem encontrados, quem sabe fossem confundidos com estatuária sagrada das trilhas na montanha. Riu da imagem e se sentou no chão, depois usando os galões como travesseiro descansou, aguardando a chegada da mulher.

O cansaço foi amortecido pelas folhas de coca, o corpo envelhecido de Narciso Cárceres sucumbiu à idade e o sono profundo se apoderou dele, que dormiu muitas horas, até que foi acordado por sacudidas firmes. Narciso despertou sobressaltado, estava sonhando com alguma maldade de sólida existência e implacável vontade, que lhe perseguia para matar. Devorar. Os olhos de Narciso estavam cheios de lágrimas, e seu coração batia forte no peito. Quando voltou à realidade, viu Frederico observando-o, enquanto uma mulher pequena, com algum enfeite engraçado na cabeça, rezava para as montanhas, usando uma língua que Narciso desconhecia. Levantou-se do chão, batendo com as mãos na roupa para espanar a poeira e a terra. Frederico fez uma sutil repreensão e Narciso ficou em silêncio, apenas observando o ritual. Alguns minutos se passaram, até que tudo terminou. A mulher veio até eles, sentando-se próximo de Narciso.

— Ela não fala tua língua, Narciso, vou ser o intérprete — disse Frederico.

— Vocês conversaram?

— Não precisei dizer nada, Aurora é muito esperta e já sabia de tudo.

Aurora olhou para Narciso dizendo algumas palavras para ele, que observava a pequena mulher sem compreender nada.

— Disse que você é mal e que deve pagar pelo que fez.

— Sei disso, não quero perdão do mundo, mas se puder vou reparar essa obra que ajudamos a construir — falou Narciso.

Aurora começou a discursar mais uma vez, com Frederico atento acompanhando suas palavras.

— As irmãs despertaram um Diabo de Três Olhos, muito poderoso. Da última vez que isso foi feito, os habitantes de uma vila inteira desapareceram durante a noite, quando ele desceu da garganta de onde foi invocado. O corpo humano é frágil para sustentar uma criatura destas, para se manifestar domina matéria inanimada, é onde pode sobreviver — disse Frederico, que fez uma mímica com as mãos indicando não compreender.

— Matéria inanimada? — Narciso repetiu.

— Foi o que Aurora falou — disse Frederico.

Aurora continuou o discurso, na algaravia do dialeto que usava.

— E agora? O que ela falou? — perguntou Narciso.

— Que há como saber onde mora a Coisa Ruim, que a dupla infernal chamou dos abismos além do tempo e do espaço.

— Como?

— Aqui perto existe uma ravina, com muitos metros de fundura. Lá embaixo, moram espíritos que dizem coisas à Aurora, o problema é que eles exigem sacrifício de sangue.

— Sacrifício? Não vou sujar mais ainda as mãos de sangue — disse Narciso.

A mulher falou algumas palavras e entrou na cabana. Quando saiu, trazia o que parecia ser uma cabra ou outro animal semelhante, mas parecia uma cabra comum. Aurora depositou o animal aos pés de Narciso e disse mais algumas palavras. Frederico concordou com movimentos de cabeça.

— A cabra apareceu faz uns dias, berrando na trilha, deve ter sido largada como oferenda pelos turistas, mas Aurora acredita que ela te pertence, por isso será o sacrifício perfeito na ravina.

Narciso olhou para o animal pacato, deitado aos seus pés, e teve um leve tremor. Não poderia recuar, já que tinha viajado demais para ser detido por um detalhe daqueles. Matara sem sentido no passado e por isso tinha chegado até ali, quem sabe derramando sangue por uma finalidade justa começasse o caminho para sua redenção.

O trio caminhou algum tempo, com Narciso trazendo a cabra amarrada por uma corda atada ao pescoço que não emitia nenhum som. Aurora ia à frente, guiando o grupo com a luz de um candeeiro. O negrume e o frio começavam a incomodar os sentidos alertas de Narciso. Notou que Frederico caminhava com cuidado e atenção, como se temesse a escuridão e perigos acima da razão. Tempos depois, chegaram à ravina que Frederico descrevera.

Paredões de pedra cinza granítica se erguiam a alturas incríveis. Dos paredões nasciam fulgores prata, que Frederico explicou serem restos de prata e fósforo das minas mais acima na montanha. A claridade fantasmagórica dava ao lugar um aspecto mortífero de decrepitude corpórea e os ventos ajudavam a compor uma sinfonia de mortos usando as notas lúgubres das rajadas constantes. Um calafrio percorreu o corpo de Narciso Cárceres, enquanto Aurora encaminhava-se com a cabra e Frederico para um ponto nos limites extremos do terreno antes de despencar no abismo enegrecido da ravina.

A mulher pequena ruminava palavras desconhecidas, erguendo os braços em movimentos cíclicos. Às vezes, gritava espantando a cabra nos braços de Frederico. O animal não emitia nenhum som de desaprovação, apenas se movia lento. O passo seguinte foi acender algumas velas e varas de incenso trazidas por Aurora dentro de uma bolsa de couro. As varas de incenso queimavam rápido devido ao vento, as velas resistiam às rajadas e eram multicoloridas como as dos oratórios nas trilhas. Frederico pôs a cabra no chão, presa entre suas pernas, e chamou Narciso.

— Chegou a hora — disse Frederico.

— O que devo fazer?

— Sangre a cabra, depois a atire na ravina. Os espíritos vão responder, ou não, quem saberá o que pensam os mortos? Dê um golpe no coração da cabra e quando o sangue fluir da ferida jogue-a lá embaixo.

Narciso concordou com um movimento de cabeça. Aurora olhava Narciso e balançava as mãozinhas para o céu escuro. Frederico tinha passado um punhal afiado para Narciso, que evitava olhar a cabra. As mãos dele tremiam, quando olhou a escuridão das profundezas da ravina teve uma vertigem de acrofobia, com dificuldade se controlou antes de cair no chão. Narciso inspirou, pensou em rezar, porém lembrou-se que abandonara os caminhos retos do Senhor fazia muitos anos, agora seria covardia ater-se em Deus na hora mais negra de sua existência por temor e não movido pela fé verdadeira. Com um único movimento, cravou o punhal entre as costelas da cabra, no local indicado por Frederico. O animal se debateu e quando o sangue começou a verter da ferida aberta, Narciso o ergueu, arremessando a carcaça semimorta no espaço vazio.

Sua respiração estava pesada. Devagar Narciso foi recuperando a normalidade dos batimentos do coração e da respiração. Ergueu a cabeça e reparou em Frederico junto de Aurora com os olhos atentos, voltando a cabeça em todas as direções. Narciso não entendeu o que estava acontecendo, em seguida notou que o vento constante cessara. E que o silêncio dos cemitérios se instalara nas montanhas. Narciso quis perguntar algo, mas Aurora foi incisiva em sua determinação para que calasse. Os olhos da mulher permaneceram vigilantes por alguns segundos. O vento passou a soprar, com leveza constante. Frederico estava mais relaxado. Aurora, de pé, se refazia do temor que a afligira quando aconteceu a manifestação do poder que os mortos possuíam naquelas ravinas.

Súbito e terrível.

O som veio do fundo, em uma onda crescente de energia e poder. Envolveu os três solitários humanos com violência, reverberando nos corpos, vibrando os ossos deles com a acústica amplificada pelos paredões sólidos. O som permaneceu alguns segundos no ar da noite e depois desapareceu, como se não tivesse sido ouvido. Frederico ficou um tempo atirado ao solo. Aurora recuperou-se e ajudou Frederico e Narciso, soprando neles baforadas de um charuto de ervas que trouxera. O cheiro das ervas aromatizadas foi elevando o ânimo de Narciso, que imaginou serem de coca algumas das folhas que compunham o buquê do charuto. O vento passara a soprar com intensidade, trazendo o frio e a umidade. Aurora acendeu o candeeiro e os três passaram a caminhar de volta, com mais dificuldade do que na vinda.

O grupo alcançara a escadaria de degraus escavados na rocha quando Narciso perguntou para Frederico:

— Não me lembro do que aconteceu lá em cima. Afinal, os espíritos disseram alguma coisa?

Frederico olhou para Aurora, que concordou com a cabeça.

— Nada disseram desta vez, só ouvimos uma aceleração de motor e duas buzinadas tremendas, tão poderosas que Aurora temeu por nossa vida e até pensou que fossem nos matar — respondeu Frederico.

Aquele carro precisava ser destruído. Essa era a única certeza de Bocão.

II

Os explosivos foram entregues para Bocão e André Sandoval por um tipo mal-encarado, que saiu de uma kombi branca, estacionada atrás de um supermercado em uma avenida chamada Max Teixeira, no bairro da Cidade Nova. A kombi disparou em velocidade pelas ruas laterais, desaparecendo em segundos, seguida por duas motocicletas com dois homens em cada uma delas, portando armas.

Seguranças para a transação.

Bocão ficou pensando que tipo de barganha André teria proposto, uma vez que não comprara os explosivos com dinheiro vivo. Todo o material foi posto em sacolas de compras e os dois resolveram que apanhar um mototaxista seria o mais racional, tendo em vista o caos do trânsito.

— Ei, Bocão? — falou André Sandoval.

— O que é?

— Nas motos, o explosivo não vai balançar demais?

— É sólido, André, não vai detonar com sacudidas.

— Porra! É melhor nem pensar numa coisa dessas.

Dois motociclistas, que faziam ponto ali perto, pararam ao sinal de Bocão. Encostaram-se à dupla com as sacolas, avaliando se valeria a pena uma corrida com dois sujeitos tão suspeitos.

— E aí, chefia — disse o mototaxista com camisa amarela.

— Precisamos que façam uma corrida para depois da barreira da 174 — falou Bocão.

Os dois motoqueiros se entreolharam.

— Pra muito longe, patrão?

— Uns quilômetros, na direção de Figueiredo.

— Vai ter bronca? — perguntou o mototaxista de camisa rósea, olhando para as sacolas.

— Não, mas se acontecer damos um jeito — disse André Sandoval.

— Nesse caso, vai custar cinquenta contos.

— Vamos ter de entrar em um ramal, essas motos aguentam o tranco?

— Aguentam mesmo. O que têm aí dentro?

— Melhor não saber, parceiro, mas não é parada — falou André Sandoval.

— É um monte de bananas, meu filho — respondeu Bocão.

— Tudo bem — respondeu o mototaxista de róseo.

Terminadas as negociações, subiram na garupa das motos e partiram, usando a Avenida Torquato Tapajós para alcançarem o marco inicial, a AM 010, que ficava dentro dos limites geográficos da cidade de Manaus. As motocicletas trafegavam em uma velocidade moderada, Bocão pensava o que os aguardaria no futuro imediato.

Talvez morresse.

Morrer era o resultado de uma reflexão pragmática bastante óbvia, em vista do que enfrentaria. Sorriu quando se pegou refletindo que queria acordar em sua cama, com a cabeça latejando de dor, vendo peixes-boi coloridos flutuando no ar ou galinhas gigantes ciscando nos quintais, com os vizinhos nos bicos vorazes gritando. As galinhas em particular lhe davam enorme repulsa e medo. Bocão ficava maravilhado com a ilusão que seu cérebro criava. Agora tudo havia mudado, um mundo de horrores indescritíveis surgira na forma de um carro amaldiçoado. Temia não poder mais acordar, ou pior, dormir para sempre mergulhado neste pesadelo onde o impossível se tornava sinistramente real.

III

As motocicletas ganharam a estrada em minutos, na barreira André Sandoval chegou a cumprimentar alguns amigos da guarnição e outros que montavam guarda nos escombros do prédio. O ato em si foi significativo para deixar os motociclistas aliviados. André Sandoval pediu para emparelharem, pois queria trocar umas ideias com Bocão.

— Sérgio disse que um portão de ferro guarda a entrada do caminho até a pedreira, vi as fotos do satélite, procure uma entrada no lado direito — gritou André Sandoval.

— Um portão de ferro fechado? — perguntou o motociclista que levava Bocão.

— Não sabemos ao certo — respondeu André Sandoval.

— Conheço um lugar parecido, é um caminho que não é usado faz uns anos. Fiz trilha lá, é um caminho que termina numa pedreira abandonada.

— É esse lugar que procuramos. Tu podes me levar até lá?

— A área pertence ao Exército, pelo menos existe uma placa que diz isso. Apesar de ter visto soldados de guarda poucas ocasiões, mas é melhor não brincar com os milicos... Ei!

Um caminhão passou em alta velocidade, o ar deslocado desequilibrou os motociclistas.

— Calma, pangaré — falou o motociclista de camisa rósea para sua moto, enquanto ziguezagueava na pista da rodovia.

André Sandoval suspirou.

Minutos após a conversa, bastante aliviado por ter alcançado o destino inteiro, André Sandoval descia da moto. Na sua frente se erguia um portão de ferro, fechado com correntes e cadeados. Procurando nas margens da cerca de arame e estacas de concreto que protegiam a área, distinguiu uma placa escondida pelo mato. Mostrou a placa para Bocão, ambos andaram até próximo para poderem identificar o que estava escrito.

— Parece desgastada pelo tempo — disse André Sandoval.

— O que importa é o que está escrito... Não entre, propriedade do Exército Brasileiro.

Um dos motociclistas gritou:

— Aqui têm uma entrada! — o motociclista gritava e apontava um ponto escondido na cerca de arame.

— Daqui não poderemos mais retroceder — disse André Sandoval.

— Estou preparado — respondeu Bocão.

André Sandoval olhava para a paisagem, seu corpo dava espasmos e os olhos piscavam convulsivamente. Ele entregou para Bocão a sacola com os explosivos, a pistola, dois carregadores e o celular.

— Sabe usar uma destas? — perguntou para Bocão, se referindo à pistola.

— Sei.

— Desculpa, não vou conseguir — falou André Sandoval se afastando. — Liga para o João, diz que ele pode começar ou até já começou e não sabemos ainda. Vou voltar para casa, cheguei ao meu limite.

— Tudo certo, não vou te chamar de covarde, afinal não tenho mulher e filho — disse Bocão.

— Como é teu nome de verdade, Bocão?

— Túlio Oliveira.

— Boa sorte, Túlio, que a gente ainda se veja — falou por fim André Sandoval.

Depois disse algo para o motociclista de farda rósea e foi embora, é provável tenha se apresentado.

Bocão, agora solitário e acompanhado do outro motociclista, ponderando se não seria mais prudente esquecer aquilo tudo e tentar chegar a Presidente Figueiredo. Lá poderia se embrenhar no mato e arranjar trabalho nas propriedades rurais que existissem próximas da cidade. Porém, uma pergunta não calava. Até quando Zé Biela e sua companheira o deixariam em paz?

Quem teria de morrer para que pudesse se esconder do inevitável confronto? Bocão já havia decidido que ninguém mais seria punido por seus erros, portanto seguiria com aquele plano mal elaborado, tentando ajustar os acontecimentos de acordo com as contingências. Chamou o motociclista, perguntando preços e horários para descontrair.

O motociclista avaliou a situação com mais tranquilidade, já que restara apenas um dos homens, este um velho alquebrado incapaz de lhe fazer mal, pensou o jovem, pois André repassara a pistola para Bocão de forma velada.

O piloto da moto fez um sinal e Bocão subiu na garupa com os sacos contendo os explosivos e estopins. Ajeitou melhor a pistola na cintura pondo os carregadores extras no bolso da calça, com cuidado para que o motociclista não notasse. A motocicleta entrou pelo buraco na cerca de arame e começou a percorrer o caminho até a pedreira. Bocão pediu para o motociclista ir mais ou menos devagar, pois precisava lembrar-se de como o caminho estava, para informar a João Martins e Sérgio Fogaça, acaso conseguissem escapar.

O caminho mostrava-se bastante largo, com três ou quatro metros em média, nos primeiros quilômetros. Parecia pouco frequentado, mas estava limpo de obstáculos do tipo paus apodrecidos caídos das árvores e pedras que tivessem rolado das barreiras ao largo do caminho, de buracos ou lamaçais. A rota não era reta, nem feita em único nível de terreno. A motocicleta subia e descia pequenos aclives e declives, contornando sovacos de floresta com curvas de perigosa inclinação.

Por certo tempo, eles percorreram um trecho longo em linha reta, que acabava em um declive que descia para as profundezas da floresta. Bocão imaginou tratar-se de um rio ou igarapé, mas na verdade desconhecia uma configuração geográfica sequer parecida com outras que tinha visto em toda a sua vida. Após minutos descendo na rampa de acesso aos baixios da mata, se depararam com uma visão de alarmante perigo, ainda que de insuspeita objetividade.

A pedreira abandonada surgia como um pedaço separado do mundo saudável, parecendo mais a visão de algum recanto danado onde coisas sombrias vivem e se arrastam para o desespero dos homens. Como um buraco infernal escavado em direção às entranhas da terra, a pedreira se estendia por muitos quilômetros, cercada pelo paredão de árvores, que se apoiavam nas beiradas com suas raízes expostas agarradas para não caírem. Do ponto onde estavam, os dois homens podiam enxergar a extensão monumental do terreno mefítico, que parecia a eles, da distância em que se encontravam, emanar vapores fantasmais, enchendo de medo o seu coração mesmo que sob a claridade da tarde. A impressão era de que os trabalhadores haviam escavado um labirinto, expondo as paredes de tamanho enorme aos olhos dos expectadores.

— Conheço quem veio até aqui, mas não contaram o que tinham visto — disse o motociclista para Bocão.

— Eu nunca vi lugar como este na minha vida, nem perto nem longe — respondeu Bocão.

— O que escavavam aqui?

— Pedras, cascalho. Brita?

— Acha mesmo que aqui é um local seguro? Não sou medroso, mais este lugar não me parece muito saudável.

— Vamos descer — disse Bocão. — Como mesmo é teu nome?

— Júlio.

— Vamos descer, Júlio, com cuidado e em silêncio. Agora começo a pensar que estamos na cova de um leão.

Júlio olhou para Bocão com um alarme impróprio de perigo e sujeição. Ele pensou que não deveria ter aceitado a proposta, mas agora era tarde para recuar. Com suavidade, a motocicleta foi descendo em direção aos paredões expostos por escavações ou explosivos. A pergunta de Júlio alarmara Bocão, pois o que faziam ali na pedreira os homens que trabalhavam na lavra da rocha?

O que parecia era que eles escavavam com cuidado o lugar, mais do que simplesmente para extraírem matéria bruta a ser negociada no mercado da construção civil.

E se escavavam, o que procuravam?

E se procuravam, chegaram a encontrar?

A cada pergunta Bocão ficava mais preocupado, imaginando que segredos não estavam guardados na rocha e na terra malsinada. Quem sabe enterrados, pensou tardiamente, para não ser encontrados. Na parte mais baixa da pedreira, corria um filete de água, que desaparecia por entre as escavações e os muros. O velho devia ter ficado em algum ponto próximo daqui, pois se eles tivessem realizado o Sabá mais dentro da pedreira, não teria enxergado nada. Sabia que não deviam ser pegos pela noite perambulando dentro dos sovacos escavados ou jamais precisariam se preocupar com a vida.

Que monstruosidades foram arquitetadas entre os paredões de pedra? Segredos para não se investigar. A pedreira avançava para dentro do labirinto escavado da terra, porém Bocão não seguiria nenhum metro nessa direção. Uma intuição de perigo mortal zumbia em sua cabeça e seu corpo apresentava sinais inequívocos de terror.

— Tu estás bem? — perguntou Júlio.

— Não devemos continuar para dentro disso, menino.

— Esse lugar é sinistro.

— Muita coisa ruim foi feita aqui dentro, rapaz, mas nada que se compare com o que vai acontecer.

— E o que vai acontecer?

— Vamos enfrentar um Demônio!

Em outras circunstâncias, Júlio teria rido do maluco maltrapilho com pinta de noiado, bancando o bruxo ou feiticeiro. Dito isso, podia até adivinhar o conteúdo dos sacos plásticos que o homem carregava. Velas coloridas, incensos malcheirosos, fitas com nomes de desafetos, talvez das amadas adúlteras de alguém ou de alguns amigos falsos. Não parecia que carregava nada vivo, o que era bom sinal, pois Júlio detestava os malucos que imolavam galinhas, gatos, sapos ou pombos aos deuses. Os sapos e os pombos possuíam a cor mais comum dentre estas espécies, com os gatos e galinhas não se dava tal aleatoriedade. Sempre preferiam os animais que tinham a cor preta, o que fazia Júlio tecer as mais extravagantes conjecturas.

— Não curto estas coisas de macumba — disse Júlio.

Com cuidado, foi retirando das sacolas plásticas os explosivos e os pavios que depositava no chão de terra em porções separadas. Júlio prestava atenção ao que o homem fazia e foi com surpresa que identificou os objetos. Sentiu um frio na barriga que fez o corpo amolecer por causa da tensão de ter carregado uma carga mortífera por tantos quilômetros. Júlio desceu da moto curioso, e foi se aproximando de Bocão, que continuava absorto no trabalho de separar as cargas.

— Tu vais fazer um despacho com isso aí? — continuou Júlio.

— Despacho? Nada disso, rapaz. O que vai acontecer é que vamos ter de enterrar um carro, um que já foi enterrado muito tempo atrás.

— Como é que é? Aqui?

— Vamos tentar enterrá-lo aqui na pedreira, a primeira vez que aconteceu fizeram bem longe.

— Por que enterrar o carro agora? E antes depois de enterrado, como conseguiram recuperá-lo?

A pergunta de Júlio ressuscitou na memória de Bocão as mais levianas recordações. Caso parasse para contar ao rapaz a história, perderia preciosos minutos ou até horas, não sabia ao certo. Se ficasse solitário, lhe faltariam forças e coragem para fazer o que se propunha. Precisava daquele desconhecido, escolhido ao acaso, embora ele tivesse de aceitar ajudá-los de livre e espontânea vontade.

— É uma longa história, Júlio, pena que não temos tempo. Preciso que tu me ajudes e caso não tope, pode ir embora. Mas, se resolver ficar, é bom saber que há um perigo de morte neste lugar, é contra isso que vamos lutar — ao acabar o discurso, Bocão ficou observando o rapaz, dava como decisão certeira sua ida embora, por isso não alimentou esperanças tolas, só aguardou a resposta.

— Vou ficar — disse Júlio.

— Ótimo!

Um raio rasgou o céu ainda muito longe, e embora distante aquela faísca prenunciava horas de horror para mais tarde. Nuvens escuras se acumulavam na direção do raio, Bocão se lembrou da noite na qual o carro levantou-se da destruição, uma noite que começou com um anúncio de tempestade igual àquela que agora parecia se formar. Caso existisse alguma força titânica movendo-a, pensou Bocão, ainda que fossem a chuva e os raios, seria correto conjecturar a possibilidade de destruí-la. Pois se carecia de uma fonte de energia para funcionar, então poderia ser desligada.

— Antes de espalhar as cargas, precisamos encontrar uma coisa — continuou Bocão.

— Aqui na pedreira?

— Poderia contar só que acho melhor mostrar.

— Este lugar está abandonado já faz um monte de anos. Correm histórias no meio da comunidade de trilheiros, sempre achei que fossem histórias malucas demais para dar crédito.

— Que histórias?

— Raios que saem do meio das pedras. Motores que são como fantasmas, pois os trilheiros apenas ouvem as engrenagens trabalhando, nada vendo do maquinário que produz os sons. E um tremor que surge do fundo da terra, como se algo forçasse a saída. Tudo história dura de engolir. E existem outras, mais sangrentas.

— Sangrentas em que sentido?

— Desaparecimentos no ramal e nas trilhas próximas daqui. Desde o ano de dois mil e cinco que toda a região ficou isolada. Nem os pilantras andam por aqui. A Polícia sabe de coisas, nada fala para não incomodar os poderosos. Teve motoqueiro que disse ter visto animais estranhos, só não me peça para explicar o que se considerou estranho em animais vistos na floresta. Em dois mil e seis, fevereiro de dois mil e seis, não lembro a data exata, também não lembro onde encontraram um grupo de evangélicos que havia desaparecido. Deu em todos os jornais, aconteceu dois anos depois daquele caso dos trabalhadores da fábrica de cimento.

— Moro numa invasão perto desse lugar. O Morro do Diabo.

— Encontraram todos mortos, eu me lembro disso, e tive muito medo.

— E em dois mil e seis?

— Eles tinham se retirado para um sítio, na época das festas de Carnaval, sabe, essas coisas de crente. Uma tia minha estava neste grupo. Desapareceram. Alguns foram encontrados duas semanas depois, pelo menos o que restou deles. Outros nem notícias do seu paradeiro. Pouco se comentou sobre o assunto, e todo mundo sabia o número de pessoas e os nomes, mas foi como se tivessem entrado em um mundo paralelo. Minha mãe morreu um ano depois e por causa disso saí de casa. A titia não foi encontrada.

— O que falaram desse sumiço? — perguntou Bocão.

— As famílias fizeram voto de silêncio e algumas, dizem, compradas com muito dinheiro. Meu pai aceitou grana pra fazer vista grossa. Veio revista de São Paulo e do Rio de Janeiro e até dos gringos, não se falou nada, nesta época não morava mais com meu pai. Andando por aí a gente ouve muita coisa, né? Teve conversa que foi onda dos traficantes colombianos que cercavam Manaus ou que todos pertenciam a uma seita apocalíptica e perderam o controle e se suicidaram. Se o que a gente fizer me ajudar a esclarecer o desaparecimento da titia, eu ajudo.

— Não garanto que vais saber algo capaz de te esclarecer, parceiro, mas posso assegurar que vamos evitar que muita gente sofra com os horrores do desconhecido, talvez até parecido com esse que cobriu de segredos essas mortes. Não sei como explicar, Júlio, a única coisa a dizer é que vamos enfrentar uma criatura maléfica que assombra este lugar faz muito tempo.

— A história da seita é real?

— Não foi a tua tia nem os amigos dela que fizeram nada de ruim, outras pessoas trabalharam com vontade cultivando o mal. Acho que eles vieram aqui e acabaram topando com forças e energias que desconheciam.

— E tu sabes o que é?

— Mais ou menos. Vamos procurar o que está enterrado aqui na pedreira.

— O tal carro enterrado ou gente enterrada?

— Creio que devam existir muitos desavisados por aqui enterrados, não é com eles os nossos assuntos e nem com a Veraneio, pois se estava enterrada não está mais.

— Dinheiro?

— Não é um tesouro que vamos procurar.

— Tudo bem, mas antes quero saber o que é?

Bocão olhou para Júlio e segurou o braço do rapaz.

— Um trator.

IV

As ruas da cidade pareciam limpas, pois o vento levara a sujeira leve que se deslocava com as rajadas, soprando desde a manhã. O horizonte amanheceu escuro, mas foi apenas nas horas da tarde que o sol foi ficando encoberto por nuvens densas. Uma tempestade de raios se aproximava, com poder igual ou mais devastador do que a caída dos céus uma semana antes.

Dentro do utilitário, pouco se ouvia do murmurinho externo. Os vidros blindados duplos impediam a audição dos sons exteriores e o ar-condicionado ajudava a isolar acusticamente o habitáculo do veículo. As caixas acústicas ligadas no rádio davam ecos de estática e estalos elétricos, provocados pelos raios que já apareciam no horizonte. Os dois homens estavam alertas, suas atenções se fixando no movimento dos carros nas ruas. De vez em quando, uma buzinada ou freada fazia com que seus olhares convergissem para um ponto comum, verificavam e logo retornavam ao estado de atenção e alerta.

Os olhos de Sérgio Fogaça buscavam de minuto a minuto o celular, aguardando uma chamada de André. O aparelho não acendia o display indicando a chamada, e a espera foi angustiando Sérgio. Até aquele momento, não conseguia formar um pensamento racional pleno com relação aos acontecimentos que presenciara. Poderia estar enlouquecendo. Se assim ocorria, como frear a própria obsessão no impossível? Olhava agora para João Martins, o estranho motorista capaz de realizar manobras com uma precisão que acreditava ser possível apenas nos filmes de cinema. Um homem de poucas palavras, acordado do zumbinato no qual vivia mergulhado por causa de um carro que trouxe seus fantasmas de volta à vida. Tudo bem que ele próprio a vira, subindo como um monstro a ribanceira onde vivia um personagem chamado Bocão, aos pulos, acelerada, destrutiva. E como explicar o estado no qual encontraram o túmulo violado de Raimundo Tadros, no topo do morro onde ficava um cemitério, no Mauazinho?

Demasiadas estranhezas.

Os avisos do rádio também interessavam, uma vez que poderiam escutar algum evento inexplicável causado no trânsito por um carro preto, mas não houve chamada de emergência reportando um grave acidente ou fuga de veículos foi repassada pelo operador da central. João Martins por sua vez evitava as ruas internas dos bairros, no caso de precisarem de uma rota de fuga desesperada. A cada momento, a tensão aumentava e as mãos de João Martins suavam de ansiedade, o que deixava o volante escorregadio para uma pegada segura. Por duas vezes, viram um vulto negro de carro passar nas ruas transversais à que estavam trafegando, mas para alívio da dupla nada aconteceu em seguida que denunciasse a presença do carro maldito.

O roteiro que João Martins pretendia cumprir desenhava no mapa de circulação viária de Manaus um quadrilátero. Primeiro ganhou as vias largas do anel viário Norte, apelidado pela população de Grande Circular 2, a avenida em si não acabava. Eles seguiram para o nordeste, chegando aos conjuntos habitacionais financiados pelo governo. Dentro da área dos conjuntos, recebia o nome de Avenida Margarita. João Martins não sabia por que fora nomeada assim.

Após a área dos conjuntos habitacionais, a Grande Circular 2 margeava os bairros mais externos da cidade. Ao norte, Alfredo Nascimento no limite com a Reserva Ambiental Adolfo Ducke e o bairro Cidade de Deus, muito embora João sempre imaginasse que o inquilino fosse bem outro. Em seguida, várias comunidades menores até que contornassem esse perímetro e caíssem na pista da Avenida Autaz Mirim, cujo tráfego intenso de gente e veículos de todo tipo seria um complicador acaso tivessem de fugir. Por informes que já tinham lido, sabiam que a Veraneio fora vista transitando naquelas ruas. Obedecendo ao rastro das ocorrências, seguiriam pela Avenida Autaz Mirim, depois pela Avenida Cosme Ferreira, atravessando uma área densamente habitada, rezando para que não a encontrassem em um engarrafamento.

Seguindo o plano, desceriam pela Avenida Efigênio Sales, chamada de V-8, tomando o rumo sudeste até os limites administrativos, quando mudava de nome e passava a se chamar Avenida Darcy Vargas. Naquele ponto, as pistas de rodagem estreitavam, apesar disso poderiam fugir com facilidade caso precisassem. No final da Avenida Darcy Vargas, pegariam um desvio em direção à Avenida Coronel Teixeira celebrizada como Estrada da Ponta Negra, para depois subirem a também eterna Estrada do

Tarumã, conhecida na atualidade como Avenida do Turismo. Dali iriam sem desvios retornar ao ponto de início na Avenida Grande Circular 2 e refazer o circuito.

A Veraneio caçava nesse território e uma hora a encontrariam.

Os dois primeiros circuitos foram tranquilos, o terceiro foi marcado por numerosos congestionamentos na parte mais central do trajeto escolhido. Nos congestionamentos, a tensão se elevava a níveis explosivos, a cada buzinada ou freada o coração de João Martins saltava na cavidade do peito, batendo forte.

Estavam no meio do quarto rodízio quando o rádio pediu atenção para um alerta vindo da Defesa Civil. João Martins e Sérgio Fogaça resolveram que seria melhor estacionar e pararam em um canto de rua, próximo à feira de um bairro chamado Coroado, situado na Avenida Cosme Ferreira. Parados nessa esquina, estariam seguros por algum tempo, pois a área era aberta, e se acontecesse qualquer emergência a viatura poderia manobrar. Sérgio Fogaça aumentou o volume sonoro do rádio e ambos passaram a ouvir com atenção o informe oficial.

— VTR 037 copiando a QTC Gigante — disse João Martins.

— Gigante vai repassar o informe para quem estiver em QAP: hoje, por volta das treze horas e um minuto, a Defesa Civil recebeu um alerta do SIVAM, que avisou sobre a iminência de uma tempestade de raios e ventos, com proporção idêntica a um furacão. Os bombeiros estão em alerta de máxima vigilância e tropas federais vão ajudar nos estragos causados pela passagem da tempestade. Os carros e viaturas devem permanecer abrigados e quando forem acionados devem se reportar aos Bombeiros e à Defesa Civil no auxílio de vítimas e necessitados. As comunicações usando o rádio podem desativar após o início do fenômeno, caso aconteça usem os celulares particulares.

O celular de Sérgio Fogaça tocou neste momento, com indisfarçável alegria ele atendeu a ligação.

— Porra, a gente pensou que tu não irias ligar... Como é?

— O que aconteceu? — perguntou João Martins.

— E a tua mulher? Certo. Estamos indo para aí cara, fica esperto — Sérgio Fogaça desligou o aparelho celular e olhou para João Martins. — O André não ficou com Bocão, ele voltou para casa e quando chegou lá estava tudo destruído, os vizinhos disseram que foi um carro todo preto que entrou casa adentro, a Polícia Militar está lá, mas não conseguem entender os relatos.

— Nem poderiam — disse João Martins.
— O que faremos?
— Vamos até lá. Se for uma armadilha, teremos de improvisar — completou João Martins.

O céu sobre a cabeça dos moradores de Manaus ia escurecendo, as rajadas de vento começavam a soprar prenunciando os sons do desastre que se aproximava em forma de água, vento e raios.

V

A motocicleta foi deixada em uma parte protegida, próxima a uma escarpa de rocha escavada da terra. Bocão procurava por algum indício que corroborasse as assertivas do velho presidiário que conhecera e que lhe dissera fatos sobre a pedreira. Falara de uma pedra circular, com formato de bacia, onde o corpo da criança havia sido imolado aos deuses negros da loucura pagã. O velho disse que assistiu a tudo do alto, portanto a bacia teria de estar cercada pelos paredões ou próxima da borda da pedreira, onde a floresta iniciava.

Júlio andava com passos cuidadosos, olhando de soslaio para frente e ao mesmo tempo para Bocão. Sentia que estava fazendo o correto, porém seu coração se apertava cada vez mais, vítima de uma indesejável impressão de medo cortante. Precisava falar, uma vez que o silêncio da pedreira começava a incomodá-lo. Bocão procurava a bacia de pedra cerimonial e foi por isso que Júlio começou a conversa:

— O que tu procuras?
— Uma pedra circular, tipo uma bacia.
— E por que é importante achar a tal pedra?

Bocão olhou para Júlio e parou.

— Preferia não contar, acho que seria traição... — antes de Bocão terminar de falar, um raio iluminou o ambiente sinistro lançando luz onde havia sombras e enchendo de sombras onde estivera claro antes.

O efeito óptico fez coisas aparecerem, para desaparecerem em seguida. O trovão que seguiu o raio estremeceu a terra sob os pés dos dois homens.

— Ainda queres saber menino?

— Conta — disse Júlio, sem notar a tremedeira na própria voz.

— Rituais de sacrifício foram realizados aqui, nesta pedreira, muitos anos atrás. Um desses rituais chamou um ser terrível que incorporou em um veículo. Uma caminhonete policial das antigas, que estava a muitos quilômetros daqui. Essa criatura que chamaram veio até este lugar e deu vida à Veraneio, mas a presença desse ser acabou chamando a atenção de um trator enterrado nas rochas por militares. Eram dois, mas apenas um foi levado pelos milicos, o outro permaneceu aqui, soterrado. Quando ela chegou, já veio com o poder de dominar os homens maus, eu próprio andei nela, matei e assisti matarem muita gente, alguns culpados, mas a maioria inocente, pois o que a dominava gostava de sentir o sangue dos bons verterem na terra. Mortes e mortes, um caminho repleto de cadáveres. Ela foi traída e enterrada, seu motorista também, pois ele era o coração e a alma daquele carro amaldiçoado. Agora ela e o motorista querem vingança. Fomos marcados, sinto que aqui podemos destruí-la. Agora pergunto, tu podes ou não ajudar nisso?

— Seja o que Deus quiser, Bocão — respondeu Júlio.

— E se Deus não existir?

— Alguma coisa boa existe, se não nem estaríamos aqui.

Bocão concordou com o raciocínio de Júlio, era simples e possuía as virtudes de um axioma, não precisando ser provado. Assim como o Mal, o Bem existia por si e não dependia de motor primeiro ou causa.

Foi após contornarem uma rocha que ambos enxergaram o local procurado por Bocão. A bacia ficava no meio de um campo, era uma pedra redonda sustentada por pilastras. A pedra em forma de bacia fora descoberta sabe-se lá há quanto tempos. Bocão observou o ambiente para tentar encontrar o ponto de onde o velho disse ter assistido a todo o ritual de sangue e bruxaria. E logo enxergou um platô, entre vinte e trinta metros de altura do solo e a uns cem metros de distância do altar de sacrifício. As medidas concordavam com o relato do velho presidiário. Bocão teve calafrios com o achado sinistro.

Os homens caminharam até a pedra circular, observando com atenção os objetos dispostos próximos do altar. E sim, havia uma enormidade de coisas espalhadas pelo chão, em sua grande maioria relacionadas com o saber oculto e com certas religiões extremistas e ainda cultuadas na terra. Nem Bocão e nem Júlio poderiam saber que eles estavam vendo os ornares secretos dos terríveis cultos e das seitas mais bizarras dos cinco continentes.

Havia bonecos vodus, com espinhos e agulhas espetados pelos corpos inertes. Caveiras de cemitérios para bruxarias de adivinhação, pedaços calcinados de corpos humanos e ossos usados na magia negra indiana para deuses desconhecidos, bacias e vasilhames com restos destruídos pelo tempo de oferendas e presentes. Viam o altar de adoração como uma catedral da maldade, e quando pensou nisso Bocão teve a certeza de que naquele ponto ela poderia ser derrotada. Júlio por duas vezes quis tocar em um ou outro objeto, sendo detido por Bocão, que achou mais prudente não deixar que as mãos do rapaz encostassem em nada daquilo. Eles não pertenciam àquele lugar. Com um movimento do indicador cruzando os lábios fechados, Bocão pediu silêncio, e como se estivessem pisando no solo da toca de uma serpente passaram pelo altar, sem que nem Bocão e nem Júlio vissem o que tinha no interior da bacia de pedra. E nem tiveram a curiosidade de olhar.

Com cuidado, andaram até alcançarem o fundo do campo cercado pelas pedras e espigões de rocha e de lá enxergou o local de onde o velho assistiu ao Sabá das feiticeiras. Uma parede alta dava ao espectador visão privilegiada da paisagem. Os pés de Bocão receberam uma descarga de adrenalina, pois tinha a intuição de estar pisando solo amaldiçoado. A força chamada pelas bruxas veio do fundo das cavernas onde habitam os seres mais abjetos que materializaram sua maldade na forma de um carro. Segundo o velho, o trator tinha de estar próximo, soterrado, vivo e pulsante, tomado de violência destrutiva.

Uma trilha em forma de rampa dava acesso à parte mais alta da rocha escavada. Por esta trilha foram os temerosos andarilhos. Júlio consultava o relógio de pulso, olhando para o céu, que ia escurecendo.

Raios e trovões pincelavam com cores sombrias o quadro ominoso formado pela pedreira, mas eles precisavam alcançar o topo da elevação. A rampa não oferecia dificuldades, tendo sido construída com um aclive levemente acentuado. As pernas cansadas de Bocão venciam os graus de inclinação da ladeira com o coração bombeando sangue aos pulmões em quantidade admirável. Bocão temeu sofrer um ataque cardíaco ou um acidente vascular cerebral, por isso teve de descansar duas vezes, sentando-se nas pernas para recuperar o fôlego. Não sabia se tal manobra ajudava, o importante era que o alívio vinha, de qualquer modo. Da última vez em que descansou quase dormiu, por sorte Bocão já se acostumara a estas panes, considerando-as como coisa de velho. Foi a voz de Júlio que o fez retornar da inconsciência reconfortante do sono sem sonhos. Bocão abriu os olhos e descobriu o que afligia Júlio.

Com o dedo indicador, Júlio apontava uma enorme pedra, que bloqueava o estreito caminho de acesso à parte superior da elevação. Eles teriam de pular para alcançar seu objetivo.

— De onde ela saiu? — perguntou Júlio, batendo com a palma da mão na face enrugada da rocha cinza.

— Rolou para aí — disse Bocão, respirando com dificuldade.

— Tu estás bem?

— É o cansaço da subida, vou sobreviver — respondeu Bocão.

— Estamos quase no topo, um bloco deste tamanho não pode ter rolado, a rampa aqui nem é íngreme — disse Júlio.

— Vamos dar a volta, cansado como estou não vou conseguir pular falou Bocão.

— Espera aqui, Bocão. Vou dar uma olhada, quem sabe o que pode ter lá em cima.

Aquelas palavras simplórias trouxeram para Bocão pensamentos. O que poderia existir do outro lado?

— Tome cuidado, rapaz — lembrou Bocão.

Júlio já escalava a rocha, que aparentava estar solidamente instalada no solo. Com a cabeça aliviada do cansaço, Bocão começou a analisar com mais apuro e malícia a cena que via. De fato, como observara Júlio, a pedra não poderia ter rolado, já que o local era quase plano. E se não fora a gravidade que pusera o objeto naquela posição, qual outra força poderia tê-lo feito?

Várias imagens perpassaram os pensamentos de Bocão, nenhuma lhe trouxe serenidade. Ele já presenciara o poder titânico da Veraneio e calculava quanta energia poderia gerar um trator alimentado com malignidade. O grito de Júlio alarmou os sentidos de Bocão, que por um momento temeu pelo pior.

— O que foi?

— Tu precisas ver isto aqui!

Buscando forças onde acreditava não ter mais reservas, Bocão começou a escalar usando os dedos como tenazes. A pior parte era se pendurar como uma lagartixa na face que dava para o precipício. Poucos metros, quinze ou menos, mais que suficientes para matá-lo se caísse. Pés e mãos em harmonia foram vencendo o obstáculo e minutos depois Bocão pousava o corpo após o bloco de rocha. Não viu Júlio, nem notou nenhuma ameaça imediata. Quando levantou e ergueu a cabeça, deu com o rapaz que lhe acenava metros abaixo, em outra rampa, em declive desta vez. No final dessa rampa, apontava um objeto que se projetava do solo, mas a distância impedia distinguir.

— Aqui, Bocão!

— O que é?

— Acho que é um trator!

Um relâmpago iluminou a noite, criando negativos nos olhos de Bocão. O trovejar vibrou as paredes de rocha na pedreira abandonada. Uma força impossível nascera e parecia ainda atuar esperando uma vítima.

— Júlio! Não se aproxime. Espera eu chegar aí!

Bocão aproximou-se de Júlio. Os olhos não ajudavam, ainda mais com a claridade do dia distorcida por causa do fenômeno meteorológico que causava a tempestade e encobria a luz do sol. O pensamento foi rápido.

Luz.

Uma vez lera passagens, de um documento estranho, que versavam sobre o perigo de invocar certas forças. Ritos que parlamentavam diretamente com os Filhos da Escuridão. Bocão em nenhum momento do passado acreditou naquelas baboseiras. Isso nos tempos do passado, nos vindouros sua percepção aumentada captaria os ecos do oculto, acaso sobrevivesse àquele dia infernal.

A forma que Júlio apontava parecia parte de uma estrutura metálica, destruída pela ação das intempéries e do tempo formal. Sua cor parecia ser um amarelo baço, queimado, e uma parte estava enterrada. Duas projeções se elevavam aos ares, uma delas sustentava uma espécie de anteparo metálico, enquanto a outra nada sustinha, apenas apontava para o alto. A substância da matéria que formava esta estrutura dificilmente poderia ser identificada. Ao se aproximarem, foi Bocão quem sentiu a natureza imortal dos deuses e dos demônios quando brincam de enlouquecer os homens comuns. A estrutura tremeu e um mau cheiro nauseabundo foi tomando conta de todo o ar. Aquilo não estava morto, se morto for um adjetivo que se pudesse aplicar em uma categoria de objeto inerte e sem alma. Os braços de metal buscavam a liberdade, no entanto a força necessária para isso parecia ser maior do que a pouca que restara naquele corpo inorgânico.

Ao olharem para cima, compreenderam o enigma. A rocha na rampa de acesso que bloqueava o caminho fora jogada do alto da parede acima do local de onde se projetava o trator. Talvez ele tenha tentado escapar de sua prisão, sendo soterrado pelo bloco maciço. Como conseguiu arremessar a lápide não se poderá saber, mas parecia que a força usada para se libertar havia exaurido seu poder.

Os homens sentiam nos pés a trepidação do motor, mas a vontade que impulsionava aquele coração de ferro não era suficiente para lhe dar a liberdade. Júlio ainda tentou tocar na superfície do objeto que tremia, mas sua mão recuou quando os sentidos pressentiram a massa fibrosa e orgânica de uma criatura repulsiva.

— Essa coisa está viva! — exclamou Júlio.

— Nossa vida passou a ser adorar metal, rapaz. Já era de esperar que os deuses lhes dessem vida — disse Bocão.

— Mas não é ouro, aço nem borracha do que isto é feito. Senti como se fosse carne de um animal vivo — falou Júlio.

Bocão olhou a pedreira, uma extensão de pesadelo e loucura. Uma região de crepúsculo onde andam seres horrendos, natimortos e demônios em forma de substância verdadeira. Ela nasceu em um lugar parecido no distante Rio de Janeiro e poderia ser destruída também em meio às pedras nefastas. No dia em que a monstruosidade saiu de seu infernal buraco de sepultura, dois eventos simultâneos ocorreram. Um na pedreira e outro no Iranduba. Ela ressuscitou e os tratores foram acordados para cumprir sua sina amaldiçoada. Predadores, caçadores de homens, e nem toda a humanidade seria suficiente para saciar a fome de morte destes engenhos infernais. Bocão tomou uma decisão, pedindo para Júlio ajudá-lo.

— Vá lá e traga os explosivos. Ande com cuidado e não os deixe cair, podem não explodir, embora em se tratando de Nitroglicerina o mais prudente é não brincar. Tu consegues?

— Vou tentar — respondeu Júlio, observando a estrutura que se elevava aos céus.

Bocão olhou para o trator e confidenciou falando baixo, como se dissesse um segredo para alguém.

— Nós vamos te dar liberdade, e em troca tu vai livrar nosso mundo daquela coisa.

O motor vibrou sua resposta à proposta de Bocão, celebrando um pacto desconhecido. Antes de começar a fazer o arriscado negócio de libertar o trator, Bocão imaginou se não seria mais prudente avisar os outros. Caso não sobrevivesse, estariam cientes de tudo. Foram as muitas traições que levaram àquela situação. Não se mostrava prudente alimentar mais os monstros criados pelo pecado com doses maiores de mentiras. Olhando um ponto alto o suficiente, Bocão supôs que uma tentativa de ligar a rede celular não seria arriscado. Ele começou a caminhar para o cume de uma rocha.

VI

Enquanto isso, em Manaus, João Martins trafegava em pistas desertas, uma vez que o aviso de tempestade soara nas rádios e televisões. Manaus experimentara uma sucessiva cadeia de eventos cataclísmicos, portanto a população passou a atender com prudente presteza os avisos da Defesa Civil e dos Bombeiros. A casa de André Sandoval ficava em um conjunto habitacional encravado no meio de um bairro populoso, chamado Novo Aleixo. Algumas vezes João Martins fora à casa de André, agora a visita tinha os ares do desastre. Sérgio Fogaça quase não conseguia mais conter os frêmitos de nervosismo. Suas mãos tremiam e nem tentava mais esconder dos olhos vigilantes de João Martins. Cada vez mais mergulhavam em um mundo bizarro, onde segredos inconfessáveis pairavam ameaçadores, prontos para destruir as suas reservas de sanidade.

As ruas do Novo Aleixo eram largas, mas a maioria delas não possuía meio-fio nem calçamento. Rajadas de vento envergavam algumas palmeiras nas partes altas e um ou outro outdoor tombava na rua, açoitado pela ventania que ia ganhando velocidade.

— Daquele lado — avisou Sérgio Fogaça, apontando o caminho.

Metros adiante, uma série de luzes giroscópicas vermelhas indicavam o local do acidente. Conseguiram chegar perto com dificuldade, e então puderam assistir ao desastre em todo seu terrível esplendor. Dois carros-pipas dos Bombeiros jogavam água nos escombros de madeira, onde fios entrelaçados faiscavam, enquanto uma guarnição da Polícia Militar tentava conseguir alguma informação sobre o que teria acontecido, perguntando dos vizinhos e dos eventuais curiosos. João Martins inquiriu no rádio se alguém fora ferido ou morrera no sinistro, mas o operador do rádio informou que desconhecia qualquer informação a respeito.

Um dos policiais militares acenou ao avistá-los com as luzes de emergência ligadas. João Martins avisou para Sérgio Fogaça, que foi até o militar para saber mais alguma coisa sobre o evento.

— Olá, praça — cumprimentou Sérgio Fogaça.

— Vocês são do 17º DIP?

— 25º.

— O CIOPS mandou que todas as viaturas fossem recolhidas, logo a chuva vai desabar e eles querem evitar as perdas do último temporal — respondeu o soldado.

— E as vítimas?

— Nenhuma até agora. O dono é da Civil igual aos senhores, ele e a esposa tinham saído com o filho e não estavam em casa.

Uma onda de alívio varreu o espírito angustiado de Sérgio Fogaça, que sorriu pela primeira vez em dias.

— Ele trabalha com vocês? — perguntou o soldado.

— É meu amigo. Onde ele está?

— Foi na casa de um parente deixar a mulher e o filho, disse que voltaria para cá, mas com essa chuva acho melhor continuar a ocorrência no DIP — disse o soldado, apontando para o céu escurecido.

— E o que os vizinhos disseram?

— Nada que faça sentido. Dizem que ouviram o carro, um modelo van, preto, buzinando, a esposa que estava em casa saiu pelos fundos. Os vizinhos disseram que depois disso o carro foi embora, buzinando alto. Uma dessas modificadas, sabe?

— Como assim?

— Não saíam buzinadas propriamente ditas e sim o nome de uma pessoa. Andreeé! Andreeé! O nome do proprietário.

— E depois?

— O carro voltou e entrou casa adentro.

Sérgio Fogaça olhou para João imaginando que estranhezas não estariam passando na cabeça do policial.

— A cidade está meio agitada nestes dias.

— Confesso que jamais vi cena igual, parceiro. Entrou destruindo as paredes da casa, vigas, tijolos e o madeiramento do teto. Do carro nada encontramos entre os destroços. Um dos vizinhos disse que nem sequer o para-brisa trincou nem a tinta preta arranhou depois da batida. Não sou assustado, só que parece arte do tinhoso.

O outro soldado veio participar da conversa.

— Vamos ter de ir embora. A Perícia da Civil só comparecerá após a chuva e não podemos ficar de guarda aqui.

— Tudo bem, vamos aguardar o nosso amigo retornar e depois iremos ao DIP, quem sabe até lá o carro preto dê notícias.

Os soldados e os bombeiros partiram, enquanto as pessoas foram desaparecendo das ruas. João Martins observava o estrago e Sérgio Fogaça tentava uma ligação para André Sandoval.

— Não está completando? — perguntou João Martins.

— É a chuva e os raios.

— E agora?

— Foi um erro mandarmos André e Bocão para o ramal da pedreira. Nada sabemos sobre aquele lugar.

— Sei que querem se bater em duelo — falou João Martins.

— Duelo?

— Nem ao menos sabemos onde é a droga da entrada do ramal e não sabemos se André e o Bocão chegaram lá. Quando ela vier, vamos fugir. Destruíram a casa para mostrar o que podem fazer juntos. Não vão parar enquanto não destruírem todos debaixo das rodas. Se a gente entrar na nossa viatura, não poderemos mais sair sem enfrentar a Veraneio e Zé Biela. É passagem só de ida, sem garantia de retorno — falou João Martins.

Uma luz branca iluminou os dois homens, que argumentavam parados defronte o monte de alvenaria e pedaços de telha e madeira, resultados da ação devastadora. Pertenciam a um sedan vermelho, quatro portas, de onde desceu a figura abatida de André Sandoval. Seu semblante aparentava cansaço e sofrimento, e ainda que o medo estivesse estampado na face, os olhos permaneciam alerta. Ele chegou perto dos companheiros, olhando cada um deles por alguns segundos.

— As ruas estão desertas por causa da chuva, podemos tentar chegar na pedreira, caso a gente não encontre o carro. Nesse meio tempo, seria muita sorte não topar com os dois, e acho que logo vamos ter de enfrentar esse casal — observou Sérgio Fogaça.

— Peguei umas bisnagas de explosivos — disse André Sandoval.

— Para quê? — interpelou Sérgio Fogaça.

— Sei lá, Sérgio! Talvez pôr fogo na maldita, explodi-la.

— E se a gente capotar?

— Nem esquenta com isso — disse João Martins. — Não iremos morrer em uma explosão, tenho certeza de que têm coisa melhor para a gente.

— E quanto a chegar ao ramal não é problema, estive lá. Como é que estão as condições da trilha dentro da mata já não sei, só podemos arriscar — falou André Sandoval.

— Logo a chuva desabará. Se vamos tentar, terá de ser agora. Proponho uma rota alternativa pelas ruas do bairro, elas são estreitas e isso vai dificultar as manobras caso apareçam — disse João Martins.

— As nossas também — pontuou Sérgio Fogaça.

— Chances mínimas trafegando nas autopistas, mas em uma rua estreita talvez reste uma esperança de despistarmos.

João Martins se sentou no banco do motorista, e um assombro de medo tão palpável quanto uma onda de febre fez seu corpo palpitar. Ao lado dele e atrás, respectivamente Sérgio Fogaça e André Sandoval suspiraram pausadamente. Eles iriam enfrentar uma fera de aço, o terror desta empresa assumia as proporções de uma busca pela própria morte, semelhante aos baleeiros que se atiravam nos mares para dar caça às grandes baleias. Como se sentiam? Seria igual essa angústia pelo fim? Os caçadores de tigres sentiam esse medo? Respostas impossíveis para fatores infinitos.

O motor foi acionado e começou a rodar com suavidade na direção das ruas estreitas dos bairros que circundavam o conjunto habitacional. O plano seria contornar cinco bairros para atingirem a Avenida Grande Circular 2, depois a Torquato Tapajós, onde poderiam alcançar a BR-174, após a barreira. Seriam quilômetros e quilômetros.

Sem que soubessem, o maior perigo rondava perto pronto para atacá-los.

Em nenhum momento passou a ideia de que sua inimiga estivesse tão perto. E quando a viram, metros adiante na ladeira, com os faróis ligados subindo e descendo sua grade frontal como um ser vivo que respirasse, demorou certo tempo para que a imagem formasse no cérebro um quadro geral do que enfrentariam. Era um carro que já não se fabricavam há muitos anos, mas com proporções erradas e difusas. Alta, robusta, sua largura e o comprimento excedendo os dos outros veículos estacionados perto dela. Uma monstruosidade de aço. A lataria parecendo inchar e desinchar, acompanhando o subir e descer daquele intricado sistema de amortecimento e suspensões.

João Martins segurou o volante com as mãos, apertando-o até que seus dedos se tornaram brancos por causa da pressão. A Veraneio rodou os pneus com tal suavidade na direção deles que, por um instante, pareceu que flutuava sem atrito sobre o asfalto.

— Não podemos deixar que encurrale a gente. As ruas de acesso estão depois da ladeira — disse João Martins.

— O que tu vai fazer? — perguntou André Sandoval.

João Martins engatou a ré, e passou a rodar para trás em uma espécie de dança sensual. Os olhos de João procuravam uma garagem aberta por onde pudesse se enfiar para alcançar a rua paralela. Uma imagem se formava, como um lembrete ou um aviso, embora naquele momento não pudesse parar para analisá-lo. O instinto e a autopreservação seriam preponderantes para o sucesso e o fracasso representava a morte deles.

O topo da ladeira se aproximava, João Martins continuava gingando para esquerda e para a direita, os corpos maciços dos carros imitando um o movimento do outro. E de súbito a imagem para João Martins. Uma ponte de concreto no meio de vielas e ruas, passando por sobre um igarapé de águas caudalosas. Parecia loucura, mas poderia ser a única chance contra aquele horror metálico. Balançando a cabeça, acabou vendo o que procurava. Uma das casas, a última da rua na verdade, estava com o portão da garagem escancarado. João podia ver a outra rua, separada do terreno apenas por uma cerca baixa de madeira. Não podia errar, pois ela os pegaria de lado, imprensando-os contra o muro, em um esmagamento mecânico mortal.

João Martins parou e o outro carro fez o mesmo. Estavam a poucos metros um do outro, talvez vinte, se isso. João rezava para ela estar com a linha de visão bloqueada pelo poste e por um monte de areia e barro depositados antes do portão. Com uma aceleração poderosa, ele arremeteu contra sua oponente, que apenas abaixou a frente preparando-se para o impacto. João pisou no freio ao mesmo tempo que pressionava o acelerador e retirava eletronicamente a aderência das rodas traseiras. O veículo perdeu a traseira e com um movimento repentino João Martins religou a tração 4x4, fazendo com que a frente da viatura se arremessasse com uma velocidade estonteante para o portão aberto. Dentro do habitáculo da viatura, André Sandoval e Sérgio Fogaça apenas assistiam ao espetáculo de perícia. O explosivo nas mãos de André Sandoval foi apertado contra o peito e João Martins riu um segundo. Pelo retrovisor lateral, distinguiu apenas uma nuvem de poeira e uma sombra que se projetava por sobre eles. A Veraneio arremetera usando a areia e o barro como uma rampa, aquele era um movimento já previsto e com um golpe seco no volante João Martins alinhou com a rua e passou pela cerca de madeira com facilidade. O estrondo da aterrissagem tirou os passageiros do torpor no qual estavam mergulhados, pois ambos gritaram de tensão. Eles viram o enorme carro preto passando pela cerca como um touro ensandecido. A viatura descia a ladeira em direção às ruelas e vielas estreitas, na tentativa de despistá-la. Com manobras de esterço e derrapagens controladas, João Martins entrava no labirinto do bairro sempre evitando os cantos das esquinas e os obstáculos que pudessem retirar velocidade e potência. Atrás deles vinha aos trambolhões a Veraneio, destruindo tudo que encontrava atravessado pelas ruas. O evento, do ponto de vista de um espectador, durou alguns segundos, mas para João Martins, André Sandoval e Sérgio Fogaça o tempo escorreu como melado de cana, caso se tal propriedade pudesse ser aplicada àquele Ser tão presente e tão imaterial.

O Tempo.

A imagem da ponte de concreto atravessando um igarapé, era um aviso para o motorista e não a indicação segura de uma rota de fuga. Eles não deveriam ter tomado o caminho no qual estavam trafegando. Meses antes, durante um período de chuvas intensas, a ponte ruíra, ficando apenas um arco com aproximadamente cinquenta centímetros de largura e dez metros de extensão. O carro do horror rugia no encalço de sua presa.

— Te segura, André! E acende o pavio da bisnaga! — gritou João Martins.
— O que? Tu enlouqueceu, João?
— Só vamos ter uma chance. Acende e quando a gente passar detona com a ponte.
— Que ponte, caralho! É só um caco...

André Sandoval não completou a frase, e a Veraneio surgiu logo na traseira. João arremessou o utilitário na direção do arco da ponte destruída e do igarapé de águas caudalosas por causa da chuva. Ele aprendeu o que fez em um vídeo na Internet. Com um movimento de pêndulo, jogou a direção para a direita e para a esquerda. Com a velocidade, que rezava para ser suficiente, o centro de massa do carro deslocou-se ao bater na saliência de um paralelepípedo, e eles ficaram suspensos de banda, andando sobre duas rodas. João Martins equilibrou o carro e passou pelo arco, acelerando para alcançar o outro lado. Sérgio Fogaça vomitou e André quase passou pela janela quando deixou a carga explosiva que queimava seu curto pavio no arco. A 037 chegou ao outro lado do arco no mesmo instante em que o explosivo demoliu os restos da ponte, isolando-os daquela parte do bairro.

Perderam o equilíbrio com a explosão e desceram para o chão com as quatro rodas. João Martins suava como se tivesse saído do chuveiro. Olhando pelo retrovisor, os faróis vermelhos brilhavam e escutava as acelerações e buzinadas protestando. Eles a derrotaram. João Martins acelerou, não sem antes oferecer o dedo médio como troféu.

O som do celular de Sérgio Fogaça foi ouvido, e ele atendeu ao chamado:
— Ei, caramba fala devagar, calma — disse Sérgio Fogaça.
— Coloca no viva-voz! — exclamou André Sandoval.
— Não posso demorar, caso consigam venham para a pedreira. Acho que aqui a gente pode tentar derrotá-la. Venham direto para o centro da pedreira que vou estar esperando... — Bocão não conseguiu falar até o fim, pois a ligação foi interrompida.
— Vamos para lá — disse João Martins, acelerando.

Capítulo 18

A hora do Horror

Os quilômetros que os separavam da entrada do caminho que os levaria à pedreira, cada um dos ocupantes pensou nas implicações do que aconteceria em um futuro próximo e sombrio. Nada poderá ser dito destes obscuros pensamentos, é certo que medo, covardia, horror e traição foram imaginados como elementos preponderantes nas inúmeras tramas.

Contrariando qualquer prognóstico, eles avançavam rumo ao desconhecido, acreditando na morte certa como resultado do confronto. O que motivava cada um deles a vencer os seus mais profundos receios ficará para sempre como um segredo. A chuva despencou sobre a cidade de Manaus como uma torrente de água ininterrupta. Cruzaram a cidade, vencendo certos pontos com dificuldade e tendo de apelar para os sistemas de tração do carro, já que ruas alagadas se tornaram paisagem comum. A toda hora, revezando-se, João Martins, André Sandoval ou Sérgio Fogaça olhavam para trás, na certeza iminente de se depararem com a aparição em perseguição.

Uma bruma de vapor tomou o ar das ruas, construindo um mundo de sombras e penumbra. Antes de chegarem à BR-174, passaram pelos destroços da barreira. Estavam reconstruindo as instalações, mas a trilha de destruição ainda podia ser vista no lugar. João Martins buzinou duas vezes para os trabalhadores e para os policiais de prontidão. Acaso a Veraneio passasse, o mais provável seria que nem a vissem, por causa do manto que a magia sinistra podia invocar para proteger o carro amaldiçoado. A 037 acelerou com toda a força de seu motor de 280 cavalos e com Chip Tunning de potência que elevava de forma instantânea a potência nominal. João Martins acreditava que poderia vencer Zé Biela em habilidade, mas com as forças do Mal auxiliando Macário as vantagens seriam todas da Veraneio.

Nuvens enegrecidas pairavam bem abaixo do limiar atmosférico normal e a chuva somada ao vento emprestava uma densidade inusitada para o ar. Os marcos indicando os quilômetros se sucediam. Nesse momento, raros veículos cruzavam vindos da direção contrária. Alguns minutos se passaram em angustiada espera, em um momento, André Sandoval gritou aliviado:

— É ali, João! Na direita da pista. Tu estás vendo?

— O que fazemos? — perguntou Sérgio Fogaça.

— Vamos arrombar e entrar — disse André Sandoval. — Não vão notar nossas ações, eles estão mais preocupados com a chuva e os acidentes.

— Embaixo do banco do passageiro tem uma sacola de ferramentas. Pega um pé-de-cabra que têm dentro dela e vai lá, arrebenta o cadeado e abre o portão. Depois que a gente passar fecha com a corrente, se alguém vier verificar algum alarme não pensará que estamos dentro — disse João Martins.

— Também se sumirmos lá dentro o mundo aqui fora não saberá — observou Sérgio Fogaça.

— São os fatos da vida — respondeu João Martins.

Apesar de passar poucos minutos debaixo do aguaceiro, Sérgio Fogaça voltou encharcado, a água escorria abundante das roupas. Com a cancela fechada, começaram sua jornada, progredindo com todo o cuidado na trilha que os levaria à pedreira. Por causa da iluminação natural, alterada em virtude da tempestade, restavam apenas alguns minutos para a escuridão tomar o lugar.

— O que o Bocão terá feito? — perguntou André Sandoval.

— Não faço a menor ideia — respondeu Sérgio Fogaça.

— E a Veraneio? — questionou André Sandoval.

— Escapamos dela por um triz, não vamos abusar da sorte uma segunda vez.

A chuva torrencial criava poças e regatos. Os faróis rasgavam os bolsões de vapor condensado e foi quando já viam um caminho mais largo e regular que escutaram. A aceleração medonha, como se fosse a locomotiva de um trem rompendo pela trilha.

— É ela! — gritou Sérgio Fogaça.

A Veraneio surgiu logo atrás da viatura. Vinha em velocidade estontante, derrubando pequenas árvores pelo caminho e subindo e descendo no terreno irregular. João Martins acelerou, enquanto a velocidade subia, a trilha ia se tornando uma armadilha mortal. João Martins fazia reduções e acelerações no limite do descontrole, nestes momentos a Veraneio como que hesitava, o que fez João Martins imaginar que naquela hora era o braço de Zé Biela quem guiava o carro preto e não o elemento antinatural. Por causa da urgência, os três homens nem ao menos notaram a estranheza da pedreira, que se apresentou inteira aos olhos deles.

Sem opções, João Martins jogou as rodas para a direita, em uma espécie de caminho por entre colunas de pedra cinzenta. A Veraneio abalroou a traseira do carro em fuga, fazendo com que rodopiasse. Com destreza, João Martins corrigiu a trajetória e antes de se chocar com uma das paredes de rocha, acelerou e retomou o rumo em direção ao centro da pedreira, ou assim pensava ser este o caminho que tomava. Não enxergavam Bocão e não sabiam se algum dos dois mototaxistas teria ficado para ajudar o desafortunado personagem.

João Martins viu a viatura se aproximar, ficando evidente que eles não conseguiriam permanecer inteiros por muito mais tempo. Usando a força do motor, o motorista tentou uma manobra suicida, arremessando o carro para trás, em velocidade. No limiar do impacto, inverteu a direção. O cavalo-de-pau criou uma nuvem de lama, que atingiu o para-brisa da Veraneio em cheio. Como um golpe que tivesse cegado uma fera, ela acelerava e se chocava contra as paredes da pedreira, em impactos devastadores.

Em um momento, a viatura passou a centímetros de se chocar com o corpo da abominação. Acelerando, João retomou o caminho para a parte mais interna dentro do labirinto de pedra, mas logo ela os alcançaria. Em segundos, chegaram ao local onde as bruxas tinham realizado todos os Sabás amaldiçoados. A escuridão e a chuva abundante criavam uma atmosfera sinistra, onde pesadelo e realidade misturavam-se para sempre. Os faróis com as luzes aberrantes já iluminavam a passagem para aquele ponto, e André Sandoval enxergou ao longe a figura solitária de um homem, que lhes acenava. Ele estava ao lado de uma elevação escavada e pedia para que viessem ao seu encontro agitando os braços.

Não puderam saber se era Bocão, um fantasma ou um demônio. E assim pensaram, pois na pedreira, estes pesadelos podiam se tornar reais. Porém, não havia tempo a perder e partiram com toda a velocidade que podiam para onde o homem estava em pé.

A Veraneio vinha atrás, em louca perseguição.

O local onde o homem apareceu acenando era um aclive, construído para alcançar o topo da elevação. João Martins teria de diminuir a velocidade, temendo ser atingido e arremessado assim que começasse a subir a rampa. Aproveitando esse momento, a Veraneio encostou, mas a curva ascendente do aclive iniciou e conseguiram se desgarrar alguns metros. João Martins imprimia velocidade acentuada, mas se deparou com um obstáculo.

— Ponham o cinto! Rápido! — ordenou João Martins.

Um bloco de rocha fechava o caminho, não havia espaço para manobrar e dar ré seria suicídio. A Veraneio acelerou direto para eles, João Martins engatou a marcha ré e pisou no acelerador. O choque foi tremendo e a força do carro medonho retirou do chão a 037.

O impacto jogou o utilitário sobre o bloco de rocha. O veículo rolou várias vezes sobre si, deformando a lataria de maneira irreversível. Dois dos pneus soltaram para fora das armações e os outros dois remanescentes ficaram pendurados murchos e tortos nas pontas de metal dos eixos quebrados. Definitivamente, nunca mais se movimentaria. João Martins ainda estava vivo, havia um corte na testa por onde o sangue escorria, mas não era grave. Nenhum osso quebrara em uma primeira avaliação. Olhou para o lado e notou André Sandoval torcido no banco do passageiro. O homem resmungava palavrões, o que pareceu ser um bom sinal, afinal de contas. No banco de trás, Sérgio Fogaça tentava se livrar das ferragens.

O cinto os salvara.

Saiu tudo bem diferente do que João Martins imaginara. Agora a morte cairia sobre eles e os reduziria a ossos e músculos destroçados. João Martins ajudou André e depois, ambos, ajudaram Sérgio. Encostaram os corpos sentindo a lataria amassada da viatura, olhando para o bloco de rocha por onde foram arremessados. Uma aceleração de tom tenebroso encheu a pedreira de ecos hostis. A Veraneio abria caminho e logo estaria com eles. Não poderiam fugir, porém nenhum deles queria morrer sem a chance de enfrentar aquele pesadelo sobre rodas, corporificando o deus das máquinas assombradas.

— Restaram duas bananas de dinamite com pavio — disse André Sandoval.

— Acho que não serão suficientes — falou Sérgio Fogaça.

— Podemos destruir nosso carro quando ela se aproximar, talvez acabe pensando que morremos queimados — disse João Martins.

Os homens se olharam e em uníssono concordaram com as palavras de João Martins. Se havia uma chance de sobreviver, era melhor tentar do que um enfrentamento para certamente morrer. Pena que não houve tempo para isso. O carro assombrado saltou do topo do bloco no chão, transmudada, pois a substância da qual era feita pouco se assemelhava com metal frio e rígido. Agora mais parecia ser feita de alguma matéria orgânica, que pulsava e se contraía, em espasmos horrorosos.

E o que era incrível foi se tornando cavernoso, pois começava a Veraneio a se assemelhar com alguma espécie de monstro, suas rodas como que derretendo para formar patas, com garras e sulcos coriáceos. A grade frontal do carro mudando e dela se projetavam presas brilhantes, bramindo umas contra as outras, e da presumível garganta dessa impossibilidade saiu o som de uma poderosa aceleração, misturada com um timbre sonoro que mais parecia o arremedo de uma voz gutural e inumana. Esse horror começou a se aproximar dos homens paralisados, incapazes de correr ou fugir tamanho era o desespero e a certeza do fim.

O que sucedeu logo em seguida ultrapassou o que parecia ser impossível de acontecer. O carro monstruoso mudara sua atenção para algo que estava além dos homens e da viatura destruída. Uma sombra os cobriu, assustando-os, mas não era o que imaginavam. Enxergaram um jovem com os olhos marejados de lágrimas. André reconheceu esse jovem de pronto, nada mais que um adolescente, que tremia. Era um dos mototaxistas que os tinham trazido até a entrada da pedreira, ele e Bocão.

— Júlio? — interpelou André Sandoval.

O jovem apenas virou a face para trás, e como expectadores do caos puderam assistir se erguendo do chão um monstro de dantesca e pavorosa natureza, capaz de rivalizar com a Veraneio em horripilância. Era um trator, que andava sobre as rodas como um gigante sem harmonia. Um odor fétido foi tomando conta do ambiente e a batalha logo começaria entre criaturas saídas das profundezas do inferno. Eram abominações que não podiam coexistir no mesmo plano, portanto iriam se bater até que apenas uma restasse para o pesar da humanidade. A Veraneio e o trator assombrado começaram a se avaliar, como se fossem pugilistas em um ringue, fazendo círculos, um monstro em torno do outro. Os homens ficaram paralisados com o espetáculo indescritível. Foi o rapaz quem os tirou do transe maléfico.

— Bocão disse que matéria fria toma forma de carne aqui na pedreira, e assim podem morrer também — falou Júlio para João Martins, André Sandoval e Sérgio Fogaça.

— Quem és tu, cara? — perguntou João Martins.

— Ele veio comigo e o Bocão, é mototaxista e ficou para ajudar — respondeu André Sandoval.

— Cadê o Bocão? — questionou João Martins.

— Lá dentro! — disse Júlio, apontando o trator.

A máquina revivera, mas da mesma forma que o Carro da Morte, também precisava de um coração. Bocão estava lá e era agora o coração. Por quanto tempo duraria o combate? Não muito, temia João Martins. O trator era uma mistura de esqueleto de metal e restos daquela substância que arremedava a carne e os músculos de um ser vivo. Perecia alquebrado, com várias peças soltas e com a pá da frente tombada. As criaturas se entrelaçaram, e foi como se estivessem assistindo a um acidente automobilístico. E elas rolaram, hora com o monstro amarelo dominando a contenda, hora com a Veraneio acelerando e guinchando com sua fúria homicida.

— Bocão atou as cargas no trator. Vejam! — urrou Sérgio Fogaça.

Pavios acesos queimavam em direção as cargas atadas ao novo corpo de Bocão. A Veraneio parecia que também percebera a escaramuça e lutava para se libertar do abraço fatal, porém o trator permanecia firme, atado a ela.

— Vamos ter de pular — disse João Martins.

— É muito alto — falou André Sandoval.

— É pular ou morrer — disse João Martins, que saltou na escuridão.

Os outros fizeram o mesmo. Ainda estavam no ar quando a elevação onde os dois monstros demoníacos lutavam foi demolida pelas cargas dos explosivos armados por Bocão. Um clarão intenso brilhou no céu escuro, desenhando no meio das nuvens enegrecidas uma forma amorfa que surgiu por alguns segundos, mas desapareceu, levando a tempestade e os raios para o interior da floresta. A energia do Mal foi embora, mas não para sempre daquele lugar. João Martins segurava o braço esquerdo, que pendia frouxo. Rezava para que nenhuma artéria ou veia tivesse sido rompida. A perna também sofrera um baque e mesmo com a dor no joelho ainda podia andar. Procurando pelo chão molhado, encontrou André Sandoval desacordado, próximo dele Sérgio Fogaça, com sangue saindo de algum ferimento cuja localização João Martins não conseguia descobrir.

O rapaz não tivera a sorte dos policiais, pois os deuses do horror mecânico cobraram dele o sacrifício de sangue. Um fragmento de pedra se alojara na cabeça do jovem e os olhos vidrados na face do rapaz eram o retrato da morte. Eles levaram o corpo para fora da pedreira, e usaram as últimas bisnagas de explosivos para pôr fim à pedra em forma de bacia. Nenhum dos sobreviventes retornou à pedreira e o sumiço da viatura de serviço foi considerado um caso de acidente, pois foi isso que falaram ao serem inquiridos pelas autoridades e pela Direção da Polícia Civil. Para a surpresa geral, retiraram dos sobreviventes qualquer responsabilidade, em troca do silêncio para a imprensa e os amigos. As imagens dos eventos envolvendo o carro preto e os acidentes causados jamais foram liberadas para os repórteres locais e algumas pessoas dizem que tudo foi encoberto e levado pelo Exército Brasileiro.

EPÍLOGO

Durante muitos dias, falou-se na cidade sobre o evento estranho que envolveu um carro preto que poucos viram com uma série de acidentes inexplicáveis e uma onda de destruição. Com o passar do tempo, estes assuntos foram sendo esquecidos e as pessoas continuaram com os seus afazeres cotidianos, pois quando não há explicação racional possível, nada existe afinal de contas para ser explicado. Os nomes de alguns envolvidos foram citados durante algum tempo, mas também acabaram sendo esquecidos e enterrados nos labirintos da Justiça. João Martins morreu um ano depois da data daquela chuva tremenda, no mês de junho. Um punhado de amigos foram ao enterro, dentre estes estavam André Sandoval e Sérgio Fogaça, que choraram quando o caixão desceu para a cova. Segredos. Muitas das coisas que estavam orbitando esses acontecimentos estranhos e os protagonistas daqueles feitos jamais chegaram ao público.

Não se soube o que aconteceu com o trator trancado na casamata coberta de desenhos e hieróglifos desconhecidos e se as bombas foram capazes de calar aquele horror. E nem o que aconteceu na viagem entre o Rio de Janeiro e Manaus, na balsa que trouxe a monstruosidade. Essa é uma pergunta que valeria a pena fazer, e, principalmente, ouvir com atenção os detalhes da resposta. Os marinheiros e tripulantes da balsa morreram em um naufrágio, dias após desembarcarem o carro em Manaus. Um naufrágio cercado de mistérios. Acaso tivessem o cuidado de verificar os registros da balsa, teriam os investigadores da companhia de seguros e os oficiais da Capitania dos Portos descoberto que a balsa fizera um desvio inexplicável, em um dos rios contribuintes do Amazonas, após passarem por Parintins. E os registros apontariam detalhes que seriam avaliados com o maior interesse, pois foi escrito no diário de bordo que a Veraneio desaparecera da balsa, de forma inexplicável. E sem compreenderem o fato do sumiço, ainda teriam de lidar com o mistério envolvendo uma espécie de instalação industrial secreta, encoberta pela vegetação, misteriosa e abandonada. Nessas instalações, dias depois, foi que encontraram a Veraneio parada ao lado de um enorme e ameaçador caminhão vermelho, que acelerava enchendo a realidade de um som ensurdecedor, apesar de não verem o motorista dentro da cabine. E as vibrações daquele poderoso motor causavam tremores no cais, como se quisesse destruí-lo. Com muito custo, os marinheiros da balsa concordaram em descer no píer. Suposições foram levantadas, mas nenhuma satisfez qualquer lógica. A balsa aportou, e com cuidado o carro foi embarcado outra vez.

Alguns rezavam para seus guias protetores, tentando afastar o medo que sentiam ao aproximarem-se dos veículos. A tripulação não teve coragem de se aventurar e ir além de onde estava o caminhão vermelho, que gastava combustível em uma demonstração de poder inútil, para verificar o que afinal fora produzido dentro dos enormes galpões, já que naquele momento os prédios estavam desertos. Por sorte, nenhum se atreveu e os que desceram da balsa se limitaram a amarrar com cordas o carro sinistro, que seria içado outra vez para bordo, olhando para a fera de aço que resfolegava, mas que por algum motivo não conseguia sair do lugar. Os marinheiros nem sequer falavam em um suposto motorista lunático, pois suas crenças os levavam para o perigoso universo das assombrações.

A balsa distanciou-se do cais, e o caminhão vermelho pareceu mover-se como se estivesse despedindo-se daquele amor inusitado, uma paixão que surgira e que agora se ia para sempre. O motor explodiu em fúria e de repente morreu como se jamais houvesse funcionado. A tripulação agradeceu por não existir estrada perto daquele lugar, pois não desejariam encontrá-lo em um caminho deserto.

Nas noites de horror que sucederam o raio no depósito de carros até aquele que caiu na pedreira, o mesmo par de olhos que assistiu ao nascer desta energia que deu vida à Veraneio testemunhou também o rastro da tempestade se deslocando para o oeste em uma rota estável quando foi destruída. Os sensores acusavam descargas elétricas, algumas de potencial indescritível. Uma das descargas ultrapassou todos os parâmetros e seu poder foi tão grande que o orientador da tese de mestrado de Fernanda Schoi só pôde compreender os números como sendo produto de uma falha nos sensores externos. Fernanda imaginou que seria interessante uma pesquisa de campo para avaliar os resultados físicos daquela descarga elétrica no solo da floresta. Ela pediu consultas à rede de computadores, mas foram pesquisas negadas porque a área pertencia ao Governo Federal e estava restrita. Se tivesse acesso às informações, teria descoberto que a área onde o segundo raio caiu possuía uma espécie de instalação industrial, abandonada, sem registro ativo e não reclamada por nenhum grupo industrial nem pessoas particulares. Em algum ponto sobre aquelas florestas, foi que despencou do céu um raio de bilhões de volts, se infiltrando na terra bem próximo da instalação que Fernanda não soube que existia.

Aquilo sempre despertou a curiosidade da pesquisadora. Pedidos reiterados foram feitos por ela, até que um dia foi permitida a viagem tantas vezes sugerida por Fernanda. E chegou o dia em que a jovem pesquisadora partiu com equipamento e auxiliares para realizar as pesquisas de campo e investigar seu raio poderoso e os efeitos dessa energia na realidade objetiva. Para a surpresa da equipe, ficaram sabendo que a prefeitura do município onde o raio caíra estava projetando e construindo ramais e novos acessos, sendo que um dos novos caminhos iria passar poucos quilômetros a oeste destes prédios e galpões não classificados.

As autoridades e outros que deviam ser responsáveis não foram visitar o complexo perdido. Sobre as tais instalações abandonadas, ficou a impressão de que aproveitadores usavam lendas urbanas para especular o mercado de terras da região, que se tornaram valiosas por causa dos caminhos e vicinais recém-construídos.

Biografia

CÉLIO MARQUES nasceu em 12 de maio de 1972, na cidade de Manaus, capital do Amazonas. Seu interesse pela ficção-científica, o horror, o terror e a fantasia iniciam na leitura (mais vistas que lidas) secreta das revistas que seu irmão Sérgio Henrique comprava, sob os protestos da avó Filismina. Spektro, Cripta, Arrepio, Neuros. Depois nas sessões de domingo e todas as repetidas aventuras de Simbad, Indiana Jones, Tubarões e Piranhas. Uma mistura única de Centauros, genética, armas biológicas, Górgonas, Manticores, Kali de muitos braços, pirâmides, templos, magos e feiticeiros. Jonny Quest. Magia e Ciência. Jedi. A frota estelar. Planetas distantes, florestas perdidas.

As aventuras de Santos e sua máscara. Monstros borbulhantes, vilões impossíveis. O sítio do pica pau amarelo e o Minotauro, com seu andar estoico e levemente canibal. As novelas de onde saiam formigas do nariz de um homem e uma mulher explodia de tanto comer, lobisomens poetas. Depois livros e mais livros, revistas, catecismos deliciosos. Filmes, teatro, as lendas urbanas que começavam a suplantar a floresta e os rios. Tudo serviu para que formatasse em um ciclo de histórias esse universo urbano, caótico e multifacetado, e por vezes, bucólico e rural da cidade onde nasceu e que ama. O escritor é funcionário público e pertence aos quadros da Polícia Civil do Amazonas, exercendo o cargo de Investigador. Foi professor da rede pública estadual e municipal nas disciplinas de matemática e ciências biológicas. Ganhou um concurso de contos na tríplice fronteira Brasil-Colômbia-Peru e recebeu pela primeira vez dinheiro por ser escritor.

Gostou desta experiência, embora tenha sido seu único êxito até agora, mas não por isso perdeu a esperança.